Nuova Narrativa Newton

920

Titolo originale: *Try Not To Breath*

Traduzione dall'inglese di Francesca Campisi
Prima edizione: settembre 2018

ISBN 978-88-227-2283-6

www.newtoncompton.com

Realizzazione a cura di Librofficina
Stampato nel settembre 2018 presso Puntoweb s.r.l., Ariccia (Roma)
su carta prodotta con pasta termomeccanica,
senza utilizzo di cloro, proveniente da foreste controllate,
nel rispetto delle normative europee vigenti in tema ambientale

Holly Seddon

Testimone silenziosa

Newton Compton editori

A Boo e i bambini

Capitolo uno
Amy

18 luglio 1995

La musica pulsava nel corpo di Amy e le catturava il cuore. Era così forte da farle battere i timpani all'impazzata e fremere le costole da passerotto. La musica era tutto. Be', quasi tutto.

In seguito, i giornali avrebbero definito la quindicenne Amy Stevenson un "raggio di sole" con "tutta la vita davanti". Nei suoi auricolari ronzava un pezzo britpop, mentre percorreva il lungo tragitto verso casa, lo zaino cadente sulla spalla.

Amy aveva un ragazzo, Jake. La amava e lei amava lui. Stavano insieme da quasi otto mesi e durante l'intervallo passeggiavano lungo il sentiero dell'amore intorno al campo sportivo della scuola, mano calda nella mano calda, i cuori accelerati e in sincronia.

Amy aveva due migliori amiche: Jenny e Becky. Il trio vorticava in una giostra perpetua di antefatti, rivalità e pettegolezzi. Frastornanti serie di "lei ha detto e lui ha detto e lei ha detto" precedevano abbracci singhiozzanti e pieni di rimorso dopo ogni sbronza del sabato sera.

Le sere fuori erano sinonimo di birra al limone nel parco del Memoriale oppure di vodka lemon al pub The Sleeper, dove non avrebbero chiesto i documenti nemmeno a un bambino di cinque anni. Le serate nei giorni di scuola erano sinonimo di telefonate dopo le sei di sera, quando scattava la tariffa ridotta. Amy restava al telefono fino a quando Bob, il suo patrigno, non entrava in sala da pranzo con *quello* sguardo: è pronta la cena, metti giù il mio telefono. Le sere del giovedì erano dedicate a *Top of the Pops* e *EastEnders*, quelle del venerdì a *Friends* e *The Word*.

Il suo zaino della Kickers aumentava di peso a ogni passo. Amy lo spostò sull'altra spalla con una mossa maldestra e il filo delle cuffie rimase impigliato strappandole l'auricolare da un orecchio, nel quale si riversarono i suoni del mondo reale.

Aveva preso la strada più lunga verso casa. Il giorno prima era rientrata presto e aveva sorpreso Bob in cucina mentre mescolava il caffè solubile nella sua tazza preferita. In un primo momento lui le aveva sorriso e teso le braccia per accoglierla, poi si era reso conto che, per tornare a casa a tempo di record, Amy doveva per forza aver tagliato dai campi.

Le era toccato sorbirsi mezz'ora di paternale sul tragitto più sicuro verso casa, quello che seguiva la strada: «Lo dico perché ti voglio bene, Ames, ti vogliamo bene entrambi e non vogliamo che ti succeda niente di male».

Amy lo aveva ascoltato, sprofondata sulla sedia, soffocando gli sbadigli. Quando finalmente lui aveva smesso, si era trascinata al piano di sopra, si era gettata sul letto e aveva sparso in giro le custodie dei CD per registrare una cassetta con un mix di pezzi arrabbiati. Rage Against the Machine, Hole e Faith No More.

Come aveva colto Bob di sorpresa il giorno prima, Amy sapeva che lo avrebbe trovato di nuovo a casa, pronto a beccarla in flagrante e cantargliene quattro. Meglio non rischiare, anche se di martedì il tragitto più lungo la infastidiva particolarmente. Lo zaino pesava sempre un sacco perché quel giorno aveva francese e storia, due materie con dei libri di testo enormi e stupidi.

Amy odiava il francese con tutta se stessa; l'insegnante era uno stronzo e poi a che cavolo serve attribuire un genere a una finestra? Però la lingua le piaceva. Il francese era sexy. Si immaginava di sedurre qualcuno un pizzico più sofisticato di Jake sussurrandogli all'orecchio parole in francese. Avrebbe potuto sedurre un ragazzo più grande. Molto più grande.

Era innamorata di Jake, ovvio, lo pensava davvero quando glielo diceva. Si era scritta con cura il suo nome sullo zaino con il bianchetto e, quando immaginava il futuro, lui c'era. Ma, nelle ultime settimane, Amy aveva cominciato a notare sempre più differenze tra loro.

Jake, con il suo grande sorriso e gli occhioni castani da cucciolo, era così buono e stare con lui era davvero facile. Ma dopo tanto tempo insieme, non aveva ancora trovato il coraggio di infilarle la mano sotto la maglietta. Passavano ore e ore a baciarsi al campo sportivo durante la pausa pranzo e una volta lui aveva anche provato a sdraiarsi sopra di lei, ma Amy aveva dovuto cambiare posizione perché le si era addormentata la gamba e Jake era rimasto così frastornato da rivolgerle a malapena la parola per il resto della giornata.

Stavano insieme da mesi e mesi e lei era ancora vergine. La cosa stava diventando imbarazzante. Odiava l'idea di essere l'ultima, odiava perdere in qualunque situazione.

Frustrazione a parte, Amy sperava che Jake avesse saltato la lezione di judo così avrebbero potuto vedersi. Lui e il fratello minore Tom tornavano sempre a casa in macchina perché la mammina altezzosa era la segretaria della scuola. La famiglia di Jake viveva in una delle villette di Royal Avenue. Lui arrivava sempre a casa molto prima che Amy raggiungesse il bilocale a schiera di Warlingham Road, in cui viveva con Bob e la mamma Jo.

A Sue, la madre di Jake, Amy non piaceva. Sembrava temere che lei potesse contaminare il suo bimbo prezioso. A Amy piaceva l'idea di essere una specie di donna di facili costumi. Le piaceva l'idea di essere una donna in generale.

Amy Stevenson aveva un segreto. Un segreto che le faceva sussultare lo stomaco e battere forte il cuore. Nessuna delle sue amiche ne era a conoscenza, né tantomeno Jake. Lui non doveva scoprirlo. Neppure la madre di Jake, con i suoi sguardi riprovevoli, l'avrebbe mai indovinato.

Il segreto di Amy era più grande di lei. Era, nel modo più assoluto e categorico, un uomo. Aveva le spalle più ampie di quelle di Jake, la voce più profonda, e quando faceva commenti volgari, uscivano da una bocca che si era guadagnata il diritto di pronunciarli. Era alto e camminava con passo sicuro, mai frettoloso.

Il suo segreto si metteva il dopobarba, non un banale deodorante, e si spostava in auto, non in bici. Al posto dei capelli rossicci a tendina di Jake, li aveva neri e folti. Un taglio da uomo. Sotto le camicie, Amy aveva intravisto i peli scuri nell'avvallamento al centro del petto. Il suo segreto proiettava un'ombra alta e tenebrosa.

Quando Amy pensava a lui, le si elettrizzavano i nervi e le si riempiva la testa di un sibilo così intenso da annullarle i sensi.

Il suo segreto le toccava la vita come fa un uomo con una donna. Le apriva le porte, al contrario dei ragazzi della sua classe che schizzavano per i corridoi come le palline argentate di un flipper.

Sua madre l'avrebbe definito «alto, tenebroso e affascinante». Non gli serviva mettersi in mostra né darsi arie. Nemmeno le ragazze più carine della scuola si sarebbero mai sognate di avere la minima possibilità con lui. Nessuna sapeva che Amy avesse più di una minima possibilità. Molto di più.

Amy sapeva che lui doveva rimanere un segreto, e di breve durata. Una virgola nella sua storia, niente di più. Sapeva di doverlo tenere ben chiuso in una scatola; perfetto, completo, privato, completamente separato dal resto della sua colonna sonora. Era già un ricordo, a dire il vero. Da lì a qualche mese avrebbe continuato a baciarsi con Jake durante l'intervallo, a litigare con le amiche, a inventare scuse per fare i compiti fino a tardi, ad ascoltare Mark e Lard tutte le sere su Radio One. Amy lo sapeva. Diceva a se stessa che le andava bene così.

La sensazione che provava quando lui le toccava un fianco o scostava i capelli dal viso era come un elettroshock. Bastavano le punte delle sue dita a risvegliarle la pelle in un modo che annientava il resto del mondo. Amy era allo stesso tempo eccitata e terrorizzata all'idea di quello che avrebbe potuto farle, che avrebbe voluto che lei gli facesse. Si sarebbe mai presentata l'occasione? E in tal caso, lei avrebbe saputo cosa fare?

Quel bacio in cucina, con le voci degli altri appena fuori dalla stanza. Le mani di lui sul suo viso, il solletico della barba che Amy non aveva mai provato sulla pelle. Quell'unico minuscolo bacio che la teneva sveglia la notte.

Amy imboccò Warlingham Road e il rituale ebbe inizio. Posò lo zaino sul muretto di cemento sgretolato. Srotolò l'elastico della gonna che prima aveva legato. Rovesciò le sue cose per recuperare il deodorante Impulse Chic e il lucidalabbra alla ciliegia.

Agitò la bomboletta spray e ne fece uscire una piccola spruzzata di vapore dolciastro che riempì l'aria. Poi, dopo essersi guardata attorno con circospezione, attraversò la nuvola di profumo come aveva visto fare alla madre prima di una serata al club.

Passò il lucidalabbra sul labbro inferiore, poi su quello superiore, li premette insieme e infine li tamponò con la felpa. Nella remota possibilità che Jake la stesse aspettando, voleva farsi trovare pronta, senza che apparisse così ovvio.

Il walkman continuava a inondarle i timpani. All'attacco di *Do You Remember the First Time?* dei Pulp, Amy sorrise. Jarvis Cocker ammiccava compiaciuto nelle sue orecchie mentre lei risistemava tutto quanto nello zaino, se lo metteva in spalla e proseguiva lungo la via.

Vide il furgone di Bob parcheggiato in strada. Amy era a dodici porte da casa. Strizzando gli occhi, scorse una figura che le veniva incontro.

Dall'andatura – sicura, eretta, decisa – capì che non si trattava di Jake. Jake si muoveva frettoloso come un granchio spaventato, una via di mezzo tra la corsa e la camminata. Amy capì dalla sua vita asciutta chc non era nemmeno Bob, modellato come una piccola patata.

Quando si rese conto di chi fosse, provò un'ondata di nausea.

Lo aveva visto qualcuno?

Lo aveva visto Bob?

Come aveva potuto correre il rischio di arrivare fino a casa sua?

Più di tutto il resto, Amy avvertì una scarica di ilarità e adrenalina che la spinse verso di lui come una lima di ferro verso una calamita.

Jarvis Cocker continuava a cantarle oscenità nelle orecchie; Amy desiderava che smettesse ma non voleva iniziare ad armeggiare goffamente con il walkman.

Sostenne lo sguardo del suo segreto, mordendosi il labbro, mentre schiacciava i pulsanti uno a uno fino a trovare quello giusto e interrompere la musica. Si ritrovarono uno di fronte all'altra. Lui sorrise e allungò la mano. Le tolse un auricolare, poi anche l'altro, dai lati della testa. Le sue dita le sfiorarono le orecchie. Amy deglutì forte, incerta sulle regole da seguire.

«Ciao Amy», disse lui, sempre sorridendo. I suoi occhi verdi scintillavano, le ciglia così scure da sembrare bagnate. Le ricordava una vecchia fotografia di John Travolta che si lavava il viso tra una ripresa e l'altra della *Febbre del sabato sera*. Era stampata in una delle riviste musicali di Amy e, per quanto lei considerasse John Travolta un coglione, quella fotografia le piaceva un sacco. L'aveva incollata sull'album da disegno del corso di arte e design.

«Ciao...», rispose Amy, con voce poco più che sussurrata.

«Ho una sorpresa per te... monta su». Lui indicò la sua automobile – una Ford Escort color volpe – e le aprì la portiera con l'eleganza di uno chauffeur.

Amy si guardò attorno. «Non so se sia il caso, credo che il mio patrigno ci stia guardando».

Non appena le sue parole si levarono nell'aria, sentì aprirsi una porta poco distante e si accucciò dietro la Escort.

Sul marciapiede, Bob posò a terra la borsa degli attrezzi bofonchiando. Espirò sonoramente mentre rovistava in cerca delle chiavi, poi aprì la portiera del furgone. Ignaro di essere osservato, scaraventò la borsa sul sedile del passeggero e richiuse la portiera sbattendola con le mani grosse e pelose. Poi arrancò attorno al veicolo fino al posto di guida, si issò sul sedile e mise in moto facendo grattare la frizione. Il retro del furgone oscillò come la coda di un cagnolino.

Seppur eccitata, seppur pronta, una gigantesca parte di Amy avrebbe voluto mettersi a correre lungo la via, balzare sul furgone di Bob, tornare piccola e al sicuro e chiedergli se poteva cambiare le marce.

«Era quello il tuo patrigno?».

Amy si rialzò e, mentre si toglieva la polvere di dosso, annuì ammutolita.

«Problema risolto, allora. Monta su». Le rivolse un sorriso insidioso. E il gioco fu fatto. Amy non aveva più scuse, e salì sull'auto.

Capitolo due
Alex

7 settembre 2010

Il reparto dell'ospedale era intrappolato in un limbo di morte apparente. Nove corpi muti e immobili sedevano rigidi sotto le graziose copertine color pastello.

Alex Dale aveva scritto di nati prematuri, i cui pochi secondi di vita erano fragili come mucchietti di polvere dorata.

Aveva scritto di malattie degenerative e di pazienti attaccati alle macchine, il cui futuro dipendeva dalla pressione pigra su un pulsante. Aveva persino descritto nei minimi dettagli ogni dolorosa tappa del trapasso della madre, ma i pazienti che aveva di fronte stavano affrontando una morte in vita di tutt'altro genere.

I volti passivi del Bramble Ward, il reparto di riabilitazione neurologica del Tunbridge Wells Royal Infirmary, avevano avuto una vita prima di allora. Non erano come i nati prematuri, che conoscevano solo l'utero della madre, l'intrusione dei tubicini e il calore delle mani ansiose e disperate dei genitori.

Quei pazienti non erano come i malati di demenza, le cui regressioni infantili si alternavano al terrore dei ricordi.

Le persone che sedevano rigide nei letti del Bramble Ward erano diverse. Non avevano vissuto il lento declino della vita, ma subito un arresto d'emergenza. Ed erano ancora presenti dentro quei corpi, da qualche parte.

Alcuni battevano lentamente le palpebre, voltavano appena lo sguardo verso la luce e mutavano espressione con fluidità. Altri sembravano congelati in un fermoimmagine: in piena esultanza, a riposo o nell'occhio del ciclone. Tutti ormai intrappolati in un grido silenzioso.

«Per anni questi pazienti venivano dati per spacciati», spiegò la responsabile del reparto, con i capelli ramati e le zampe di gallina più profonde che Alex avesse mai visto. «Venivano chiamati vegetali». La donna fece una pausa e sospirò. «Molti li definiscono ancora così».

Alex annuì, scribacchiando frammenti di conversazione sul taccuino Moleskine.

«Ma il fatto è che non sono tutti uguali e non si dovrebbe darli per spacciati», proseguì la caporeparto. «Sono individui. Alcuni sono del tutto privi di coscienza, ma altri ne mostrano un livello minimo, che è lontano anni luce dalla morte cerebrale».

«Quanto tempo rimangono qui prima di riprendersi?», chiese Alex, la penna sospesa sul foglio.

«Be', sono in pochissimi a riprendersi. Quest'estate abbiamo dimesso un ragazzo che ora è a casa, assistito ventiquattr'ore su ventiquattro dai genitori e dalla sorella, ma era il primo da anni».

Alex la fissò stupita.

«La maggior parte è qui da un sacco di tempo», aggiunse la donna. «E morirà qui dentro».

«Ricevono molte visite?»

«Oh, sì. Alcuni hanno famiglie che vengono a trovarli tutte le settimane per anni». L'infermiera smise di parlare e osservò i letti.

«Io non credo che ci riuscirei. Se lo immagina, venire qui tutte le settimane senza avere il minimo riscontro?».

Alex tentò di scacciare l'immagine della madre con i capelli stopposi e lo sguardo vitreo fisso sul volto dell'unica figlia, mentre le chiedeva la favola della buonanotte.

La caporeparto aveva abbassato la voce; c'erano parenti in visita seduti accanto a diversi letti.

«Solo di recente abbiamo riscontrato dei segni di vita sotto la superficie. Alcuni pazienti come questi», indicò i letti alle spalle di Alex, «e parlo di una mera manciata in tutto il mondo, hanno persino iniziato a comunicare».

Si fermò. Le due donne erano giunte al centro del reparto, circondate da letti e tendine. Con lo sguardo, Alex la incoraggiò a proseguire.

«Non è del tutto corretto, a dire il vero. Quei pazienti hanno sempre comunicato, ma i medici non erano in grado di ascoltarli. Non so quanto lei si sia documentata, ma dopo un anno il tribunale può interrompere il supporto artificiale se il paziente è tenuto in vita dalle macchine. E ora, con tutti i tagli...», la donna si interruppe.

«È terribile non avere voce», commentò Alex, continuando a scribacchiare appunti e ondeggiando nauseata tra i brusii elettrici del reparto.

Stava scrivendo, per un inserto del fine settimana, un pezzo sul lavoro del dottor Haynes, lo sfuggente scienziato che studiava le neuroimmagini alla ricerca di segnali di comunicazione in quel tipo di pazienti. Alex non lo aveva ancora incontrato di persona e la scadenza per la consegna era imminente. Aveva scritto senz'altro di meglio.

Il reparto contava un letto vuoto e altri nove occupati e silenziosi. Tutti e dieci sfoggiavano identiche coperte celesti e tendine color lilla a separare i cubicoli.

Tra quelle pareti dalle tinte pastello, infermieri e assistenti issavano i pazienti in posizione seduta, asciugavano la saliva dalla bocca e li vestivano con gli abiti portati dai familiari o donati da benefattori rimasti a debita distanza.

Dietro il bancone della reception gorgogliava una radio, alternando chiacchiere e "vecchi successi". La musica a malapena percettibile si faceva largo tra il respiro sommesso dei pazienti e i *bip* e i fruscii dei macchinari.

Nell'angolo più remoto del reparto, un poster catturò l'attenzione di Alex. Era Jarvis Cocker dei Pulp, l'aria effeminata e la giacca di tweed. Alex si sforzò di leggere il nome della rivista dalla quale era stato prelevato con attenzione.

Si trattava di «Select». Ormai morta e sepolta da un pezzo, era stata la rivista più in voga negli anni dell'adolescenza di Alex. Lei stessa aveva sommerso il direttore di lettere senza risposta, implorandolo di offrirle uno stage, al tempo in cui la musica sembrava l'unica passione di cui chiunque potesse avere voglia di leggere o scrivere.

La caposala dall'uniforme blu scura che le aveva mostrato il reparto era stata accalappiata. Alex la vide parlare con aria pacata e seria a un familiare in lacrime di una paziente che indossava una rigida vestaglia rosa.

Alex si avvicinò furtiva al cubicolo nell'angolo. Aveva gli stinchi infiammati per la corsa mattutina e affrettando il passo strizzò gli occhi per il dolore. Le suole sottili delle ballerine sfregavano come sabbia contro le sue vesciche.

La maggior parte dei pazienti del reparto aveva raggiunto almeno la mezza età, ma il cubicolo in fondo emanava un inquietante senso di gioventù.

Alex mosse un passo silenzioso attraverso l'ampio spiraglio tra le tendine chiuse a casaccio. Nonostante il buio del cubicolo, vide che Jarvis Cocker non era solo. Accanto a lui, Damon Albarn dei Blur si atteggiava con malcelato disagio di fronte all'obiettivo. Entrambi erano stati staccati con cura da «Select» anni prima, e ora la polvere solleticava le puntine affisse ai muri.

La scena era statica. La coperta era adagiata sopra la montagnola delle ginocchia. Due braccia rachitiche giacevano di traverso sulle lenzuola inamidate, l'aspetto violaceo, la pelle d'oca, una logora T-shirt blu come cornice.

Alex aveva sempre evitato di guardare in faccia i pazienti di quel reparto. Le sembrava maleducato fissare quei volti di ghiaccio come fossero fenomeni da baraccone d'epoca vittoriana. Anche in quel momento, stazionava accanto a quel letto di stampo britpop, agitata come una bambina. Osservò l'appaarecchiatura immacolata che incombeva sopra di esso e scribacchiò a caso sul taccuino, per prendere tempo, prima di riuscire finalmente a posare gli occhi sul capo della ragazza.

Aveva i capelli di un intenso castano scuro, con la frangia tagliata in modo approssimativo e per il resto lunghi e aggrovigliati. I suoi straordinari occhi azzurri erano semiaperti e rilucevano come il marmo. Anche Alex aveva i capelli lunghi e scuri, annodati in una coda, e gli occhi color del mare: le due donne sembravano una lo specchio dell'altra.

Non appena riuscì a posare gli occhi per bene su quel giovane viso, Alex balzò indietro.

Conosceva quella donna.

Ne era certa, ma aveva solo un barlume di ricordo, senza appigli concreti.

Mentre le tempie le pulsavano in preda al panico, chiamò a raccolta il coraggio per guardare di nuovo, sbirciando mentalmente tra le dita. Sì, conosceva quel viso, conosceva quella donna.

Fino a poco tempo prima, la sua capacità di ricordare era stata affilata come un rasoio, e il nome le si sarebbe acceso nella mente in un battibaleno. Uno schedario mentale ormai arrugginito.

Alex udì un rumore di zoccoli e di gambe pesanti che si avvicinavano spediti. Capì al volo.

«Mi spiace per l'interruzione», sentì che diceva la caporeparto con il fiato corto. «Dove eravamo rimaste?».

Alex si voltò verso il suo cicerone. «Questa è…?»

«Sì, è lei. Mi chiedevo se l'avrebbe riconosciuta. Doveva essere molto giovane».

«Avevo la sua stessa età. Cioè, ho la sua stessa età».

Alex sentì il cuore martellarle nel petto; la donna in quel letto non avrebbe dovuto colpirla, eppure le suscitò un certo tormento.

«Da quanto tempo è qui?».

La caporeparto guardò la paziente e si sedette delicatamente sulle lenzuola, accanto alla piega del suo gomito.

«Da allora, più o meno», rispose pacata.

«Dio, poveretta. A ogni modo…», Alex scosse piano la testa.

«Sì, scusi, avrei un altro paio di domande, se per lei non è un problema».

«Prego», sorrise la donna.

Alex inspirò a fondo per riprendere il filo. «Potrebbe sembrare una domanda sciocca, ma ci sono casi di sonnambulismo?»

«No, nessun caso. Nessuno è in grado di muoversi».

«Oh, certo», replicò Alex, scostandosi i capelli dagli occhi con l'estremità della penna. «Forse mi ha sorpreso la sicurezza all'ingresso del reparto: è un requisito standard?»

«Non stiamo di guardia alla porta per tutto il tempo, solo quando c'è molto viavai. Altrimenti preferiamo rimanere negli uffici a sbrigare la burocrazia. In ogni caso, prendiamo molto sul serio la questione della sicurezza».

«Per questo ho dovuto firmare per entrare?»

«Sì, teniamo traccia di tutte le visite», rispose la caporeparto. «Se ci pensa, chiunque potrebbe fare ciò che vuole a questa gente, se ne avesse l'intenzione».

Alex guidava piano nella luce aranciata del sole, strizzando gli occhi. Amy Stevenson. La giovane in quel letto. Ancora quindicenne, con i poster britpop, i capelli arruffati e gli occhi da bambina.

Mentre rallentava davanti alle strisce pedonali, due ragazzini in divisa scolastica blu per poco non finirono sul cofano della sua Polo nera, mentre si sbaciucchiavano incollati come i partecipanti di una corsa nei sacchi.

Alex non riusciva a scacciare il pensiero di Amy. Amy Stex venson, uscita un giorno da scuola e mai arrivata a casa. La Amy scomparsa. La fotogenica adolescente della tragedia in divisa scolastica; il suo sorriso nella fotografia della scuola che era apparsa su tutti i telegiornali nazionali; la madre di Amy in preda ai singhiozzi e il padre all'ansia, o forse era il patrigno? I compagni di scuola accalcati in una "assemblea speciale", ripresa per i notiziari della sera.

Stando ai suoi ricordi, il corpo di Amy era stato ritrovato dopo qualche giorno. La caccia all'uomo aveva dominato i telegiornali per mesi, o erano state settimane? All'epoca Alex aveva la stessa età di Amy e ricordava lo shock provato nel rendersi conto di non essere invincibile.

Era cresciuta a soli trenta minuti di distanza da Amy. Avrebbe potuto essere sequestrata per strada in qualsiasi momento, da chiunque, nella piena luce del giorno.

Amy Stevenson: il caso che aveva segnato il 1995, e che ora giaceva nell'archivio dell'umanità.

Erano le 12:01. Il sole aveva superato lo zenit: l'ora giusta per prendere il largo.

Nella fresca quiete della sua cucina di bordo, Alex posò sul tavolo un alto bicchiere graduato e un delicato calice da vino. Con cautela, riempì il bicchiere fino all'orlo con acqua minerale (a temperatura ambiente), poi versò nel calice del vino bianco fresco, un buon Riesling, esattamente fino alla tacca segnata sul bicchiere, e ripose nel frigorifero la bottiglia, che tintinnò contro le altre cinque identiche.

L'acqua era importante. Qualunque bevanda più alcolica di una birra leggera avrebbe privato il corpo di più liquidi di quanti ne fornisse, e la disidratazione era pericolosa. Alex cominciava e terminava ogni pomeriggio con un bel bicchierone d'acqua a temperatura ambiente. Negli ultimi due anni aveva bagnato il letto più volte a settimana, ma sofferto quasi mai di seria disidratazione.

Due bottiglie, a volte tre. Soprattutto bianco, o rosso nei pomeriggi freddi, e a casa. Soltanto a casa.

Quando Matt si era fermato sulla soglia per l'ultima volta, la giacca estiva e il cappotto invernale sottobraccio, con lo sguardo da atto finale perfetto per l'occasione, le aveva detto che "gestiva" il suo alcolismo come un diabetico gestisce la malattia.

I rituali e la routine erano diventati fondamentali per lei. Tenere il controllo e cercare di preservare la carriera le consumava ogni energia. Non le restava niente per portare avanti un matrimonio e ancora meno per goderselo.

Non si sarebbe aspettata di divorziare a ventotto anni. Per la maggior parte delle persone, a quell'età l'idea del matrimonio si profilava appena all'orizzonte.

Comprendeva perché Matt l'aveva lasciata. Lui aveva aspettato e aspettato il minimo indizio che lei volesse migliorare, che alla fine avrebbe scelto lui e la loro vita insieme anziché l'alcol, ma il pensiero di cambiare non le aveva mai sfiorato la mente. Nemmeno quando avrebbe avuto *ogni ragione* per smettere. Semplicemente, lei era così e si comportava così.

Si erano conosciuti durante la settimana delle matricole all'università di Southampton, anche se nessuno dei due rammentava i dettagli. I ricordi comuni partivano da qualche settimana dopo l'inizio del primo semestre, quando ormai erano una coppia consolidata e si svegliavano tutte le mattine uno più sbronzo dell'altra.

Il bere aveva cementato la loro relazione, ma non era mai stato tutto, e nel tempo era diventato sempre meno importante per Matt. Parlavano e ridevano e andavano alla stragrande nei rispettivi corsi (lui in criminologia, lei in letteratura inglese), in parte grazie a discussioni accanite, in parte grazie alla loro competitività. Fin dal primo mese, erano stati *loro*. Non lui o lei, ma sempre loro.

Dopo quasi due anni dalla sentenza di divorzio, Alex usava ancora in automatico il "noi", lei e il suo arto fantasma.

Ogni pomeriggio, prima che il bicchiere di partenza le toccasse le labbra, Alex spegneva il cellulare. Aveva chiuso da tempo l'account di Facebook, ripulito la rete di qualunque traccia digitale che potesse consentirle di inviare messaggi brilli a Matt, ai fratelli e agli amici di lui, ai suoi ex colleghi, a chiunque.

Alex aveva regole precise per il pomeriggio: niente chiamate, niente email, niente acquisti. Nell'intermezzo oscuro tra la bevitrice incallita e l'alcolista funzionale non si era data alcuna regola. Così aveva inviato proposte di articoli traballanti e giulive a direttori di giornale sconcertati; imboccato direzioni disastrose e offensive durante delicate interviste telefoniche; mandato in fumo amicizie tramite email scritte in maiuscolo e senza peli sulla lingua e dato fondo al conto in banca in preda a spese folli e impulsive. E anche di peggio.

Ora la situazione era migliorata. Riceveva incarichi di lavoro semiregolari, aveva una casa di proprietà. Aveva perfino iniziato a correre.

Almeno una volta a settimana pianificava la propria morte e abbozzava un'indulgente lettera d'addio per Matt e il bambino che non aveva mai pianificato di avere, e che ormai non avrebbero mai avuto.

Si sedette alla scrivania e aprì il suo taccuino Moleskine.

«Amy Stevenson».

Alex aveva una storia, e di gran lunga più interessante di quella che le avevano commissionato.

Capitolo tre
Jacob

8 settembre 2010

Jacob amava sua moglie, ne era sicuro per gran parte del tempo, ma quando lei parlava per quarantacinque minuti filati di un ampliamento che non serviva e che non potevano permettersi, le bugie gli pesavano meno sulla coscienza.

Guardava la bocca di Fiona muoversi, articolando parole con intensa determinazione. Ne uscivano così tante, tante di quelle maledette parole che si mescolavano in un unico rumore incessante.

Ormai quella bocca di rosa le serviva solo per parlare. Da quanto tempo le sue labbra non si ammorbidivano più per un bacio? O gli sussurravano qualcosa di dolce all'orecchio?

«Ma mi stai ascoltando?». Gli impetuosi occhi castani di Fiona si riempirono di acqua salata, pronta a rompere gli argini senza preavviso. Da quanto tempo lui e la moglie non ridevano più fino a farsi spuntare le lacrime?

«Certo che ti ascolto». Jacob allontanò la ciotola di cereali lasciata a metà, tentando con disperazione di non manifestare un'aggressività sfacciata né passiva, né tantomeno di infrangere altre tacite regole d'oro.

Quando si erano conosciuti, parlavano di tutto. Be', quasi tutto. Lei lo aveva incantato, aveva sempre un sacco di cose da dire e a lui piaceva ascoltarle.

Da fidanzati litigavano, scherzavano e chiacchieravano fino al mattino. La prima notte di nozze non avevano consumato il matrimonio, tanto erano rimasti avviluppati nelle reciproche parole finché non si erano resi conto che era già mattina: le gambe di

Fiona ancora aggrovigliate nello strascico dell'abito color avorio, i volti stanchi a forza di ridere, che si rilassavano al sole.

Ma Fiona aveva smesso di chiedergli del lavoro e di aspettarsi che lui le raccontasse qualcosa. Ora discutevano di futili questioni domestiche e poco altro.

Quando era successo? Con l'inizio della gravidanza? Prima?

Certo, era stata intransigente sulle date dell'ovulazione e le posizioni ottimali, ma era ancora la solita Fiona, ridevano e parlavano come sempre.

Il problema andava oltre il disinteresse.

La moglie era solita fargli il terzo grado su chi, dove e quando, in occasione di riunioni ed eventi sociali, facendo controlli incrociati tra le sue risposte e le date sull'agenda, le conversazioni precedenti, i vestiti che si era messo, i commenti casuali che aveva fatto.

«Allora chi ci sarà esattamente a questo party di Natale? Perché niente mogli e fidanzate? Di solito si invitano… ci sarà almeno qualche moglie o fidanzata?».

Forse non le interessava più. Fiona aveva il suo fagiolino che le cresceva nel ventre e il resto non importava più. Se le cose stavano così, era diventata l'opposto della Fiona di cui si era innamorato e che aveva sposato. Nonostante tutta la pressione per raggiungere quel traguardo, anche lui si era sentito al settimo cielo quando la seconda lineetta blu era apparsa sul fatidico test diversi mesi prima. Terrorizzato, ma al settimo cielo.

Ora, seduto al logoro tavolo della colazione, osservava la moglie vacillare sui suoi stessi piedi. Il suo senso dell'equilibrio si era sgretolato nel corso delle ultime settimane, mano a mano che la pancia si gonfiava con rinnovata urgenza.

Jacob sospirò. Ormai qualsiasi conversazione conduceva a un unico argomento: la piccola cucina infernale.

L'ampliamento del locale avrebbe risolto tutti i problemi: lo spazio per la dispensa, l'accesso scomodo al giardino, dove tenere la carrozzina, il conflitto in Medio Oriente.

Il nuovo ampliamento significava tutto. E se Fiona non l'avesse ottenuto, per quanto impossibili fossero i preventivi, il mondo sarebbe esploso. Jacob non riusciva a capire con esattezza se in quella pancia da cartone animato ci fosse suo figlio o una bomba a orologeria.

La villetta bifamiliare degli anni Trenta in Wallington Grove, a Tunbridge Wells, era sembrata un palazzo quando si erano trasferiti, appena due anni prima. Ci erano voluti prudenza, astinenza e tanti straordinari per accumulare la somma per l'anticipo e i novelli sposi avevano stabilito che il lavoro e lo stipendio sarebbero stati l'obiettivo principale per almeno tre anni: dovevano alimentare la macchina. Fiona aveva concordato, con tutto il cuore e nel modo più assoluto, che il mutuo era impegnativo, che sarebbero occorsi due stipendi a tempo pieno per ammortizzarlo, e che ognuno dei due avrebbe dovuto fare la sua parte.

Dopo all'incirca diciotto mesi e una campagna intensiva che virava dal sottile alle lacrime, avevano provato ad avere un bambino e l'avevano concepito quasi all'istante. E ora il bambino richiedeva un ampliamento.

«Fi, senti, mi dispiace, non è per fare lo stronzo, ma devo proprio andare. Ho delle riunioni tremende oggi e la mia testa è da tutt'altra parte».

«Certo», rispose lei, «fa' come ti pare».

Non gli chiese altro. Perché non gli chiedeva più niente?

Dovevano andare entrambi. Fiona al suo lavoro di graphic designer, Jacob all'ospedale, dove però non lavorava.

Capitolo quattro
Amy

18 luglio 1995

Amy si allacciò la cintura del sedile del passeggero e si voltò verso di lui. L'uomo colse il suo sguardo e le sorrise, sfuggente, incurvando appena gli angoli della bocca prima di riportare gli occhi alla strada. Nel cambiare marcia, le sollevò la gonna lungo la coscia con il palmo della mano, provocandole un brivido che le attraversò le spalle.

Amy non era abituata a quelle attenzioni così dirette. Jake non faceva che girarci intorno, cercando di radunare il coraggio, finché la frustrazione non le martellava così forte nella testa da spingerla a fare la prima mossa. Ciò che Amy voleva davvero, che era piuttosto sicura di volere, era che qualcuno la desiderasse, che la volesse veramente. Qualcuno che *prendesse le redini*.

Guardò la mano ferma sul suo ginocchio, mentre lui teneva gli occhi fissi sulla strada. Dal polsino della camicia gli facevano capolino i peli neri e aveva le unghie tagliate con cura, perfette e diritte.

Appena poche settimane prima le era apparso come un cavaliere dall'armatura scintillante. Sbucato da dietro l'angolo per salvarla da quell'uomo maledetto. Jake si era già infilato sul sedile posteriore dell'auto della madre e aveva messo la cintura. Le sue amiche erano andate via ridacchiando per qualche motivo e lei era rimasta in balia di quel verme e delle sue suppliche. Di nuovo. Amy gli aveva imprecato contro dicendogli di lasciarla in pace. Alla fine l'uomo era strisciato via, sbuffando tra sé e calciando la ghiaia sulla strada. Lei aveva abbassato le spalle con un misto di sollievo e rimpianto, le lacrime che sgorgavano calde.

E poi era apparso il suo segreto, proprio sulla strada vicino alla scuola, alto e baldanzoso e diretto verso di lei. Le aveva passato un braccio attorno alla vita, l'aveva guidata verso un portone e le aveva scostato i capelli dagli occhi. «Cosa c'è che non va? Posso aiutarti?», le aveva chiesto.

«È per mio padre», aveva risposto Amy scoppiando a piangere.

«Che cosa ti ha fatto?», aveva domandato lui, sollevandole il mento con dolcezza, cosicché gli occhi umidi di Amy avevano incrociato il suo sguardo preoccupato.

«Ti fa del male?»

«No», aveva singhiozzato lei, «non è come pensi. Non intendo il padre con cui abito». Si era asciugata gli occhi con le dita. «Bob è il mio patrigno. Parlo del mio vero padre».

«Senti, i padri sono delle bestie complicate. Non è colpa tua, okay? Ti do un passaggio a casa così mi racconti tutto. Va bene, Amy?»

«Va bene».

Le aveva aperto la portiera del lato passeggero e lei si era liquefatta sul sedile.

Quel giorno non l'aveva sfiorata con un dito e lei non aveva smesso di desiderare che lo facesse.

Capitolo cinque
Alex

8 settembre 2010

Alex Dale si svegliò con le gambe addormentate e la fronte madida. Non ricordava di aver gettato a terra la trapunta, eppure la vide sul pavimento tra il materasso e la parete.

Era sdraiata sul lato del letto più vicino alla porta. *Il lato di Matt.*

Nello spazio vuoto al suo fianco si stagliava una macchia ovale, scura e bagnata, pungente al naso. Alex indossava soltanto la maglietta del pigiama, i pantaloni giacevano abbandonati in fondo alle lenzuola in un mucchietto umido e stropicciato. Non ricordava nel modo più assoluto di averli indossati, né di averli tolti.

Ormai non si vergognava più, reagire era troppo banale. Finché avesse continuato a "gestire" se stessa in maniera corretta, nessuno sarebbe più entrato nel suo letto, perciò non avrebbe dovuto preoccuparsi delle conseguenze dell'infamia.

La routine mattutina che consisteva nel disfare il letto, gettare via i teli assorbenti DryNites, appallottolare tutto nella lavatrice, aggiungere una doppia dose di ammorbidente, zampettare nuda fino al bagno per ripulirsi le gambe con una salvietta umida... ormai era consolidata. La ripeteva a occhi chiusi.

Prima di addurre scuse, infilò i vestiti da corsa sulle gambe ancora umide, afferrò la bottiglia dell'acqua, ficcò le chiavi nel reggiseno e corse fuori dalla porta.

Una gamba davanti all'altra, poi la seconda davanti alla prima. Se ci riusciva almeno una volta, poteva continuare per un'altra mezz'ora.

Mentre il mattino si schiudeva davanti a lei, Alex correva a passo lento e regolare lungo gli stretti marciapiedi di quell'angolo tranquillo di Tunbridge Wells. Qualche cagnolino le tagliò la strada e dovette scendere dal marciapiede per evitare i passeggini con le borse del cambio penzolanti e gli armamentari vari.

Le aveva fatte tutte: la cinque chilometri, la dieci chilometri, la mezza maratona. Mai la maratona, però. La maratona meritava rispetto. Sobrietà. Alex affrontava le corsette e le piccole gare a passo lento e regolare, senza competere con nessuno se non con il desiderio di smettere. Il suo nome compariva in centinaia di classifiche. Alexandra Dale, categoria senior femminile indipendente.

Rientrata a casa e finita la doccia, Alex fece colazione con uova e pane tostato. Pranzo liquido e cena leggera. A volte la sua cena consisteva in qualunque cosa riuscisse a strappare con le mani per ficcarsela in bocca, barcollando per la cucina.

Alle 10:20 del mattino, Alex svoltò con la sua Polo nel parcheggio del Tunbridge Wells Royal Infirmary e trovò un posto libero in un angolo in fondo, all'ombra di una vecchia quercia. Ancora seduta sul sedile, si mise a rovistare nella borsetta, accolta dal piacevole e intenso profumo di pelle.

Ormai controllava la propria condizione con discreto successo, ma il divorzio di due anni prima l'aveva lanciata da un treno in corsa dritta al centro dei binari, dove era rimasta per tre o quattro settimane.

Alex aveva raschiato il fondo dei suoi risparmi con numerosi attacchi di spese folli prima di riuscire finalmente a riprendere le redini della situazione, ma la borsetta di Chloé Paddington era uno degli acquisti alcolici su Net-a-Porter che non rimpiangeva più di tanto: era bellissima.

Sbiancò vedendo il suo viso ingrigito riflesso nello specchietto retrovisore. Si spalmò una buona manciata di crema idratante sulla pelle giallastra e diede un tocco di colore con il fondotinta. Illuminò gli zigomi spigolosi con la cipria e sfumò l'ombretto marrone e rosato sulle palpebre per illudere lo specchietto di avere due occhi pieni di luce e calore, anziché due buchi neri.

Lucidalabbra, cipria e fard; era pronta per mettersi al lavoro.

«La ringrazio molto per la pazienza, Alex, sono desolato di aver annullato l'appuntamento un paio di volte».

Almeno cinque, pensò Alex, stringendo la mano del dottor Haynes con un sorriso caloroso.

Aveva delle perfette mani da medico: fredde e morbide.

«Nessun problema, so che è molto occupato».

Il dottor Haynes, esperto mondiale di stati vegetativi, richiuse piano la porta e le indicò una poltrona di pelle malconcia di fronte alla scrivania sommersa di carte.

Alex si sedette e sobbalzò per l'improvviso rumore di trombetta emesso dall'aria fuoriuscita da un buco nel rivestimento di pelle.

L'ufficio di Haynes era l'equivalente professionale della camera da letto di un adolescente. In un angolo, sopra una sedia da ufficio traballante, giaceva una pila di vestiti abbandonanti e appallottolati. Da una mensola penzolava in bilico un lettore CD, il cassettino aperto come la bocca di un cane che abbaia. Le pareti erano costellate di certificati e riconoscimenti, le cui cornici malconce sminuivano qualunque possibile compiacimento.

Il centro della scrivania di legno scuro era occupato da un computer portatile con il cavo aggrovigliato e da una fotografia con il retro girato verso Alex. Pile e pile di scartoffie ondeggiavano come grattacieli pericolanti.

Rendendosi conto di avere lo sguardo fisso sul dottor Haynes che la osservava in attesa, Alex esordì con il discorsetto che aveva preparato.

«Dottor Haynes…».

«Mi chiami pure Peter».

Lei sorrise. «Peter, l'ospedale è stato così cortese da inviarmi la sua biografia e, naturalmente, ho letto del suo lavoro. Quello che mi piacerebbe sapere è: cosa vi spinge a esplorare quest'area della medicina?».

Haynes espirò e si appoggiò allo schienale della poltrona malconcia. Guardò Alex negli occhi, respirando a fondo, poi alzò entrambi i gomiti e incrociò le mani dietro la nuca.

Alex sapeva che il dottore aveva solo quarantun anni, ma le sembrò più vecchio. Aveva due solchi profondi sotto gli occhi iniettati di sangue e le palpebre traslucide, color grigio tortora. I capelli un po' ricci e un po' lisci ricordavano un porcellino d'India appollaiato sulla sua testa, con le zampe avvinghiate ai lati del viso.

«Il punto è, Alex, che io non considero il mio lavoro come una branca della medicina da esplorare. Credo consista più nell'esplorare le persone. È importante perché le persone sono importanti e non si può fare il medico se non si attribuisce valore alla vita umana».

Alex annuì e gli fece cenno di proseguire.

«Il mio lavoro mi affascina perché sfida la comprensione del confine tra coscienza e morte».

Mentre il dottore parlava, sparirono tutti i suoi tremori e le strane smorfie che avevano accompagnato i convenevoli. Haynes abbassò le mani e fletté le dita sulla scrivania graffiata.

Alex si domandò se non fosse un monologo collaudato. In ogni caso non le importava, purché ottenesse le citazioni che le servivano e potesse spingersi oltre chiedendo di Amy Stevenson.

«Quando si parla di comprensione della mente, la nostra conoscenza si rivela misera. Non mi riferisco all'aspetto psicologico, ma alle basi della biologia del cervello e al modo in cui esso governa il comportamento, il pensiero e la comunicazione. Ci sono molti aspetti che ancora non conosciamo, ma se qualcuno perde la capacità di comunicare nei modi che riteniamo accettabili, lo si considera un caso irrecuperabile».

La fiamma negli occhi di Peter si spense e lui tornò a sprofondare nella sedia, fissando la porta con uno sguardo che sembrò attraversare Alex.

«È vero che circa il quaranta percento delle diagnosi di stato vegetativo è errato?», chiese lei, sperando di dimostrargli che si era documentata.

«Oh, numeri, voi giornalisti siete ossessionati dai numeri per i vostri titoli di copertina». Agitò la mano a mezz'aria con gesto sprezzante. «Non lo sappiamo. Quel che sappiamo è che una buona fetta di persone definite "vegetali" in realtà possiede una mente funzionante. Forse un quinto, o forse più; per ogni scienziato che parli di un quinto, ne troverà un altro che nega tutta la maledetta questione».

«Mi piacerebbe capire come lei riesca a riconoscere eventuali segni di comunicazione. Dice che possono comunicare ma non nei modi abituali, perciò di che genere di comunicazione si tratta?»

«Be', hanno la capacità di pensare e la volontà di proiettare i pensieri. Un po' come l'intranet di un computer... Sa cosa intendo con "intranet"?»

«Sì», confermò Alex, sperando che la spiegazione richiedesse solo una comprensione di base.

«Okay, diciamo che nell'intranet circolano informazioni, dati – o ricordi, pensieri – con i quali possiamo interagire ma che non si possono condividere all'esterno. È un circuito chiuso, se vogliamo».

«Afferrato», disse Alex.

Il dottore fece una pausa. «Sicura? Bene, questi pazienti dispongono di dati, di ricordi e anche di una rete di pensieri che circolano, ma non sono in grado di condividerli al di fuori di quel circuito chiuso. Perciò è compito nostro, se mi consente l'analogia forzata, infiltrarci nella loro rete in qualità di hacker per capire con i nostri occhi come funziona».

«E come ci si riesce?»

«Attraverso le neuroimmagini, risonanze magnetiche, per lo più. Osserviamo il cervello dei pazienti in stato di riposo e controlliamo quali zone si accendono. Poche, in genere. Poi cominciamo a porre domande a quel cervello. Gli chiediamo di immaginare e ricordare. Cose banali, come i ricordi della quotidianità, facili da elaborare anche per un cervello scarsamente reattivo. Talvolta, soprattutto ai pazienti più giovani, con un'attività cerebrale più recente, chiediamo di immaginare che stiano praticando uno sport come il tennis».

«E tutti i pazienti ne sono in grado?»

«No, ed è molto triste quando si spengono tutte le luci. Ma allo stesso tempo, non può immaginare la sensazione di gioia pura nel vedere un presunto cervello allo stadio vegetativo che si accende trasmettendo segnali d'immaginazione, memoria e voglia di partecipare. Capisce, Alex, è proprio per questo che io sono qui».

«Quindi attinge ai loro ricordi o pensieri originali o si limita a osservare le reazioni agli stimoli?»

«Ebbene, questa è proprio la parte più elettrizzante, soprattutto per le famiglie dei pazienti. Una volta identificate alcune aree del cervello e come generare una risposta in esse, possiamo partire con le domande chiedendo al paziente di immaginare una partita di tennis per rispondere "sì" o un bagno nell'acqua calda per dire "no". In pratica, possono sostenere una vera conversazione, per quanto semplice».

«Incredibile. Allora tutti i pazienti che rivelano questo tipo di attività cognitiva sono in grado di comunicare in quel modo?»

«Purtroppo no, anzi sono davvero pochi, ma più comprenderemo a fondo il processo, più saremo in grado di aiutare anche gli altri».

Alex si morse il labbro e il pizzicore del sangue la aiutò a concentrarsi. «Peter, vorrei chiederle di una paziente in particolare. L'ultima volta che ho visitato il reparto, ho notato che è ricoverata qui anche Amy Stevenson».

Guardò il dottore in cerca di una qualche reazione, ma lui rimase impassibile.

«Ho la stessa età di Amy», continuò Alex, «e sono cresciuta

qui, perciò adesso ricordo molto bene la storia del rapimento. Mi vergogno ad ammetterlo, ma l'avevo completamente rimosso».

«È normale», la interruppe il dottore. «La vita non può che proseguire attorno a questi pazienti».

«Sì, be', suppongo... Ma quando sono uscita da qui l'altro giorno, non ho fatto altro che pensare a Amy e alla sua situazione. Mi piacerebbe scrivere un pezzo sul caso e vorrei porre a lei e al suo staff qualche domanda sulla sua storia».

Alex trattenne il respiro.

«In teoria non sarebbe un problema», esitò lui, lanciando una rapida occhiata alla porta. «Tuttavia le risposte che il mio staff potrà fornirle saranno molto limitate, perché Amy è protetta dall'obbligo di riservatezza, come tutti i pazienti».

«Non sono interessata agli scandali né a turbare la famiglia. Anzi, se avesse i recapiti dei genitori, mi piacerebbe parlare anche con loro».

Haynes la scrutò e inclinò il capo con aria perplessa. «Amy non ha famiglia», rispose.

Alex si appoggiò allo schienale. Aveva sperato che l'ospedale potesse fare da tramite con i genitori di Amy.

«Ma ricordo la madre al telegiornale. Cosa le è successo?».

Peter balzò in piedi con un tale scatto che le ruote della sedia stridettero forte sul pavimento.

«La madre è morta anni fa, poco dopo l'aggressione alla figlia. Forse un anno...».

«Oh... Oh, mi dispiace», replicò Alex porgendo le sue condoglianze al vuoto, «e il patrigno?»

«Non ne ho idea. Ma se l'avessero accusata di tentato omicidio contro la sua figliastra, lei sarebbe rimasta in circolazione?».

Il dottore era stato brusco, ma aveva perfettamente ragione; poche preziose famiglie riuscivano a superare il rapimento di un figlio, tantomeno una tragedia simile.

«Potrebbe passare i miei recapiti al familiare più prossimo?», domandò Alex, cercando un biglietto da visita nella sua borsa.

«Amy non ha nessun familiare, in realtà. È sotto la custodia dell'ospedale e dell'autorità locale».

Più Alex entrava in quella storia, più si sentiva schiacciare. Amy era stata una ragazzina normale e in piena salute, che tornava a casa da scuola.

«Mio Dio, è così triste», commentò. «Immagino che nel suo lavoro si diventi insensibili a certe notizie».

Peter Haynes si stava già avvicinando alla porta, la mente chiaramente rivolta al lavoro, ma sembrò offendersi. «Non credo si diventi mai insensibili. Non io, quantomeno. Ci sono settimane in cui vorrei solo chiudermi in ufficio e non vederli».

«Però tiene le cose in comparti separati. Dev'essere così per forza, altrimenti non potrebbe fare il suo lavoro. Credo sia simile a quello del reporter, intendo dal punto di vista psicologico...».

Alex voleva chiarire di non essere un vero reporter, ma preferì evitare.

«Quello che *posso* dirle su Amy», proseguì il dottore, «è che respira da sola, alterna lo stato di veglia al sonno, le abbiamo tolto il sondino nasogastrico e abbiamo registrato una certa attività mentale che dimostra che non è "cerebralmente morta" come i giornali adoravano definirla».

Alex scribacchiò sul taccuino. «Allora è stata sottoposta all'esperimento del tennis?».

Peter Haynes corrugò la fronte. «Abbiamo provato. Abbiamo registrato una capacità d'immaginazione, ma le risposte cerebrali erano piuttosto caotiche e Amy subiva un forte stress. Di sicuro non potrà intervistarla tramite risonanza magnetica, se è a questo che mira. Non nelle condizioni attuali».

«No, non mi era nemmeno passato per la testa. Cioè, sarebbe favoloso, ma capisco che non sia possibile».

«Non lo è», sottolineò il dottore. «Ci sono persone che vengono a trovare i pazienti e gli parlano e sembra che su Amy abbia un leggero effetto, ma dato l'altissimo livello del trauma, non abbiamo più condotto alcun test su di lei. Procediamo con molta calma perché è incline allo shock. Il fatto che non abbia familiari rallenta ulteriormente il processo».

Qualcosa vibrò di colpo sulla cintura del dottore.

«Le chiedo scusa, Alex, ma mi chiamano da un altro reparto dell'ospedale».

«Apprezzo moltissimo il tempo che mi ha dedicato. Le farò sapere quando uscirà l'articolo».

Mentre stringeva di nuovo la mano liscia e asciutta di Peter, Alex si domandò se leggesse mai gli articoli che parlavano di lui, o se avrebbe letto il suo pezzo su Amy Stevenson. Sempre che fosse riuscita a farlo pubblicare. O quantomeno a scriverlo.

Il dottore era sfrecciato nella direzione opposta, così Alex puntò al reparto di Amy prima di convincersi a rinunciare.

L'ufficio di Haynes era ubicato nel cuore di un intrico di corridoi che alla fine si apriva su una via centrale di passaggio. I pavimenti lucidi stridevano sotto i passi di Alex e l'odore chimico del disinfettante per le mani le solleticò le narici. Preferì non pensare a quante persone erano ricoverate lì dentro in quel momento, che tossivano e si lamentavano in quello stesso blocco d'aria calda.

Mentre raggiungeva le pesanti doppie porte del Bramble Ward, Alex dosò sul palmo una grossa montagnola di gel disinfettante che le cadde sulla mano come fosse ketchup. Lo strofinò sulla pelle lentamente e con attenzione.

Poi spalancò le porte, superò il bancone vuoto della reception e si avvicinò in punta di piedi alla porta aperta della sala infermieri. Bussò delicatamente e attese che all'interno cessasse la conversazione. Dentro, la radio borbottava gli aggiornamenti di metà mattina del notiziario locale. Una voce spigliata annunciò l'arresto di uno stupratore ricercato, il successo di un evento scolastico di beneficenza e l'estensione della durata dei lavori sulla A21.

Dopo circa un minuto, Alex bussò di nuovo. Finalmente uscì un'infermiera, proprio mentre si accingeva ad annunciarsi per la terza volta.

«Oh, mi scusi, poteva bussare», osservò la donna, pur notando il pugno alzato di Alex.

Lei sbirciò all'interno in cerca della caporeparto conosciuta in precedenza, ma non la vide.

«Non credo ci abbiano presentate. Sono Alex Dale, giornalista. Sono già stata qui in visita perché sto scrivendo un articolo sul lavoro del dottor Haynes».

«Piacere, Gillian Radson, ma oggi non aspettavo visite di giornalisti in reparto», replicò l'infermiera arricciando le labbra.

«Ho appena intervistato il dottor Haynes che mi ha dato il permesso di scrivere un pezzo su una vostra paziente, Amy Stevenson».

«Dovrò verificare con lui», rispose la donna.

«Certo», replicò Alex, «ma visto che sono qui, forse potrei farle visita lo stesso?»

«C'è già qualcuno con lei».

Alex tentò di allungare lo sguardo verso il cubicolo nell'angolo, ma c'erano pilastri nei punti meno appropriati. «Credevo non avesse alcun parente».

L'infermiera Radson strinse il cardigan sul petto, incrociando le grosse braccia flaccide. «Non è un parente. È uno dei nostri visitatori».

Di fronte all'espressione vacua di Alex, la donna sospirò. «Sono volontari. Vengono qui e passano del tempo con i pazienti».

«Ah, okay. Allora forse potrei parlare con lui?», suggerì Alex, spalancando con aria il più innocente possibile gli occhi iniettati di sangue.

Intuì che la risposta era un no e che anzi, se l'infermiera avesse potuto prendersi quella libertà, le avrebbe rivolto qualcosa di più simile a un "vaffanculo".

«Aspetti qui», le rispose invece, «vado a chiedere».

Gillian Radson, il cui ventre tondeggiante come una mela riempiva l'attillato camice unisex a strisce blu, si avviò spedita verso il cubicolo di Amy. Alex si avvicinò di soppiatto, pochi centimetri alla volta, fino a scorgere chiaramente la tendina di Amy e il piede dell'uomo che sbucava da sotto.

L'infermiera aprì la tenda di scatto lasciando intravedere un uomo alto, dai capelli rossicci, che stringeva la mano di Amy seduto sul suo letto. Indossava una felpa blu con il cappuccio e portava al collo il tesserino dell'ospedale riservato ai visitatori. Mentre lui lasciava cadere la mano della ragazza, Alex vide l'infermiera chinarsi in avanti per parlargli all'orecchio. I due scoccarono contemporaneamente un'occhiata verso di lei, che tentò di mostrare nonchalance. Dopo un istante, la donna fece ritorno.

Scosse il capo, forse meditando se lamentarsi perché Alex si era allontanata dal punto in cui si trovava, e le riferì: «Mi dispiace, ma dice che il volontariato che presta qui da noi è una questione privata e preferirebbe non parlarne».

«Posso scambiare solo due parole con lui per spiegargli che l'intervista può essere anonima?», tentò Alex.

«No, senta...». L'infermiera fece un profondo respiro, celando a malapena l'irritazione. «Mi dispiace ma non è possibile. Quell'uomo dona il suo tempo per bontà di cuore ed è una brava persona». Soppesò lentamente le parole in bocca. «Non metterò a rischio la sua benevolenza lasciando che qualcuno gli arrechi disturbo dopo che lui si è chiaramente rifiutato».

Sapendo quando era il momento di battere in ritirata, Alex lasciò all'infermiera un biglietto da visita da consegnare al volontario, che non si sapeva mai, e scivolò fuori dal reparto. Tanto era quasi mezzogiorno, e aveva bisogno di tornare a casa.

Capitolo sei
Jacob

8 settembre 2010

Il cuore di Jacob accelerò i battiti. Era rimasto con Amy troppo a lungo, lo sapeva. Tuttavia non si aspettava che l'infermiera ficcanaso aprisse le tende così di colpo.

Si augurò che non lo avesse notato stringere la mano minuta di Amy, cosa che non faceva con gli altri pazienti.

Nel modo più casuale possibile, Jacob allentò la presa e lasciò cadere la mano della ragazza, con il palmo verso l'alto e le dita piegate.

Gillian Radson trasudava boria come al solito. «Mi spiace interromperla ma c'è una giornalista che vorrebbe parlarle», sbuffò.

Jacob doveva ancora riprendersi dall'intrusione. «Una giornalista vuole parlare con me? E perché mai una giornalista vorrebbe parlare con me?»

«Non si preoccupi», lo rassicurò l'infermiera, «sta scrivendo un articolo su uno dei nostri dottori ed è interessata al caso di questa paziente. Voleva rimanere un po' con Amy ma le ho spiegato che c'era lei, così ha chiesto di poterle parlare».

Con una sincronia spontanea, Jacob e l'infermiera si voltarono verso la donna.

Non era preparato a niente del genere. Fissò Gillian Radson, aspettando che gli dicesse cosa fare.

«Non si preoccupi, non deve parlarle per forza, posso liberarmene». L'infermiera sorrise.

«Nessuno sa che vengo qui», tentennò lui. «Il volontariato è una cosa personale e, tra l'altro, sono qui in orario di lavoro e potrei passare qualche guaio se il mio capo venisse a saperlo».

Gli angoli della bocca dell'infermiera Radson fremettero.

Osservando le sue pesanti natiche oscillare su e giù come i pistoni di un motore, mentre lei tornava dalla giornalista, Jacob riprese a respirare. Si alzò e richiuse le tendine, lentamente e in silenzio. Poi tornò a sedersi, riprese la mano ossuta di Amy e si premette la sua pelle fredda sulla guancia.

Non disse niente perché non c'era niente di nuovo da dire, ma chiuse gli occhi e inspirò il suo odore quasi svanito. Con un bacio leggerissimo sfiorò quella pelle sottile come carta velina, poi risistemò con cautela la mano sul ventre della ragazza, il palmo verso il basso.

Dopo averle accarezzato i capelli spazzolati di fresco e cercato di sciogliere il nodo in gola con un colpo di tosse, Jacob indietreggiò e la fissò a lungo.

Era pronto ad andare, ma non poteva lasciare Amy come ultima paziente. In quel momento i ricoverati nel reparto erano nove, perciò aveva tenuto Amy come settima lasciando per ultimi i due più vicini alla porta.

Aveva un ulteriore incentivo per mantenere quell'ordine, dal momento che il paziente numero otto – Claude Johnson, sessantadue anni – aveva una moglie incredibilmente devota. Nove volte su dieci Jacob la trovava accanto a lui: gli stringeva le mani arrossate e gli raccontava l'ultimo episodio di *Coronation Street* o si lamentava dei vicini. Jacob si offriva sempre di tenere compagnia a Claude, perché Julie Johnson potesse prendersi una pausa, ma lei non accettava mai.

La paziente numero nove, Natasha Carroll, era un lieto fine. Aveva quarantadue anni e un aspetto ancora straordinario. I suoi capelli dorati erano attraversati da delicati fili grigi che al sole rilucevano d'argento.

Natasha si trovava in quel reparto da alcuni anni, dopo il ricovero iniziale in terapia intensiva. Jacob ricordava bene il giorno in cui l'avevano trasferita. All'epoca faceva visita a Joan Reeves, ormai deceduta. Era successo poco dopo il rientro dal viaggio di nozze con Fiona e l'abbronzatura sbiadita sulle sue mani gli era sembrata ridicola nel contrasto con la pelle bianco-violacea di Joan.

Jacob si sedette accanto al letto di Natasha. Posò la bottiglia di Dr Pepper presa dal distributore – che conteneva un dito di liquido scuro, ormai caldo e imbevibile – sul piccolo comodino in legno di faggio. Natasha era rivolta leggermente su un fianco, gli occhi aperti e sereni. Le sue ginocchia puntavano verso la sedia di Jacob. I capelli dorati erano un po' arruffati sulla nuca, ma ricadevano in onde morbide attorno al collo e alla bocca. Con il sole che filtrava dalla finestra accanto, sembrava la Madonna di una vetrata.

«Ciao, Natasha», sussurrò Jacob. Chiuse la tendina come capitava, lasciandola appena scostata perché le infermiere lo vedessero all'opera e in atteggiamento spensierato.

Conosceva più dettagli di quanto volesse sulla vita precedente di molti dei pazienti, soprattutto tramite i compagni rimasti soli. Di altri, come Natasha, sapeva pochissimo.

Sembrava così serena, immersa nelle tinte bianco e pastello dell'ospedale. Indossava una vestaglia che sembrava di cashmere, o un tessuto simile, e un pigiama di seta appartenente a una collezione di diversi pigiami molto simili tra loro.

Alcuni dei pazienti che Jacob era andato a trovare negli anni avevano i volti segnati dal trauma. Come gargouille, portavano il peso della testimonianza. Natasha, al contrario, sembrava un gatto domestico appagato, del tutto fiducioso di una vita sicura e comoda.

Negli anni, Jacob non aveva mai visto nessuno accanto al suo letto, ma di tanto in tanto compariva sul comodino un nuovo vaso di fiori dall'aria costosa e di anno in anno si accumulavano i biglietti d'auguri per il suo compleanno.

Le parlava nel consueto tono da ospedale, sommesso ma cantilenante, e le raccontava tutto del pancione di Fiona e del suo lavoro. Le raccontava cose che con Amy non aveva mai affrontato.

Natasha giaceva raggomitolata e faceva le fusa in silenzio, mentre Jacob elencava i nomi che in quel momento Fiona preferiva per il bambino (Archie e Harry da maschietto, Elvie e May da femminuccia). Il tempo scorreva tranquillo, mentre il flusso regolare della conversazione a senso unico e la semplicità dell'espressione di Natasha aiutavano Jacob ad allentare la tensione complessiva dell'esperienza ospedaliera.

Era passato mezzogiorno e il tempo era scaduto. Sorrise alla donna un'ultima volta, raccolse la sua Dr Pepper e si avviò verso l'ingombrante bidone giallo, ne sollevò l'apertura e lasciò cadere la bottiglia dentro con un tonfo.

Attirata dal rumore, Gillian Radson accorse subito, i lembi del cardigan svolazzanti.

«Jacob», ansimò. «Sono lieta di averla incrociata».

L'infermiera scrutò la sua faccia perplessa con un sorriso d'intesa, indugiando qualche secondo di troppo.

«La giornalista ha lasciato il suo biglietto da visita per lei. Ha insistito sul fatto che potesse cambiare idea in merito alla possibilità di parlarle». L'infermiera premette gli angoli affilati della tessera nella mano sudata di Jacob.

«Va bene, grazie. Ci vediamo la prossima settimana».

Mentre avanzava verso l'uscita, spingendo con forza le doppie porte del reparto, Jacob si guardò nel palmo. Il cartoncino del biglietto era spesso, la scritta goffrata in grassetto nero.

ALEX DALE
Giornalista freelance
Tel: 07876 070866
Email: alexdalewrites@gmail.com
15 Axminster Road, Tunbridge Wells TN2 2YD

Capitolo sette
Amy

18 luglio 1995

Amy si morse il labbro, sentendo ancora una minima traccia di ciliegia. Lo fissava attraverso i capelli sparsi sul viso. Aveva ancora indosso l'uniforme di scuola e sentiva le mutandine stringerle la gamba, nel punto in cui erano state abbassate e schiacciate, un nuovo bruciore tra le cosce, l'odore di gomma e sudore sulle dita. Sotto le gambe, una trapunta morbidissima.

Quella era senza ombra di dubbio la cosa peggiore che avesse mai fatto. La più meschina, la più segreta.

Povero Jake. Non se lo meritava; lui era così dolce e fiducioso. Solo un ragazzino e lei lo aveva punito per non averla trattata da donna. In realtà, essere trattata da donna non le era nemmeno piaciuto.

Udì il calpestio delicato di piedi scalzi lungo il corridoio e trasalì. Un'ombra scivolò sotto la porta e si allontanò frettolosa, seguita dal cigolio distante di un materasso a molle. Amy lo guardò per farsi rassicurare.

«Non preoccuparti», disse lui con voce lenta e profonda. «Gli altri non torneranno per ore».

Amy si mise seduta, serrando le ginocchia di scatto. «Credevo fossimo soli».

«Non preoccuparti», le sorrise, «lui sa come vanno queste cose. Non ci disturberà».

Il suo segreto era fuori luogo in quella stanza. In cima all'armadio giaceva una scatola di Lego con le orecchie da cagnolino e sopra il letto svettava un poster incorniciato di *Star Wars*. Era una stanza piuttosto ordinata, con un dolce odore muschiato che ora si mescolava a una punta di sudore.

Amy si alzò sospirando e si raddrizzò la gonna. Era successo. Finalmente. E ora desiderava solo tornare dalla mamma, farsi un bagno e fingere di essere bambina ancora per un po'.

«Devo tornare a casa o passerò dei guai».

«Andiamo allora».

«Non importa, grazie. Preferisco camminare».

«No, Amy», obiettò lui con fermezza. «Ti do un passaggio».

Capitolo otto
Alex

8 settembre 2010

Alex arrivò alle 12:28 e parcheggiò davanti alla sua casa a schiera. Era in ritardo terribile. Le martellavano i piedi. Gli occhi e la gola le si erano seccati per la lunga permanenza nell'ambiente ospedaliero illuminato a neon.

Il vialetto lastricato che conduceva alla porta d'ingresso color cremisi era breve, ma ogni passo le strizzava le caviglie e il vestito nero continuava a impigliarsi tra le ginocchia. Non desiderava altro che sprofondare subito nella fredda oscurità che si celava dietro le tende chiuse.

La casa era appartenuta a sua madre, ma Alex non vi era cresciuta. La madre era tornata a Tunbridge Wells dalla Spagna alla comparsa delle prime falle nella memoria, ai primi sussurri di demenza in un inglese ansimante e incerto.

Aveva preferito tornare nella terra natale, stabilirsi vicino a un ospedale di cui sapesse pronunciare il nome, tra strade e vie familiari nelle quali era convinta di potersi orientare, a prescindere da quanto fosse peggiorata.

Peggiorò molto in fretta. Alex si trasferì da lei negli ultimi mesi, mentre la demenza scavava nella madre dei buchi permanenti. Assistette allo stravolgimento dell'unico genitore, mentre Matt era rimasto nel loro appartamento in affitto nella zona sud di Londra. Quando la madre fu trasferita in un *hospice* per l'amaro finale, Alex la seguì. Raccontò l'esperienza in una colonna settimanale del «Sunday Times Magazine», dal titolo *Perdere la mamma*. La sua agonia più intima e personale fu anche la più redditizia.

Dopo la morte della madre, Alex e Matt si spostarono nella casa a schiera di Tunbridge Wells tentando di renderla propria.

Lasciare Londra fu facile. Almeno per Alex. Viveva nella capitale solo perché lì avevano sede i quotidiani, non per affetto nei confronti del luogo.

Matt invece amava la città e lavorare per la Met Police, circondato dal continuo brusio dei delitti e dei castighi. Gli piaceva ronzare in un alveare anonimo, dove nessuno fuori da casa e dalla centrale sapesse il suo nome.

Alex non se l'era sentita di vendere. Non le rimaneva altro, a parte una manciata di vestiti e gioielli. La madre si era disfatta del resto anni prima, quando aveva fatto le valigie per trasferirsi in Andalusia.

Tornare in Inghilterra e acquistare la casa era stata l'ultima sua decisione importante. L'ultima decisione importante presa con lucidità e Alex non poteva annullarla. Non ancora.

Il massimo che si concesse fu di riorganizzare gli interni con parte dell'eredità. Matt si adeguò, infelice ma ubbidiente.

Vissero insieme in quella casa sei settimane appena, prima che Matt facesse il suo ritorno a Londra.

Alex aveva scandagliato ogni singolo microfilm che era riuscita a recuperare sul caso di Amy Stevenson, poi aveva stampato e organizzato gli articoli in sezioni. Si trattava per lo più dello stesso pezzo d'agenzia riadattato per le varie testate ma, anche escludendo i doppioni, i ritagli delle prime due settimane successive alla sparizione della ragazza riempirono un'intera scatola d'archivio.

«The Mirror», 20 luglio 1995

Ragazza sparita, si teme rapimento

Una squadra di residenti del luogo è partita alla ricerca della ragazza scomparsa, Amy Stevenson, quindici anni, sparita martedì mentre rientrava a casa da scuola, la Edenbridge Grammar School, nel Kent.

I genitori di Amy, Jo, trentaquattro anni e Bob, trentatré, avevano lanciato l'allarme alle ventuno di martedì stesso, ma la polizia aveva ipotizzato che la ragazza fosse scappata.

Jo e Bob hanno raccontato al «Mirror» che la figlia era una ragazza felice e non si sarebbe mai allontanata, sottolineando che da casa non mancano vestiti né altri effetti personali.

La polizia ha cominciato a perlustrare la zona il mattino seguente, poiché Amy non aveva ancora fatto ritorno alla casa di Warlingham Road, a Edenbridge.

Ora si teme che la ragazza sia stata rapita e la polizia ha rivolto un appello a chiunque abbia visto un uomo, donna o un gruppo di adulti avvicinarsi a Amy tra le 15:30 e le 16:30 di martedì 18 luglio.

La ragazza è alta circa un metro e sessantacinque, corporatura magra, capelli castani lunghi e occhi azzurri.

Indossava una gonna blu scuro, una camicetta a maniche corte e scarpe nere con la zeppa effetto legno. Portava uno zaino nero di nylon e gomma di marca Kickers ed è stata vista per l'ultima volta con il maglioncino blu della divisa scolastica legato in vita.

Chiunque abbia visto Amy o qualsiasi situazione sospetta nella zona di Edenbridge o del Kent in generale, è pregato di chiamare l'associazione locale Crimestoppers allo 0800 555 111.

All'inizio i genitori di Amy erano stati trattati come un'entità unica. Nel giro di poco più di un giorno, Bob era diventato "il patrigno di Amy".

«È sempre colpa del patrigno», le aveva detto una volta un caporedattore dal viso ingiallito dalla nicotina, «sicuro come la morte e le tasse, i rapimenti sono opera del patrigno, le rapine di qualche interno e i cadaveri vengono sempre ritrovati da qualcuno che porta a spasso il cane».

«The Times», 22 luglio 1995

Polizia arresta patrigno per tentato omicidio

Il patrigno di Amy Stevenson, Bob Stevenson, è stato arrestato per essere sottoposto a interrogatorio in merito alla sparizione della ragazza. Il fermo segue il ritrovamento di una giovane in stato d'incoscienza in un bosco nei pressi della zona da cui è sparita Amy.

La polizia non ha ancora rilasciato dichiarazioni ufficiali, ma diverse fonti lasciano intendere che si tratti della ragazza scomparsa.

Stevenson, trentatré anni, aveva preso parte alle ricerche. Pare si trovasse a meno di cento metri di distanza, quando la giovane è stata ritrovata...

Si erano susseguiti centinaia di articoli sull'arresto di Bob, dalle feroci colonne di destra che prendevano di mira le famiglie di separati e la disintegrazione della comunità britannica tradizionale, alle inconsistenti interviste ad anonimi "testimoni oculari" del vicinato, presentate come se contenessero la parola "colpevole" a caratteri cubitali.

«The Star», 25 luglio 1995

Il patrigno della tragedia si dà alla macchia

Robert Stevenson, patrigno e principale sospettato per il rapimento di Amy, si è dato alla macchia dopo il rilascio della polizia...

Nelle settimane successive al ritrovamento di Amy gli articoli si erano diradati in maniera consistente. La scatola con i ritagli relativi ai quindici anni seguenti aveva la stessa dimensione di quella delle prime due settimane.

«The Sun», 14 agosto 1995

Non è stato il patrigno a rapire Amy

Le indagini di polizia dell'ultimo mese sul rapimento e lo stupro di Amy Stevenson, quindici anni, hanno lasciato cadere ogni accusa formale nei confronti del patrigno, Robert Stevenson.

L'insolita mossa è guidata dal timore che nessun ulteriore testimone si faccia avanti finché si riterrà colpevole Stevenson, trentatré anni...

Alex ricordò la puntata di *Crimewatch* sul rapimento di Amy. Al tempo la notizia era già superata.

Aveva seguito il programma con la madre, che aveva colto l'occasione per ribadire quanto avesse fatto bene a inculcarle la diffidenza verso gli sconosciuti fin dalla tenera età. «Perché quella ragazza ha imboccato una strada così sbagliata? Come può essere sparita nel nulla in pieno giorno?». Poi si era versata il suo bicchiere di whisky e aveva concluso: «No, Alexandra, te lo dico io, se n'è andata con qualcuno».

Alex posò i due bicchieri sul ripiano bianco e lucido della credenza. Colmò il recipiente graduato di acqua minerale fino a farlo quasi traboccare. Con meticolosità, versò nel calice da vino una quantità precisa al millilitro di Chablis fresco al punto giusto. Infine ripose la bottiglia dal fondo pesante nell'anta del frigorifero, accanto alle altre cinque identiche.

Aveva deciso quella mattina stessa, mentre compilava con attenzione la lista delle cose da fare, che avrebbe cominciato con un solo bicchiere.

Poi avrebbe preso il telefono in camera da letto, che non era wireless ma attaccato al filo. Così sarebbe rimasta lontana dal vino per tutta la durata della conversazione.

Si trattenne in cucina a bere, accanto al lavello incassato. Lente sorsate medicinali.

Dopodiché si diresse a passo lento verso la scrivania ben organizzata, prese il taccuino Moleskine e la penna, poi un'altra penna, e si avviò in silenzio lungo la scala.

Naturalmente trovò la camera da letto color grigio tortora proprio come l'aveva lasciata, ma fu comunque sorpresa dalla sua vacua freddezza. Il vino e la trepidazione le provocarono un leggero capogiro e Alex si lasciò cadere con pesantezza sul materasso privo di lenzuola.

Sul taccuino, scritto in meticolosi caratteri neri e spessi, trovò il numero di cellulare di Matt. Lo aveva eliminato da tempo dalla propria rubrica e non aveva memoria per i numeri, ma era riuscita a recuperarlo da una vecchia polizza assicurativa congiunta.

A essere sinceri fino in fondo, quella era l'occasione giusta per dimostrare che aveva fatto passi avanti. Che sapeva controllarsi, che stava migliorando. Ma, soprattutto, voleva risentire la sua voce.

Le si strinse lo stomaco nel premere i tasti dell'apparecchio telefonico rétro. Gli squilli opprimenti risuonavano a vuoto. Se non avesse risposto subito, lei...

«Pronto?».

Per un istante, dalla bocca di Alex uscì solo aria, un soffio impercettibile.

«Ciao Matt, sono Alex», disse sentendo riecheggiare ogni sillaba che si era sforzata di pronunciare.

«Ah... ecco. Ciao, come stai?»

«Bene, grazie, e prima che tu me lo chieda, ho bevuto solo un bicchiere», disse scherzando, con un tono più scontroso del voluto. Trasalì, sentendo la risata educata di Matt crepitare attraverso la linea.

Un tempo la voce soave e profonda di Matt era stata sua, ogni volta che lo desiderava. Fino a due anni e mezzo prima, quella voce era sempre stata a portata d'orecchio, in qualunque luogo e occasione Alex ne avesse avuto bisogno. Lui le mancava ogni giorno. Dei suoi due grandi amori, Matt era quello sano.

«Mi dispiace disturbarti, ma ho pensato che potessi aiutarmi per una cosa...». Alex si sforzò di ostentare la massima professionalità, mantenendo un registro alto e ponderato. Ma sapeva benissimo che Matt avrebbe intuito benissimo che in quel momento le tremava il labbro e le si stavano riempiendo gli occhi di lacrime.

«Okay, dimmi, di che si tratta?». Non le parve troppo scocciato; più che altro curioso. Un netto contrasto rispetto alle chiamate notturne successive al divorzio che a un certo punto lui aveva ignorato e basta, lasciando Alex a blaterare discorsi incomprensibili alla segreteria, tra i singhiozzi e i sussulti.

«Be', sto scrivendo un pezzo sui pazienti in coma, cioè, non sono proprio in coma, sono... insomma, tu li definiresti vegetali. Non sono morti cerebralmente, ma non si muovono e non parlano. Però non sono nemmeno supportati dalle macchine o roba simile. Lo chiamano stadio vegetativo persistente». Riprese fiato.

«Ah, okay, credo di averne sentito parlare, abbiamo visto uno speciale su Five qualche mese fa», commentò Matt.

Abbiamo? Come sarebbe, abbiamo? Non aveva il diritto di chiederglielo. Non più. Alex provò una fitta al petto. Rimpianse di non avere in mano un telefono wireless per poter correre in cucina e ingollare d'un fiato un secondo, un terzo e un quarto bicchiere.

«Oh, *abbiamo*, eh?», puntualizzò fingendosi disinvolta, mentre calde e copiose lacrime le cadevano in grembo.

Matt rise con compostezza, più che altro sbuffando con il naso. Un'ammissione di colpa.

«Comunque sia, mentre ero in visita al reparto, ho riconosciuto una ragazza. Amy Stevenson, te la ricordi dalle notizie di cronaca? La ragazza rapita, aggredita e poi ritrovata mezza morta qualche giorno dopo. Abitava vicino a me, ma dev'essere apparsa anche ai notiziari nazionali. Ai tempi delle superiori».

«Mi dice qualcosa... ma io che c'entro?». Si udì una porta sbattere in sottofondo e Matt sospirò.

Alex immaginò la propria madre, mano sul fianco e occhi al cielo. «Questo sì che è uno spettacolo tristissimo», le avrebbe detto, scuotendo il capo. «Devi imparare a battere in ritirata a testa alta».

Già una volta si era liberata della dipendenza da Matt, tagliando tutti i ponti per il bene di entrambi. Ora invece era come se si fosse infilata una pistola in bocca e stesse per premere il grilletto. Ma non sapeva a chi altri rivolgersi. Si era bruciata tutti i contatti con gli amici poliziotti di Matt. Cercò di convincere se stessa che lo stava chiamando solo per quella ragione.

«Be', è un caso interessante. L'aggressore non è mai stato preso, il patrigno arrestato e rilasciato, la madre morta poco dopo... La ragazza vive intrappolata in quello stato da quindici anni, mentre tutti attorno a lei sono andati avanti. So che ne verrebbe fuori una grande storia, e anche che difficilmente si viene a capo dei casi irrisolti, non che pensi di risolverlo io, figuriamoci, ma volevo vedere cosa si può fare, se posso scrivere la storia da angolazioni nuove». Alex respirò a fondo.

«Ma perché ne parli con me?», chiese Matt, con un lieve disagio nella voce.

«Allora, ho dei ritagli di giornale dell'epoca, ma sarebbe meglio capire la faccenda dal punto di vista della polizia. L'ispettrice che conduceva le indagini ha lasciato le forze dell'ordine e non riesco a rintracciarla. Mi chiedevo se tu potessi dare un'occhiata al caso e capire se ci siano informazioni utili? Potenziali sospetti che non abbiano stanato o...».

«Cristo, Alex! Mi stai chiedendo di passarti informazioni riservate. Io sono un poliziotto! Verrei licenziato, se non peggio. Ma che diavolo...?»

«Scusa, Matt. Non intendevo metterti nei guai, né mi aspetto che mi passi documenti o altro».

«E allora che cosa vuoi?».

Alex non lo sapeva. Aveva decisamente sopravvalutato la disponibilità di Matt a venirle incontro. Dopo tutto quello che gli aveva fatto passare, sperava ancora che si aprisse con lei, solo perché era lei a chiederglielo. Si premette la pancia per l'imbarazzo. Perché lei pensava ancora a Matt tutti i giorni, sognava ancora di stare insieme (le rare volte in cui sognava), e si era immaginata un legame reciproco che a quanto pareva era soltanto a senso unico.

«Ti chiedo solo di dare un'occhiata con lo sguardo da poliziotto. Dai una letta al caso. È passato tanto tempo; la polizia ha fatto progressi, come la tecnologia. Potresti notare qualcosa che non torna».

Matt sbuffò dubbioso.

«Dai solo un'occhiata, guarda se vale la pena approfondire, dimmi quello che puoi – se qualcosa c'è – e io ti sottoporrò qualunque cosa mi capiti tra le mani prima che sfiori anche da lontano la redazione di un giornale. E non farò il tuo nome con nessuno».

«Dio, Alex, senti, non è così che funziona. Non posso mettermi a cercare tra i rapporti di polizia e poi passarli a una giornalista».

Una giornalista. Non era altro che "una giornalista". Era ovvio che lui non potesse dare informazioni a una giornalista. Da sciocca, Alex aveva fantasticato che ne nascesse una graduale relazione di lavoro. Quando aveva perso i sensi la sera prima, aveva persino fantasticato che si riconciliassero. Il ricordo della propria ingenuità notturna la fece sentire piccola piccola. Dopo tutto quello che gli aveva fatto, sperava ancora che Matt tornasse da lei.

«Okay, scusa, mi sono spiegata male. Ho fatto un casino, non intendevo metterti in difficoltà. Senti... non devi dirmi niente che non sia già scritto. Non sono una vera e propria reporter, Matt, lo sai. Ci saranno un sacco di informazioni, magari anche indizi, di pubblico dominio, ma io non so dove andarle a cercare. Forse potresti controllare quelle che ho raccolto io e dirmi se ti salta all'occhio qualcosa?».

Pausa. «Forse».

«Hai una penna, Matt?».

Matt aveva sempre una penna. Be', l'aveva sempre *avuta*. Una Montblanc che gli aveva comprato lei come regalo di nozze.

«Si chiama Amy Jeanette Stevenson. Data di nascita: 28 febbraio 1980. Viveva in Warlingham Road, a Edenbridge, Kent. Sparì il 18 luglio 1995. Sua madre si chiamava Joanne Stevenson. Padre sconosciuto, il patrigno era Robert Stevenson. Additato come colpevole il giorno stesso in cui Amy fu ritrovata, poi rilasciato. Secondo la stampa non fermarono nessun altro, ma io credo che abbiano acciuffato ogni singolo pedofilo nel raggio di una cinquantina di chilometri».

«Eccetera eccetera», mormorò Matt, scribacchiando in modo percettibile.

Alex avvertì una strana leggerezza. Per quanto la situazione fosse artificiosa, le faceva bene concentrarsi su qualcosa, indagare in giro. Le faceva bene parlare con Matt.

«Okay, Alex, vedrò cosa posso fare», disse lui. «Senti... riguardo al "noi" di poco fa...».

Una transizione piuttosto goffa. Alex non aveva voglia di proseguire quel discorso.

«Non importa, non devi renderne conto a me».

«Lo so, ma preferisco che tu lo sappia da me, anziché scoprirlo da qualcun altro».

«Non vedo più né i tuoi amici né i tuoi familiari, non vedo più nessuno. Non preoccuparti».

Lui ignorò le sue proteste e le spiattellò la notizia.

«Sto per sposarmi, Alex. Sto per sposarmi e per avere un bambino».

«Con la stessa donna?», ribatté Alex, con il cuore in pezzi e un nodo in gola.

Risatina imbarazzata.

«Sono molto felice per te. Congratulazioni. Chi è la fortunata?». In realtà, Alex non voleva proprio saperlo.

«Si chiama Jane, anche lei poliziotta nella mia stessa centrale, perciò...», Matt si interruppe.

Perciò lei capisce.

«Perciò capisce i tuoi orari?», suggerì Alex.

«Sì, più o meno».

«E quando nascerà il bambino?»

«Il mese prossimo. È una femmina».

«Matt, sono davvero felice per te, è una splendida notizia. Congratulazioni a entrambi. Allora... hai il mio numero o preferisci mandarmi un'email se trovi qualcosa sul caso di Amy?». Alex raschiò le unghie contro il materasso, fino a raggiungere la gamba e piantarsele nella carne per rimanere concentrata. Doveva mantenere il controllo.

«Ho ancora il tuo cellulare», rispose lui ignaro. «E l'indirizzo email, se non l'hai cambiato».

«Non mi sono mai decisa, anche se fa un po' schifo».

«Oh, non è vero, dice chi sei e cosa fai: Alex Dale Writes».

«Chiocciola gmail punto com».

«Chiocciola gmail punto com. Bene, mi faccio vivo io. È stato bello sentirti, Alex».

«Grazie, Matt».

«Alex?»

«Sì?»

«Che mi dici di… di te, ti stai riguardando? Come si deve, intendo? Segui la terapia?»

«Matt, non devi preoccuparti per me, okay?»

«Okay».

Alex chiuse il telefono con un clic contenuto. Si sdraiò sul letto, strinse il piumino sfoderato tra le dita e se lo tirò sulle gambe, sulla pancia, sul petto, sulla faccia. Una bambina. Matt stava per avere una bambina. Con la nuova moglie. Una bambina sana e una bella moglie normale. Tutto ciò di cui lui aveva sempre avuto bisogno e che aveva sempre negato di desiderare.

Avvolta nel piumino spoglio fino a fasciarsi completamente, come nell'utero materno, Alex pianse, il corpo scosso dai singhiozzi, ingoiando le lacrime. Gemette, si contorse e si dimenò nel tentativo di liberarsi dal dolore, finché non si ritrovò sfinita.

Spossata e nauseata, si allontanò il piumino dalla faccia e si trascinò fuori dal materasso ruvido come dalle sabbie mobili dei cartoni animati. Era decisa a non pensare a Matt e alla nuova moglie e alla nuova bambina. Decisa ma condannata.

Si allungavano le ombre, Alex non sapeva che ora fosse, né quanto tempo fosse rimasta sul letto.

Si diresse in bagno. Fece pipì, si lavò il viso con un detergente costoso che strideva sulla sua pelle ingrigita, poi scese a piccoli balzi verso la cucina. Verso il bicchiere e la bottiglia, e verso la bottiglia successiva. E verso tutte le altre "chissenefrega quante" bottiglie a seguire.

Capitolo nove
Jacob

8 settembre 2010

Jacob aveva trascorso un'ora in reparto e non gli era bastata. Il tempo non è un buon guaritore. Il tempo è una pagina bianca sulla quale chi resta indietro scribacchia rimpianti e confessioni.

Stava pagando a caro prezzo quel viaggio settimanale nel purgatorio medico.

Aveva fatto visita a Natasha Carroll come ultima paziente. Aveva stretto la sua preziosa mano di porcellana nella propria e sentito gli occhi farsi umidi e pesanti. Lei aveva mantenuto la consueta espressione serena, una statua sacra con lo sguardo rivolto verso un qualche Dio.

Natasha Carroll era in un luogo migliore. Non in senso filosofico o religioso, ma mentale. I suoi pensieri erano altrove, un sogno d'estate, riposti in un luogo più gioioso di quella tomba clinica.

Jacob, al contrario, era più che radicato in quel posto. Dopo aver salutato Natasha e fatto un cenno alle infermiere, si era trascinato fuori dall'ospedale nell'intensa luce del giorno. Non era soddisfatto, ma profondamente provato dal tempo trascorso con Amy.

Notò il proprio riflesso spossato nella vetrata. I capelli rossicci erano attraversati da nuovi fili grigi, la pelle attorno agli occhi socchiusi per il sole era raggrinzita come plastica bruciata. Il senso di colpa lo stava facendo marcire dall'interno.

Aveva mosso pochi passi incerti, poi si era accasciato sul piazzale ghiaioso e accidentato fuori dal vecchio edificio ospedaliero, che incombeva su di lui come la torre di una prigione.

A gambe incrociate, immobile come una statua e stretto nelle le spalle, Jacob appoggiò la schiena alla parete fredda e fatiscente dell'edificio di mattoni. Gli sembrava di avere un'ancora alla base della spina dorsale. Piantata così a fondo che se un'ambulanza avesse virato di colpo verso di lui, non sarebbe stato in grado di spostarsi dalla traiettoria.

Era stata una mattinata dura. Fiona beneficiava di mezze giornate di permesso per le visite ostetriche e aveva chiesto a Jacob di fermarsi a mangiare qualcosa con lei dopo il controllo. La visita sarebbe finita verso le 10:45 e l'ambulatorio distava almeno dieci minuti dall'ospedale, senza contare il tempo per il parcheggio. Se si fosse fermato con Fiona, non gli sarebbe rimasto tempo per la sua visita in ospedale. Chiaro e semplice. Fiona o Amy.

Aveva deciso che quella settimana avrebbe evitato l'ospedale. Avrebbe evitato Amy. Così aveva detto a Fiona che sì, sarebbe stato bellissimo mangiare qualcosa insieme prima di tornare al lavoro.

Ma nell'ambulatorio ostetrico l'aveva vista rabbrividire mentre le spalmavano il gel freddo sulla pancia; aveva trattenuto il fiato nell'istante prima che il monitor fetale prendesse vita; aveva avvertito un pizzicore agli occhi sentendo il battito accelerato del suo bimbo non ancora nato.

In quella stanza invasa dal primo vero suono di una vita potenziale, lui aveva pensato a Amy.

Aveva pensato al battito del cuore di Amy, debole e sussurrato. Aveva pensato a lei anni prima quando il suo corpo martoriato era stato attaccato a flebo, tubi e grandi macchinari. All'epoca il suo battito si udiva a malapena, e l'ago che lo monitorava scattava su e giù sulla carta millimetrata in modo così sporadico che ogni pausa sembrava annunciare la fine.

Ora, il bambino non ancora nato di Jacob si stava preparando alla vita, armato di un cuore tonante, piccoli pugni determinati e una mente candida. Nel frattempo, Amy giaceva intrappolata, e inacidiva come il latte abbandonato sul davanzale di una finestra.

Gli squillò il cellulare, disperdendo quei pensieri. Era Fiona.

Jacob scosse la testa, si diede un paio di schiaffi e rispose. «Ciao tesoro, che succede?».

Mentre parlava, la luce dorata del sole gli pizzicava le braccia nude.

«Scusa se ti disturbo, ero un po' preoccupata».

Lui si schiarì la voce. «No che non disturbi, Fi, cos'è che ti preoccupa?»

«Sembrava che avessi un nodo in gola in ambulatorio, poi sei scappato via e ti sei comportato in modo così assurdo con me. Non voglio accusarti né farti la predica, davvero non importa per il nostro pranzo, ma eri strano. Sembrava che volessi allontanarti da noi il prima possibile».

Jacob deglutì forte. Non era certo colpa di Fiona, ma almeno era adulta; che razza di uomo era lui a scappare così dalla sua piccola creatura?

«Fiona, mi dispiace tanto. Hai ragione». Rallentò. Doveva ricordarsi di scegliere con cura le parole. «Mi ha preso proprio male stamattina», continuò piano. «È stato il battito, era così forte. Mi ha meravigliato e terrorizzato allo stesso tempo. Non so perché. Più si avvicina la data e più ho paura di deludervi entrambi».

Nuvoloni grigi si ammassarono dal nulla, schermando il sole, come guardie del corpo. Le ombre si allungarono rapide sul cortile dell'ospedale. «Jacob, J, non piangere», udì la voce di Fiona. «È tutto okay, non piangere». Senza rendersene conto, era scoppiato in grossi singhiozzi salati e si stava asciugando gli occhi in fiamme con la mano libera.

«Mi dispiace tanto», si sentì farfugliare, «mi dispiace tanto».

Jacob aveva in programma un incontro da lì a mezz'ora nell'ufficio di un cliente vicino al confine con il Sussex. Mentre raggiungeva il parcheggio dell'ospedale, tossicchiando per smaltire anche l'ultimo singhiozzo e asciugandosi gli occhi con il pollice, chiamò il collega Marc – il suo subalterno – e gli chiese di rimandare l'appuntamento.

«Grazie, amico, ti devo un favore», gli disse. Marc non fece domande – era ovvio – ma Jacob sapeva che avrebbe dedotto che il motivo fosse Fiona con il bambino e tuttavia non lo smentì. Un nuovo senso di colpa andava ad aggiungersi in fondo all'elenco.

Richiamò la moglie mentre avviava il motore. Le disse di prendersi il pomeriggio libero e che stava tornando a casa. L'apprensione di Fiona gli parve così genuina che riprese a singhiozzare, la testa sul volante, e dovette aspettare altri cinque minuti prima di girare la chiave.

Jacob imboccò lentamente il vialetto di casa, mentre la fedele Audi nera abbassava il volume delle fusa. Vide l'automobile di Fiona – la loro auto – già parcheggiata. Un grosso e scintillante esemplare di acquisto non necessario e che non potevano permettersi: una Volvo XC90 a sette posti, acquistata a rate il giorno successivo all'ecografia della dodicesima settimana.

Stavano per avere un figlio solo, aveva protestato lui; stavano investendo sul futuro, aveva replicato lei. E prima di battere ciglio, Jacob si era ritrovato a firmare il contratto d'acquisto mentre la moglie si accarezzava la pancia ancora invisibile, sorridendo adorante al mastodontico veicolo.

Il lavoro di Jacob nel settore vendite di un'azienda di software specializzati era remunerativo, ma non quanto suggerivano le loro spese.

Quando acquistarono la casa, prima che il bambino fosse nient'altro che un bagliore negli occhi della madre, Jacob e Fiona si occupavano ancora dei rispettivi conti. Lui guadagnava di più, perciò contribuiva un po' di più. Qualche mese dopo, incoraggiata da una bottiglia di vino bianco comprane-due-per-dieci-sterline, Fiona avviò una lagna infinita sullo scarso romanticismo degli accordi economici.

Il matrimonio e il mutuo, dichiarò, non valevano un accidente. Il vero simbolo di un impegno per la vita era un conto cointestato. Jacob obiettò che avrebbe annullato ogni segretezza romantica.

Che non avrebbe più potuto comprarle un regalo senza che apparisse sul saldo condiviso, stampato chiaro e tondo sull'estratto conto.

«Quando è stata l'ultima volta che mi hai fatto un regalo?», gridò lei. «Lo dici solo perché non vuoi mostrarmi il tuo estratto conto!». E con una tipica scenata da adolescente corse al piano di sopra, si gettò sul letto e si mise a piangere con singhiozzi teatrali.

Quella volta, Jacob ne fu sconvolto. Chi era quella donna in casa loro? La Fiona che aveva conosciuto era così fredda e controllata, e avrebbe alzato gli occhi al cielo di fronte a qualunque accenno di capriccio. Se mai piangeva, lo faceva in segreto, nella vasca da bagno. Solo gli occhi la tradivano, e gli ci era voluto un sacco di tempo per accorgersene. Che l'altra donna, la Fiona di cui si era innamorato, fosse solo una sirena pronta ad attirarlo contro gli scogli?

Dopo un po', il capriccio si esaurì e Jacob la sentì muoversi freneticamente in camera da letto, aprire e chiudere cassetti, spostare l'anta scorrevole dell'armadio. Impiegò qualche minuto a capire che stava rovistando tra le sue cose in cerca di un estratto conto.

Rimase senza parole. Dava sempre a Fiona la sua carta di credito per prelevare contanti o per comprargli qualcosa, lei avrebbe potuto controllare il conto o richiedere l'estratto senza problemi, perché mai avrebbe dovuto nasconderle la documentazione?

Si versò un abbondante bicchiere di whisky dalla costosa bottiglia che gli aveva regalato il padre Graham, lo bevve d'un fiato, poi si trascinò a passo stanco su per le scale. Non era il tipo da whisky e l'alcol gli diede subito alla testa, annebbiando i suoi pensieri.

Trovò Fiona in camera da letto, inginocchiata a terra e circondata da scartoffie, vecchie ricevute e bollette.

«Dove cazzo sono i tuoi estratti conto?», gli chiese con uno sguardo così aggressivo da costringerlo a distogliere il suo.

«Fiona, senti...», esordì lui, tentando di scacciare la foschia indotta dal whisky.

«Non dire niente! Non dirmi niente se non dove sono i tuoi cazzo di estratti conto!». Aveva gli occhi in fiamme e il viso così inzuppato di lacrime che i luminosi capelli ramati le si erano incollati alle guance.

Jacob uscì dalla camera da letto tinteggiata da poco ed entrò nella stanzetta per gli ospiti, adibita a ufficio. Lentamente, per non fare errori, trascrisse indirizzo web, nome utente, password e codice PIN.

Poi tornò in camera, posò il foglio accanto al piede di Fiona e le spiegò con calma: «Non mi mandano gli estratti cartacei da anni perché si possono recuperare online. Ecco i miei dati d'accesso, così puoi cercare quelli degli ultimi anni e controllare ogni volta che vorrai. Se proprio ne senti il bisogno, è così che devi fare».

Sperò che le sarebbe bastato. Che Fiona l'avrebbe piantata e si sarebbe resa conto di quanto fosse triste concludere così la luna di miele.

Non funzionò.

Per le tre settimane successive, la moglie verificò ogni singola transazione, chiamandolo al computer di continuo per giustificare ogni penny speso. Subito dopo aprirono un conto cointestato.

Dal punto di vista finanziario, quantomeno, Jacob non aveva nulla da nascondere.

Jacob non sapeva da quanto tempo fosse fuori a fissare il retro della grossa Volvo, stringendo il volante con le nocche sbiancate.

Sapeva che Fiona lo aspettava in casa. Aprì la porta ed entrò piano nell'ingresso. La Fiona che gli aveva risposto al telefono gli era sembrata la Fiona che conosceva. Ora, con la schiena rivolta alla porta e la pancia nascosta, aveva persino l'aspetto di quella di un tempo.

Jacob si fermò nell'atrio. La moglie si voltò traballante e il pancione comparve alla vista.

«Ehi», le disse con tono lieve, mentre lei andava incontro alle sue braccia aperte, e constatò che aveva pianto.

«Fi…», esitò lui stringendola forte.

«Non dire niente», lo rassicurò Fiona tranquilla, «coccolami e basta».

Rimasero stretti a lungo in un solido abbraccio, senza dire una parola.

Capitolo dieci
Amy

18 luglio 1995

«Sei silenziosa, Amy».

«Mi sento tanto in colpa».

«Non devi, nessuno te ne farà una colpa».

Amy chiuse gli occhi e si girò verso il finestrino. Aveva le spalle rivolte alla portiera e la cintura le tagliava il petto. Niente mano sul ginocchio, niente sussurri all'orecchio. Sentì le lacrime formarsi e si sforzò di trattenerle.

«Lui non avrebbe dovuto esserci, perché era lì?».

Nessuna risposta.

«Non avrei dovuto farlo. Ora non mi puoi più aiutare». Amy riprese a singhiozzare.

«Ci stai rimuginando troppo».

Amy tirò su con il naso e strizzò forte gli occhi. Potevano essere le ultime ore prima che quella merda venisse a galla e voleva sprofondare nel buio il più a lungo possibile. Cosa avrebbero detto gli altri non appena lo avessero saputo? Sarebbe cambiato tutto. Nessuno avrebbe mantenuto i suoi segreti per lei.

Non sarebbe mai dovuta salire su quell'auto. Non sarebbe mai dovuta andare da lui e non avrebbe mai dovuto farci sesso. Non avrebbe dovuto fare tante di quelle cose in così poco tempo.

Amy aprì gli occhi e vide che la scialba periferia di mattoni di Edenbridge si allontanava.

«Dove stiamo andando? Devo tornare a casa».

«In un bel posto, ti piacerà».

«Ma io devo tornare a casa, per favore. Non puoi girare la macchina?»

«Rovinerebbe la sorpresa».

Quella voce un tempo era stata fonte di un'eccitazione inebriante. Quella voce, e lei che riattaccava il telefono pochi secondi prima che la chiave di Bob tintinnasse nella serratura. Così confusa da sgattaiolare a nascondersi in camera sua.

Ora invece le sembrava meschina e paternalistica.

«Mi dispiace», gli disse voltandosi, ma incapace di guardarlo negli occhi. «Non voglio rovinare la sorpresa ma devo proprio tornare a casa. Se vuoi puoi lasciarmi anche qui, tornerò a piedi».

«Non posso, Amy», rispose lui, mostrandole il più fuggevole dei sorrisi.

Capitolo undici
Alex

9 settembre 2010

Alex si svegliò presto e un'impennata di adrenalina la costrinse a mettersi seduta prima di farsi prendere dalla tentazione di scivolare sotto le coperte. Per una volta trovò il letto asciutto e controllò le email dal cellulare, seduta sul water.

Non appena aprì la casella di posta, vide il nome di Matt. Le aveva scritto alle 5:32 del mattino, presumibilmente dopo essere rincasato dal turno di notte. Chissà dove abitava, si chiese Alex, rendendosi conto di sapere così poco della vita di Matt. Quel nome nella sua casella di posta sembrava così pertinente, niente per cui eccitarsi, semplicemente… normale.

Da: Matthew Livingstone
A: Alex Dale
Oggetto: Amy

Ciao Alex,

è stato bello parlarti ieri, scusa se non ti ho chiesto come vanno le cose.

Come ti dicevo, devo fare attenzione, ma ho trovato qualcosina che potrebbe esserti utile. Ti prego di mantenere il riserbo, mi fido di te.

Pare ci fossero tre sospettati principali:

1) il patrigno, di cui sai già. Robert Stevenson, detto Bob, nato il 22 gennaio 1962. Sai meglio di me che di solito è qualcuno che conosce la vittima. I padri biologici più che i patrigni, a seconda delle opinioni, ma il patrigno rientra sempre nel quadro a meno che non abbia un alibi di ferro. A quanto pare lo hanno tenuto sotto controllo e pedinato, hanno passato al setaccio tutti i suoi precedenti lavori, interrogato le ex fidanzate e roba

del genere. Alla fine era pulito come la neve, perché in seguito si sono presi la briga di scagionarlo pubblicamente, ma suppongo che il danno fosse ormai fatto e la gente abbia continuato a pensare che “dove c’è fumo c’è fuoco”;

2) un vicino che abitava nella stessa strada di Amy, John Rochester, noto a tutti come Jack. Pedofilo e guardone del posto, con una lunga lista di denunce per reati sessuali minori, come fotografie ai bambini nei parchi o esibizione di genitali, cose così. Fu eliminato dai sospetti perché fisicamente troppo fragile per abusare di una ragazza in piena salute. Nel 1995 non esisteva ancora il registro dei colpevoli di reati sessuali, ma oggi il suo nome è in elenco;

3) Amy frequentava l’oratorio della chiesa. Naturalmente abbiamo interrogato tutti quelli che lo frequentavano, compresi il reverendo e qualche volontario della chiesa. Non ne è emerso nulla, ma le indagini hanno rivelato alcune condanne precedenti a carico di un ragazzo della compagnia, che è stato cacciato. Non c’era niente che lo legasse a Amy, in più non aveva la patente, ed è improbabile che Amy sia stata rapita a piedi, altrimenti qualcuno l’avrebbe vista.

Amy aveva un ragazzo, ma la sua posizione è stata chiarita subito. Non facevano nemmeno sesso, era una cosa molto innocente.

Sembra non sia stato trovato niente di rilevante lungo il tragitto di Amy verso casa. Nessun testimone dopo che aveva salutato gli amici fuori da scuola e niente in camera sua che abbia fornito qualche indizio (ci saranno le foto da qualche parte, ma non posso proprio recuperarle).

All’epoca le telecamere a circuito chiuso non erano ancora diffuse e nessuno ha denunciato automobili sospette.

Sapevi che hanno ricostruito il caso nel programma Crimewatch? Potresti dare un’occhiata.

La madre di Amy, Joanne, si è tolta la vita circa un anno dopo il rapimento.

Il patrigno si è trasferito e ha cambiato nome. Ora vive nel Devon e si fa chiamare Robert Bell. Ma ti PROIBISCO di dire a chiunque come l’hai scoperto, parlo sul serio. Dubito che sia particolarmente scaltro – si è cambiato il nome da solo, non l’ho scoperto dai rapporti della polizia ma in rete – perciò puoi trovare informazioni sul suo conto sul sito www.192.com.

Buona fortuna. E riguardati, mi raccomando.

Matt

Per quanto le riuscisse difficile non rispondere e raccontargli tutto, Alex gli mandò un breve ringraziamento amichevole e cercò di togliersi dalla testa la fonte delle informazioni. Sapeva che passandole quelle notizie Matt si era già esposto a sufficienza. Come minimo lo aveva fatto per pietà e la cosa le bruciava.

Il vicino pedofilo era senz'altro una falsa pista e il ragazzo dell'oratorio le sembrava solo sfortunato. E il patrigno non c'entrava.

Alex non era mai stata una reporter di grido, né aveva mai voluto diventarlo. Ma qualcosa in quella vittima immobile le arrovellava le viscere, qualcosa che aveva sotto il naso ma le sfuggiva.

Aveva deciso di indagare sul caso per mera curiosità giornalistica. Ma ora che anche Matt era coinvolto, seppur in maniera sottile, Alex voleva inchiodare il colpevole. Dimostrargli di avere addosso molto di più del sentore di etanolo e ammoniaca.

Scrisse una lettera prudente a Robert Stevenson/Bell, pregandolo con cortesia di raccontarle la sua versione dei fatti per aiutarla a colmare le lacune per un delicato articolo su Amy. C'era un solo Robert Bell negli elenchi di Uffculme, nel Devon, la cui data di nascita corrispondesse. Senza numero di telefono, indirizzo email e nessuno degli strumenti del mestiere che un giornalista d'inchiesta avrebbe utilizzato, quella era l'unica strada per arrivare a lui.

Due giorni dopo, alle 14:45, un uomo dalla voce pacata e circospetta le lasciò un messaggio in segreteria.

«Questo è un messaggio per Alex Dale. Mi chiamo Bob. Mi ha inviato una lettera su mia figlia Amy. Potrei essere disposto a rispondere a qualche domanda ma prima vorrei parlarle... Non uso più il cognome Stevenson e ho bisogno di avere la certezza che la mia identità non verrà resa nota. Il nome di adesso, intendo. Potrebbe richiamarmi allo 07781 257 539, per cortesia? Grazie».

Bob parlava con uno strano tono formale che ad Alex sembrò

artefatto. Si chiese da quanto tempo lui non avesse più avuto a che fare con "la stampa".

«Pronto?». La voce di Bob si presentò più ruvida e meno impostata rispetto alla segreteria.

«Buongiorno, sono Alex Dale, ho ricevuto il suo messaggio».

«Grazie per avermi richiamato». Lunga pausa. «Ho ricevuto la sua lettera. Non voglio parlarne, ma so come siete voi giornalisti e non voglio che si presenti alla mia porta».

Alex fu presa in contropiede. Da autrice di pezzi cotonati e autocontemplativi dimenticava spesso che, per la maggior parte della gente, "giornalista" significava "seccatore porta a porta".

«Grazie, ma io non lo farei mai. Spero non creda che intenda mancare di rispetto a Amy o alla vostra famiglia».

Bob farfugliò qualcosa.

Alex fece un bel respiro e proseguì titubante: «Signor Stevenson, gradirei davvero poterla intervistare». Attese un istante per valutare la reazione, ma ottenne in risposta un austero silenzio. Si rese conto che lo aveva chiamato con il vecchio nome.

«Vorrei ritrarre con sensibilità ciò che è accaduto alla vostra famiglia dopo il ritrovamento di Amy e avere una visione più chiara della vita di sua figlia in generale».

Nessuna risposta, ma Alex lo sentiva respirare; sapeva che lui era ancora lì.

«Forse potrei trascrivere l'intervista e inviargliela perché possa verificare di persona che io abbia riportato tutto in modo accurato? Mandarle la cosiddetta "bozza da approvare"?».

Più il silenzio di Bob si prolungava, più Alex si preparava a rinunciare. Non avrebbe mai potuto fare la giornalista di tabloid, l'avrebbero sbranata viva.

«Va bene», rispose infine la voce ruvida. «Così potrebbe andare».

Si accordarono per incontrarsi il lunedì successivo, a metà strada tra Tunbridge Wells e Uffculme, appena fuori dalla A303.

Bob non voleva che la cosa gli si ritorcesse contro, le aveva detto. Non voleva farsi sorprendere a parlare con una sconosciuta vicino a casa, nel caso la nuova moglie potesse vederlo, ma non tornava nel Kent dal funerale di Jo e non intendeva farlo ora.

Alex si sedette a un tavolo del Little Chef, scelto in modo arbitrario, convinta che Bob le avrebbe dato buca.

Se fosse stata in lui, si sarebbe presentata? Quasi certamente no. Con tutta probabilità avrebbe guidato su e giù fuori dal locale, sbirciando all'interno, oppure sarebbe rimasta chiusa in auto nel parcheggio, con il cuore in subbuglio, nascondendosi dietro una rivista ogni volta che la porta del Little Chef si fosse aperta. Si domandò se Bob non stesse facendo la stessa cosa. Era già in ritardo.

Erano le 10:20 del mattino e Alex avvertì la secchezza invaderle la gola e avanzare verso la bocca. Aveva scritto a Matt dopo aver chiuso la telefonata con Bob. Lo aveva aggiornato con poche righe neutre e disinvolte che aveva impiegato quasi tre ore a scrivere e riscrivere. Lui non aveva risposto.

Mentre aspettava, Alex continuava a cliccare sulla casella di posta dell'iPhone, ma il numero di email non ancora lette rimaneva identico. Zero.

Si sentiva fuori luogo. Era fuori luogo. Aveva sistemato il fidato taccuino Moleskine e la penna Cross in posizione perfettamente perpendicolare al tavolino. Con l'iPhone collocato con la stessa identica pedanteria accanto ai primi due, il vestito Ted Baker e la borsetta Chloé, Alex si sentiva appariscente come un dito di un piede maciullato.

Le sedie del bar stavano perdendo il rivestimento di plastica e sembrava che gli spigoli dei tavolini fossero stati presi a morsi. Nell'angolo del bagno che aveva usato appena arrivata, si ergeva una pila di pannolini abbandonati.

Una ragazza sui diciannove anni dal viso molliccio si aggirava per il locale con una caraffa calda di caffè annacquato, riempiendo le tazze e guardando male i clienti.

Alle spalle di Alex erano seduti quattro pensionati dal ventre prominente, le T-shirt di nylon e le mani scorticate.

Tre uomini di mezza età, in abiti eleganti ma che cadevano male, occupavano tre tavoli diversi, sorseggiando caffè, pigiando su vecchi modelli di cellulari e sfogliando documenti con gli angoli piegati. Alex si domandò chi mai potesse acquistare ciò che vendevano.

Bob era in ritardo di quarantacinque minuti e Alex non aveva ricevuto nessuna email a parte newsletter indesiderate e comunicati stampa irrilevanti. Non voleva mettergli fretta, ma fargli sapere che lo stava aspettando, che lo capiva e avrebbe avuto pazienza.

Salve Bob, sono Alex. Volevo solo farle sapere che sono arrivata al Little Chef, perciò venga pure quando riesce, non si preoccupi se c'è traffico, io la aspetto.

Mentre riponeva l'iPhone sul tavolo ingiallito, un uomo basso e tarchiato in tuta da lavoro piombò dentro il locale. I capelli scuri brizzolati e impomatati mostravano i chiari segni del pettine e aveva un paio di baffi a tappetino punteggiati di grigio.

Dopo aver atteso invano di fronte al cartello "Aspettate qui per il tavolo", avanzò verso il centro del locale, cercando chiaramente qualcuno.

«Bob?», chiamò Alex a bassa voce, alzandosi a metà come si fa in quel genere di situazioni.

Bob si voltò. La tuta da lavoro gli stringeva il sedere e la pancia sembrava un blocco separato che si spostava in leggero ritardo rispetto al resto del corpo. Fece un mezzo sorriso e si diresse verso Alex.

«Alex. Mi scuso per il ritardo...», disse lasciando la frase a metà.

Lei gli fece cenno di sedersi e si guardò attorno in cerca della cameriera. La ragazza grassoccia con la faccia da budino e i capelli castano topo non si vedeva più, ma una donna più anziana e amichevole, con i capelli biondi e vaporosi, si avvicinò sorridendo.

«Cosa posso portarle, signore?».

Bob ricambiò il sorriso con calore. «Salve, ehm, sì, potrei avere del tè caldo e dei pancake per cortesia?». Sembrava imbarazzato. «Non ho ancora fatto colazione».

La cameriera – il cartellino diceva Valerie – si rivolse ad Alex: «Le porto qualcos'altro?»

«Quasi quasi», sorrise Alex, «prenderei anch'io dei pancake».

Il locale le sembrò più luminoso, più soleggiato. Si era finalmente ripresa dall'esperienza del bagno stipato di pannolini. Abbandonò l'espressione accigliata per ricordare quanto adorava le soste al Little Chef durante i viaggi d'infanzia per andare a trovare i vari fidanzati di sua madre o, più raramente, il padre mentre la nuova moglie era via.

Alex adorava i pancake e i lecca-lecca all'arancia vicino alla cassa. A sette anni non aveva idea di cosa fossero le calorie.

Quando Valerie si allontanò, sospirarono entrambi senza motivo, quasi sperassero di limitare l'incontro ai pancake e al tè caldo. Una piccola pausa piacevole.

«Sono molto felice che abbia accettato di incontrarmi, Bob», esordì Alex. «Voglio chiarire subito che non intendo attaccare nessuno. Non ho mai scritto di crimini prima d'ora. Mi occupo principalmente di salute, è così che sono arrivata a Amy».

Nella sua lettera speranzosa a Bob, gli aveva parlato dell'incontro casuale con Amy, ma non era certa che le avesse creduto. Si domandò quante offerte per raccontare "la sua versione della storia" avesse ricevuto dai tabloid, subito dopo l'accaduto.

Bob si schiarì la voce. «Ho la sua parola che non vuole fregarmi o dire a tutti dove mi trovo?», le chiese. Aveva ancora la voce ruvida ma, sprofondato sulla sedia, sembrava persino più piccolo.

«Ha la mia parola».

Alex provò a immaginare come doveva essersela cavata durante l'interrogatorio della polizia. Lacerato dal dolore per la figliastra, senza dubbio terrorizzato per la moglie, che doveva affrontare la cosa da sola, accusato di crimini che non riusciva a concepire.

Alex e Matt non avevano mai avuto la stessa opinione sulle questioni di polizia. Ben presto lui aveva smesso di parlarle dei turni, del terrore sui volti degli interrogati, delle decisioni casuali che doveva prendere o delle azioni di cui era testimone.

«Bob, ho un registratore sul cellulare e vorrei usarlo perché non sono molto veloce a scrivere. Le dispiace?», domandò Alex.

«Direi di no. Preferisco essere registrato piuttosto che si scrivano fesserie. Come è già capitato in passato».

Alex inspirò a fondo e premette REGISTRA.

Capitolo dodici
Jacob

10 settembre 2010

Jacob passava di frequente con l'automobile davanti al negozio nel quale aveva incontrato Fiona per la prima volta. La vecchia tipografia adesso era un negozio di animali ma lo faceva ancora sorridere. Di solito.

Quel giorno, mentre passava, cercò di scacciare il ricordo del mattino, di pensare alla Fiona che aveva conosciuto la prima volta e non alla donna che gli aveva appena chiesto perché avesse cancellato la cronologia di internet dal computer di casa. Jacob era rimasto lì impalato, allibito. Gli era sembrato di essere troppo paranoico a cancellare le ricerche di Google Maps e tutto il resto.

«È una sorpresa», le aveva risposto.

«Che sorpresa?»

«Be', non volevo che scoprissi cosa stavo cercando perché ho ordinato un regalo per te», aveva precisato.

Lei aveva alzato gli occhi al soffitto e gli aveva voltato le spalle. «Avresti fatto meglio a dire che hai guardato dei video porno, sarebbe stato più credibile».

Sei anni prima, era entrato nel negozio di corsa a ritirare dei biglietti da visita per il suo capo. Fiona era seduta alla cassa, anche se in quella prima conversazione tenne a precisare più volte di essere lì solo a coprire il turno. In realtà era una designer e aveva una scrivania tutta per sé. Progettava biglietti da visita e volantini per parrucchieri e idraulici del posto.

Al tempo aveva i capelli di un abbagliante rosso fuoco. Quel primo giorno indossava un vestitino con motivi floreali, un mezzo cardigan per lui incomprensibile e scarpe da ginnastica Converse. A occhio e croce le aveva dato diciotto anni per poi scoprire che ne aveva ventidue. Fiona gli consegnò la scatola con i biglietti da visita con un gesto plateale, e lui non riuscì a trattenersi dal commentare: «Mi ricordi qualcuno».

«Una donna bellissima e sexy?», replicò lei, senza l'ombra di un sorriso.

«Sì, esatto», confermò Jacob divertito e lei scoppiò a ridere.

«Mi inviti a pranzo?», gli chiese poi, senza mostrare un briciolo dell'agitazione che in seguito ammise di saper nascondere bene.

«Uhm, subito?», esitò lui.

«Sì, perché no, devo fare pausa».

Jacob avrebbe fatto tardi in ufficio ma non rifiutò. Era la parte della storia che Fiona amava farsi raccontare di continuo.

Ordinarono un panino e una bottiglia di birra al Wetherspoons pub, vicino al negozio. A Jacob non era mai successo niente del genere prima di allora, né tantomeno dopo. Gli sembrava di vivere un film sdolcinato e non smise di sorridere per tutto il giorno, in parte frastornato.

Fiona ascoltava musica di band mai sentite prima e infilava i suoi CD nello stereo della macchina di Jacob quando lui andava a prenderla al lavoro. Erano band dai nomi ironici e complicati che lo facevano sentire poco aggiornato.

«Sei proprio un vecchietto», gli diceva lei, baciandolo sulla guancia.

«Come ha fatto una tipa tosta come te a finire in una città come questa?», le chiese Jacob al primo "appuntamento" serale al bowling, mentre i teenager nella corsia accanto si lanciavano addosso le patatine.

«Università», rispose Fiona, bevendo un sorso di birra dalla bottiglia mentre tornava a sedersi dopo avere abbattuto tre birilli. «Ho preso la laurea a Rochester, poi mi sono trasferita qui per quel cavolo di lavoro. Intendiamoci, non vorrei viverci per sempre, ma Tunbridge Wells non poi è così male. È piuttosto artistica, non lontana da Londra e gli affitti sono ragionevoli».

«Non sei poi così tosta», commentò Jacob. Lei, ridendo, si finse offesa.

«No, decisamente». Fiona sorrise e gli appoggiò la testa sulla spalla, sorseggiando la sua Rolling Rock.

Smise di fare la tipa tosta poco dopo. I capelli rosso fuoco che Jacob adorava furono rimpiazzati da una tinta ramata con riflessi chiari e scuri e altra roba che lei gli spiegava mentre lui ascoltava con mezzo orecchio. Con il nuovo look sembrava meno ragazzina, più assennata. Jacob ne fu deluso e sollevato.

Fiona si trasferì nel suo monolocale e trascorrevano le serate e i weekend a letto. Lei lo faceva ridere fino alle lacrime. Non avevano argomenti tabù e chiacchieravano e ridevano fino a notte fonda, così lui finiva per tardare al lavoro anche se abitava a soli cinque minuti di automobile.

Fiona invece arrivava sempre tardi perché odiava il suo lavoro con tutta se stessa. Aveva sbagliato, diceva, a prendere una laurea in marketing. Si era iscritta perché le sembrava la scelta giusta, non perché le piacesse. Avrebbe preferito un corso di graphic design, per diventare una «designer come si deve», ma i suoi genitori l'avevano dissuasa. Così aveva finito per accettare un'approssimazione del lavoro che sognava e la cosa sembrava riempirla di amarezza.

«Piacerebbe anche a me avere un'ambizione, un sogno o qualcosa del genere», le disse Jacob una sera mentre erano sul divano a criticare i programmi scadenti in TV e bere vino ancora più scadente. «Ti invidio perché tu sai cosa vuoi fare».

Fiona scoppiò in una risata triste. «Non saprei», gli rispose. «Credo sia peggio sapere cosa vuoi e non riuscire a ottenerlo. Io invidio la tua disarmante assenza di ambizione».

«Cosa dovrei fare secondo te quando sarò grande?», domandò Jacob, per scherzare.

«Vai benissimo così», commentò Fiona. E lo baciò a lungo.

Qualche mese dopo, quando lui la sorprese a piangere in bagno, si offrì di prestarle dei soldi per un corso di graphic design post laurea.

«Li metto da parte da anni senza alcuna ragione precisa. Vorrei usarli per qualcosa di veramente importante per una persona che per me è veramente importante».

Fiona ammutolì per diversi minuti. Per la prima volta da quando Jacob la conosceva, era rimasta senza parole.

«Non so quando sarò in grado di restituirteli», obiettò alla fine.

«Allora dovrai restare con me molto a lungo», decretò Jacob con un sorriso.

Jacob parcheggiò l'auto accanto alla vecchia tipografia con più irruenza del previsto. Non aveva molto tempo prima dell'appuntamento successivo e doveva comprare un regalo per Fiona.

Capitolo tredici
Amy

18 luglio 1995

Una spessa e istantanea patina di sudore le ricoprì la pelle e a poco a poco Amy si rese conto di avere i capelli – umidi e affilati – piantati nella carne e negli occhi. Un fastidio ridicolo in confronto alla caviglia rotta e al cranio sfondato, ma era quel bruciore graffiante a renderla così disperata.

Giaceva a terra, incapace di muoversi, incapace di chiamare aiuto, mentre il sudore le si raffreddava lungo la schiena. L'odore cupo degli alberi le riempì il naso rotto di un intenso profumo.

Valutò di mettersi a gridare. Aveva già tentato invano di implorare con gli occhi mentre il rumore si avvicinava. Inutile sperare; se lui avesse voluto aiutarla, lo avrebbe fatto. Nonostante il rumore dei passi, era sola.

Rivolse lo sguardo al cielo mentre l'immenso e torbido ematoma di blu e grigi le scendeva sulla testa. Nuvoloni scuri attraversavano rapidi il cielo e due mani rivestite di guanti bianchi scintillarono alla luce del sole. Lentamente le scivolarono attorno al collo. Amy chiuse gli occhi, in attesa del sollievo.

Capitolo quattordici
Alex

13 settembre 2010

Alex sostenne lo sguardo di Bob più a lungo che poté, sforzandosi di considerarla "la solita intervista". Dopo aver verificato che l'iPhone stesse registrando, guardò gli appunti che teneva in grembo.

«Grazie per aver acconsentito a rispondere alle mie domande, Bob».

L'uomo si protese verso di lei, diffidente della tecnologia. «Prego. Sa perché ho deciso di parlare e mi auguro che lo rispetterà».

Alex annuì.

«Bob, vorrei partire dall'inizio, e chiederle dei suoi primi anni in famiglia con Jo e Amy. È d'accordo?»

«Sì... ma abbia pazienza se mi vedrà turbato».

«Ma certo». Alex deglutì. «Può dirmi quando ha conosciuto Jo?».

Bob sorrise. «Era l'aprile del 1984 e al tempo facevo l'apprendista idraulico. Tony, il mio datore di lavoro, frequentava un pub chiamato The Castle e io lo accompagnavo nella pausa pranzo e a volte dopo il lavoro. Jo faceva la barista e scambiavamo sempre qualche battuta. Lei aveva qualche anno più di me e sapevo che aveva una bambina, ma...». Bob si passò la grossa mano sul viso.

«Va tutto bene, non c'è fretta. Così Jo era poco più grande di lei?».

Bob si schiarì la voce e si protese di nuovo in avanti. «Sì, Jo aveva ventidue anni quando la conobbi. Avevamo circa diciotto mesi di differenza, che non sembrano niente ora che sono un vecchio bacucco ma al tempo ci scherzavamo un sacco».

Alex sorrise. «Dove rimaneva Amy quando Jo lavorava?».

Bob indugiò e guardò il soffitto per un istante. «All'epoca era molto amica di una vicina di casa, una ragazza di nome Carole, che aveva un maschietto poco più piccolo di Amy. Badavano ai bambini a turno mentre l'altra lavorava. A quel tempo era diverso, si lasciavano i bambini agli altri. Ci si fidava. Jo non poteva permettersi di pagare qualcuno per tenere Amy».

Alex guardò gli appunti. «Il padre naturale di Amy aveva contatti con la bambina?»

«No, nessuno. Non l'aveva mai vista. Era un animale, un essere spregevole. Cattivo e violento. Quando Jo scoprì di essere incinta di Amy, prese e se ne andò, si stabilì a Edenbridge e si rifece una vita, da sola con la bambina. Gli aveva detto di essere incinta, ma lui non aveva voluto saperne niente, e nemmeno di lei. È stato meglio così...». Bob fissava le auto che sfrecciavano oltre la vetrina. «Comunque sia, non voglio parlare di quel farabutto. Mi si gela il sangue solo a nominarlo».

«Okay, va bene. Allora quando si trasferì con Jo e Amy?».

Bob inclinò il capo e si sporse in avanti. «Pensandoci adesso, successe tutto così in fretta, ma al tempo non sembrava. Uscivamo da tre o quattro mesi quando conobbi Amy...».

«Non c'è problema, si prenda il tempo che le serve, è tutto okay». Alex si sentiva spiazzata alla vista degli uomini in lacrime e pregò Dio che Bob mantenesse il controllo, altrimenti sarebbe scoppiata a piangere anche lei.

«Sa, Jo non voleva presentarle nessuno che non fosse una storia seria. Non voleva sconvolgere la vita di Amy né che la piccola si legasse troppo a qualcuno. Era una mamma stupenda». Bob biascicava leggermente le parole. Alex frenò l'impulso di posare una mano sulla sua.

Lui si schiarì la voce di nuovo. «Cosa stavo dicendo? Ah, sì, quando conobbi Amy, pensai che fosse splendida. Mi fece un disegno e io le lessi una storia, poi io e Jo la portammo al parco vicino a casa. All'epoca ero magro come un chiodo e per fare lo sbruffone mi misi a camminare sulle mani. Forse farà fatica a immaginarselo. Legammo all'istante e così conquistai Jo definitivamente».

Alex sorrise al pensiero. «Quindi si trasferì da lei?»

«Sì, be', più o meno. All'inizio mi fermavo solo a dormire, poi dopo qualche mese decidemmo che rimanessi in pianta stabile. Mi trasferii da loro, nella casa che Jo aveva preso in affitto. Il lavoro andava meglio, perché mi ero qualificato, così dopo un anno racimolammo una piccola somma per comprare una casetta. Volevamo fare le cose per bene, mi inginocchiai e tutto il resto, e ci sposammo di lunedì perché costava meno che di sabato. Amy fece da damigella e Carole e il suo piccolo da testimoni. Ci trasferimmo in Warlingham Road il mercoledì successivo. Non andammo in luna di miele, ma Carole ci tenne Amy la prima notte di nozze. A parte quella volta, siamo stati sempre tutti e tre insieme. Sempre. Jo non poteva più avere figli perciò Amy era tutto per noi».

«Amy la chiamava papà?»

«A volte sì. La polizia non faceva che chiedermelo. Non so perché, ma si erano proprio fissati su quel particolare. All'inizio mi chiamava Bobby, perché era Jo a chiamarmi così, poi verso i sei o sette anni cominciò a notare che tutti i suoi amici avevano un papà, così prese a chiamarmi papà davanti a loro. Io non la forzai mai. A casa mi chiamava ancora Bobby, poi Bob quando fu più grande. Mi chiamava papà se aveva qualcosa da farsi perdonare, o quando aveva...», gli si spezzò la voce, «quando aveva paura».

Alex abbassò la voce, sperando che reggessero entrambi. «Andavate d'accordo quando lei diventò più grande?».

Bob si protese di nuovo in avanti. «Andavamo sempre d'accordo. So che la facevo incavolare con le mie prediche, ma credo che in fondo sapesse che era perché le volevo bene. Era una ragazza brillante, la nostra Amy, e non volevo che mandasse il suo futuro a puttane, come avevo fatto io, se mi concede il francesismo. Era una sognatrice e a volte combinava delle sciocchezze, ma era una brava ragazza. Aveva un ragazzo a modo, so che Jo le aveva fatto tutto il discorsetto in proposito, ma non serviva che le stessimo troppo addosso».

Bob sorrise ma i suoi occhi si intristirono. «E poi ridevamo un sacco. Fin da quando era piccola, ci faceva sbellicare. Quando era bambina la portavo con me sul furgone, le facevo cambiare le marce e quelle cose lì. Chiacchieravamo. Mi faceva morire dal ridere. Fu un periodo speciale».

«So che è difficile, ma prima ha detto che a volte Amy combinava sciocchezze. Cosa intendeva?»

«Oh, no, non si faccia l'idea sbagliata, intendo le solite stupidaggini da ragazzini. Tornare a casa quando era già buio, bere qualche bicchiere, niente di peggio di quanto avevo fatto io. Lei e la sua amica Jenny architettarono un piano una volta. Jenny disse ai suoi che dormiva da noi e Amy ci disse che dormiva da Jenny, poi presero un treno per Redhill e andarono in discoteca. Be', lo so perché a mezzanotte Amy mi chiamò. Avevano letto male gli orari del treno e avevano perso l'ultima corsa, così non sapevano dove andare. Faceva un freddo cane, e ci chiese in lacrime di andarle a prendere. E così facemmo, naturalmente. Eravamo arrabbiati con lei, ci mancherebbe, ma ero davvero felice che avesse chiamato, perché un sacco di altre ragazze non lo avrebbe fatto. Amy sapeva di poter essere sincera con noi».

«Somiglia molto a me e alle mie amiche», mentì Alex. «So che è dura per lei, ma mi piacerebbe sapere qualcosa di più su Jo. So soltanto quello che ho letto sui ritagli di giornale e che ho visto in televisione all'epoca».

«Jo era una perla, l'amavo da impazzire. Era una mamma fantastica e una moglie fantastica. Non possedevamo granché ma lei adorava la nostra casa ed era orgogliosa di quello che avevamo. E amava la sua bambina da morire. Le piaceva parlare di tutte le cose che Amy avrebbe fatto e che lei non aveva mai potuto fare.

Il college, l'università, la carriera. Nutriva grandi speranze per Amy, lo facevamo entrambi. Ma più di ogni altra cosa, volevamo che fosse felice».

«Dov'era Jo quando Amy scomparve?»

«Era al lavoro. In un negozio di abbigliamento da donna in centro. Rientrò a ora di cena ma Amy non era a casa. Io tornai dal lavoro poco più tardi e la trovai in ansia».

«Quando capiste che era sparita e non stava solo facendo tardi?»

«Si erano fatte le sette e non era da lei. Sapeva di dover tornare per cena». Bob ingollò il suo tè. «Capimmo subito che qualcosa non andava, lo capimmo e basta. Non esiste nessuna sensazione simile. È una specie di gelo che ti prende lo stomaco. Comunque, cominciai a girare in macchina, a bussare alle porte degli amici che ricordavo, feci la strada della scuola e ritorno, senza sapere bene dove andare. Jo telefonò a tutte le mamme che le vennero in mente, si fece dare il numero del ragazzo di Amy e chiamò più volte finché finalmente qualcuno rispose. Credo che per tutto quel tempo avesse sperato, sa, che fossero insieme, perché non rispondeva nessuno neanche da lui. Ma alla fine qualcuno rispose e le disse che stavano festeggiando qualcosa e che Amy non era stata invitata».

«Quando decideste di chiamare la polizia?»

«Quando rientrai da fuori. Si stava facendo buio, ormai dovevano essere le nove. Ci dissero di controllare i suoi vestiti e di cercare se aveva scritto un biglietto dicendo che se ne andava. Noi sapevamo che non era così. Il giorno dopo, vennero a casa».

«Riusciste a dormire quella notte?»

«Nemmeno un secondo. Credo che nessuno possa capire cosa si prova quando un figlio scompare».

«Continuò a vivere con Jo dopo il ritrovamento di Amy?»

«Se così si può dire. Credo che Jo abbia smesso di vivere nell'istante in cui dichiararono la morte cerebrale di Amy. Ci dissero così e tutto il resto. Tra me e Jo, be', io l'amavo con tutto me stesso, ma quando la polizia mi arrestò… lo sguardo nei suoi occhi... Credo che nessun matrimonio sopravvivrebbe a una cosa simile. A quello che le fecero credere che io avessi fatto». Bob fissò fuori dalla vetrina e si strofinò gli occhi. Una giovane mamma stava cercando di infilare il figlio sul seggiolino del sedile posteriore dell'auto, mentre lui irrigidiva le gambette per protesta.

«Quando me ne andai, Jo non se ne accorse neppure. I giornali scrissero che mi ero nascosto, ma non stavo scappando da loro. La implorai di non fare niente di stupido, ma non so nemmeno se mi sentì. Poi, dopo un anno dal ritrovamento di Amy, Jo non riuscì più a sopportarlo. Non c'era nessuno a fermarla e lei si tolse la vita».

Alex interruppe la registrazione e strinse la mano di Bob, cercando di ignorare l'intensità della propria sete.

Capitolo quindici
Jacob

12 settembre 2010

Jacob pigiò forte l'acceleratore e attraversò l'incrocio mentre il semaforo da giallo diventava rosso.

Fiona trasalì. «Si può sapere che ti prende oggi?».

Jacob non rispose. Serrò la mascella e fissò la strada strizzando gli occhi.

«J?»

«Scusa, dicevi?». La guardò per una frazione di secondo, poi tornò a guardare la strada accigliato.

«J, cosa c'è che non va? Almeno mi stai ascoltando?»

«Va tutto bene, perché?», replicò lui, tentando di appianare la propria espressione.

«Non va tutto bene», insisté Fiona pacata, gli occhi fissi alla strada. «Hai la testa per aria. Vorrei che mi spiegassi che cosa ti prende».

«Ti preoccupi per niente, rilassati».

Giostrare con l'auto in Royal Avenue era sempre un'impresa.

Quanto avrebbe voluto che i suoi genitori avessero lasciato Edenbridge per non dover più percorrere quelle strade. La città si era stretta attorno a lui come un piumino caldo quando ne aveva avuto bisogno, ma andarsene di casa per sempre era stato come strappare via un cerotto e le vecchie ferite riprendevano a sanguinare ogni volta che tornava.

Jacob si sentiva in colpa perché rifiutava spesso gli inviti della mamma, che lo aveva sempre amato in modo così totale, così protettivo. Era l'unico figlio rimasto, nel vero senso della parola.

Mentre parcheggiava nell'ampio viale crepitante ed estraeva piano la chiave dal cruscotto, Jacob si domandò se Tom, il fratello minore, si sarebbe presentato davvero al pranzo di famiglia. Provò a immaginarselo in bilico sul bordo della sedia, la chioma scura e l'aria imbronciata, a piluccare l'arrosto, annuire per cortesia alla conversazione, chiedere a Fiona se avvertiva le prime contrazioni. L'immagine non calzava.

Tom viveva e lavorava nella regione delle Midlands. In famiglia dicevano Birmingham, ma in realtà abitava in un luogo desolato di cui nessuno aveva mai sentito parlare, annidato alle spalle di Walsall, nella parte più occidentale. Non erano mai andati a trovarlo. Jacob gli aveva proposto spesso, tramite messaggio, di fargli visita quando per qualche viaggio programmato finivano sull'autostrada che portava da Tom. Lui adduceva puntualmente mille scuse, o rispondeva al messaggio quando ormai erano rientrati. Ogni volta Jacob si chiedeva se il fratello fosse altrettanto lento a rispondere agli adolescenti con i quali lavorava. Poi impediva ai propri pensieri di proseguire in quella direzione.

L'ultima volta che uno di loro aveva visto Tom in carne e ossa era stato al matrimonio di Jacob e Fiona nel Lancashire. Dopodiché, la maggior parte delle visite di Tom era stata rinviata. Il fratello gli era sembrato a disagio nella graziosa campagna del Lancashire che aveva fatto da scenario al matrimonio. Era chiaro – benché inesplicabile – che morisse dalla voglia di tornarsene al caos urbano d'adozione.

Jacob invece adorava il Lancashire. Adorava il calore e l'accoglienza della famiglia di Fiona, adorava la mentalità del lavorare-per-vivere, i pub e gli ampi e intricati spazi aperti. Adorava i muri a secco dei villaggi e soprattutto adorava sentirsi così rilassato e felice, lontano da Tunbridge Wells. Fino a quando non ripensava a Amy, allora gli si stringeva il petto e incupiva lo sguardo e il senso di colpa lo trascinava a fondo.

«Ciao tesoro, entra», lo esortò la madre Sue, ferma sul tappetino d'ingresso con un paio di ciabatte di pelle d'agnello, mentre baciava Fiona sulle guance.

Non appena il pesante portone si spalancò, Jacob colse il caratteristico odore di "casa". Il detersivo e l'ammorbidente che la madre usava da sempre, il pot-pourri rosa scuro nel piattino di porcellana, il deodorante per i tappeti, il sapone nel bagno del piano terra, la cucina burrosa.

«Ciao mamma», salutò Jacob, chinandosi a baciarla sulla guancia. Sue non era alta nemmeno un metro e sessanta, mentre lui – come i due fratelli – la superava di venti centimetri abbondanti.

«Tom è arrivato?».

Sue voltò lo sguardo, la punta delle orecchie arrossata. Poi sorrise imbarazzata e spiegò che Tom alla fine non sarebbe venuto.

È perché ci sono io, pensò Jacob. Non sapeva stabilire quando fosse accaduto con precisione perché lui era stato completamente assorbito da se stesso per mesi e mesi, se non anni. A un certo punto, però, il fratello minore, di cui non avrebbe mai messo in dubbio la lealtà, si allontanò di netto.

Jacob ripensò con una smorfia al pomeriggio in cui Tom se n'era andato di casa. Anche se lui all'epoca aveva già diciotto anni, fu il fratello minore sedicenne ad andarsene per primo. Jacob se ne accorse a malapena. La sagoma spigolosa del fratello comparve sulla soglia della sua stanza, i capelli tinti di nero che gli ricadevano sugli occhi. Aveva un grosso borsone da viaggio in spalla e un altro paio di borse per mano. Rimase lì in attesa, gli effetti personali appesi addosso. Jacob si limitò ad alzare lo sguardo. «Te ne vai?»

«Sì», rispose Tom.

«Dove?»

«New Cross».

«Ah, okay».

Solo più tardi quella sera, quando entrò in cucina e trovò la madre con il viso rigato dalle lacrime che mangiava timballo di pollo freddo dal contenitore di alluminio e spandeva vino sulle fotografie di un neonato, si rese conto che Tom se n'era andato davvero.

Jacob aveva radi ricordi del fratello adolescente prima di quella notte. I resti del toast la mattina, la musica deprimente che filtrava da una camera all'altra, lo sbattere di una porta. Un'ombra diventata un lupo solitario e poi fuggita via.

Anni dopo, Jacob tentò di ricucire i rapporti. Chiese a Tom, tramite messaggio, di fargli da testimone, insistendo. Con sua grande sorpresa, il fratello accettò, a condizione di non tenere alcun discorso.

L'addio al celibato ebbe luogo nella loro città natale, una cosa tranquilla con diversi pseudoamici del lavoro e dell'università. Parecchie pinte di birra dopo, nel corso della serata, gli altri a poco a poco sparirono. Jacob si alzò in piedi barcollante in un angolo del pub e chiese in faccia al fratello quale fosse il problema, di cosa lo incolpasse.

«Non ti do nessuna colpa», rispose Tom, evitando il suo sguardo.

«Non ci sentiamo mai», incalzò Jacob, senza aspettarsi che lo guardasse negli occhi. «Non so dove ho sbagliato».

«Non hai sbagliato niente. Guardati. Hai fatto tutto nel modo giusto».

«Come fai a saperlo?», domandò Jacob, più forte del voluto. «Non ci sei a guardare come faccio le cose». Strisciò la scarpa sul pavimento colloso, poi si scostò e si appoggiò di nuovo alla barra d'ottone che circondava il bancone. «Mi manchi». Seppur annegata nella birra, quella frase suonò goffa.

Tom rimase a lungo in silenzio. «Stai molto meglio senza di me», disse alla fine, biascicando le parole come se fossero troppo grandi per la sua bocca.

Sconfitto, Jacob scivolò fuori dal bar e si infilò nel negozio di kebab lì accanto. Dopo essersi trascinati avanti e indietro per la strada principale di Edenbridge alla ricerca di un taxi, senza dire una parola, i due fratelli chiamarono la madre. Con il cibo freddo ancora tra le mani, furono riaccompagnati in Royal Avenue in silenzio.

Quella notte, Jacob giacque nel suo letto d'infanzia in preda alla nausea, con il russare di Tom che rimbombava attraverso la parete. Sveglio a fissare il buio, sentì il fratello alzarsi per fare pipì, poi i cigolii e i sospiri mentre tentava di rimettersi comodo nel letto troppo piccolo. Jacob chiuse gli occhi cercando di pensare a qualcosa da dire il giorno dopo per aggiustare le cose. Alla fine, non disse niente.

«È bello avervi qui». Sue strinse la mano di Jacob sul tavolo, cogliendolo di sorpresa. Fiona bevve una buona sorsata della sua bevanda analcolica all'uva.

«Quanto vorrei vedervi più spesso», continuò Sue, la punta del naso che tradiva i bicchierini della domenica.

«Abitiamo qui a due passi», la interruppe la nuora, «sei la benvenuta quando vuoi».

«Grazie, cara». La donna sollevò la mano da quella del figlio e la ripose con cura sul tovagliolo appoggiato in grembo. «Ma i novelli sposi hanno bisogno dei loro spazi».

«Oh, via, non siamo poi così novelli», replicò Fiona, sforzandosi di non fare smorfie. «Stiamo insieme da una vita, non ci serve altro spazio».

Sue le sorrise brevemente.

«Magari potrei fare un salto quando sarai in maternità?», domandò, rivolta più che altro a Jacob, che guardò la moglie con un certo disagio.

«Sono certo che le farebbe molto piacere. Vero, Fi?»

«Passa pure quando vuoi, Sue».

«Anche tu sei il benvenuto, papà, ora che sei in pensione», aggiunse Jacob mentre sorseggiava il vino rosso.

«Ti ringrazio, figliolo», rispose Graham, facendo roteare il vino nel bicchiere. «Grazie, Fiona». L'uomo sorrise a entrambi, indugiando un po' più a lungo sulla nuora, che alla fine batté le palpebre e abbassò lo sguardo per prima rivolgendo l'attenzione alle patate arrosto.

«Vado al campo tutti i giorni in questo periodo», continuò Graham, rivolto al figlio. «Potresti raggiungermi anche tu per una partita, qualche volta?».

Il campo. Quando Jacob era un ragazzino, prima di scoprire che "il campo" non era altro che un pezzo di terra con le strisce bianche dipinte sopra, lo immaginava come un edificio imponente aperto solo ai ragazzi più bravi, allenati e soprattutto virili. Come Simon. Il primo in lizza per salire al trono del campo. Essendo il maggiore, Simon prendeva sul serio il proprio ruolo e se ne stava ritto in corridoio, i calzini bianchi abbinati con l'orlo verde, una versione del padre impettita, silenziosa, con le gambe curve e la racchetta in miniatura.

Jacob si era illuso che prima o poi sarebbe arrivato il suo turno, ma non fu così. Ricordò che Tom si era unito a loro una manciata di volte, mentre lui al tempo frequentava un corso di judo e dovette sforzarsi di non sentirsi escluso. Non era mai stato bravo negli sport con la palla.

Era ovvio che Graham andasse al campo tutti i giorni. Il padre oscillava tra salutismo e bagordi. Beveva troppo vino e whisky ma si allenava tutti i giorni a tennis per ore. Per lo spuntino di metà mattina spalmava cucchiaiate di vischiosi formaggi da gourmet su grosse fette di pane bianco, ma dormiva nove ore a notte, tutte le notti. Il padre guardava qualsiasi programma televisivo, in modo indiscriminato, eppure Jacob non aveva mai conosciuto nessuno con una simile fame di libri di ogni genere. Romanzi russi, thriller, saggi accademici, manuali di automobili che non possedeva più e alle quali comunque non aveva mai messo mano.

La madre la riteneva una conseguenza dei tanti anni di vita da pendolare, durante i quali Graham aveva divorato libri su libri per passare il tempo. In epoca più attuale, naturalmente, il lavoro di un dirigente sarebbe iniziato nel momento stesso della partenza del treno dalla stazione – email dal cellulare, portatile con le chiavette inserite – ma a quei tempi Graham trascorreva un'ora sul treno e un'altra mezz'ora in metropolitana, andata e ritorno, tutti i giorni.

Jacob non provava alcun interesse per i passatempi del padre. Non si fidava di ciò che leggeva, per cominciare, e l'idea di continuare a colpire una pallina avanti e indietro, soprattutto contro una persona dall'istinto spietato e anni di allenamento alle spalle, lo attirava come un letto di chiodi.

«Ma certo, papà».

Capitolo sedici
Sue

18 luglio 1995

Femmine. Quando Sue sposò Graham, fantasticava di avere due figli maschi e due femmine, alternati come un bel servizio da tavola per le feste. I maschietti sarebbero stati belli come il padre, con le gote rosa e le macchie d'erba sulle ginocchia. Avrebbero ruzzolato in giro, giocato a palla e combinato marachelle. Le femminucce avrebbero indossato degli scamiciati uguali, avuto la bocca a bocciolo di rosa e gli occhi azzurri come bambole di porcellana. Mentre i maschietti giocavano a calcio in giardino con Graham, Sue si sarebbe seduta a spazzolare i lunghi capelli delle femminucce, annodandoli in bellissime trecce legate con nastrini abbinati.

Le ragazze che i suoi figli le portavano in casa non somigliavano affatto a quelle che lei avrebbe desiderato avere. Sfacciate come i maschi, facevano svolazzare i capelli e avevano l'incredibile capacità di usare i loro corpi per ottenere ciò che volevano, fin da un'età tenera ai limiti del ridicolo.

Le sue sarebbero state diverse. La sua *femminuccia* sarebbe stata diversa.

Ogni tanto Sue provava una fitta di dolore per il numero quattro mancante. Quello che forse, finalmente, avrebbe avuto il fiocco rosa. Ma non poteva lamentarsi, aveva tre figli robusti. In ogni caso, Graham era felice di essersi fermato a tre. Più che felice. Ma fin dalla prima gravidanza, Sue aveva programmato la seconda, la terza e la quarta.

Adorò ogni singola gravidanza, ma quella di Simon fu speciale. L'unica immersa nell'ignoranza e nei progetti, nient'altro che speranze.

Sue immaginava che la vita con un neonato fosse facile, una volta nato. Stabilì che il piccolo dopo un mese avrebbe dormito tutta la notte e programmò di rientrare nei vecchi vestiti grazie ai video di Jane Fonda che avrebbe guardato mentre il bimbo dormiva. Lo avrebbe svezzato dal pannolino, pensava, durante la seconda estate e poi sarebbe arrivato il fratellino. Pianificò di proseguire così fino ad avere quattro bambini dai volti raggianti, allineati in ordine di altezza come i protagonisti di *Tutti insieme appassionatamente*. Maschio, femmina, maschio, femmina.

Dallo strazio del parto podalico al primo riluttante giorno di scuola di Simon, niente andò secondo i suoi piani. Sue viveva in pigiama fino alle sei di sera, trovando a malapena il tempo di mettersi un filo di trucco prima che l'auto di Graham imboccasse il viale di casa.

Neonato dalle infinite esigenze, Simon assorbiva ogni briciolo della sua attenzione durante il giorno per poi respingerla di colpo. Pretendeva di avere gli occhi di Sue addosso per tutto il tempo, finché Graham non compariva sulla porta, allora andava alla ricerca frenetica dello sguardo paterno.

Per tutto quel tempo, Sue precipitò in un mondo fatto di abiti comodi mentre la carriera di Graham si impennava. Lui rimaneva affascinante e controllato, lei era diventata vuota e distratta.

Impiegava due ore di pianti di Simon, e talvolta anche propri, per passare l'aspirapolvere in una stanza, così ogni volta rimandava l'incombenza di altre due settimane.

Graham non si lamentò una sola volta dello stato della casa. Ma ogni sera ne prendeva atto con sguardo lento e tagliente, e cominciò a rientrare con la corsa successiva, abbandonando la fretta dei primi anni di matrimonio.

Alla fine, Sue si ridusse a reggere con un braccio Simon che poppava avidamente, e spingere l'aspirapolvere con l'altro, l'acido lattico che le straziava le spalle.

Per i pasti si affidava a cibi pronti o surgelati, e nel tempo rimanente beveva litri di tè e soffiava fumo di sigaretta fuori dalla finestra, fissando il suo bambino rabbioso e paonazzo.

Con Jacob le cose diventarono più semplici e ancora di più con Thomas, a parte la segreta malinconia per il terzo fiocco azzurro. Quando Thomas raggiunse l'età dell'asilo, i discorsi – quelli di Sue – virarono decisi verso il pezzo finale del puzzle. Quello che doveva essere femmina.

Proprio quando Graham stava per ammorbidirsi all'idea di un altro figlio, arrivò la lettera. Scritta con tono pacato su carta fredda, parlava di "mutazioni anomale" e di "ripetere il pap-test".

«Non si preoccupi», fu rassicurata, «spesso i valori si correggono da soli, il prossimo test potrebbe essere pulito».

Sei mesi dopo, la lettera pacata fu rimpiazzata da una chiamata urgente dall'ospedale. Le mutazioni erano passate da leggere a gravi. Le furono rimosse alcune cellule e Sue tornò a casa dalla clinica con passo lento e cauto, il piccolo Thomas avvinghiato alle gambe per farsi prendere in braccio.

Dopo due anni di trattamenti ripetuti e infruttuosi, Sue prese la sua decisione mentre i bambini erano a scuola, seduta e sofferente nella casa vuota dopo l'ennesima e dolorosa operazione in day hospital. In seguito, Graham descrisse prudentemente la situazione come una "ritirata strategica". Il pensiero che rimanesse da solo a crescere i figli era inconcepibile per Sue. Doveva sacrificare la propria fertilità, il rischio era troppo alto.

I preparativi per l'isterectomia furono brutali come l'operazione. Manciate di pillole ogni sera, incubi di vedersi svuotare come un uovo sodo, crisi di pianto a porte chiuse, pedinamenti dietro alle mamme di femminucce nei supermercati, con il cestino della spesa vuoto.

Quando si svegliò dopo l'operazione, la testa pesante per la morfina, Sue avvertì solo un senso di vuoto. E continuò a provarlo a lungo.

Capitolo diciassette
Alex

14 settembre 2010

I tacchi di Alex si affrettavano verso la controparte riflessa, collidendo con un forte ticchettio. Di recente l'ospedale era stato oggetto di una mediatica "pulizia di fondo" e tutto risplendeva come se fosse stato lucidato oltre i limiti dell'uso pratico.

Alex aveva chiamato diverse ore prima e le era stato concesso con sorprendente facilità di incontrare di nuovo Peter Haynes. Si era già pentita di avere messo i tacchi alti, che infierivano sulle vesciche provocate dalla corsa e le rallentavano il passo.

Bussò alla porta chiusa dell'ufficio, il cui interno riecheggiò vuoto e disabitato. Dopo un paio di colpi di tosse contenuti, seguiti da altri meno contenuti e da un pugno deciso alla porta, finalmente le fu aperto.

Il dottore aveva un aspetto disastroso: lo sguardo selvaggio e i capelli che si arrampicavano su se stessi. Mentre Haynes le indicava la solita poltrona di pelle consunta, Alex notò che la stanza appariva immacolata.

«Mi deve scusare, mi sto strappando i capelli per trovare le cose qui dentro ma non so più dove cercare».

Alex si domandò se si stesse "strappando i capelli" in senso letterale.

«Dannate pulizie», borbottò Peter Haynes contro nessuno in particolare. Si sedette sull'altra poltrona in pelle, giocherellando con le dita come fanno i bambini con i vermi.

«Grazie per avermi concesso dell'altro tempo con così poco preavviso, Peter».

«Si figuri, l'ho incastrata tra un appuntamento e l'altro, perciò non ne abbiamo per molto. Come posso aiutarla?»

«Ho un altro paio di domande su Amy, poi giuro che la lascerò in pace».

«Perfetto, spari pure».

«Allora, le notizie riportate dai giornali dopo il ritrovamento di Amy sembrano contraddittorie. Alcuni dicono che non ci sia stato stupro, altri alludono a una recente attività sessuale. Si tratta di fonti anonime, nessuna dichiarazione ufficiale. Tutti però – chi più chi meno – riportano che, stando ai segni rinvenuti sul corpo, Amy avesse tentato di difendersi dall'aggressore. Mi chiedevo se, dal punto di vista medico, sapesse dirmi quale sia la versione corretta».

Il dottore la fissò per qualche istante, poi si diresse verso un archivio color grigio piombo accanto alla finestra lustra e scintillante.

Borbottando tra sé e sé, Haynes aprì e chiuse ciascuno dei quattro cassetti in successione rapida per poi tornare alla scrivania a mani vuote.

«Preferirei non cercare al computer», spiegò, le dita sospese sulla tastiera, «ma al momento non riesco a mettere mano al cartaceo. Okay», proseguì, «vediamo un po'. Vuole sapere a quali esami fu sottoposta Amy dopo il ritrovamento, giusto?».

Alex sentì il cuore accelerare i battiti. «Sì, direi di sì, se è possibile».

«Dunque», cominciò Haynes, «si tratta di una questione delicata, in realtà. Amy non ha parenti noti perciò è sotto la tutela dell'ente sanitario». Fece una pausa, riordinando i pensieri. «Ciò significa che possiamo prendere decisioni autonome ma senza abusare di quella tutela».

Il dottore alzò lo sguardo e lo fissò sulle labbra di Alex.

«Io non abuserei mai della fiducia di nessuno», dichiarò.

Alex rimase in silenzio, incerta su come rispondere. Nel frattempo il dottore prese a battere sulla tastiera con circospezione, come se stesse forzando una cassaforte.

Poi si schiarì la voce. «Non dovrei darle queste informazioni liberamente, perciò qualunque cosa dirò andrà gestita con la massima discrezione». Fece una pausa e Alex trattenne il respiro. Haynes sembrava congelato con le dita sui tasti. La fissava in un modo che la costrinse a cambiare posizione per il disagio.

«Va bene», continuò lui abbassando lo sguardo con un mezzo sorriso, «lo faccio per lei perché credo che più persone verranno a conoscenza della storia di questi pazienti e meglio sarà. Ma ciò implica che lei lavori di sensibilità, perciò mi fido a occhi chiusi».

«Prometto che non ho intenzione di scrivere un articolo sensazionalistico, non è così che lavoro».

Un'ondata di rossore tinse il collo di Haynes che sembrò esitare su come proseguire.

«Bene». Alex controllò gli appunti. «Amy era vergine?»

«No».

«Ah, davvero? Aveva avuto rapporti di recente quando fu trovata?»

«Sì, nell'arco delle precedenti settantadue ore, in base a questi referti».

Quell'informazione segreta elettrizzò Alex. Era esilarante e rivoltante allo stesso tempo.

«Okay, mostrava segni di stupro?»

«Non mostrava segni di trauma a danno dei genitali».

«Perciò era stato sesso consenziente?»

«Parrebbe di sì».

«C'erano altri segni a dimostrare che si sia ribellata all'aggressore?»

«Oh, cielo, sì». Peter Haynes guardò Alex negli occhi, l'espressione leggermente tesa. «Non mi serve controllare il referto per confermarglielo. Era ancora piena di lividi quando me l'hanno portata e ricordo bene lo stato delle sue dita. Gran parte delle unghie era spezzata e aveva perso un dente tentando di mordere qualcosa. O qualcuno».

L'ilarità di Alex scomparve e le rimase solo il disgusto. Amy era riuscita a battersi così tanto da condannare se stessa al purgatorio.

«C'erano segni di strangolamento?»

«Sì, strangolamento, ematomi profondi, diverse ferite interne all'addome, ossa frantumate, varie costole rotte...».

«È stata picchiata con qualcosa o il medico legale ritiene che l'aggressore abbia agito a mani nude?»

«Non scende nel dettaglio, ma da quello che ho visto, direi che abbia usato tutto ciò che aveva a disposizione. Calci, pugni, oggetti, chi può dirlo?»

«Santo cielo. Quindi Amy era davvero a un passo dalla morte come hanno scritto i giornali?»

«Forse peggio. Ci sono molte informazioni strettamente confidenziali nel rapporto che la riguarda e che non potevano comparire sui giornali».

Quei dettagli sarebbero stati preziosi come l'oro per un avvocato, pensò Alex, e non potevano essere diffusi nemmeno in caso di processo. Che Amy non avesse mai avuto un processo le parve un'altra silenziosa ingiustizia. «Crede che l'aggressore fosse convinto di averla uccisa quando abbandonò la scena del crimine?»

«Chi lo sa?», rispose il dottore sostenendo il suo sguardo. «Voglio dire, chi sa veramente cosa passi per la testa di una persona simile?».

Alex annuì. I fatti sgradevoli si diffondevano a macchia d'inchiostro tra i suoi appunti. Sembrava che Amy avesse fatto sesso con qualcuno di sua volontà per essere aggredita poco dopo. In parte si era ritrovata lì per scelta e per fiducia.

«Perciò non c'è stato stupro né abuso sessuale... non è stata un'aggressione a scopo sessuale?», precisò Alex.

«Così pare dai documenti, ma i rapporti della scientifica saranno più approfonditi, io le ho soltanto fornito i meri dettagli medici, che dovevamo conoscere per poterla curare».

«Potrebbe essere che la persona con cui ha fatto sesso e quella che l'ha aggredita siano due persone diverse?»

«Potrebbe essere», confermò il dottor Haynes, guardando l'orologio, «è possibile che abbia avuto rapporti consenzienti con qualcuno e subito dopo sia incappata nell'aggressore, ma...».

«Ma la persona con cui ha avuto rapporti consenzienti non si è mai fatta avanti», concluse Alex, «giusto?»

«Giusto».

«Insomma, aveva un ragazzo», proseguì Alex, «ma pare non fossero ancora stati a letto insieme, perciò...».

«Su questo non posso aiutarla. Non ho la minima idea della vita amorosa dei miei pazienti. Riesco a malapena a gestire la mia». Haynes alzò brevemente lo sguardo, poi lo riabbassò sulle mani.

«Ma certo, capisco», disse Alex, sentendosi arrossire. «Un'ultima cosa. Quando ci siamo visti la scorsa volta, mi ha detto che Amy aveva mostrato segni di attività cerebrale. Significa che c'è la possibilità che si risvegli?»

«Be', non sta dormendo, Alex. La differenza è importante. Il suo non è uno stato di coma. Amy è lì dentro da qualche parte, quantomeno a un livello minimo. Ma dopo quindici anni, con dei progressi così scarsi, ritengo sia altamente improbabile che possa migliorare».

«Ma è possibile?»

«Be', non del tutto impossibile. Ma è altamente improbabile. Alex, mi scuso ma ora devo proprio lasciarla per un'altra riunione».

«Nessun problema. E grazie davvero, mi ha aiutata molto a spianare un po' le cose. È difficile avere una visione d'insieme basandosi solo sui ritagli di giornale». Alex si alzò in fretta e afferrò la borsa.

«Già», disse il dottore porgendole la mano. «Non ci si può fidare di tutto quello che scrivono i giornali». Poi sorrise, trattenendole la mano un po' troppo a lungo.

La fredda sensazione del contatto con Haynes le rimase addosso a lungo, dopo che Alex ebbe lasciato il suo ufficio per uscire dall'ospedale, strizzando gli occhi per la luce del sole.

Si diresse con i piedi doloranti verso l'auto che aveva lasciato nell'angolo più lontano del parcheggio, all'ombra di un grosso albero. Si sedette sbuffando sonoramente per il sollievo e posò la borsetta, il taccuino e il cellulare nel posto vuoto accanto a lei. Poi si tolse le scarpe e le lanciò ai piedi del sedile posteriore. Chiuse gli occhi per qualche istante nella fresca quiete. Le martellava la testa e trasudava il Sauvignon Blanc della sera prima.

La conversazione con il dottore aveva ricucito insieme alcune delle sue supposizioni, e ne aveva bruciate altre. Per quanto Alex trovasse quel crimine grottesco, la sfida di ricostruire gli ultimi momenti di coscienza di Amy le aveva smosso qualcosa nel profondo, sepolto sotto le macerie.

Un tempo era stata una testolina brillante, una giornalista acclamata, una "voce per la sua generazione". Aveva fuoco e ambizione e idee... Ora, la maggior parte delle volte, si sentiva arida. Il suo momento era passato e l'aveva sprecato.

Si mise le infradito e puntò verso casa. Nella mente ripercorse la conversazione con Haynes, mentre guidava piano oltre le ville bianche del quartiere ricco di Tunbridge Wells, denominato "village".

Amy Stevenson non era vergine. A quanto pareva, aveva avuto rapporti consenzienti subito prima dell'aggressione, ed era stato sesso sicuro. Stando ai giornali, non furono rinvenute tracce di liquido seminale. Una definizione usata solo nelle lezioni di biologia e nei rapporti sui crimini sessuali. L'uomo – o più di uno – doveva avere usato un preservativo, che ormai era andato perduto o nascosto da tempo.

La polizia si era accontentata di sapere che Amy e il suo ragazzo non erano mai stati a letto insieme. Perciò Amy gli era stata infedele. *Povero ragazzo*, pensò Alex. Sapeva che una delle ultime decisioni di Amy era stata di tradirlo? Aveva saputo che lo "stupro" non era stato uno stupro? O forse l'aveva scoperto e si era infuriato al punto da aggredirla? Un'ipotesi forzata, ma era sciocco dare qualunque cosa per scontata.

Gli ultimi ritagli di giornale non facevano che riportare la frase standard "lo stupro e tentato omicidio di Amy Stevenson". Ma non era andata così. La polizia, però, non lo sapeva quando aveva arrestato Bob, no?

Alex scosse la testa; quella storia era molto più ingarbugliata del previsto. Il miglior articolo che avesse potuto produrre sarebbe scaturito dai risvolti emersi alla luce dipanando quei nodi polverosi. Quanto avrebbe voluto saltare subito alla conclusione e scoprire che faccia avessero quei risvolti.

Alex parcheggiò fuori dalla sua casa a schiera, recuperò la borsetta dal sedile e mentre imboccava il viale d'accesso, controllò l'ora: le 11:22. La consegna del pezzo sul dottor Haynes incombeva da lì a pochi giorni e le rimanevano solo trentotto minuti di lavoro a disposizione per la giornata.

Addormentarsi non era un problema per Alex. Tendeva a chiudere gli occhi non appena l'ultimo sorso le pizzicava le labbra. Spesso la sua volontà doveva battersi contro la stanchezza per trangugiare il bicchierone d'acqua prima di abbandonarsi a un sonno profondo e gutturale.

La parte difficile era continuare a dormire.

Da quando Matt se n'era andato, le ore dopo la mezzanotte erano sempre insonni. Non appena i fumi dell'alcol svanivano, si innescava in lei un rafforzato senso di autoconservazione. Notte dopo notte si risvegliavano nella piccola casa nuovi lamenti e cigolii, una varietà di terrori immaginari che strisciavano nell'ombra.

L'agitazione notturna di Alex era irrazionale quasi quanto la paura dei fantasmi di quando era bambina. Temeva sempre la possibilità che qualcuno si introducesse nell'abitazione. Se mai fosse accaduto, temeva la possibilità che si inventassero qualcosa di veramente sadico, anziché cercare beni di valore da intascare con facilità. Ma era davvero molto improbabile.

Durante il giorno, Alex riconosceva la sua paranoia in quanto tale. Di notte, trascorreva le ore più buie irrigidita e grondante di sudore.

Quella sera aveva cenato tardi inzuppando del pane tostato in un barattolo mezzo vuoto di hummus, e verso le dieci era caduta in un sonno arroventato e senza sogni, le mani unte di residui di ceci.

All'1:37 del mattino, si svegliò di colpo, in allerta, convinta che ci fosse qualcuno in casa.

Al piano terra, le assi levigate del pavimento di legno scricchiolavano all'unisono con il vento e gli alberi tamburellavano minacciosi contro le finestre.

Alex udì dei movimenti lenti e deliberati nel salotto. Udì i primi tre gradini delle scale sospirare sotto i passi, poi più niente. Rimase paralizzata, senza fare la minima mossa per indagare o proteggersi. Si limitò a giacere prona, sbirciando da sotto le coperte, madida di sudore.

Per la casa riecheggiarono altri rumori. Poco lontano, sulla strada, la portiera di un'auto sbatté forte e un gatto strillò al rumore delle marce ingranate e degli pneumatici che stridevano sull'asfalto.

Alex passò altre due ore con gli occhi aridi e grondante di sudore. Finalmente trovò il coraggio di andare in bagno e assicurarsi che non ci fossero pericoli, dopodiché ricadde in un sonno vigile.

Il mattino colse Alex in preda all'agitazione e con gli occhi arrossati. Aveva perso la capacità di rimanere a letto fino a tardi verso i venticinque anni e avvertì il forte richiamo del caffè nero provenire dalla cucina.

Il letto era asciutto, ma le lenzuola emanavano il solito odore agrodolce. Alex tolse tutto come d'abitudine e zampettò al piano terra. Spegnendo la macchina del caffè con un sospiro, qualcosa catturò la sua attenzione.

Il taccuino Moleskine era chiuso. Era certa di averlo lasciato aperto sulla prima pagina bianca, tenuta ferma dalla penna. Invece era proprio chiuso.

L'improvviso martellare del sangue nelle tempie travolse la sua lucidità e Alex corse di sopra e si fiondò in bagno, chiudendosi dentro a chiave il più in fretta che le dita tremanti le concessero.

Stava solo immaginando? Era stata una notte pesante. Forse era tornata agli appunti prima di andare a dormire, per sfogliarli e poi chiudere bene il taccuino? Poteva essere ma non le tornava.

Alex si gettò sotto la doccia rovente. Non aveva senso, ma lei non era una testimone affidabile. La cena era confusa e non ricordava nemmeno di essere andata a dormire. Non era sicura di niente. Cazzo.

Mentre il vapore caldo e la verve agrumata e pungente dello shampoo le liberavano i seni, il suo cuore rallentò i battiti e Alex si convinse che doveva essere stata lei l'intruso notturno. Riflettendo con razionalità, niente suggeriva davvero che fosse successo qualcosa di inappropriato. La penna poteva addirittura essere scivolata fuori e il taccuino essersi richiuso da solo.

Lasciò che i capelli si asciugassero al calore di quell'estate indiana e indossò le scarpe da ginnastica, i pantaloni della tuta e una canottiera.

Tornata in cucina, Alex trovò il caffè pronto e il suo intenso aroma di cicoria le rivoltò lo stomaco delicato tanto quanto la confortava. Aveva bisogno di mangiare e si accinse a preparare del pane da tostare quando qualcosa attirò di nuovo la sua attenzione, paralizzandola di colpo con il coltello da burro in mano.

Quando aveva ereditato la casa, Alex aveva ristrutturato la cucina e il bagno. Aveva rimosso lei stessa i pavimenti, tinteggiato ogni centimetro quadrato di parete e sostituito la porta d'ingresso. Le era avanzato ancora qualcosa per rimpiazzare le finestre della facciata e conservare un po' di liquidi nella cassa comune.

Le finestre sul retro erano del vecchio stile a ghigliottina, di legno robusto con anello e gancio in ottone. Nessuno le vedeva dalla strada perciò le aveva tenute, con la vaga idea di cambiarle in futuro.

Alex non apriva mai la finestra della cucina. Mai. Eppure la finestra della cucina era aperta. Decisamente aperta.

Il giardino sul retro della casa non veniva toccato da anni. Non era altro che un piccolo cortile, con alcuni ramoscelli secchi che un tempo erano piante e uno stendibiancheria rovesciato pieno di ragnatele.

Alex stava ancora fissando sbigottita la finestra, quando il toast saltò fuori facendola sobbalzare e voltare di scatto. Impossibile negarlo, la finestra era decisamente aperta. Rovistò nel "cassetto delle cose" accanto al lavandino per cercare la chiave della porta che dava sul retro.

La serratura era dura, ma una volta fuori Alex vide che quantomeno il cancelletto posteriore era chiuso, e il fermo abbassato.

Si avvicinò in punta di piedi, gli occhi fissi sul chiavistello. Alex avanzò di pochi passi, sentendo le risate dei figli dei vicini in lontananza. Era evidente che era stato aperto, come testimoniava la ragnatela distrutta. Ma quando?

Non osò aprire, ma serrò il chiavistello e tornò di corsa in cucina. Sbatté la porta, la richiuse a chiave e afferrò il cordless, senza sapere chi chiamare.

Sembrava che non mancasse niente. Il portatile era sul divano, la TV dov'era sempre stata e Alex possedeva pochi gioielli preziosi. Corse a controllare di sopra, ma era tutto a posto; anche gli anelli di fidanzamento e matrimonio giacevano dove li aveva riposti da tempo, nella scatola a specchio sul comodino.

Doveva riprendere il controllo. Era da tanto che non si sentiva così vulnerabile e violata. Ma nessuno aveva preso niente né l'aveva toccata. In base a quanto ricordava.

Alex sfogliò il Moleskine verso l'ultima pagina con il numero trascritto a caratteri neri e spessi, pur sapendo che sarebbe stato un errore. Lo digitò con mano tremante e tornò in cucina a versarsi un'altra bella tazza di caffè forte.

La avvicinò alle labbra proprio mentre Matt rispondeva.

«Pronto?»

«Ciao Matt, sono Alex».

«Lo so, ho visualizzato il numero sul display. Che succede?»

«Matt, scusa davvero, non sapevo chi altri chiamare», cominciò, la voce tremante e piagnucolosa.

«Oh Dio, Alex», sibilò Matt. «Sono le otto del mattino, ma cosa combini?»

«No, no, non ho bevuto, non sono... Io... Senti, non so che fare, credo che qualcuno si sia introdotto in casa mia».

Udì un sospiro.

«Alex, se credi che qualcuno si sia introdotto in casa tua devi chiamare la polizia. La polizia locale. Manderanno qualcuno a vedere».

«No, Matt, non capisci, non hanno preso niente. So che non mi crederanno perché non è stato rubato niente, ma la finestra della cucina era aperta e il chiavistello del cancelletto posteriore è stato mosso».

«Non hanno preso niente?»

«Be', no, ma ieri sera avevo lasciato il taccuino aperto e stamattina era chiuso...», si fermò a metà frase.

«Alex, nessuno si è introdotto in casa tua. Mi stai dicendo che il chiavistello sul retro non era chiuso, come probabilmente la maggior parte di quelli dei vicini, e che nemmeno la finestra della cucina lo è. Fa ancora caldo la sera, forse l'hai aperta e te ne sei dimenticata».

Alex era più sicura che mai di non averla aperta; non apriva mai quella finestra proprio per evitare quella precisa situazione. La terrorizzava l'idea di poterla dimenticare e andarsene a letto lasciando all'esterno la possibilità di entrare.

«La polizia non interverrà a meno che non ti abbiano rubato qualcosa o ci siano prove che qualcuno sia effettivamente entrato».

Il tono controllato di Matt mascherava solo in parte il suo fastidio. Era ora di colazione in un giorno del weekend; probabilmente aveva dovuto lasciare la fidanzata e uscire dalla stanza, Alex lo aveva messo in una posizione difficile.

«Mi dispiace Matt, credevo avresti capito, ma...».

«Alex, basta. Non siamo più sposati e credevo che ormai te ne fossi fatta una ragione. Non sono io quello che devi chiamare adesso. Sono stato molto comprensivo quando mi hai chiesto di aiutarti con la tua vana ricerca. Ti ho aiutata più di quanto avrei dovuto perché mi dispiaceva per te. E se devo essere sincero, sapevo che non ne sarebbe uscito niente, ma...».

«Perché no? Perché dici che non ne sarebbe uscito niente?», strillò Alex al telefono.

«Perché? Perché non concludi niente da anni, Alex. Ma guardati».

«Matt, non c'è bisogno di essere crudeli, io non...».

«Alex», sibilò lui. «Credevo ci avessimo dato un taglio, speravo che ti fossi ripresa».

Una pausa. Un sospiro.

«Ti sei bevuta la carriera, ti sei bevuta il nostro matrimonio, ti sei bevuta – solo tu sai cos'altro ti sei bevuta – e ora mi sembra che ti sia bevuta anche la salute mentale, cazzo. Fai un favore a te stessa e fatti aiutare prima che sia troppo tardi. Devi andare avanti. Come ho fatto io».

«Come hai fatto tu», ripeté Alex.

Stava per scusarsi ancora, quando il telefono fece clic. Se n'era andato. Di nuovo.

Alex strappò via la pagina con il numero di Matt, la appallottolò e la gettò sotto l'acqua corrente finché non divenne un unico grumo compatto. Poi lo buttò nella spazzatura con i resti del pane tostato ormai freddo, troppo imbarazzata per riconoscere cosa era appena successo, e noncurante del gelo che le si insinuava nel petto.

Capitolo diciotto
Jacob

15 settembre 2010

Jacob capì dal lampo negli occhi di Fiona di essere in guai seri. Non del tipo "hai dimenticato di portare fuori la spazzatura", ma qualcosa di molto più profondo. Almeno per lei.

Ricordò la prima volta che aveva visto quel lampo. Stavano insieme da quasi sei mesi, avevano superato la fase degli "appuntamenti" ed erano sempre uno accanto all'altra. Lo spazzolino di Fiona era nel suo bagno e la sua biancheria nel cesto degli abiti da lavare. Lei non si era trasferita da Jacob ufficialmente ma aveva già un piede dentro la porta e a lui quella sensazione piaceva.

Fino a quel momento, le sue visite all'ospedale erano state solo sporadiche, forse una volta ogni paio di mesi. Ma più si sentiva legato a Fiona e più aumentava il suo senso del dovere verso Amy.

Un giorno si era organizzato per arrivare al lavoro più tardi, così avrebbe potuto dormire un po' di più e poi fermarsi nel reparto di Amy più a lungo. Voleva dirle che aveva trovato una persona e che gli dispiaceva per lei. Nel caso fosse stata ancora presente da qualche parte e lo stesse aspettando. Non aveva intenzione di mollarla, come tutti gli altri, ma voleva essere sincero con lei.

Jacob aveva atteso che Fiona uscisse per andare in tipografia, poi aveva posticipato la sveglia e continuato a sonnecchiare. Aveva trascorso il resto della mattina in ospedale, accanto a Amy, cercando di racimolare il coraggio di confessarle che lui era andato avanti, mentre lei non ne avrebbe mai avuto la possibilità. L'aveva guardata in viso. All'epoca era ancora collegata alle macchine e il suo corpo rigettava spesso la flebo, agitandosi in preda a convulsioni così determinate da sembrare in contrasto con quella condizione passiva.

Di conseguenza, Amy era magrissima, la sua bellezza nascosta dietro gli zigomi affilati e i profondi aloni scuri sotto gli occhi. Le aveva preso la mano per non guardarla in faccia ma non ce l'aveva fatta. Anziché dirle che era andato avanti, si era impegnato a tornare da lei prima del solito, immaginando un accenno di movimento oculare mentre le sussurrava quella promessa.

Dopo un paio d'ore che si trovava al lavoro, Jacob si rese conto di non aver riacceso il cellulare. Non appena il dispositivo riprese vita, trovò diversi SMS e messaggi vocali. Richiamò Fiona subito, ma lei non rispose.

Quella sera vide il lampo nei suoi occhi scuri per la prima volta. «Dove sei stato oggi?», gli chiese.

«Al lavoro, perché?»

«Ho chiamato e non c'eri».

«Quando, stamattina?»

«Sì».

Jacob prese tempo per una frazione di secondo. Per come stavano le cose, la mezza verità non avrebbe giovato a nessuno.

«Ero da un cliente».

«Hai detto di avere un sacco di carte da rimettere in pari».

«È vero, le ho ancora, ma sono dovuto scappare nel Sussex all'ultimo minuto, perché?».

Il fuoco negli occhi di Fiona si placò. «Merda, mi dispiace. Mi comporto come una pazza».

Quella volta ci risero sopra. Quando successe di nuovo qualche mese dopo, di nuovo per una visita clandestina in ospedale e un buon numero di chiamate perse, il fuoco ci mise più tempo a estinguersi. Risolsero la questione a letto, incapaci di allentare la frizione in altro modo.

«Mi dispiace, J», si scusò Fiona subito dopo, accoccolata nell'incavo del suo braccio, lo sguardo al soffitto. Aveva i capelli appiccicati sulla fronte e i vestiti sparsi sul pavimento. «Dan era un coglione in queste cose. Mi sono sentita un'idiota quando ho scoperto che mi aveva tradita. E non solo una o due volte. Non riesco a tollerare il pensiero che mi capiti di nuovo. Ma sono ingiusta nei tuoi confronti. Tu non sei come lui».

«Mi dispiace averti fatta preoccupare».

«Non devi scusarti, la scema sono io. È una stupida trappola nella quale prima o poi cadiamo tutti, no? Trascinare le vecchie relazioni nelle nuove».

Jacob non disse una parola.

«Tutti tranne te», lo canzonò Fiona. «Ma guardatemi, ho domato uno stallone!».

«Dài, basta», rise lui.

«Sai, quelle ragazze che *per te* erano solo storielle forse non la vedevano così. Avrai spezzato i loro cuori», insinuò Fiona, battendo le palpebre con malizia.

«Insomma, smettila. Anzi, no, continua. Dài, davvero, smettila», replicò Jacob con un sorriso.

«Sul serio non avevi una fidanzata ufficiale al college o all'università?»

«No, sul serio, solo storie di poco conto finite subito».

«Allora sono proprio io la tua prima fidanzata ufficiale?»

«Sì, per la cinquantamilionesima volta, sei tu la mia prima fidanzata ufficiale *dai tempi della scuola*», le rispose.

«La scuola non conta, è un dato di fatto. Perciò sono io la tua prima fidanzata. La, la la, guardami», si mise a cantare Fiona. «La tua prima fidanzata. Quella che ti ha fatto mollare le tue abitudini da Casanova».

Jacob la attirò in un abbraccio e la baciò, ridendo. «Quanto sei sciocca».

Altre volte Fiona gli chiedeva delle sue storie dell'università, per poi fermarlo subito non appena lui cominciava a parlarne.

«Guarda, non dirmi niente. Non mi piace immaginarti con altre ragazze».

«Sei tu la mia numero uno», dichiarava lui, baciandola con sollievo.

Jacob odiava vedere quel lampo negli occhi di Fiona, e lo vedeva sempre più spesso da quando era incinta. Era meticolosissimo sugli appuntamenti dal medico, i controlli ostetrici, il corso preparto, le ecografie e tutto il resto, li segnava con il pennarello sul calendario della cucina. Non aveva mai perso un singolo incontro con il futuro erede.

Non era l'anniversario di matrimonio, né il compleanno di Fiona, né alcuna altra data importante. Filava tutto benissimo quando lei gli aveva dato il bacio della buonanotte la sera prima ed era andata a letto, ma quella mattina Fiona non voleva neppure incrociare il suo sguardo.

«Hai programmi per oggi?», le chiese per alleggerire l'atmosfera.

«No».

«Fai niente per pranzo? Ti vedi con le amiche?»

«No».

«Ti va di pranzare in qualche bel posticino, allora? Potremmo andare fino a Rye».

«Perché mai?»

«Ho detto Rye», scherzò lui, cercando di farle passare la luna, ma lei lo guardò ancora peggio. «Va bene, perché sei mia moglie e ti amo e non ci resta molto tempo per i lunghi pranzi insieme».

«Mmm».

«Okay, Fi, mi arrendo. Che c'è?»

«Ah-ah!». La risata sbuffata lo fece rabbrividire: quando Fiona stillava le parole aveva qualche problema.

«Che succede? Mi stai facendo preoccupare».

«Ti sto facendo preoccupare, io? Ti sto facendo preoccupare?! Questa è bella, Jacob, questa è proprio bella, cazzo!».

«Non ho idea di quello che ho fatto, perciò perché non me lo dici tu e basta?».

Fiona si sedette con pesantezza, sprofondando sulla poltrona color avena. Indicò il pancione, gli occhi pieni di lacrime. «Sono di trentacinque settimane, Jacob, trentacinque settimane con *tuo figlio* nella pancia e non faccio che andare a pisciare».

A quel punto, le lacrime presero a sgorgare accompagnate dai singhiozzi.

Jacob si inginocchiò accanto a lei e le posò una mano sulla spalla con dolcezza e l'altra sul pancione enorme.

«Non devi prenderla così male. So che il tuo corpo sta cambiando e per te dev'essere strano, lo è anche per me, ma…».

Fiona allontanò la sua mano dalla pancia e alzò lo sguardo segnato dal mascara del giorno prima.

«Jacob, a volte sei proprio un idiota. Dicevo che sono di trentacinque settimane e non faccio che pisciare tutto il giorno e tutta la maledetta notte».

Tirò su col naso e si pulì sulla manica, rialzandosi in piedi barcollando. Anche lui si raddrizzò, reggendosi con la mano.

«Mi sono alzata per andare in bagno nel cuore della notte e tu non eri a letto. Ho controllato di sotto nel caso ti fossi addormentato sul divano, ma non c'eri. Ti ho cercato in tutta la casa, cazzo, poi ho controllato la macchina ed era sparita».

Fiona riprese fiato, le mani sui fianchi. «Dove cazzo sei stato?»

«Non sapevo che eri sveglia».

«Dove cazzo sei stato?»

«A fare un giro in macchina».

«Bugiardo».

«Non è una bugia».

«Sei un bugiardo invece. Credi di potermi raccontare cazzate e metterci una pietra sopra».

«Non è vero. Ho guidato un po'. Volevo schiarirmi le idee, sono un po' stressato per il lavoro, per il bambino, volevo solo prendere un po' d'aria».

«All'una e mezza del mattino?»

«Sì, all'una e mezza del mattino! Credevo dormissi profondamente, non intendevo agitarti».

«E dove sei andato, allora?»
«Ho guidato qui intorno».
«Qui intorno dove?»
«Non lo so, in giro per la città».
«Allora sei rimasto a Tunbridge Wells, non ti sei mai mosso da Tunbridge Wells?»
«Sì, più o meno».
«Più o meno?»
«Allora sì, in senso assoluto, ho solo guidato per Tunbridge Wells».
«Ti sei fermato da qualche parte?»
«Se mi sono fermato da qualche parte?»
«Smettila di ripetere quello che dico e rispondi alla mia cavolo di domanda. Ti sei fermato da qualche parte?»
«No, non mi sono fermato da nessuna parte».
«Non ti sei fermato a fare benzina, a farti uno spuntino, o magari a farti un'altra cazzo di donna?».
Il corpo di Fiona sussultava, ma i suoi occhi erano in fiamme.
«Per l'amor del cielo, Fiona, ho solo fatto un giro in macchina».
«Non faccio che concederti il beneficio del dubbio, Jacob, ma stavolta me l'hai proprio sbattuto in faccia...».
«Cristo Santo, è una discussione inutile! Non mi dai mai il beneficio del dubbio, mi fai sempre il terzo grado come adesso. Non sarei mai uscito a farmi un giro se avessi immaginato il casino che sarebbe successo, ma avevo davvero bisogno d'aria».
«Sai una cosa, Jacob? Vale lo stesso per me, cazzo. Anch'io ho davvero bisogno d'aria».
Con uno slancio d'energia e ancora indosso il pigiama premaman e le ciabatte, Fiona si fiondò fuori, afferrando al volo le chiavi dell'auto. Si sbatté la porta alle spalle e sparì facendo stridere le gomme.
Jacob non sapeva dove andare né cosa fare. Si sedette sulle scale e fissò la porta chiusa. Chi avrebbe potuto chiamare? Gli amici

dell'università che aveva evitato per tutti i tre anni di corso fino alla laurea? Il suo collega Marc? Era a malapena un conoscente.

Pensò al fratello minore Tom, così lontano. Chi chiamava *lui*? Era un ragazzino molto popolare alle elementari, aveva sempre uno o due compagni che venivano a giocare dopo la scuola. E alle medie, durante l'intervallo, radunava attorno a sé un bel gruppetto. Ma Jacob non lo aveva visto tanto negli ultimi anni di scuola e non ricordava che nessuno fosse mai venuto a casa a cercarlo. Ricordava solo i capelli tinti e la musica dark e la porta della sua camera perennemente chiusa.

L'ultima volta che aveva visto il fratello minore era stato al matrimonio, e Tom si era chiuso in un silenzio quasi doloroso, mimetizzandosi con la tappezzeria e appiccicandosi alla madre.

Che un uomo tanto timido avesse una vita sociale talmente spericolata da tenere lontani i pensieri di casa? Oppure lavorava e basta? E il fratello maggiore Simon, cosa faceva lui nei "momenti giù"?

Con tre figli maschi, Jacob doveva riconoscere ai genitori il merito che nessuno di loro si era mai sentito lo scemo di mezzo. Simon, sputato al padre per molti aspetti, ne aveva condiviso gli interessi e l'atteggiamento. I due facevano sempre coppia, giocavano a tennis, sbrigavano commissioni o restavano seduti in silenzio, la fronte leggermente corrucciata, davanti a un libro o alla TV. Così Tom e Jacob potevano darsi gomitate e giocare insieme senza il minimo disagio. Erano amici per la pelle; entrambi piccoli per la loro età, scavarono tane, fecero la lotta e giocarono ai Lego molto più a lungo della norma.

Finché Amy non comparve sulla scena. Quando lei andava a trovarlo, Jacob chiudeva la porta della sua camera, piano ma risoluto, lasciando Tom al suo Game Boy e al rumore dei mattoncini Lego che rotolavano sul pavimento. Poi ci fu il dopo. Cosa aveva fatto Tom dopo l'aggressione a Amy, quando Jacob si era chiuso in se stesso ancora di più? Forse il padre l'aveva preso sotto la sua ala protettiva, mentre Jacob era rimasto sdraiato sul letto a fissare il vuoto per mesi e mesi? Quel periodo era una specie di nebulosa, e lui non voleva esplorarla.

Prese le chiavi dal tavolino dell'ingresso e sbatté la porta sulla casa silenziosa, optando per la musica a tutto volume e il motore rombante della propria auto. Senza nessuna meta precisa, si diresse dove ormai puntava sempre più spesso nel tempo libero: le graziose casette a schiera di mattoni rossi di Axminster Road.

Capitolo diciannove
Alex

15 settembre 2010

Alex spinse il carrello lungo tutte le corsie di Sainsbury, anche se la lista della spesa era brevissima. Indugiò nel reparto verdura, tentennando tra due cetrioli biologici per oltre cinque minuti.

Alla fine, con un po' di cibo in un angolo del carrello e una fresca scorta di teli assorbenti DryNites, si diresse verso la corsia dei vini, cercando di mascherare la foga. Si soffermò davanti ai rosati: *Provarli? Per cambiare?* Ma fece subito marcia indietro verso il solito scomparto dei bianchi che aveva saccheggiato nelle ultime settimane.

Mentre stipava la spesa nel baule dell'auto, le braccia indolenzite, emerse di colpo dalla borsetta la melodia del suo cellulare. Era un evento talmente raro che la fece sobbalzare e rispondere con circospezione.

«Ciao Alex, sono Andy Bellamy del "Times". Ti andrebbe di venire a fare due chiacchiere?».

Ad Alex battevano le ginocchia, mentre era scossa dai brividi, ferma sullo stretto marciapiede del quartiere di Wapping, e allungava il collo per sbirciare oltre le imponenti pareti grigie. Respirò a fondo e l'aria fredda le avviluppò i polmoni, mentre si riempiva la vista dell'immensa torre. Aveva ancora lo stesso colore della carta di giornale bagnata e svettava sopra il caos dell'East End londinese.

La "Fortezza" di News International era molto più grande di quanto Alex ricordasse. O forse era lei a sentirsi più piccola. Incapace di muoversi, rovistò nella borsa in cerca di un fazzoletto che non le serviva, tentando di cancellare i ricordi del suo ultimo giorno in quel palazzo.

Un'epoca diversa. Una persona diversa. Nessuno si ricorderà di me.

I corrieri entravano e uscivano dall'ufficio della sicurezza, uomini e donne dai volti incredibilmente freschi sfrecciavano attraverso i tornelli, infilando i pass, le mandibole serrate per le scadenze imminenti. *Anch'io ero così giovane?*, si chiese. Domanda retorica: era più giovane di adesso.

Il ricordo della prima chiamata si riaffacciò vivido. Alex era sgattaiolata fuori dagli uffici della rivista «Mizz» e si era nascosta sulla tromba delle scale, mentre la mano le tremava così forte che aveva temuto di lasciarsi cadere il cellulare. «Chiamo dal "Times"… Le andrebbe di fare due chiacchiere? Conoscere qualcuno dello staff? Parlare di opportunità?».

La prima visita alla Fortezza. Esercizi di respirazione profonda durante il tragitto in taxi, un buon goccetto dalla borsa per farsi coraggio, una mentina forte, lo sguardo perplesso del tassista nel lurido specchietto retrovisore. Ventiquattrenne e famelica.

La lunga, lunga, lunghissima attesa nell'ufficio della sicurezza, il pass per i visitatori in bella mostra, le scarpe nuove fiammanti che sfregavano sulle vesciche più recenti. Il ronzante viavai dei corrieri, le risate pigre dello staff annoiato alla reception. Poi lo squillare del telefono oltre il bancone e la voce distinta dell'impiegata: «La attendono ai divanetti rossi. Sa dove si trovano?»

«Veramente no, mi spiace».

Scortata a velocità lancinante sui ciottoli da un riluttante addetto alla sicurezza temporaneo. Oltre la corda di velluto. Gli stampatori che si affrettavano dentro e fuori dai sordidi locali del piano terra, dove dirigenti e giornalisti non si sarebbero mai degnati di mettere piede.

Il posto auto del direttore più vicino all'ingresso principale di quanto le strisce bianche di un parcheggio si sarebbero mai sognate di arrivare.

Una volta entrata, Alex aveva inspirato l'odore della redazione, del rivestimento in pelle dell'ascensore dirigenziale e del polistirolo dei caffè da asporto. Aveva percorso impettita i lunghi corridoi tappezzati da cima a fondo delle prime pagine più celebri. Ritta e a testa alta come le aveva insegnato la madre anni prima, nelle sue lezioni serali di postura. «Cammina con i libri in bilico sulla testa, Alexandra, non è così difficile! Oh, Dio, cos'avrò fatto per meritarmi questo?».

L'irrefrenabile zampillo di eccitazione e creatività e la fame rinnovata che sprizzavano da lei mentre i volti sorridenti annuivano dall'altro lato del tavolo di noce, lustro come una corsia del bowling. «Zeitgeist», «generazione», «sempre un passo avanti»... tutte le espressioni giuste. E – Alex riconobbe guardandosi indietro – il suo bellissimo viso di allora che sorrideva apertamente, un viso che sarebbe apparso *proprio così* sopra il titolo.

Le strette di mano, l'accordo siglato, i sudorini. L'attacco di diarrea nel bagno dell'atrio mentre stava per uscire, che quasi se la faceva addosso. L'occhiata al dipinto a olio di Rupert Murdoch alla reception mentre la superava in preda alle vertigini, sorridendo così tanto che le dolevano gli zigomi. La fontana gorgogliante. Così anni Ottanta e così ridicola, e tutto ciò che aveva sempre sognato di vedere dal vivo.

Rincasando in taxi, Alex aveva chiamato la madre in Spagna. Le era sembrata la cosa giusta da fare.

«Una rubrica?», aveva sbuffato lei. «Un vero peccato che non ti abbiano dato la sezione sui viaggi. Così almeno avresti fatto lo sforzo di venire a trovarmi».

Poi Alex aveva chiamato Matt.

«Oh cazzo, sul serio?»

«Sul serio».

«Sul serio?»

«Sul serio!», aveva strillato lei, scalciando in aria sul sedile posteriore del taxi, le scarpe che volavano e lei che scivolava da una parte all'altra, mentre il tassista scuoteva la testa nello specchietto, ma non contrariato.

Quella notte avevano caricato sulla carta di credito un'aragosta al burro. Fatto tintinnare delicati calici di champagne con abbandono selvaggio e le lacrime agli occhi. Matt l'aveva portata a casa in braccio. Alex si era sentita leggera come una piuma. E lui aveva fatto l'amore con lei con una dolcezza quasi intollerabile. Poi lei gli aveva conficcato le unghie nella carne e lo aveva attirato a sé per essere sicura di sentire proprio tutto. E Matt le aveva ansimato la proposta di matrimonio all'orecchio. «Sì, oddio, certo che sì!», aveva urlato lei.

Il giorno successivo, Matt l'aveva svegliata con una bella tazza di caffè e le aveva baciato tutte e due le palpebre. «La mia proposta era seria», le aveva detto.

Se Alex avesse saputo come sarebbe finita, avrebbe accettato il lavoro?

Sì. Dio quanto era affamata all'epoca.

Un'epoca diversa. Una persona diversa. Nessuno si ricorderà di me.

«Sa dove andare?»

«Sì, grazie, un tempo lavoravo qui». Alex sorrise all'addetto alla sicurezza e si diresse verso il cortile. Mentre camminava sui ciottoli familiari, Andy Bellamy emerse da una porta laterale, la camicia svolazzante sul ventre pasciuto.

«Alex, grazie per essere venuta».

«Figurati, è bello tornare qui».

Si scambiarono un saluto impacciato. Lei accennò un bacio sulla guancia, lui su entrambe e si scontrarono a metà.

«Pensavo che potremmo prenderci un caffè».

Ai tempi di Alex, la caffetteria che sorgeva in un freddo angolino del complesso era un'imitazione mal riuscita di Starbucks. Ora sembrava un'imitazione mal riuscita della catena Costa.

«Non fanno più il macchiato al caramello?», domandò Alex.

«No, le solite vecchie schifezze ma con nomi diversi», rispose

Andy. «Ringrazia i nostri amici del "Sun", hanno accusato Starbucks di sprecare acqua e da lì è partito tutto. A ogni modo, accomodati».

Quando Alex se n'era andata, Andy si occupava della pagina sulle città del mondo. L'ultima volta non lo aveva visto in sala riunioni. Ma l'aveva notato oltre il bordo del monitor della redazione mentre veniva scortata fuori dalla sicurezza. Quel giorno centinaia di occhi avevano sbirciato furtivi oltre i monitor.

«E così ti è mancato lavorare qui?», le domandò.

«Mi mancano i soldi», rise Alex.

«Già... sei un po' a corto al momento, eh?»

«Ehi, non fraintendermi. Sono grata per qualunque commissione arrivi, ma *cavolo*. Quando penso a quanto guadagnavo allora, e a quanto poco scrivessi in confronto...».

«Di quale rubrica ti occupavi?»

«Quale? La rubrica principale del martedì e poi *Perdere la mamma*, la domenica».

«Ah, già, è vero».

Alex vide un tizio in coda alla cassa che riconobbe vagamente, e subito si preoccupò del perché.

«Peccato che l'abbiano interrotta».

«Be', mia madre è morta, perciò è stata una sorta di fine naturale».

«Oh Dio, sono proprio un idiota», esclamò Andy imbarazzato. Scoppiarono a ridere.

«Non importa. Ah ah, non importa, davvero».

«Senti, volevo parlarti della tua proposta sulla vicenda di Amy e ho pensato fosse meglio farlo a quattr'occhi. Il caso è interessante ma ho qualche riserva. Mettiamola così, al momento non ci sono i presupposti per una vera e propria storia».

«Certo, devo lavorarci ancora su».

«Intendiamoci, è interessante. Molto interessante. Me lo ricordo ancora, il patrigno arrestato, la madre. Ciò che ha passato quella famiglia è orribile, ma al momento fatico molto a immaginare un articolo apprezzabile».

Alex deglutì. «Okay, capisco i tuoi dubbi. Ma se si trovassero nuovi indizi sull'aggressore di Amy? Giustificherebbe un intero speciale, no? Chiunque sia il colpevole, è ancora a piede libero. Libero di aggredire una ragazzina e lasciarla mezza morta. Quella gente non si limita ad agire una sola volta, tende a fare di peggio».

Alex vide attorno a loro gli sguardi pieni di caffeina fare capolino da dietro le enormi tazze da asporto. Abbassò la voce.

«Credo che la chiave sia qualcosa tipo che fine ha fatto quel tizio? E cosa sta facendo la polizia per acciuffarlo?»

«Chi lo sa».

«Appunto, nessuno sa dove si trovi e la polizia non sta facendo un bel niente. Per loro è semplicemente un altro caso irrisolto. Da riaprire solo se accadesse un altro fatto simile».

Andy Bellamy incrociò le braccia sul ventre a barilotto e inclinò il capo.

«Insomma», proseguì Alex più pacata. «Ti pare giusto? Devono aspettare che un'altra famiglia venga straziata per risolvere il caso?»

«Okay, va bene, ho afferrato il punto», replicò Andy. «Non sono ancora del tutto convinto, Alex, e francamente i tuoi ultimi pezzi non mi hanno entusiasmato come un tempo… Facciamo così. Portami qualcosa di concreto ed esclusivo, casi simili non ancora associati, la polizia che riapre le indagini, sospetti trascurati, la ragazza che si sveglia e si mette a ballare il tango… qualcosa del genere e ci facciamo una bella doppia pagina. Portami un pezzo nel vecchio stile Alex Dale e ti becchi quattro pagine tutte tue».

Le parole di Andy Bellamy l'avevano tormentata tutta la notte e le erano tornate subito alla mente il mattino successivo, appena sveglia. Casi paralleli, sospetti ignorati; Alex non aveva indagato affatto in quella direzione. A parte spulciare i ritagli di giornale, fare incazzare l'ex marito e rompere le scatole a un patrigno sospettoso, non aveva combinato un bel niente.

Infilare i vestiti da corsa scatenava sempre una battaglia tra la forza di volontà e la stanchezza, ma Alex sapeva che era il metodo migliore per schiarirsi le idee.

Con le suole delle scarpe da ginnastica che rimbombavano pesanti sul marciapiede, il petto che pompava e lo stomaco che gorgogliava, cercò di riordinare i pensieri in un piano da seguire.

Ripercorrere l'inchiesta di polizia non aveva molto senso. Avevano parlato con Bob e lo avevano escluso. Anche lei aveva parlato con Bob e lo aveva escluso. La polizia aveva fatto lo stesso con il ragazzo di Amy, con i vicini e gli insegnanti. Tutti incapaci di compiere il fatto o altrove.

Alex doveva ampliare le ricerche. Nel 1995 non c'era modo di identificare la rete sociale di una persona. A parte l'eventuale contributo della scuola, toccava ai genitori fornire l'elenco di amici e conoscenti.

Nel 2010 Amy non aveva più amici, ma nel 1995 frequentava ancora la scuola, i ritrovi giovanili, di amici ne aveva tanti. Anche se lei non aveva potuto mantenere i contatti, le sue conoscenze di allora dovevano esistere ancora da qualche parte, unite dagli anni di scuola condivisi. Alex fece uno sprint finale fino alla porta di casa.

Ansimante, fradicia e salata di sudore, infilò la chiave nella toppa e raggiunse il portatile di corsa, lo aprì e cliccò sulla finestra del browser.

Per la prima volta dopo anni, digitò www.friendsreunited.com.

Una rapida ricerca sotto la voce "Edenbridge Grammar School", il liceo di Edenbridge, rivelò 2047 membri, ma per vederne i profili Alex doveva registrarsi o effettuare il log-in. Si era allontanata deliberatamente da quel genere di cose un secolo prima, e registrarsi le parve rischioso. Così si aggiunse alla pagina della scuola di Amy, tra gli studenti dello stesso anno, e fornì informazioni vaghe.

Ora “Alex Dale” compariva tra i compagni di classe di Amy, proprio dove avrebbe dovuto trovarsi Amy Stevenson. Tra le biografie non aggiornate.

Spulciando la trascrizione dell’intervista con Bob, Alex si era appuntata alcuni nomi: Jenny, Becky e Jake.

C’erano tre Rebecca (Harris, Limm e Simpson) ma solo una potenziale Jenny: Jennifer Cross. Nessun Jake, ma un Jacob Arlington.

Lo stomaco di Alex fece una capriola. Jennifer Cross e Jacob Arlington. Non potevano che essere Jenny e Jake, no? All’epoca tutti si registravano su Friends Reunited, *dovevano* essere loro. Fece il numero di Bob, rosicchiando l’estremità della penna.

«Pronto?»

«Salve Bob, parla Alex Dale».

«Oh».

«Mi rincresce disturbarla, Bob, ho solo una domanda veloce».

«Va bene, sarebbe?». Alex lo immaginò che trascinava i piedi, la mano nella tasca della tuta.

«Quando ci siamo visti, mi ha nominato le amiche di Amy, Jenny e Becky. Mi chiedevo se ricordasse anche i cognomi?»

«Oh, accidenti... non me li ricordo proprio».

«Okay, non importa, non si preoccupi... se le leggo i nomi che ho trovato forse potrà dirmi se le suonano familiari?»

«Forse».

«Farò in fretta. La Jenny che ho trovato si chiama Jenny Cross: le ricorda niente?»

«Sinceramente non saprei».

«Che mi dice di Becky Harris, Becky Simpson o Becky Limm?»

«Oh, sì, ricordo Limm, Becky Limm, perché suona buffo, no?»

«Si ricorda altri amici di Amy, anche vagamente?»

«No, temo proprio di no, Alex. Mi dispiace».

«Si figuri, mi sta aiutando moltissimo, grazie. Bob, ci sarebbe un’altra cosa, si ricorda il cognome di Jake, il ragazzo di Amy?»

«Sì, quello sì», esitò Bob. «La prendevamo sempre in giro

perché avevamo trovato diverse bozze di firme, voleva testare come sarebbe apparso il suo nome se si fossero sposati. La chiamavamo signora Arlington. Per scherzare, ovviamente. Si chiamava Jake Arlington, povero ragazzo».

«Fantastico, grazie, Bob».

Alex cliccò su Jacob Arlington. Avatar blu generico, nessuna fotografia. "Vive con Fiona nel Kent. Vende software".

Breve e funzionale. Ma spesso i profili dei ragazzi erano più funzionali, anziché dettagliati come quelli delle ragazze.

Jacob Arlington viveva ancora nel Kent, stando all'ultimo aggiornamento del profilo nel 2007.

In confronto, il profilo di Rebecca Limm era decisamente vivace. "Dopo Edenbridge, ho frequentato il Mid Kent College, poi l'università a Londra. Laureata in letteratura inglese, ora lavoro per un'agenzia di pubbliche relazioni a Soho. La vita è bella!".

Il profilo di Jennifer Cross parlava di un lavoro come agente immobiliare nel Surrey, di vita di coppia e di un primo bambino in arrivo.

«Devi essere la nostra Jenny...», mormorò Alex.

Aprì il foglio di lavoro e inserì "Jacob 'Jake' Arlington" sotto il titolo *Possibili sospetti*. Sapeva che avrebbe dovuto contattarlo. Avrebbe dovuto tentare di intervistarlo. Ma non prima di scoprire qualcosa di più sul periodo precedente il rapimento di Amy.

Inviò un breve messaggio a Jennifer Cross, chiedendo se fosse amica di Amy e se avesse voglia di rispondere a qualche domanda discreta. Sottolineò che lo scopo era un possibile articolo per il «Times», non per un tabloid. Amica o no, Jenny era dello stesso anno e aveva frequentato la stessa scuola, perciò doveva per forza ricordarsi chi era Amy.

Chi è Amy, si corresse Alex.

Cliccò di nuovo sul profilo di Rebecca Limm. Una laureata in letteratura inglese che lavorava come PR. Forse le loro strade si erano già incrociate.

Ciao Rebecca,

spero non ti dispiaccia che ti contatti in questo modo. Sono una giornalista freelance e di recente mi sono interessata alla storia di Amy Stevenson. So che eravate compagne di scuola e non voglio turbarti, ma sto scrivendo un pezzo su Amy per il «Times» e mi piacerebbe scoprire qualcosa di più su di lei. Speravo che tu potessi aiutarmi rispondendo a qualche domanda.

Sono più o meno di casa a Edenbridge (frequentavo la scuola a Tunbridge Wells e mi sono trasferita di nuovo lì) e mi preme assicurarti che non ho intenzione di scrivere niente di irrispettoso o scandalistico.

Spero tu possa aiutarmi.

Un cordiale saluto,

Alex Dale

alexdalewrites@gmail.com
Tel: 07876 070866

INVIO.

Alex aggiornò un'ultima volta la casella email prima di spegnere il computer poco dopo mezzogiorno. C'era un messaggio di Friends Reunited da parte di Rebecca Limm.

Ciao Alex,

ho ricevuto il tuo messaggio tramite Friends Reunited. Non lo uso più perciò la tua email è stata come un fulmine a ciel sereno.

Ero molto amica di Amy ma è passato tanto tempo da quello che è successo e ho cercato di dimenticare. Non so se tu abbia parlato con altri della scuola, ma suppongo che tutti abbiano cercato di andare avanti.

Non frequento più nessuno di quel periodo e i miei genitori si sono trasferiti in Francia, perciò non torno mai a Edenbridge. Non so quanto potrei esserti d'aiuto.

In ogni caso avrei piacere di parlare con te. Ho sempre desiderato avvicinarmi al giornalismo ma alla fine mi sono ritrovata nelle pubbliche relazioni. So che è poco diplomatico, ma sto per andare in maternità e quando nascerà il bambino vorrei intraprendere la carriera freelance e passare dai comunicati stampa ai veri contenuti.

Ho già alcuni contatti ma tutti mi conoscono come PR e mi servirebbe un aiutino. Se fossi disposta a fornirmi qualche suggerimento e presentarmi a qualcuno, sarò più che lieta di rispondere alle tue domande su Amy, da mettere pure agli atti.

Fammi sapere,

Becky

Alex inviò una risposta frettolosa, poi spense il cellulare.

Quando lo riaccese, trovò la replica ad attenderla. Forse ansiosa di concludere prima di entrare in maternità, Becky aveva proposto di incontrarsi per un caffè il giorno stesso.

Becky Limm era l'epitome di quella che alcuni colleghi maschi di Alex avrebbero definito "una PR gnocca". Frizzante e sorridente, lunghi capelli biondi ondulati, occhi di cristallo e una discreta determinazione. Indossava un tailleur pantalone perfettamente adattato al pancione enorme.

Si trovarono al Fleet River Café, una graziosa sala da tè lontana dal caos di High Holborn. Divisero una fetta di torta e bevvero un latte macchiato. Una PR e una giornalista che si incontravano per un caffè. Era una scena così comune, così ripetibile in giro per la città.

«Sai, anche lei voleva fare la giornalista, intendo Amy».

«Oh, davvero?»

«Sì, be', voleva scrivere. Come me. Voleva scrivere di musica e io volevo scrivere di moda». Becky sorrise. «Scrivevamo racconti brevi e roba simile, sai, sciocchi poemetti nelle lettere che ci scambiavamo il giorno dopo. Era una specie di competizione tra noi, ma a volte fa bene».

«Ne hai tenuta qualcuna?»

«No. Quando Amy è stata, insomma, quando l'hanno trovata, ho preso tutto quello che avevo che la riguardasse, l'ho infilato in una scatola e l'ho portato a sua madre».

«E lei cosa ne ha fatto?», domandò Alex, cercando di mascherare la speranza nel tono della voce.

«Non ne ho idea. Dopo la sua morte, la casa è stata venduta. Suppongo che chiunque l'abbia comprata abbia gettato via tutto».

«Ti manca?»

«No, ora non più. Ci sono un sacco di persone dell'epoca che non vedo più. Ci si allontana e si va avanti, così nella mia testa ho inserito Amy in quella categoria per non pensare alla realtà».

Becky sorseggiò lentamente il suo latte macchiato decaffeinato.

«Sai, il giorno in cui l'hanno ritrovata è stato… insomma, insostenibile. Per tutto il tempo della sua scomparsa, non facevo che dirmi che era scappata. Ero quasi risentita che non l'avesse fatto con me. Mi sembrava una cosa incredibile e coraggiosa. Come se si fosse unita a un circo o qualcosa del genere. Amy era sempre così avventurosa e divertente. Mi ero convinta che fosse troppo in gamba per Edenbridge e per la scuola, che se ne fosse semplicemente andata a conquistare il mondo. Così, quando poi l'hanno ritrovata», Becky deglutì forte, «e mi sono resa conto che non era scappata, ho dovuto bloccare tutto fuori dalla mente». Becky si asciugò gli occhi con un tovagliolo. «Scusa, sono molto emotiva da quando sono incinta!».

Alex forzò un sorriso.

«È stato orribile. Eravamo così giovani. Era davvero troppo da gestire a quindici anni, non riesci a elaborarlo. Ho dovuto lottare con tutta me stessa per non farmi risucchiare dall'accaduto e perdere di vista i miei obiettivi. Non potevo lasciare che mi si incasinasse il cervello. Morivo dalla voglia di fuggire da Edenbridge proprio come Amy e sarebbe stata una mancanza di rispetto nei suoi confronti se avessi gettato al vento le mie opportunità. Credo che lei sarebbe d'accordo. Lo spero».

«Sei andata dallo psicologo della scuola?», domandò Alex.

«Oddio, no, figuriamoci. È incredibile quanto si riesca a superare le cose in fretta a quell'età, anche se suona orribile. C'è stata questa speciale assemblea del cavolo in cui la preside ha letto alcuni passaggi della Bibbia e le telecamere dei telegiornali ci hanno ripresi mentre uscivamo in lacrime. Cosa che non è stata affatto d'aiuto. Quando il pensiero mi rendeva triste andavo dall'infermiera della scuola, ma niente di più. Lei non sapeva cosa dire né fare, ma l'infermeria era un luogo tranquillo e lontano da tutti. In un certo senso, a essermi di vero aiuto è stato l'inizio imminente delle vacanze estive, per smettere di piangere e ricominciare da capo. Niente può prepararti ad affrontare una cosa del genere, perché quale studente sano di mente si aspetterebbe che possa accadere a una compagna di scuola?»

«Secondo te cosa farebbe Amy oggi se non l'avessero aggredita?»

«Ci penso da quando mi hai cercata».

Becky ponderò le parole con cura.

«So che la più grande paura di Amy era finire come sua madre. Adorava i suoi genitori ma la loro vita era così… bah. Vivevano in una piccola casa, facevano lavori di merda ed erano sempre in ansia per i soldi. Amy non voleva rimanere intrappolata a Edenbridge a lavorare in un negozio, voleva avere le opportunità che i suoi genitori non avevano avuto. Lei era terreno fertile per l'università, sai, era davvero intelligente. Non so se sarebbe mai diventata una giornalista, ma avrebbe fatto un lavoro creativo. Forse sarebbe diventata una PR in ambito musicale». Becky tirò su con il naso e sorrise. «Adorava la musica, ne sapeva più di molti ragazzi. Ed era sempre pronta a ridere, a battersi. Non so se avrebbe mai messo su famiglia ma, chissà, forse sì. Tendeva ad avere ragazzi stabili, credo fosse quella la sua inclinazione».

Alex voltò le pagine del taccuino fino a una breve lista di nomi.

«Posso chiederti degli altri amici di Amy?»

«Certo, anche se in realtà non ho più visto nessuno».

«Vorrei solo eliminare alcuni nomi in questa fase, qualunque cosa mi confermerai sarà utile. Jennifer Cross è la stessa Jenny, amica di Amy?»

«Sì, è lei».

«Sai come posso contattarla?»

«Jenny? No, mi dispiace. Ci siamo allontanate anni fa».

«Dev'essere stato un periodo orribile per entrambe».

«Sì, infatti. Ma l'abbiamo gestito in modo molto diverso, sai? Lei non faceva che piangersi addosso e parlare di Amy e la cosa mi faceva stare peggio».

«Che mi dici del ragazzo di Amy? So che usciva con Jake Arlington, gli si sarà spezzato il cuore?»

«Jake, sì, credo sia stata davvero dura per lui. Quando Amy è stata aggredita, si avvicinava la fine della scuola... Be', lo sai già, no? Dopo il ritrovamento, Jake è tornato pochissime volte, dopodiché nessuno lo ha più visto. Non riesco a fargliene una colpa. Giravano voci. I ragazzini sono orribili».

«Che genere di voci?»

«Che lui fosse coinvolto. Cavolate tipo che lei era incinta e lui l'aveva picchiata per farle perdere il bambino. Sapevi che anche il fratello frequentava la nostra scuola? Sembrava un ragazzo carino ma girava anche voce che lui e Jake, insomma, che le avessero fatto del male insieme e così anche il fratello ha lasciato la scuola. Qualunque scenario inventassero quelle piccole menti perfide, faceva subito il giro della scuola. Si diceva che Jake avesse aiutato qualcuno, che qualcuno avesse aiutato lui, che in realtà fosse un violento perché faceva karate o qualcosa di simile», spiegò Becky con una risata amara. «Accuse meschine e inutili. Completamente false. Poi, nel giro di un anno, nessuno ne ha più parlato».

«Sei certa che quelle voci non fossero vere?», domandò Alex.

«Oddio, certo! Cioè, ma dài. Jake è stato scagionato dalla polizia e non erano mai stati a letto insieme. Non poteva essere incinta. Altrimenti lo avrebbero scritto su tutti i giornali».

Alex aveva preparato un elenco di redattori di settore, molti dei quali avevano chiuso con lei. Lo posò sul tavolo, con i contatti utili e qualche nota. Becky sorrise.

«Avrai già un mucchio di contatti», disse Alex.

«Sì, ma non per le riviste commerciali. Oltretutto, sono una fastidiosa PR in cerca di copertura, non mi vedrebbero mai come giornalista, giusto?».

Alex sorrise. «Giusto».

«So che cambiare sarà dura, ma allo stesso tempo sono emozionata».

«Bene. Ricorda però che la vita da freelance ha i suoi pro e contro. Si passano giorni interi senza parlare con nessuno».

«Oh, lo so. Ma avrò mio marito a casa la sera e poi ci sarà il piccolino… non appena saprà parlare».

«Certo».

«Tu hai bambini?», domandò Becky con un sorriso, accarezzandosi il pancione con dolcezza.

Alex esitò.

«Quindi sai già che sarà un maschietto?»

«Sì, non ho resistito. Volevamo più tempo possibile per pensare ai nomi. Comunque sia, grazie per i contatti, Alex. Hai tutte le informazioni che ti servono?». Becky fece per andare, lo sguardo al cellulare.

«Credo di sì, posso chiamarti se mi viene in mente altro?»

«Sì, certo. Posso fare lo stesso?»

«Assolutamente. In bocca al lupo per il bambino».

«In bocca al lupo per la tua storia. E, senti, se riesci a metterti in contatto con Jenny Cross, stai attenta. È sempre stata un po'… non so come dire. Un tantino eccessiva».

Il percorso del treno locale per Tunbridge Wells si addentrava nella grigia periferia di Londra per poi proseguire verso le piccole stazioni di mattoni del Kent occidentale. Mentre i cottage di campagna rimpiazzavano a poco a poco le fabbriche e i palazzoni, Alex sparpagliò tutte le sue cose sul tavolino che aveva di fronte.

Basandosi sulla conversazione con Andy Bellamy, aveva stilato un elenco di punti da approfondire. Era sommersa dagli appunti e decise di affrontare l'articolo come un qualsiasi altro pezzo: contesto, interviste, fatti e cifre. Aveva appena cominciato ad abbozzare una mappa mentale che il telefono squillò. Numero sconosciuto.

«Pronto, qui Alex Dale».

«Ciao Alex, sono Matt».

«Oh, ciao».

«Volevo solo accertarmi che stessi bene, mi dispiace per l'altro giorno».

«Sto bene, non preoccuparti».

«Sì, lo so, ma mi preoccupo lo stesso. Hai chiamato in un brutto momento e mi hai preso alla sprovvista, so che di notte ti agiti e mi sono comportato da stronzo».

«È lo stesso, non facciamone una questione di Stato».

«Solo perché non posso essere presente come una volta non significa che non possiamo avere contatti civili, e io avrei dovuto mostrarmi più civile nei tuoi confronti».

«Apprezzo la tua chiamata, Matt, ma sono io che non avrei dovuto telefonarti, soprattutto nel weekend, soprattutto con una fidanzata incinta che starebbe molto meglio se la tua ex moglie non ti tormentasse!». Le si riempirono gli occhi di lacrime e la sua risata scaturì poco convincente.

«Oh, Alex…».

«Va tutto bene, scusa, sto bene, davvero».

«Sono sicuro che non ci sia niente di cui preoccuparsi riguardo a casa tua, ma se dovesse accadere di nuovo, i miei colleghi del posto non avranno niente in contrario a dare un'occhiata. Basta chiamarli».

«Lo farò, ma credo sia stata la mia immaginazione».

Fuori dal finestrino, i campi verdi e le siepi nodose schizzavano dentro e fuori dalla sua visuale.

«Prima di lasciarti, come vanno le cose con la tua ragazza in coma?».

Alex frenò l'impulso di replicare con una frecciatina sul "non concludere niente da anni" e fece a Matt un breve riassunto.

«E poi Andy Bellamy, ricordi che te lo avevo nominato? Quello che lavora per il "Times"? È interessato a farne uno speciale se riesco a trovare un taglio innovativo».

«Che notizia magnifica, sembra che tu abbia imboccato la strada giusta. Fammi sapere se posso esserti ancora d'aiuto».

Matt lo aveva detto solo per gentilezza e per concludere una conversazione imbarazzante, ma la tentazione fu troppo forte.

«Be'... in effetti ci sarebbe qualcosa che potresti fare per me».

«Ah sì?»

«Sì, mi servono dei casi paralleli. Pensavo a Rachel Nickell e Samantha Bissett, che la polizia aveva impiegato un sacco di tempo a collegare tra loro, lasciando Robert Napper libero di agire indisturbato...».

«Casi simili accadono raramente, Alex. In genere la polizia rileva quel tipo di similarità molto prima che il pubblico ne prenda coscienza».

«Oh, certo, non serve che tu difenda le Forze Invincibili a spada tratta, pensavo solo che essendo successo un sacco di tempo fa, magari potrebbe essere accaduto qualcosa di recente che non è stato collegato al caso? Esiste un modo semplice per verificarlo?».

Pausa.

«Posso provare a cercare, ma non ti prometto nulla».

«Grazie davvero, Matt, lo apprezzo molto. Se dovessi trovare qualcosa, mandami pure un'email. Non ti chiamerò più, promesso».

«Alex, è lo stesso, basta che non sia di sabato all'alba».

«Okay, promesso».

«Riguardati, Alex. Mi raccomando, prenditi cura di te».

«Anche tu».

Alex si voltò a guardare fuori dal finestrino. Il suo riflesso pallido le apparve spettrale.

Rientrata a casa, la casella di posta di Friends Reunited le presentò una severa strigliata da parte di Jenny Cross.

"Sissignore, Amy era mia amica e proprio per questo non voglio parlare con te. Prova a contattarmi di nuovo e chiamerò la polizia".

Okay, pensò Alex, *per ora ti lascio in pace, Jenny. Ma chiunque reagisca in modo così aggressivo ha qualcosa da nascondere.*

Corse al piano superiore per andare in bagno e infilarsi il pigiama. Ridiscese alle 12:01 per svitare il tappo di una gradevole bottiglia di Pouilly-Fumé che versò dolcemente nel delicato calice da vino. Apprezzava ancora l'aspetto romantico del sughero, ma il tappo a vite era decisamente più pratico. Richiuse la bottiglia e la ripose nell'anta del frigorifero, allineando l'etichetta alle altre.

Telefono spento e portatile chiuso, Alex prese un libro che tentava di leggere da mesi e sprofondò nell'angolo del divano. Nel giro di poche righe si rese conto di non averne assimilato nemmeno una parola, perciò impugnò il telecomando e accese la TV. Davano la replica della replica della replica di *Colombo*. Alex sorrise. Forse le avrebbe suggerito qualche spunto.

Capitolo venti
Jake

18 agosto 1995

Jake era sdraiato sul letto, i piedi senza scarpe che penzolavano oltre il bordo. Al piano inferiore i suoi genitori discutevano con brevi e secche esplosioni. Niente urla. Vortici di parole, stridio di bottiglie, cubetti di ghiaccio estratti dai contenitori e sbattuti nei bicchieri. Il cigolio delle porte scorrevoli della veranda e la madre che usciva per la consueta e malcelata sigaretta.

Attraverso la parete, Jake sentiva il suono del Game Boy di Tom. Chiuse gli occhi e lasciò che i rumori si confondessero. Uno scampanellio di Super Mario, il tono affilato della voce della madre. Aveva rinunciato al tentativo di ascoltare musica. Qualunque canzone gli ricordava Amy. Tanto non gli era mai importato niente della musica; aveva comprato la maggior parte dei CD solo per fare colpo sulla sua ragazza.

La sua ragazza.

Aveva ancora una ragazza?

Stare insieme era già abbastanza complicato in una situazione normale, figurarsi così.

Non usciva di casa da venti giorni. Non si lavava da sette. Non ricordava l'ultima volta che aveva parlato con i fratelli. Uno era partito felice e contento per qualche nobile viaggio al quale Jake non aveva mai prestato interesse, l'altro si rintanava in camera e sbatteva la porta ogni volta che lo sentiva arrivare. Non gliene faceva una colpa; nemmeno lui aveva niente da dirgli. Come si faceva a tredici anni a capire quella situazione più che a quindici?

A un certo punto aveva chiesto il permesso di chiamare i compagni di scuola Rob e Dave, ma la madre aveva risposto che non era una buona idea. Dopotutto, loro non avevano chiamato. Nessuno lo aveva chiamato. La porta della veranda strisciò di nuovo. La voce della madre risuonò più forte del normale e Jake si voltò verso il muro a fissare con sguardo apatico la trama della tappezzeria.

C'erano esattamente diciannove chilometri e settecentotrenta metri tra il letto di Amy e il suo. Jake giaceva immobile immaginando di essere sollevato a mezzo metro da terra, con dei cuscini rigidi sotto il collo e macchinari tutt'intorno che emettevano *bip* e fruscii vari. Forse anche una sacca del sangue. Non l'aveva vista: la mamma aveva detto no, assolutamente no. Così era costretto a immaginarsela basandosi sugli episodi di *Casualty*. Immaginava una stanza bianca come il paradiso, con più prese elettriche di quante potessero mai servire.

Una parte di lui voleva solo raggiungerla, anche in ginocchio, se fosse stato l'unico modo. Scendere risoluto al piano inferiore e dichiarare alla madre: «Io amo Amy e lei ama me, non puoi tenerci lontani». Poi avrebbe afferrato le chiavi della Ford Fiesta e le avrebbe ordinato: «O mi accompagni tu o ci vado da solo».

La parte più pesante di lui invece era ancorata al letto, gli occhi arrossati. Non avrebbe fatto nessuna di quelle cose. Non si sarebbe opposto alla madre, né avrebbe preteso di vedere Amy. Voleva vedere la *sua* Amy, quella che lo amava, non la ragazza picchiata fino all'incoscienza, a diciannove chilometri e settecentotrenta metri da lì. E non ricordava nemmeno come si facesse a guidare. Erano passati anni da quando lui e Tom ci avevano provato sulla vecchia pista di atterraggio, e anche allora non era andato oltre la prima marcia. Guidava così piano che Tom era corso al fianco dell'auto e gli aveva riso in faccia, le sue gambe da undicenne veloci come il vento.

Dov'era Tom? Jake si sforzò di sentire i suoni del Game Boy ma non udì altro che una conversazione sommessa che diventava sempre più forte e concitata. La voce da soprano della madre si innalzava attraverso il pavimento, più acuta di quella profonda e baritonale del padre.

«Li abbiamo fatti tornare a scuola troppo in fretta. Louise ha detto che...».

«Chi è Louise?», mormorò la voce stanca del padre.

«Louise Waters, l'ex tutor di Jake, ha detto che non lo ha visto bene. Non riusciva a concentrarsi sui compiti, sembrava sul punto di piangere tutto il tempo. Ha detto che in molti sussurravano e puntavano il dito».

«Sono cose che passano, Sue. Quando rientreranno a settembre, ci sarà altro di cui parlare».

«Davvero, Graham, lo credi davvero? Credi sinceramente che possa accadere qualcosa nelle prossime settimane in grado di superare *questo*?».

Silenzio. Il silenzio così unico e tipico del padre. Jake si sdraiò a pancia in giù e affondò il naso nel cuscino. Quanti cuscini avevano dato a Amy in terapia intensiva? Qualcuno badava a lei, anche se era in coma? Le lenzuola di Jake erano state cambiate diverse volte dall'ultima occasione in cui Amy era stata lì. Quanto avrebbe voluto sentire ancora una volta il suo profumo di ciliegie. Ricominciò a piangere.

«Non stiamo parlando del tuo compagno di tennis, Graham. Lui sta benissimo e fa quello che gli piace. Ora dobbiamo concentrarci sui due più piccoli e so io cosa è meglio per *loro*. Jake non tornerà in quella scuola, Louise mi manderà i compiti a casa e lo aiuterò io. Dobbiamo trovare un posto sicuro per Tom, senza distrazioni e senza quelle maledette ragazze».

Capitolo ventuno
Alex

22 settembre 2010

Alex percorse il corridoio ben ripartito che conduceva al Bramble Ward. Aprì la porta con circospezione, sperando di evitare la piccola infermiera ficcanaso.

Non ebbe fortuna. La reception non era presidiata, ma la porta della sala era aperta e l'infermiera Radson si precipitò fuori al rumore delle scarpe di Alex.

«Posso aiutarla?», le chiese, squadrandola dall'alto al basso.

«Spero di sì. Sono già venuta qui, non so se si ricorda».

«Cosa posso fare per lei stavolta?»

«Mi chiedevo se fosse possibile vedere Amy Stevenson oggi», domandò Alex.

La donna rimase in silenzio per qualche istante, poi rivolse lo sguardo al cubicolo nell'angolo, chiuso malamente. Il cubicolo di Amy. Alex, che si era spinta più all'interno del reparto rispetto all'ultima volta, vedeva chiaramente la tenda. Sotto il bordo scorse le scarpe del solito visitatore e la stoffa dei suoi jeans.

L'infermiera Radson si girò verso di lei. «Posso chiedere. Di nuovo».

«Non voglio calpestare i sentimenti di nessuno. So che quell'uomo non vuole parlare con me, ma io vorrei davvero restare un po' con Amy. Non importa se dovrò aspettare che lui abbia finito».

«Be', in genere si trattiene a lungo ed è qui da appena pochi minuti».

«Va a trovare tutti i pazienti?».

L'infermiera esitò, respirando a fondo, il petto prominente che si muoveva su e giù. «Sì, passa a trovare tutti».

«È già stato dagli altri?»

«No, non ancora. Le dispiace ripetermi il suo nome?»

«Alex, Alex Dale».

Lo stava ancora pronunciando che la Radson partì a spron battuto verso il letto di Amy e tirò la tenda con uno strattone. Alex vide l'uomo sobbalzare per la sorpresa e l'infermiera infilare la testa all'interno come un orso in un cestino da picnic.

La donna e il visitatore parlarono con le teste ravvicinate per poco meno di un minuto, poi l'infermiera marciò risoluta verso Alex che aspettava accanto alla porta della sala.

«Gli ho spiegato quanto ci tenesse e lui ha acconsentito a spostarsi da un altro paziente perché lei possa fermarsi con Amy». Le porse il badge per i visitatori come se fossero le chiavi della città.

Alex guardò di sbieco il camice a strisce blu che aveva di fronte. «Okay, grazie».

La donna insistette per scrivere lei stessa il suo nome sul registro in una calligrafia rotonda e ricciuta, poi sparì dentro la sala infermieri. Alex attese finché il cubicolo sputò fuori un uomo alto, dai capelli rossicci. Lui esitò un istante sbattendo le palpebre.

Si strofinò gli occhi e passò in rassegna i letti, poi con uno sbuffo sonoro si accasciò sulla sedia accanto a una paziente bionda, a pochi metri dal bancone della reception.

Aveva i capelli corti e arruffati e indossava una T-shirt con lo scollo a V dello stesso genere leggermente "usurato" che Matt comprava da All Saints. Portava i jeans bassi sui fianchi, come le divise scolastiche all'inizio del quadrimestre.

L'uomo era ancora nel raggio d'orecchio di Alex e lei rimase ferma dov'era per capire come un visitatore esperto aprisse il monologo, ma si rese conto che lui aspettava di sentirla allontanare. Mentre proseguiva lentamente verso il letto di Amy, Alex lo udì tirare il fiato e cominciare con un amichevole: «Ciao, Natasha, come stai oggi?».

Lei naturalmente non rispose, ma Alex era ormai troppo lontana per cogliere il seguito.

Raggiunse il cubicolo di Amy, dove poche settimane prima si era intrufolata senza permesso. Quella volta, la prima in cui vedeva quel "fantasma", non ricordava molto della donna che giaceva in quel letto. Ora invece, Alex si rese conto rabbrividendo, c'era la possibilità che sapesse più cose su Amy Stevenson della stessa Amy. Forse più di quelle che Amy avrebbe mai saputo.

Imitando il visitatore esperto, Alex si sedette sulla sedia e tirò la tenda fin quasi a chiuderla.

Con cautela prese la mano di Amy. Le sembrò eccessivamente fredda e pesante per essere così piccola. Era troppo. Alex non riuscì a tollerare l'intimità di quel contatto, un contatto al quale Amy non poteva opporsi. Ripose la mano minuta sul lenzuolo e strinse le proprie una nell'altra.

«Ciao Amy», disse, «come stai oggi?».

Esitò per un lungo e sgradevole istante prima di passare al sodo.

«Amy, sono una giornalista. Ti ho vista qui tempo fa, mentre parlavo con il dottor Haynes, e volevo conoscerti meglio. Sono cresciuta a Tunbridge Wells e probabilmente abbiamo frequentato gli stessi posti perché abbiamo più o meno la stessa età. Ho parlato con Bob e letto molto su di te e mi sembra quasi di conoscerti. So che non puoi rispondermi, ma speravo di poterti fare delle domande, perché non so più che pesci prendere».

Quel minuscolo battito della palpebra era frutto della sua immaginazione? Doveva essere un fremito involontario. Per quanto fosse assurdo e illogico, bastò a suscitare in Alex un brivido di trepidazione. Ricordò cosa le aveva detto Peter Haynes, che in qualche angolo nascosto c'era ancora attività cerebrale. Che il recupero di Amy era altamente improbabile ma non impossibile.

«Amy, posso dirti cosa ho scoperto finora?», sussurrò con un tono che le parve cospirativo. Le due donne erano così vicine da percepire una il fiato dell'altra. Alex si domandò se Amy riuscisse ancora a identificare gli odori.

La ragazza era stata sistemata sopra le coperte, la vestaglia a fantasia che sfiorava le calze a compressione graduata lunghe fino al ginocchio. Alex aveva infilato spesso quelle stesse calze attorno ai polpacci sempre più magri della madre. Viste su Amy, ricreavano un'inquietante immagine da studentessa.

«Da dove ho cominciato?», domandò a se stessa. «Be', per prima cosa ho chiesto al dottor Haynes del suo lavoro per un articolo che stavo scrivendo. Gli ho fatto qualche domanda su di te, ma non poteva sbilanciarsi più di tanto, perciò ho parlato anche con il mio ex marito che fa il poliziotto. Si chiama Matt. Ha la nostra età, non era ancora in polizia quando sei scomparsa. Non voleva ficcare troppo il naso in giro e mettersi nei guai, ma ha trovato un paio di informazioni».

Alex fece una pausa; sembrava così innaturale parlare e parlare e parlare come un irrefrenabile deejay radiofonico. Si rese conto di sorvolare i momenti in cui l'interlocutore in genere avrebbe chiesto spiegazioni tipo «e lui chi è?», oppure «ma in che senso?».

Nel silenzio, Alex studiò il viso di Amy attraverso le particelle di pulviscolo che rilucevano in un raggio di sole.

I segni sottili attorno agli occhi della ragazza rivelavano i suoi trent'anni, ma a parte quelli aveva lo stesso identico aspetto di quando ne aveva quindici. E se avesse davvero potuto sentirla, rifletté Alex, l'avrebbe ascoltata con l'orecchio di una quindicenne. Non era una trentenne come tutte le altre, scaraventata nella terza decade contro gli scogli del cuore spezzato, dello stress lavorativo e del declino parentale.

«Dicevamo, Matt», continuò Alex, nello stesso tono sussurrato e cospirativo. «Mi ha fornito alcuni dettagli sui principali, ehm, i principali sospettati».

Alex si rese conto che se Amy avesse potuto sentirla, nelle sue profondità più nascoste, quella avrebbe potuto essere la prima volta che sentiva parlare di "sospettati". Se dentro di lei era rimasto qualcosa, ricordava forse cosa le era accaduto? Esisteva anche solo una possibilità che riuscisse mai a dare un nome al suo aggressore?

«Intendo», tentennò Alex, «le persone che secondo la polizia potrebbero sapere cosa ti è accaduto e perché ora sei qui».

Non poté fare a meno di usare un tono cantilenante, come per rassicurare un bambino.

«La polizia ha scoperto che a un tuo vicino piaceva fare brutte cose ai bambini, ma era troppo vecchio e fragile per farti del male».

Nemmeno un tremolio. Il respiro di Amy si mantenne tale e quale: lento e profondo. Alex si chiese se fosse quello lo "stato dormiente" e come si facesse a esserne sicuri.

«E poi hanno cercato all'oratorio che frequentavi», proseguì Alex. «E hanno trovato un ragazzo che aveva raccontato un po' di balle, ma secondo loro non poteva averti fatto del male».

Niente, le palpebre di Amy rimanevano chiuse e la sua pelle candida giaceva immobile.

«E il giorno in cui ti hanno trovata, be', hanno arrestato Bob». Alex si interruppe, trattenendo il fiato in attesa di... qualcosa, ma non sapeva nemmeno cosa. Il respiro di Amy si mantenne regolare, le palpebre distese. Alex trasalì notando una minuscola traccia umida formarsi nell'angolo dell'occhio sinistro di Amy. Una lacrima? No, che sciocchezza, probabilmente i suoi occhi lacrimavano spesso per via dell'ambiente chiuso.

«Comunque, lo hanno rilasciato quasi subito, sapevano che non aveva fatto niente di male. L'ho incontrato di recente, Amy, ed è stato così gentile. Adorava parlare di te e di tua madre». Alex si rese conto troppo tardi di aver nominato l'unica persona che non voleva tirare in ballo.

Gli occhi di Amy si mossero, non c'erano dubbi; entrambi gli occhi ebbero un minimo, impercettibilissimo fremito e, prima di potersi controllare, Alex balzò in piedi scaraventando a terra la sedia di plastica.

Il frastuono della sedia che rimbalzava sul pavimento risvegliò

Alex dallo sconcerto. La sollevò, si lisciò la canottiera e sistemò la cintura dei jeans. Si schiarì la voce, tornò a sedersi e trattenne il respiro per l'imbarazzo, prima di proseguire.

«Ho parlato anche con la tua amica Becky Limm. È stata carina. Adesso lavora a Londra e vuole diventare giornalista, così ho cercato di aiutarla. Mi ha detto che anche tu volevi scrivere. Mi ha detto che scrivevi racconti brillanti. Amy, non voglio turbarti, ma ho intenzione di dirlo fuori dai denti. So che hai avuto rapporti prima di essere aggredita. E so che non è stato con Jake».

Il respiro di Amy si mantenne regolare e profondo, gli occhi rimasero rilassati.

«Mi chiedevo se avessi incontrato qualcuno tornando a casa...».

Nessuna reazione.

«Secondo me stavi andando con lui da qualche parte, ma poi la situazione è cambiata...».

Una piccola, minuscola increspatura si arricciò sulla cima del naso di Amy, come se la sua pelle stesse cercando di scacciare una farfalla posata proprio lì.

Mentre Alex la fissava intensamente, di colpo la bocca di Amy si spalancò e si richiuse, si aprì e si richiuse, come fa un pesce fuor d'acqua.

In un batter d'occhio le tende si aprirono rivelando una schiera di facce arrabbiate e Alex si rese conto troppo tardi di avere appena gridato con tutto il fiato che aveva in gola.

Capitolo ventidue
Amy

Un giorno verso la fine del 1995

Cerco di guardare in basso, ma non riesco a muovere questa stupida testa. Vorrei solo sapere cosa indosso, perché non ricordo di avere scelto niente. Sono uscita ieri sera? Sono andata al pub The Sleeper? Ho bisogno di parlare con Jenny perché ho una specie di amnesia gigantesca. Spero di non avere fatto figuracce, da ubriaca non sono il massimo. Divento sempre più casinista e alla fine vomito. È come se vedessi che sta per succedere, ma una volta imboccato quel sentiero non posso fare a meno di arrivare alla fine.

Mi sa che ho dormito in una posizione strana, mi si sarà incriccato il collo o schiacciato un nervo o qualcosa del genere. Mi era successo anche l'estate scorsa, sarà la mia sfiga estiva. Forse mi toccherà un paio di giorni di paralisi ogni estate per tutta la vita. Sarà dura programmare le vacanze quando sarò più grande. «Mi piacerebbe tanto fuggire via con te, Damon Albarn, ma dovremo aspettare agosto perché a luglio mi irrigidisco come un palo».

L'anno scorso è successo subito prima della festa d'estate. Mi sono svegliata presto e ho provato a mettermi seduta e credo di non avere mai provato un dolore del genere. La mamma ha decretato che mi si era tirato un nervo della schiena. Bob ha dovuto portarmi in bagno di peso, non mi ero mai vergognata tanto in vita mia. Mi ha mollata sul water e si è girato dall'altra parte mentre facevo pipì. Poi la mamma è entrata a lavarmi le mani e Bob mi ha riportata a letto mentre lei tirava l'acqua. Dopodiché l'ho trattenuta così a lungo che mi sembrava di essere una borsa dell'acqua calda piena fino all'orlo e pronta a scoppiare. Per due giorni ho mangiato e bevuto a stento.

Jenny ha chiamato mentre ero a letto e la mamma le ha raccontato cosa mi era successo, così quando finalmente mi sono presentata a scuola, trascinandomi dolorante per fare il mio ingresso trionfale alla festa, il telefono senza fili scolastico mi aveva già proclamata paralitica e destinata alla sedia a rotelle.

Per qualche ora sono stata sulla bocca dell'intera scuola e, inutile mentire, ci ho ricamato un po' su. Ma era solo un nervo schiacciato. Sarà la stessa cosa anche adesso, ma almeno non mi sta scoppiando la vescica. Posso ritenermi fortunata.

Capitolo ventitré
Jacob

22 settembre 2010

Cazzo. Era di nuovo lei. Alex Dale. Jacob si sentì trapanare dagli occhi di quella donna, come se lei lo stesse analizzando in cerca di dati, smembrando i suoi organi vitali. Che cosa sapeva? Perché prima voleva parlargli e ora non più? Aveva scoperto qualcosa dall'ultima volta? A che gioco stava giocando?

Jacob aveva paura da un sacco di tempo. La paura che aveva provato dopo il rapimento di Amy non lo aveva mai abbandonato, si era solo attenuata ed era defluita verso altri luoghi. Aveva avuto paura di essere arrestato, poi aveva avuto paura che nessuno venisse arrestato. Aveva avuto paura di andare a trovarla e poi aveva avuto paura di smettere.

La paura galleggiava sotto la superficie e minacciava di spezzargli le gambe. La paura era un battito secondario che solo lui riusciva a sentire, che poteva acquietarsi fino a diventare quasi impercettibile, oppure così forte da annientare tutto il resto.

Ma era sempre lì.

Era lì il giorno del suo matrimonio.

Era lì nell'istante prima di vedere la macchia grigia del suo bambino sullo schermo del sonografo.

Era lì anche in quel momento, mentre infilava la mano destra in tasca e sfiorava gli angoli consumati del biglietto da visita, i cui dettagli ormai conosceva a memoria.

Jacob odiava profondamente i giornalisti, quasi quanto la persona che detestava più di ogni altra cosa al mondo. I giornalisti avevano preso in mano un dolore indicibile e l'avevano sbattuto sulla carta a ripetizione, migliaia di volte. Le menzogne su Amy, le accuse al povero padre, le foto di lei con la divisa di scuola, sotto gli occhi e le illazioni di tutti. Giorno dopo giorno. Per poi essere dimenticate per passare alla successiva studentessa scomparsa.

Jacob si era scorticato l'indice a forza di percorrere gli angoli taglienti del biglietto da visita di Alex, che teneva in tasca come fosse kryptonite da quando lo aveva ricevuto.

Fino a quel momento, non aveva mai trovato niente che sedasse la sua paura o le desse forma. Doveva cercare ancora. Scoprire cosa sapesse la giornalista. Forse aveva scoperto chi era lui? Sapeva delle sue bugie?

Si era spostato dall'adorabile Natasha, eppure la giornalista aveva indugiato fuori, per origliare. Se davvero voleva vedere Amy, perché aveva esitato, allungando il collo ossuto alle sue spalle?

Jacob rimase con Natasha solo pochi minuti, tanto per non dare l'idea di voler scappare. Mentre usciva, diede un'occhiata al cubicolo di Amy e vide le tende ben chiuse.

Stava indugiando in corridoio, intrappolato dall'indecisione, quando udì uno schianto all'interno del reparto. Probabilmente era caduto un vassoio di bevande, ma la cosa lo innervosì. Quel luogo, con i suoi ronzii e fischi meccanici, era il suo angolo di pace. Quando si sentiva ingabbiato in qualche situazione, chiudeva gli occhi e riportava la mente alla quiete del cubicolo, alla pelle fredda di Amy.

Jacob si fermò incerto, appena fuori dalle doppie porte del reparto. Si sarebbe trattenuto ancora, tra l'ansia e il panico, se non avesse sentito l'urlo. Prima di riuscire a controllarsi, attraversò sgomento un altro paio di doppie porte e imboccò le scale metà di corsa e metà al volo.

Sentiva il sangue martellargli nelle tempie ed era troppo stordito per pensare ad altro se non a uscire subito alla luce del sole, lontano da quella maledetta Alex Dale.

Sentì oscillare le porte al piano superiore e inferiore. Non aveva proprio nulla da temere, in realtà, eppure correva a gambe levate. Correva come se fosse questione di vita o di morte.

E d'un tratto non correva più.

Giaceva appallottolato a terra, in bilico precario sulla successiva rampa di scale sbiadite e a macchie grigie, un'intera rampa sotto il punto in cui si trovava fino a un attimo prima.

Il sangue gli defluì verso le orecchie e Jacob si sentì la faccia umida. Aveva freddo. Poi caldo. Poi stava congelando. Portò lentamente le mani al viso come se avesse dimenticato in che modo funzionasse il proprio corpo e non riuscisse a trovare i comandi.

Si toccò le tempie titubante, poi si guardò le punte delle dita. Erano sporche e appiccicose del sangue più chiaro che avesse mai visto. E a quel punto si scatenò il dolore.

Avvertì un intenso pulsare su tutta la faccia, ma la fitta alla gamba era una vera agonia. Dalla caviglia destra al ginocchio si diffuse un dolore così straziante che Jacob dovette fare appello a tutte le proprie forze per resistere; non gli rimase nemmeno un briciolo di energia per gridare o chiamare aiuto.

Dopo qualche istante le doppie porte più vicine si spalancarono e ne sbucò una donna di mezza età con il badge per le visite, che abbassò lo sguardo su Jacob e cacciò un grido.

Fu allora che lui vide la gamba. E perse i sensi.

A parte i giorni successivi alla sua nascita, Jacob non aveva mai trascorso tanto tempo in un letto d'ospedale. Seduto *sopra*, molte volte, ma mai *dentro*.

Svegliarsi legato a una barella del pronto soccorso non era nei suoi programmi.

La sua gamba non era danneggiata seriamente come pensavano, disse allegro il dottore, i capelli candidi che gli incorniciavano il viso giulivo.

Oh, naturalmente era rotta, ridacchiò, ma si poteva aggiustare e sarebbe tornata in forma come prima. Poi corrugò la fronte e si avvicinò a Jacob. «A meno che lei non sia uno sportivo».

Jacob scosse il capo, lo sguardo basso sul camice d'ospedale che aveva indosso, identico a quelli che portava Amy tutti i giorni, e si chiese chi lo avesse spogliato.

«Oh, bene. Allora sì, tornerà come nuovo».

«Quando potrò uscire?», domandò Jacob, che aveva appena fatto due più due ottenendo Fiona come risultato. Tentò di mettersi seduto, ma era legato.

«Oh, presto, presto», rispose il dottore, liberandogli il busto e scostando leggermente l'imperdonabile camice ospedaliero che gli si era avviluppato attorno all'inguine.

«L'abbiamo legata per evitare che si muovesse, appena sveglio. Avrebbe potuto peggiorare il danno».

Jacob annuì, come fosse una cosa che gli capitava tutti i giorni.

Puntò lo sguardo oltre la flebo fino all'orologio sulla parete. Erano quasi le 13:30: aveva perso un mucchio di ore.

«Potrò uscire prima delle cinque?».

Il dottore lo guardò come se gli avesse chiesto se fosse in tempo per prendere lo shuttle diretto sulla luna.

«Certo che no. La sposteremo in reparto e dovrà restare qui per qualche giorno. La parte bassa della gamba è fratturata e non può portare alcun peso. Anche un uomo in piena forma e salute come lei deve prestare attenzione».

Il medico intrecciò le mani.

«Bene, ci sono alcuni moduli da compilare».

«Capisco. Accidenti. Okay. Devo chiedere a qualcuno di recuperare la mia auto. Devo avvertire l'ufficio e mia moglie. Oddio». Jacob sollevò lo sguardo verso le mattonelle scheggiate del soffitto. La sua auto era nel parcheggio dell'ospedale. Era caduto dalle scale di un edificio nel quale non aveva nessuna ragione di passare il tempo. E poi c'era il lavoro. Si trovava a uno stupido appuntamento di lavoro con un potenziale cliente inventato. Oddio…

Il dottore mingherlino sorrideva ancora, ma solo con la bocca.

«Chiederò a un assistente di portarle un telefono e la trasferiremo in reparto nel pomeriggio. Le farò avere i moduli tra un po'». Detto questo, tirò la tenda verso l'angolo e se ne andò.

Senza aspettare il telefono, Jacob si protese verso la sedia dove qualcuno aveva impilato i suoi vestiti. Chi era stato? Chi aveva piegato i suoi calzini e le mutande? Le mutande. Afferrò i jeans e li tirò a sé. Intuì dal loro peso che il cellulare era ancora in tasca e li tastò con cura finché non lo trovò.

Per il lavoro fu facile, raccontò a Marc che era passato dall'ospedale a prendere qualcosa per Fiona prima di rientrare in ufficio ed era caduto dalle scale. Rese la cosa il più possibile assurda e divertente, con un sacco di smorfie e sospiri. Come sempre, l'affidabile e spensierato Marc ci rise sopra e passò la chiamata a Geoff, il loro capo. Geoff sospirò e disse a Jacob che qualcuno si sarebbe occupato dei suoi appuntamenti e di rimettersi presto.

Ora toccava a Fiona. Non poteva certo dirle che era andato in ospedale per lei.

Il sangue prese a battergli più forte nelle tempie.

Doveva mostrarsi inattaccabile. Doveva dirle che si trovava lì, in ospedale, con un pretesto *inattaccabile*.

Cliccò "Preferiti" e poi "Fiona", sul suo Blackberry.

Deglutì per scacciare la nausea e il sapore del sangue. Il dolore alla gamba, seppur attenuato, gli serpeggiava ancora per tutto il corpo. E la testa gli galleggiava per la morfina instillata nel braccio.

«Ciao J».

«Non vorrei farti prendere un colpo ma...».

«Che succede?»

«Niente di serio ma sono in ospedale».

«In ospedale?»

«Sì, non volevo preoccuparti, ma tempo fa ho sentito un nodulo... sai... lì sotto».

«Oh, mio Dio! Un nodulo?».

Jacob la sentì ansimare.

«Va tutto bene, è tutto a posto, davvero».

«Perché non mi hai detto niente? Perché sei ancora in ospedale?»

«Oh, Fi, mi vergogno da morire. Lo specialista mi ha praticamente riso in faccia con le mie palle tra le mani perché era lampante che non fosse un nodulo. Era una cosa normalissima che non avevo mai notato prima».

«Oh, grazie al cielo!».

«Be', ero talmente sollevato che mi sono precipitato giù dalle scale anziché prendere l'ascensore, ma sono caduto e mi sono rotto una gamba».

«Che cosa?». Fiona scoppiò a ridere. Meno male, cazzo, Fiona stava ridendo.

«Sono ancora al pronto soccorso. Mi hanno immobilizzato la gamba e ho qualche brutta ferita ma niente di irreparabile».

«Oh, amore mio, mi dispiace tanto, non so cosa dire. Vengo subito da te…».

«Non vogliono visite al pronto soccorso, ma puoi venire a trovarmi in reparto oggi pomeriggio».

«Che reparto?»

«Non lo so ancora, ti mando un messaggio appena me lo comunicano. Devo lasciarti, non dovrei usare il cellulare».

«Ma Jacob…?».

La tenda si gonfiò di colpo, perciò chiuse la telefonata di scatto e infilò il cellulare sotto le coperte.

Jacob lo sentì vibrare mentre Fiona tentava di richiamarlo, ma si sforzò di mantenere un'espressione neutra quando l'assistente gli posizionò il telefono pubblico all'altezza del gomito.

«Ecco qui, torno a prenderlo tra qualche minuto».

«Okay, grazie».

Quando le tende si richiusero, Jacob estrasse il cellulare. Tre chiamate perse negli ultimi due minuti.

Richiamò Fiona. Lei rispose al volo: «Non posso parlare, sto guidando. Arrivo subito». Clic.

Capitolo ventiquattro
Alex

22 settembre 2010

Amy era completamente immobile, gli occhi e la bocca non rivelavano nulla. Alex era ancora pietrificata accanto al letto ingombrante, la bocca spalancata. A parte il cuore che le rimbombava nelle tempie, l'unico altro suono giungeva dal segnale radio a malapena udibile, proveniente dal bancone della reception abbandonato. Tre infermiere e un'assistente la fissavano dalla tenda aperta, mentre alle loro spalle una visitatrice di mezza età sbirciava, in modo apparentemente casuale, per capire cosa stesse succedendo.

Per un attimo, nessuno fiatò. Poi l'assistente con la coda di cavallo si allontanò a passo pesante, inducendo la visitatrice a ritirarsi nel suo santuario.

Le infermiere rimaste erano disposte in ordine d'altezza, con la tarchiata Radson in prima fila. Le altre due si voltarono una verso l'altra, mormorando e commentando dietro le mani.

«Che diavolo credeva di fare?», sibilò la Radson, il viso a pochi centimetri dalla clavicola di Alex.

«Mi spiace davvero. Lei… credo stesse comunicando con me».

«Che cosa?», chiese l'infermiera più alta, quasi ridendo, mentre per una volta la Radson guardò Alex con compassione.

«Lei, io… mi dispiace». E con quelle parole, Alex afferrò la borsa e il taccuino e uscì di corsa dal cubicolo, sparendo oltre le doppie porte e lungo il corridoio.

Era andato tutto a rotoli. Era andato tutto tremendamente a rotoli.

Si era comportata come una perfetta imbecille, e con ogni probabilità si era giocata qualunque opportunità di tornare. Si era resa del tutto ridicola proprio quando stava per ottenere qualcosa.

Alex si fiondò verso i due ascensori, con le spie luminose che segnalavano la sosta all'ultimo piano dell'edificio. Ansiosa di non fermarsi finché non fosse uscita, tornò versò le scale e cominciò a scendere, attenta a non scivolare nelle infradito e a non rompersi un piede.

I gradini lucidissimi erano di una sorta di marmo finto che collocava con precisione quell'ala dell'ospedale negli anni Ottanta. Le chiazze le ricordavano il vestito di un compagno mordi-e-fuggi della madre, al tempo in cui lei era ancora troppo piccola per chiedersi come mai doveva chiamare "zio Stephen" un perfetto estraneo.

I gradini sembravano puliti di fresco. L'adrenalina stava scivolando via, lasciandole addosso una strana sensazione di rossore misto a sudore che le lambiva le tempie.

Avvertì la secchezza arrampicarsi lungo la gola. Il desiderio di annegare, più forte di come lo sentiva da mesi. Il bisogno di abbandonarsi alla deriva e di trascorrere il pomeriggio con una grossa macchia d'inchiostro a oscurarle i pensieri.

Aveva bisogno di bere, e doveva farlo il prima possibile. Doveva sbrigarsi a tornare a casa o non ce l'avrebbe fatta, e non voleva finire per parcheggiare vicino al primo pub e passare il pomeriggio allo stato brado, disfatta e vulnerabile.

I suoi passi accelerati si bloccarono di colpo, perché dalle scale sottostanti si levò un grido atroce.

Il primo pensiero di Alex fu: paziente con disturbo mentale. Durante uno degli ultimi appuntamenti della madre in day hospital, avevano incrociato un "inquilino vagabondo" del vicino centro per malati mentali. L'uomo era in stato confusionale e si graffiava il viso mormorando frasi incomprensibili. Sua madre, lei stessa sull'orlo del baratro, si era messa a gridare che gli zingari stavano rubando i termosifoni. L'uomo si era messo a urlare a sua volta. Alex era rimasta pietrificata fino a che non erano accorse le infermiere.

Il grido di poco prima era stato incredibilmente acuto e breve.

Spaventata, Alex riprese a correre verso il piano superiore, spalancò altre doppie porte, sgattaiolò attraverso un'altra zona d'accoglienza e poi fuori in un nuovo corridoio senza finestre.

Con il cuore martellante e la sensazione di essere sotto assedio, superò ignari pazienti in day hospital, visitatori e assistenti fischiettanti, fino a raggiungere un'altra coppia di ascensori. Doveva tornare a casa.

Uno dei due era aperto, l'ampio interno grigio vuoto. Alex si fiondò all'interno, martellò sui pulsanti finché la porta si chiuse e sprofondò sulle ginocchia. Quando l'ascensore si avviò, si rimise in piedi, inspirò a fondo e schiacciò il pulsante T.

Lungo la corsa, salirono e scesero diverse persone, e tutte ignorarono la donna gracile che sorrideva con nonchalance alle loro spalle, stringendo la borsetta tra le nocche sbiancate.

Alex sapeva che si trattava solo di una reazione al panico temporaneo, ma l'unica cosa che le importava era uscire subito da lì. Uscire e bere. 'Fanculo la routine.

Quando le porte dell'ascensore si aprirono su un atrio secondario in fondo al piano terra, Alex balzò fuori con il passo più leggero che poté e si guardò attorno in cerca dell'uscita.

Si strappò dal collo il badge per le visite e lo infilò nella borsa, poi spinse le porte dell'uscita di sicurezza ignorando le indicazioni per il parcheggio.

Imboccare il marciapiede e allontanarsi dall'ospedale era la mossa sbagliata. Alex lo sapeva, ma in quel momento non le importava. Smussare gli spigoli, mettere il panico al tappeto, ecco di cosa aveva bisogno. Molti anni prima avrebbe potuto farsi un brandy per lo shock e poi prendere un taxi fino a casa. Ora non più.

Alex sapeva perfettamente, nell'istante stesso in cui aveva deciso di vagare per la strada in cerca del primo pub, che nel giro di un'ora sarebbe sprofondata fino al collo in una sbronza senza ritorno.

L'Elephant's Head era quello che sua madre soleva definire un "pub popolare". Non perché fosse un locale in voga, ma perché serviva un vicino complesso di case popolari, oltre a un garage, una rivendita di pneumatici, un negozio per l'edilizia e, naturalmente, il personale sfiancato dell'ospedale.

Il pavimento interno era rivestito di un tappeto rosso appiccicoso, con bruciature di sigaretta risalenti a prima che il fumo venisse bandito e chewing-gum anneriti dalle forme astratte.

La tappezzeria di velluto rendeva ancora più soffocante l'angolo chiamato con ottimismo "lounge", e le sedie di legno scuro erano invitanti come un pugno in faccia.

Alex aveva ordinato un doppio brandy appena entrata. Lo aveva trangugiato come fosse una medicina, poi aveva proseguito con whisky e Coca-Cola Light in bottiglia senza ghiaccio.

Versando nel bourbon scadente appena un dito di Coca-Cola alla volta, se ne scolò tre in successione rapida, in piedi davanti al bancone.

Aveva finito i soldi e sapeva di essere in bilico su una corda da funambolo, ma ormai non poteva più tornare indietro, doveva proseguire pregando di non schiantarsi a terra.

«Posso addebitare tutto sulla mia carta di credito? Ho intenzione di trattenermi un po'», chiese all'indifferente proprietario di mezza età, cercando di mantenere un tono neutro.

Lui sorrise per la prima volta e le indicò una sedia dall'aspetto più confortevole appena dietro un juke-box fuori uso. Sulla soglia comparve una figura familiare, catturò il suo sguardo e la salutò con un cenno.

Alex si svegliò di soprassalto. Fuori la notte era ancora fonda e appiccicosa. Si trovava nel proprio letto con addosso reggiseno e canottiera, ma senza jeans né mutandine. Accanto a lei una delle sue infradito.

La stanza vorticava e Alex strisciò per cinque minuti buoni, in balia del mal di mare, in cerca del cellulare. Ci aveva quasi rinunciato, presumendo di averlo perso, quando il suo pollice indagatore percepì il freddo del display. Schiacciò il pulsante rotondo e l'ora si illuminò: le 4:31 del mattino.

Avvertì una sensazione cruda e rivelatrice. Non si sentiva tanto indolenzita, quanto piuttosto *consapevole*. Il cuore le sprofondò nel petto. Perché quel maledetto Peter Haynes era dovuto spuntare proprio in quel momento? Perché?

Alex era fradicia di sudore e il suo cuore batteva con un ritmo sporadico e irregolare. Nonostante il capogiro, riuscì finalmente a trovare il bagno. Non appena si sedette, rilasciando nella tazza tutto ciò che aveva dentro, capì che aveva fatto del sesso non protetto.

Un dottore del cazzo avrebbe dovuto stare più attento, pensò Alex.

Di nuovo in farmacia per la pillola del giorno dopo. La Alex Sobria che rimediava ai casini della Alex Ubriaca. Come sempre.

Ma per il momento doveva fare il possibile per rimettersi a dormire e svegliarsi il mattino dopo senza tornare a bere. La strategia del chiodo-scaccia-chiodo era pericolosa, era la strada giusta per quarantotto ore di oblio e settimane incasinate. Rigettò la bile diverse volte prima di barcollare malferma al piano terra e intraprendere la collaudata procedura di paracetamolo, ibuprofene e mezza pinta di aspirina.

Una volta fatto tutto ciò che poteva per la Alex del mattino dopo, non le restava che rimettersi a dormire e provare un moto di sollievo per non essere soffocata nel suo stesso vomito.

Si risvegliò alle 6:41, gli occhi in fiamme, la testa nel pallone e lo stomaco che si stava autodivorando. Le si affacciò alla mente il breve ricordo di essere trasportata di peso dentro casa, ridendo come una pazza. Un altro della faccia paonazza del dottore sopra di lei, tutto sudato per la concentrazione. Un altro ancora di lei che scoppiava in una risata isterica e gli afferrava quegli orribili, orribili capelli. Quando se n'era andato?

Ebbe a malapena il tempo di chiederselo prima di precipitarsi in bagno a vomitare litri di aspirina.

Tutto considerato, avrebbe potuto stare peggio. Forse la sbronza aveva fatto il giro completo e Alex era tornata a "sentirsi bene". O forse era ancora ubriaca.

Infilò i pantaloni del pigiama più largo che aveva e si trascinò lentamente in cucina per accendere il bollitore. Niente corsa quella mattina. Quando si era svegliata alle quattro e qualcosa, aveva avuto il lampo di genio di mettere in carica il cellulare. Ora doveva procedere ai soliti controlli strizzabudella.

Nessuna email.

Nessun messaggio.

Passò al computer. Internet banking, fiato sospeso. Estratto conto alleggerito di duecento sterline; non era il massimo, ma avrebbe potuto andarle molto peggio.

Il bollitore raggiunse la temperatura e cominciò a sputacchiare rumorosamente. All'inizio Alex rovesciò più acqua sul ripiano lucido della credenza che nella tazza, ma alla fine riuscì a prepararsi un tè bello forte e dolce. Quella mattina il caffè sarebbe stato una vera tortura. Voltandosi a posare il cucchiaino nel lavello, Alex notò due bicchierini da una parte e si rese conto che si erano scolati la scorta di whisky d'emergenza.

Il sole era alto e riversava la sua luce aranciata in ogni angolo della stanza. La maggior parte della gente si preparava per andare al lavoro e le docce di tutta la strada avrebbero pompato acqua per almeno un'ora. In quei momenti, Alex si rendeva dolorosamente conto che non avrebbe mai potuto gestire un lavoro d'ufficio. Fare la freelance si adattava al suo stile di vita, benché corrosivo.

Trovò la borsetta sul bracciolo del divano, portafoglio e taccuino intatti. Niente contanti, ma le carte di credito c'erano ancora.

Aprì il taccuino e sprofondò nell'angolo affossato del divano color crema, un tempo lussuoso. Strinse le ginocchia al petto, afferrò la copertina di mohair e cominciò a spulciare gli appunti.

La travolse una nuova ondata di nausea e Alex strizzò gli occhi. Non stava affatto meglio, aveva solo scambiato la mera sopravvivenza per un sintomo di progresso. Non importava quanto fosse convinta di poter guarire, la cosa non stava accadendo. Camminava a pelo d'acqua. O forse di vino.

«Pronto, Mount Pleasant Medical Centre».

«Salve, vorrei prendere un appuntamento con il mio medico di base».

«Il suo nome?»

«Alexandra Dale».

«Axminster Road?»

«Sì, esatto».

«Posso chiederle il motivo dell'appuntamento?»

«Ho fatto delle analisi tempo fa e credo sia il caso di fare qualcosa in merito».

Capitolo venticinque
Amy

Un giorno d'estate del 1996

Non so che fare. Sento la mamma singhiozzare, ma dice cose senza senso. Non beve quasi mai, ma a Natale si attacca al sidro di pere per tutto il giorno e io e Bob dobbiamo toglierle la bottiglia di mano perché comincia a dire cose senza senso e a ridere per qualsiasi stronzata. Un po' come adesso, ma anziché ridere fa il contrario.

«Avrei dovuto prenderti un gatto», sta dicendo. «Hai sempre desiderato un gattino e ti ho sempre detto di no. Tutte le volte no. Solo no, no, no. Senza alcuna ragione, Ames, solo perché non mi andava di badarci io. Ero convinta che ti saresti stancata della seccatura e che l'avresti scaricata su di me. Ora non sai quanto vorrei potermi occupare del tuo gattino, amore mio. Vorrei avere qualcosa a cui tenevi tanto, che per te era importante, per potermene occupare».

Non so che dire. Quando lei è triste non so mai cosa dire. Mi si stringe la gola ed è come se per me renderla felice sia così importante da pietrificarmi sul posto. Desidero *così tanto* aggiustare le cose che non riesco a muovermi.

«Oh, ma che senso ha?», chiede la mamma a voce così bassa che la sento a malapena.

So che adesso è arrabbiata. Al contrario della maggior parte delle mamme, la mia quando si arrabbia abbassa il tono sempre di più finché devo appiccicare l'orecchio alla sua bocca per capire cosa dice.

«Tutto questo non ha alcun senso», ripete di nuovo. «Non ha senso».

Ora singhiozza più forte di quanto parli e sento la sedia cigolare sotto i suoi movimenti. Ma non so cosa rispondere e non so che cosa ho fatto perciò non so come aggiustare le cose. L'unica persona che non vorrei mai ferire, che detesto ferire. Preferirei fare il giro del mondo al contrario piuttosto che oltrepassare la linea che ci separa. Ma in qualche modo, senza volerlo, devo averlo fatto.

Ha scoperto che ho mentito? Sa che le telefonate con lui sono diventate veri e propri incontri per farmi raccontare la sua versione della storia? Anche se è durata poco, non è stato giusto comunque. Le avevo detto che era finito tutto prima di spingermi oltre, che avevo dato retta a Bob quando si era impuntato. Avrei dovuto essere sincera, avrei dovuto ascoltarli.

Dice che deve andare e io la chiamo: «Mamma! Mamma!». Perché con lei non posso fare finta di niente, non con la mamma. Ma i suoi passi non si fermano, nemmeno un istante, e io grido: «Mamma! Mamma!», più forte che posso, e penso: *Merda, che cavolo ho combinato? Non mi ricordo niente. Mi dispiace tanto, mamma.*

Capitolo ventisei
Jacob

26 settembre 2010

Da quando era uscito dall'ospedale due giorni prima, Jacob aveva trascorso più ore feriali nel suo castello da scapolo di quanto fosse mai successo.

Non era passato molto tempo da quando lui e Fiona avevano più o meno condiviso una stanza in quel piccolo appartamento. Trascorrevano le serate avvinghiati uno all'altra. A volte si sdraiavano sul pavimento del soggiorno tra due trapunte, come un sandwich. Guardavano programmi di cucina e *Coronation Street* e mangiavano patatine dal sacchettone e bevevano troppo vino. Poi si erano sposati e avevano comprato una casa più grande nella quale disperdersi. E si erano scollati.

Forse il passaggio da fidanzato a marito non era stato così rapido nella realtà dei fatti ma, guardando indietro, Jacob provava la sensazione di essere sempre stato in bilico su un ottovolante. Da quando aveva armeggiato con la scatola dell'anello al ristorante a quando aveva detto «sì» di fronte a una congregazione che per il novanta percento era arrivata per la sposa. Gli era sfrecciato tutto davanti. Ma prima che l'ottovolante partisse, c'era stata Amy. Due giorni dopo la proposta di matrimonio, era stato da lei.

Adesso che era costretto a zoppicare per la casa per qualche settimana, Fiona aveva insistito con entusiasmo per prendersi cura di lui. «Sarà come ai vecchi tempi», gli aveva detto quando era uscito dall'ospedale. «Possiamo passare giornate intere sdraiati a mangiare patatine e se prendo qualche chilo di troppo posso dare la colpa al bambino».

Erano le 10:43. Avrebbe dovuto rimanere a letto, avrebbe dovuto trascinarla sotto la trapunta insieme a lui. Blaterare cose senza senso per tutta la mattina come facevano una volta, cazzeggiare mentre il giorno scivolava via. Ma stare sdraiato lo agitava e all'ospedale non aveva fatto che giacere immobile.

Gli antidolorifici avevano smorzato il suo spirito combattivo, lasciandogli solo le pulsazioni agli arti e il pizzicore pruriginoso sul viso convalescente. Gli avevano ingessato la gamba e infilato una calza da infermo color blu elettrico. Tutto l'insieme pesava un accidente e lo faceva sudare da morire.

«Oh, J, hai un'aria terribile», disse Fiona, scrutandolo sospettosa. «Faccio un salto fuori. Sicuro che te la caverai?»

«Starò bene».

«Ho il cellulare con me se hai bisogno».

«Okay. Ti amo».

Mentre la porta d'ingresso si chiudeva con un giro di chiave, Jacob infilò la mano in tasca, tirò fuori il cellulare e chiamò un taxi.

«Mi lasci pure qui».

«Sono otto sterline e sessanta, grazie».

Il tassista lasciò il motore acceso mentre faceva il giro per aprirgli la portiera.

«Tenga pure il resto».

Non appena gli pneumatici sgommarono via, l'improvvisa e rilassata quiete della via lo bloccò. Jacob era da solo in Beadminster Road, nel punto in cui il vicolo che conduceva al retro di Axminster Road squarciava le casette a schiera in due blocchi.

Quella parte della città era un alveare. Identica, ordinata e pullulante di operai.

La maggior parte delle case era vuota durante il giorno, quando gli occupanti lavoravano in negozio o rispondevano al telefono da qualche altra parte. Anche la casa di Alex Dale gli era sembrata abbandonata, quando il taxi l'aveva costeggiata come richiesto. Della Polo nera non c'era traccia.

Il vicolo era freddo e umido. I movimenti impacciati di Jacob lo costringevano a notare ogni mattone, ramoscello e odoraccio mentre avanzava a stento verso il retro della casa della giornalista.

Un formicaio brulicava attorno al cancelletto del numero quattordici, dietro il quale si sentivano i bambini gridare e bisticciare.

L'ingresso posteriore di Alex Dale non nascondeva bambini. Il giardino interno era più che altro un cortile. Un cimitero di vasi.

Jacob sbirciò attraverso una fessura del cancello, chiazzata di vernice verde. Il cortile era vuoto, come sempre, e lo stendino rovesciato oscurava in parte la visuale della finestra della cucina.

Con un'ultima occhiata al vicolo deserto, Jacob si appoggiò alle stampelle, si issò a fatica sulla punta di un piede e allungò la mano oltre il cancelletto per sganciare il chiavistello. Che si ritrasse con un cigolio.

Lentamente e trattenendo il fiato come uno scassinatore, Jacob sollevò il fermo, indugiando un istante per placare il panico. Sebbene non fosse la prima volta, era la prima che lo faceva alla luce del sole, rallentato dalle stampelle.

Lo zaino che aveva addosso continuava a scivolargli dalla spalla, mentre spalancava il cancello nel modo più rapido e silenzioso possibile.

Si accovacciò e barcollò sulle stampelle lungo il sentiero di ghiaia e cemento.

Saltellò verso la finestra della cucina, esitando brevemente davanti alla porta secondaria, per metà finestrata, poi appoggiò le stampelle al davanzale. Non sarebbe stato facile.

La finestra si aprì subito come la volta precedente, ma sollevarsi e intrufolarsi dentro con la gamba rotta richiedeva un livello di destrezza che Jacob non aveva mai posseduto. Alla fine riuscì a entrare e cadde a terra di peso come un pesce su una barca.

Al confronto, recuperare le stampelle fu uno scherzo. Con il sangue che pompava a mille e l'adrenalina in circolo, finalmente Jacob si mise al lavoro.

Capitolo ventisette
Alex

26 settembre 2010

«Ciao Amy, sono Alex, spero non ti scocci che sia venuta a trovarti di nuovo». Alex si guardò le mani tremanti. «Non sai quanto mi dispiace aver dato di matto l'altra volta. Mi vergogno molto. Ero davvero convinta che non mi avrebbero permesso di tornare».

Il sole si riversava all'interno attraverso le finestre alte, le particelle di polvere danzavano nell'aria e la visitatrice del cubicolo accanto russava in modo ritmico vicino al letto del suo amato. Alex vedeva gli occhi delle infermiere puntati su di lei dalla soglia della loro sala.

«Amy, ho scoperto altre cose su di te e su quello che accadeva nella tua vita prima che arrivassi in ospedale».

Alex deglutì; quel monologo trito e ritrito non era poi così semplice. Il reparto giaceva immobile attorno a loro e l'odore delle padelle da letto e di antisettico le si addensò in fondo alla gola.

I piccoli seni di Amy si sollevavano e abbassavano piano, i polsi ossuti giacevano distesi lungo i fianchi, i palmi aperti verso l'alto. Anche i suoi occhi color del mare erano aperti. Amy era "sveglia", ma la sua pelle era rivestita di una patina di sudore da sonno. Sembrava l'avessero avvolta nella pellicola.

«Amy, mi sento una specie di intrusa, perché tu non mi conosci mentre io so molte cose di te. Spero che la mia presenza non ti turbi».

Alex osservò gli altri letti del reparto. La donna bionda dall'aria soddisfatta era sdraiata accanto a un gigantesco mazzo di fiori avvolto in un nastro dorato, che fuoriusciva dal vaso dell'ospedale. Una coppia anziana sedeva immobile, lui in un pigiama a scacchi, adagiato sui cuscini, lei che gli teneva la mano, la testa penzoloni come se avesse esaurito le energie.

«Sai, avremmo potuto essere amiche se ci fossimo conosciute da ragazze. E ti immagino proprio a fare un lavoro come la giornalista, come ha detto Becky».

Il petto di Amy continuava a salire e scendere dolcemente.

«Amy, so che uscivi con Jake da un bel po', prima di essere aggredita».

Il regolare «shhh shhh» del suo respiro proseguì, immutato. Alex si prese la testa tra le mani tremanti, infilandole tra i capelli.

«Ma ci ho pensato molto e ho la sensazione che stessi frequentando qualcuno oltre a Jake. Però non credo che tu sia il tipo di ragazza capace di andare con il primo sconosciuto e regalargli la tua verginità». Scrutò Amy in cerca di una minima reazione. «Non ci credo e basta».

«Credo che la cosa fosse iniziata da un po' e che questa persona fosse più grande di te. Forse sentivi di dover mantenere il segreto».

Alex trattenne il fiato, cercando di capire se il minuscolo fremito che aveva visto sul naso della ragazza fosse solo un gioco di luce.

«Amy, sono certa che lui ti facesse sentire speciale, come se potessi fidarti di lui. Se fosse capitato a me, di frequentare qualcuno in segreto a quindici anni, magari più grande di me, avrei provato una grande eccitazione e allo stesso tempo una certa paura. Soprattutto la prima volta».

Il respiro della ragazza si era fatto un tantino più rapido, Alex ne era sicura.

«A un certo punto, Amy, credo che lui sia cambiato. Che tu abbia visto in lui qualcosa che prima non avevi notato. Forse non ti sentivi più così speciale o lui ha smesso di trattarti con dolcezza. Forse ti sentivi troppo in colpa. Allora dev'essere successo qualcosa e lui ti ha fatto del male, molto male».

Il respiro di Amy non stava forse accelerando? Alex cercò di non lasciarsi trasportare. Forse era la rapidità del proprio respiro a confonderla.

«Amy, ci ho pensato a lungo e, qualunque dote avesse quel tipo, di certo era furbo. La polizia ha setacciato la zona, ha rovistato tra le tue cose, tra i vestiti e le unghie finte», Alex abbassò il tono della voce, «ma non ha trovato niente. Eppure io non credo che un fatto del genere possa verificarsi così su due piedi».

La patina di torpore di Amy era svanita e i suoi occhi sembravano più spalancati che mai.

«Credo che lui abbia pianificato tutto meticolosamente, Amy. E tu non potevi saperlo. Ti ha ingannata ma *non è stata affatto colpa tua*».

Alex legò i capelli in una coda di cavallo e si sfregò gli occhi. Era lì seduta a parlare da un'ora, ma il flusso a senso unico le aveva risucchiato più energia del previsto. Se glielo avessero consentito, si sarebbe infilata sotto le coperte del letto vacante del Bramble Ward, immobile come una statua, e si sarebbe fatta un sonnellino.

Nell'angolo del reparto, vide l'infermiera Radson lavare il viso di un paziente anziano. La sentiva canticchiare a bassa voce mentre risciacquava i residui di sapone. Una vecchia canzone di Frank Sinatra o qualcosa di simile.

Alex la osservò mentre sollevava con delicatezza il mento del paziente. La donna intinse le dita in un vasetto rosso e spalmò tra le mani il suo contenuto. Poi lisciò per bene i capelli dell'uomo, tracciando una netta riga centrale con un pettine di tartaruga.

«Ecco», dichiarò infine, arretrando per valutare il proprio operato. «Sembri proprio Cary Grant da giovane, Burt».

L'infermiera ripose il pettine in una piccola custodia nera, raddrizzò il colletto di Burt e diede il tocco finale alle sue sopracciglia con la punta del dito. Nascosti pettine e brillantina, lo salutò con una lieve pacca sulla mano e tornò in sala infermieri.

Il sole era ancora alto quando Alex rincasò, e i vestiti le sembravano troppo stretti e scomodi. Era d'umore suscettibile, tanto infastidita dall'agitazione quasi percettibile di Amy quanto eccitata.

Tutto sembrava così difficile e irritante. La borsa le scivolò con pesantezza dalla spalla, la portiera dell'auto non si chiuse al primo colpo e sbatté contro la cintura, aveva un sassolino fastidioso nella scarpa e un mal di testa assordante.

Mentre entrava di schiena dalla porta d'ingresso, reggendo a fatica la borsa e il resto, qualcosa la pietrificò sul posto, immobile come un respiro trattenuto.

Riaprì la porta con un clic silenzioso e posò le sue cose a terra senza fare rumore. Poi avanzò cauta lungo il corridoio.

«Buongiorno», disse all'uomo dell'ospedale. «Che diavolo ci fai in casa mia?»

«Oh, merda», esclamò Jacob Arlington. «Oh, merda».

«Allora? Che ci fai qui?», ripeté Alex con il cuore che le martellava nel petto.

«Mi dispiace tanto».

Jacob si accasciò da un lato, reggendosi di peso alla stampella destra, e affondò il viso nel petto.

«Come sei entrato?», gli domandò Alex tenendo d'occhio la porta d'ingresso.

«Dalla finestra della cucina. Cazzo, se mi dispiace. Volevo solo scoprire quello che sai. Su di me».

«Perché, che cosa c'è da sapere su di te?»

«Su di me e Amy».

«Continua», lo incitò lei.

«Sono sposato», ammise Jacob a bassa voce. «Con un bambino in arrivo».

Accertandosi di avere il cellulare in tasca e che la porta d'ingresso fosse ancora aperta, Alex gli fece un cenno indicando il salotto.

«Senti, sediamoci. Preparo qualcosa da bere. Ricominciamo da capo».

«Allora, io mi chiamo Alex. Ma immagino tu lo sappia già. E tu sei?»

«Jacob».

«Jacob Arlington? Il ragazzo di Amy?»

«Sì, il ragazzo di Amy. Ma tanto lo sapevi».

Alex sospirò. Ora le tornava tutto. Perché un ragazzo così giovane passava il suo tempo in un reparto stipato di gente sconosciuta, ogni singola settimana, senza alcuna ragione? Ci andava per Amy, soltanto per lei.

«Jacob», riprese Alex, cercando le parole giuste. «Vai a trovare Amy da quindici anni?»

«No, non da allora. All'inizio mia madre non mi perdeva mai di vista». Si interruppe, guardando prima la porta poi le stampelle, di traverso sul pavimento.

«Vai avanti», lo esortò Alex, mordendosi il labbro.

Jacob appoggiò la schiena e con una smorfia sollevò la gamba e la stese sul tavolino. «Posso?»

«Certo che puoi, deve farti molto male. Allora, cos'è successo?»

«Sono caduto dalle scale. Davvero stupido».

«No», replicò lei con tono gentile. «Intendevo, cosa è successo dopo l'aggressione a Amy? Quando sono cominciate le tue visite?».

Jacob sospirò. «Suppongo di non avere altra scelta se non dirtelo, giusto?».

Alex guardò la finestra aperta della cucina, poi il viso rosso di Jacob. «Date le circostanze, direi che così siamo pari».

«Okay», riconobbe lui. Inspirò a fondo ed espirò sonoramente. «Dopo il ritrovamento di Amy, la polizia chiamò mia madre e le raccontò dell'accaduto».

«Dov'eri quando chiamarono?»

«A casa. Ero seduto sulle scale quando squillò il telefonò. La mamma non mi fece rispondere. Erano passati un paio di giorni e le cose non sembravano mettersi bene. Lei rispose e mi diede subito le spalle. Capii all'istante. Emise una specie di verso strano».

Alex si sedette lentamente all'altra estremità del divano.

«Mia madre posò il telefono e rimase lì ferma, dandomi le spalle. Poi si sedette accanto a me sulle scale e mi passò un braccio attorno alle spalle e allora capii che era successo qualcosa di brutto. Non riusciva a tirare fuori le parole. Io me ne stavo lì seduto. Non piangevo, non sapevo che fare. Alla fine la mamma disse che Amy era messa male e che la polizia doveva parlare con tutti quelli che la conoscevano. All'inizio non capii. Le risposi che non serviva che mi parlassero perché me lo aveva già detto lei. Volevo solo andare da Amy, vedere come stava, esserle vicino. Non mi resi conto che la polizia voleva capire se fossi coinvolto». Jacob si voltò verso Alex, e tossì per schiarirsi la voce. «Avevo solo quindici anni, non sapevo che fare. Ero sotto shock, credo. E spaventato a morte. Mia madre era fuori di sé. La polizia si presentò quella sera e mi portò alla centrale. Lei venne con me e non dimenticherò mai lo sguardo sul suo viso. O quello di mio fratello. Tom mi guardò dal salotto quando salii sull'auto della polizia. Era inorridito. Mi sembrava di avere deluso tutti quanti, anche se non avevo fatto niente di male. Mia madre in seguito negò, ma doveva aver creduto che mi avrebbero accusato. Non l'avevo mai vista così preoccupata».

Alex si morse il labbro per impedirsi di intervenire. Regola numero uno dell'intervistatore: tappati quella cazzo di bocca e lascia che sia l'intervistato a colmare il silenzio.

«La polizia ci andò giù pesante», proseguì Jacob, guardando Alex per poi voltarsi di nuovo. «È il loro lavoro, ma sarà parso ovvio fin dall'inizio che non potevo aver fatto nessuna di quelle cose».

«Allora andasti da Amy dopo che la polizia ti rilasciò?», chiese Alex, sforzandosi in tutti i maledetti modi di non affrettare l'ospite inatteso.

«No», rispose Jacob. «Tornai a scuola. Per un solo giorno. I miei genitori dissero che dovevo tornare alla vita normale», rise.

«Mia madre lavorava a scuola e a fine giornata parlò con tutti gli insegnanti, chiedendo come me l'ero cavata. Be', ovviamente non me l'ero cavata. Così piantai la scuola. Non tornammo più».

«Tu e…?»

«Io e mio fratello Tom. Era due anni più piccolo e credo che i compagni infastidissero anche lui».

«Dev'essere stata dura per lui», osservò Alex.

«Sì, credo di sì. Si trasferì in una scuola privata poco lontano. Non gli piaceva, ma io ero troppo preso da tutto il resto per accorgermene».

«Anche tu andasti in un'altra scuola?»

«No, gli insegnanti mi mandavano a casa i compiti e ottenni il mio certificato GCSE in un college lì vicino, che poi continuai a frequentare fino al diploma. Seguivo i corsi serali, con le casalinghe».

«Perché?»

«Mia madre temeva che potessi finire in classe con qualcuno della vecchia scuola. Non voleva che mi importunassero ma io non rividi più nessuno».

«Allora cominciasti ad andare da Amy mentre frequentavi il college?»

«Sì, di tanto in tanto. Dopo la morte di Jo, Amy non aveva più nessuno. Non me la sentivo di andare, ma sapevo che era la cosa giusta. Era ancora attaccata alle macchine la prima volta che la vidi. Era così fragile… Non so, lo sentivo come un dovere o qualcosa del genere. Così… non ho più smesso».

«Veniva qualcuno con te?».

Jacob scosse il capo. «Andavo da solo. Di nascosto».

«Tutte le settimane?»

«No, non subito. Ogni volta era così dura che dovevo costringermi. Andavo una volta ogni qualche mese. Dovevo prepararmi mentalmente. Soprattutto quando era ancora in terapia intensiva. Dopo il trasferimento in reparto fu più facile. Aumentai le visite e cominciai quasi a sentirne il bisogno. Così decisi di fare volontariato, e la cosa allentò in parte la tensione. Ti sembrerà strano».

«No, sembra dura. In certi momenti la tua voce sarà stata l'unica che sentiva. È un bel gesto».

«Non la vedo così, ma è carino da parte tua».

«Da quanto tempo fai il volontario?»

«Da un paio d'anni. In realtà ero andato a dirle che non le avrei più fatto visita così spesso, e…».

«Perché no?».

Jacob abbassò lo sguardo. «Perché stavo per sposarmi».

«Oh».

«Già».

«Invece cosa accadde quando stavi per dirglielo?»

«Ti sembrerà ridicolo. In quel periodo andavo a trovarla ogni qualche settimana, a volte più spesso. Dissi a Amy che la settimana successiva mi sarei sposato e che l'avrei sempre amata ma che non era giusto che andassi a trovarla così spesso. Come dicevo, sembrerà ridicolo, ma ebbi l'impressione che lei stesse per piangere. Non piangeva… Insomma, non può piangere, no? Ma aveva gli occhi gonfi. O così mi sembrò. Mi sentii talmente in colpa che ritirai tutto e le promisi che sarei tornato. Mentre uscivo, vidi un poster che pubblicizzava il volontariato. Così pensai che non ci sarebbe stato niente di male, no, avrei fatto qualcosa di bello per i pazienti in generale, non solo per la mia ex».

«Sei l'unica persona del suo passato che va a trovarla?».

Jacob esitò. «Credo di sì…», si interruppe. «Al momento sì».

«Allora che intenzioni avevi oggi? Cosa avresti fatto se non fossi tornata e ti avessi beccato?»

«Volevo solo dare un'occhiata, sai, a quello che sapevi su di me. Ero così agitato, già mi immaginavo l'articolo che parlava di me e Amy su tutti i giornali, con tanto di accuse o roba del genere. Lo so che ci sono dentro fino al collo. Sono proprio fottuto».

«Jacob, non mi occupo di quel genere di giornalismo. Senti, cos'hai nella borsa?»

«Chiavette USB».

«Per copiare dal mio computer?», domandò Alex, incapace di mascherare lo shock.

Jacob andò nel panico. Trangugiò il resto del tè che Alex gli aveva preparato nonostante le proteste e tentò di rimettersi in piedi.

«Ti prego, stai fermo, finirai per farti male. Non chiamerò la polizia».

«Davvero?»

«Sì, davvero. Ma devi essere sincero con me».

«Mia moglie è incinta e non sa niente delle mie visite a Amy. Non sa niente di Amy in generale. Lei non è di queste parti e la mia famiglia non parla mai dell'accaduto, è una specie di segreto di Stato. Stiamo passando un periodo difficile, io e mia moglie, intendo. Credevo volessi scrivere di me e Amy e che avresti rovinato tutto. Immagino tu intenda ancora farlo e ora ti ho servito tutta la storia su un piatto d'argento». Si nascose la testa tra le mani, martellandosi la fronte con il pollice.

«Non sapevo che fossi tu l'uomo dell'ospedale», confessò Alex. «Non ci ero ancora arrivata».

«Fantastico», esclamò Jacob. «Ora sì che sono davvero fottuto».

«Non voglio complicarti la vita, ma perché non ne parli a tua moglie? Non c'è niente di male».

«Non la conosci. Le bugie sono il suo forte, sono il confine che con lei non si può oltrepassare. Soprattutto se c'è di mezzo un'altra ragazza».

«Ma Amy non è la tua amante, è una vittima. Non è nella posizione di poter nuocere a nessuno».

«Non ha importanza, credimi. L'ho tenuto nascosto a Fiona fin dall'inizio, quando vedevo Amy pochissimo, e ora la situazione mi è sfuggita di mano. Più passava il tempo e più il segreto si ingigantiva. Parliamo di anni. Non penserà che ho fatto qualcosa di male», Jacob si strinse nelle spalle, «insomma, non c'è niente di male, no? Ma le ho mentito».

«So cosa significa avere segreti con la persona che ami», ammise Alex. «E so che sono i segreti a fare danni, non la sincerità».

«Con tutto il rispetto», ribatté Jacob alzando lo sguardo, «non immagino proprio che tu possa avere nascosto un segreto come questo. Io mi sono mosso furtivo per anni per fare visita alla mia ex ragazza mezza morta. Davvero credi di aver fatto qualcosa di paragonabile? Dài, sentiamo».

Alex tentò di scacciare un ricordo. L'espressione sul viso di Matt quando aveva trovato una bottiglia nascosta nella cassetta del water.

«Che c'è?», aveva riso lei. «Oh, dài! Nascondo anche la carta di credito d'emergenza nel freezer per non comprare cose inutili. Quindi sarei anche una spendacciona incallita?».

Matt non aveva detto niente. Aveva riposto la bottiglia nella piccola credenza dell'appartamento londinese e si era lavato le mani, lentamente e accuratamente.

Alex era rimasta lì, indecisa se rimettere la bottiglia nel nascondiglio o aprirla di proposito.

«Ora almeno lo scarico funziona», aveva dichiarato lui. «Vado a prepararmi per il turno».

Alex guardò Jacob. Pensò a sua moglie, sobria e in salute, gravida di un bambino sano e paffuto, e che probabilmente si stava chiedendo dove fosse il marito.

«Magari un'altra volta», gli rispose. «Dammi il tuo numero e poi ti chiamo un taxi».

Capitolo ventotto
Amy

Un giorno d'estate del 1996

Stamattina mi sono svegliata e c'era Bob nella mia stanza, seduto sul letto. L'ho riconosciuto dal peso, prima ancora che parlasse. Il letto era sprofondato come una barchetta sorpresa da un'onda gigante.

Credo si fosse appena svegliato da un brutto sogno o qualcosa di simile perché diceva cose senza senso. Parlava con voce impastata come quando una partita del West Ham non finisce come vuole lui o uno dei clienti più anziani tira le cuoia. In realtà sembrava anche peggio, come se avesse la bocca piena di cipolline sottaceto e non riuscisse a spiccicare una parola.

«Ames, amore», ha detto, ma io non ho risposto e non so perché. Poi ha fatto una lunga pausa e se non fosse stato per il peso sul letto, avrei detto che se n'era andato.

Alla fine è sbottato d'un fiato: «Ho una brutta notizia che riguarda la mamma, amorino». Quando Bob mi chiama così, mi immagino sempre una serie di angioletti dell'amore con tanto di ali, archi e frecce che si mettono a ballare il cancan.

Ha detto che la mamma era stata poco bene e aveva faticato a resistere. Ma so che si sbagliava perché la mamma sta bene, non si è mai messa in malattia dal lavoro da quando ne ho memoria. Siamo anche state a fare shopping lo scorso weekend. Mi ha portata a Camden, dopo che l'ho assillata per un casino di tempo. Me lo prometteva da tanto e alla fine siamo andate in treno. Mi sembrava di essere tornata bambina, con il naso premuto contro il finestrino che si appannava. La mamma era agitata. Londra la rende sempre nervosa. Ha stretto la borsetta al petto per tutto il tempo e quando siamo scese dal treno e ci siamo dirette verso la metropolitana, non ha voluto toccare il corrimano per via dei germi.

A me è piaciuta da morire. Il rumore e gli odori e il viavai di gente così diversa. Attorno a noi sulla metro c'erano facce da tutto il mondo, lingue che non avevo mai sentito, ogni genere di abbigliamento, ogni tipo di scarpe. Musicisti di strada che suonavano le canzoni degli anni Settanta che piacciono a lei e a Bob, ma nemmeno quelle sembravano rilassarla. Immagino sia una città da giovani. Anche se lei non è poi così vecchia. Direi che è la mamma più giovane tra quelle dei miei amici. Spero di non diventare fifona come lei quando avrò trent'anni.

Siamo uscite dalla stazione della metropolitana di Camden Town e abbiamo attraversato il mercato, e lei si voltava di scatto e sobbalzava ogni volta che qualcuno le passava accanto. Fortunatamente nessuno si è offeso. A un certo punto ho tirato fuori il portafoglio per contare i soldi e mi ha fatto una scenata epica. La prossima volta ci andrò con Jenny o Becky, dirò a lei e a Bob che vado un giorno in città e basta. Camden è un posto da giovani.

Mentre eravamo lì mi sono comprata dei jeans fichissimi di seconda mano e un paio di T-shirt da varie bancarelle. Una ha l'immagine di Jarvis che sembra ritratto da Andy Warhol e l'altra è una canottiera tarocca degli Smashing Pumpkins. Non è proprio la mia band preferita ma sto cercando di avvicinarmi alla musica rock e a dire il vero mi piacciono diverse canzoni di *Siamese Dream*.

Mi sono anche presa dei fermaglietti per i capelli per fare quella pettinatura da sballo alla Björk con le treccine sparate in aria. Quando siamo tornate a casa, ho mostrato alla mamma un'immagine ritagliata da «Select» e abbiamo cercato di farla insieme ma mi sa che ho i capelli troppo lunghi.

Ho sempre saputo che volevo vivere a Londra ma pensavo fosse solo una gigantesca accozzaglia di londraggine, con gli autobus rossi e Buckingham Palace e Oxford Street e quelle robe lì. Sapevo che la gente vera non poteva vivere in quei posti. Ora immagino tutto con molta più chiarezza.

Andrò all'università a Londra e vivrò nel campus per il primo anno, poi troverò degli amici per la vita che divideranno un appartamento con me e andremo ad abitare a Camden. O magari starò ancora con Jake e ci prenderemo un appartamento insieme. Anche se in fondo so che lui rimarrà a Edenbridge con sua madre. O forse sono solo ingiusta con lui, vedremo.

Diventerò direttore del giornale dell'università e sarò famosa per la mia audacia e il mio stile innovativo. La gente delle riviste vere dirà: «Abbiamo osservato il tuo lavoro per un po' e hai proprio la grinta che cerchiamo». Il mio vero obiettivo è «NME»; se riesco ad arrivarci, sarà come morire e risvegliarsi in paradiso.

Se mandiamo avanti velocemente i prossimi anni, sarò direttore di «NME», la prima donna in assoluto – credo – e vivrò in un appartamento tutto mio che si affaccia su Camden Lock. E uscirò con Damon Albarn; ci conosceremo per un'intervista e lo convincerò a mollare quella drogata di Justine delle Elastica. Oppure starò ancora con Jake e Damon diventerà il mio amante. Ah! So che non succederà mai niente di tutto questo, ma di sicuro andrò all'università di Londra e conoscerò un sacco di gente nuova. Questo lo so per certo.

Comunque Bob si sbagliava. Mi sembra che la mamma sia qui con me proprio adesso. La sento canticchiare una vecchia canzone, *Fly Me to The Moon*, credo. Mi sta lavando il viso e mi accarezza i capelli. Avrà proprio fatto un brutto sogno per essersi agitato così. Povero Bob.

Capitolo ventinove
Jacob

26 settembre 2010

La casa era immersa nel silenzio quando Jacob rientrò, e la macchina grossa gli parve ancora più evidente nella sua assenza. Vacillò verso il soggiorno e accese la TV su una partita di rugby che avrebbe potuto seguire dall'inizio se non si fosse mosso.

Poteva confidare davvero che la giornalista mantenesse la parola? Gli era sembrato tutto così stupido raccontato a voce alta. Alla fine lei non sapeva nemmeno chi fosse. Per fortuna non sapeva neanche quante volte si era intrufolato in casa sua.

Jacob guardò la mensola del camino, sopra la quale era appesa una cornice d'argento con un'enorme fotografia del loro matrimonio. Chissà cos'aveva di tanto speciale un pomposo abito bianco. In nessun'altra occasione avrebbe reso una donna tanto bella, eppure Fiona quel giorno aveva un aspetto celestiale. Anche Jacob sembrava una versione migliore di se stesso, il sorriso così largo che sembrava tagliargli la faccia in due.

Sotto l'ingrandimento del matrimonio c'erano altre due cornici. Una con l'ecografia in bianco e nero del loro gamberetto di dodici settimane. L'altra era di venti settimane, con l'immagine grigia e sfocata che delineava l'effettiva sagoma di un bambino. Un vero essere umano, di cui Jacob era co-autore. Avrebbero dovuto escogitare un sistema di controllo delle credenziali, pensò.

Sulla mensola del camino c'era una fotografia di Fiona da ragazza, in vacanza con i genitori. Lei fissava imbronciata l'obiettivo sotto la frangia rossa, i genitori raggianti con i volti bruciati dal sole. Poi c'erano la foto di Fiona durante la cerimonia di laurea e un'altra di loro due, sposini novelli e abbronzati in luna di miele, dietro due enormi bicchieri da cocktail.

Ben presto, come a casa di sua madre, la mensola del camino sarebbe traboccata di fotografie del bambino. La collezione fotografica sarebbe aumentata insieme alla famiglia. Jacob pensò alla madre di Amy, anche lei doveva avere accumulato le fotografie con entusiasmo per poi smettere di punto in bianco. Nessuno avrebbe portato una macchina fotografica all'interno del Bramble Ward per catturare l'istante. L'intero reparto era un istante catturato.

L'automobile di Fiona si fermò all'esterno e il cuore di Jacob prese a battere forte mentre si chiedeva se la sua faccia lo avrebbe tradito.

«Ciao, J», lo salutò la moglie, carica di borse della spesa e con l'aria soddisfatta.

«Ciao».

«Che guardi?»

«Rugby».

«Wow», mugolò lei. Rimase ferma sul posto, con un grande sorriso.

«Sembri compiaciuta», sorrise Jacob a sua volta.

«Ebbene sì. Sono andata da Waitrose e ho comprato tante buone cosette per stasera. Ho pensato che avessi bisogno di tirarti su».

«E perché?», le domandò preoccupato.

Fiona sembrò confusa. «Perché ti sei rotto la gamba».

«Sei così buona con me».

«Sì, lo so. Ti ho preso della birra di gran classe e tutto il resto».

«Ti amo tanto».

«Ehi, vacci piano, bello», rispose lei, ma si vedeva che le faceva piacere.

Davvero lui poteva fidarsi di Alex Dale?

Capitolo trenta
Alex

27 settembre 2010

Il sole si riversava nella camera di Alex attraverso la finestra, picchiettando la sua candida trapunta di giocosi sprazzi di luce e frammenti di arcobaleno. Ai vetri erano incollate minuscole gocce di rugiada e si sentivano i bambini giocare poco distante.

Si mise seduta lentamente, temendo che il cervello le rimbalzasse contro il cranio da un momento all'altro, ma il mal di testa non si presentò.

Per la prima volta da quando aveva intrapreso quel progetto che le stava tanto a cuore, sentì di avere imboccato la direzione giusta. Aveva tirato le fila e finalmente all'altro capo sembrava esserci qualcosa.

Jake.

Abbozzò un sorriso al ricordo delle sue parole. Erano così tristi. Mentre riascoltava la registrazione sull'iPhone, consentì al suo abbozzo di sorriso di allargarsi del tutto.

Jake. Jacob Arlington. Il volontario dell'ospedale. Che forse le aveva svelato più di quanto si fosse reso conto.

Era ancora presto, molto prima dell'orario di visita, e Alex sapeva di rischiare molto. Ma aveva due ore da ammazzare prima dell'appuntamento dal medico ed era ansiosa di procedere con le indagini.

Uscì dal grande ascensore grigio e avanzò decisa verso le porte del Bramble Ward, poi bussò forte.

La porta si schiuse e fece capolino un'infermiera che non conosceva. «Posso esserle d'aiuto?»

«Salve. Sto scrivendo un articolo sulla vostra paziente Amy Stevenson e avrei un paio di domande».

«Come, prego?». La donna increspò la fronte come se non avesse capito una sola parola.

«Sono una giornalista, mi chiamo Alex Dale».

«Non so se sia possibile. Devo chiedere al dottor Haynes».

Alex deglutì, cercando di ignorare i ricordi frammentari. Peter Haynes che pagava un giro da bere. Peter Haynes nel suo letto. Il suo peso goffo sopra di lei. La sua lingua che sbucava da una parte della bocca mentre lui si concentrava su ciò che stava facendo.

«Be', in realtà vorrei solo verificare una cosa con lei, sarò brevissima».

«Aspetti qui», ordinò l'infermiera. Alex fece un passo indietro e si appoggiò leggermente alla pallida parete color pastello. Mentre aspettava, i volantini dei gruppi di mutuo aiuto e delle raccolte fondi le svolazzavano attorno alle orecchie. Udì la conversazione solo in parte, poi il sospiro dell'infermiera. «Sei tu il capo», dichiarò quest'ultima rassegnata.

La porta si spalancò e la donna fece entrare Alex.

«Non mi piace questa storia», disse rivolta al nulla. «Allora, che cosa voleva sapere?».

«Fino a che data risalgono?»

«Non lo so di preciso».

«Forse sono archiviati da qualche parte?»

«Ne dubito. Probabilmente vengono eliminati».

Alex sfogliò le pagine pesanti fino alla prima voce registrata, circa tre anni prima.

«Posso prenderlo per guardarlo con calma al bar? Glielo riporto prima dell'orario di visita».

«Preferirei di no. Ma può fermarsi qui tutto il tempo che desidera».

Alex dovette spulciare sessantasette pagine prima di trovare quello che stava cercando ma, quando lo vide, una scarica di eccitazione le attraversò la spina dorsale.

Una volta seduta nella sua auto, si mise subito a scribacchiare in modo febbrile per paura che, guidando fino all'ambulatorio del medico, i pensieri le scivolassero dalla mente prima di riuscire a fissarli. La sensazione era tornata, per la prima volta in chissà quanti anni perduti. La sensazione che provava quando scovava l'informazione impossibile. O l'equilibrio sottile tra shock e ammirazione, o quel gioco di parole sferzante. L'elemento perfetto. Quanto aveva inseguito quella sensazione. Più la inseguiva e più faticava ad acciuffarla. Mentre si avvicinava sempre di più alla consegna e l'articolo doveva essere pronto per andare in stampa entro poche ore e lei stava ancora sorseggiando vino da un bicchiere di plastica e ignorando il telefono sulla scrivania.

Non provava quella sensazione da sobria da lunghi, lunghissimi anni.

«Alexandra». Il dottor Evans la scrutò da sopra le lenti degli occhiali. «Sono felice che sia qui. Guardando la sua scheda, non possiamo concederci il lusso di aspettare troppo».

«Ho ridotto molto», riferì Alex. «E riesco a controllarmi molto più dell'ultima volta che ci siamo visti».

«Mia cara, qui non si tratta di ridurre. Si doveva ridurre anni fa. Lei deve smettere del tutto. E se non riesce a smettere…».

«Posso farcela».

«Se non riesce a smettere da sola, è il caso di farsi aiutare. Il prima possibile».

«Era ancora allo stadio iniziale quando ho fatto le analisi e non è passato tanto tempo. Mi sento bene, sono attiva e in forma perciò…».

«Soffre d'incontinenza?»

«Be', ogni tanto mi capita qualche piccolo incidente, ma bevo moltissima acqua».

«Il suo ciclo è regolare?»

«Non lo è mai stato», ribatté Alex prontamente.
«E il sonno? Dorme bene?»
«Mi addormento con facilità», rispose Alex.
«Sì, ma dorme bene? Si sveglia riposata al mattino?»
«E a chi succede?», tentò di scherzare Alex.
«Soffre di nausea durante il giorno?»
«Be', sì, cioè...», si interruppe.
Il dottore si tolse gli occhiali e la guardò fisso. Le pesanti borse sotto gli occhi si allungavano verso i baffi.
«Sappiamo che l'organo ha iniziato a perdere la sua funzionalità qualche anno fa, Alex. Ancora prima della sua perdita. La perdita mi conferma che non è in grado di smettere altrimenti lo avrebbe fatto molto prima. Mi perdoni la franchezza».
Le porse un fazzoletto.
«E anche se ha ridotto il consumo di alcol, lei beve ancora, e la cosa accelererà la sua condizione. Come suo medico, insisto che si faccia aiutare».
«Sto cercando aiuto, ecco perché sono qui. E ho già ridotto molto e il lavoro sta migliorando. Corro quasi tutti i giorni, ho un sacco di energia».
«Questo è l'elenco degli incontri in zona. Se non smette subito, seguiranno a ruota caduta di capelli, nausea, itterizia, perdita di memoria, confusione...».
«Confusione? Intende demenza?»
«No, è simile ma non è la stessa cosa». Il dottor Evans era stato anche il medico curante di sua madre. «Potrebbe iniziare a perdere l'equilibrio mentre cammina. Potrebbe manifestarsi l'ascite, cioè i liquidi ristagneranno nell'addome finché sembrerà incinta di diversi mesi. Alex, la situazione è davvero seria».
«Quanto sono lontani questi sintomi?»
«Non ne faccia un'ossessione perché il problema non è quello. Deve capire che sta rischiando una patologia che potrebbe esserle fatale».
«Quanto mi resta?»

«Dipende dai cambiamenti che è disposta ad affrontare».

«Sono una giornalista, le scadenze sono il mio mestiere».

«Okay, Alex, le cose stanno così. Se non smette di bere, le rimane meno di un anno».

Alex si appoggiò allo schienale ed espirò sonoramente.

Il dottor Evans riprese a parlare con tono lento e pacato. «Questo volantino contiene tutti i dettagli degli incontri che si svolgono in questa zona. Sono assolutamente anonimi e gratuiti. E, cosa più importante, funzionano. Ma è lei a dover fare il primo passo».

«Credevo di averlo già fatto».

Capitolo trentuno
Amy

Un giorno del 1998

Non riesco ancora a crederci, ma oggi è venuta a trovarmi la madre di Jake.

Quando ho sentito la sua voce, il mio cuore si è messo a battere come un tamburo. Ho avuto subito paura di essere nei guai. Non so se è perché fa la segretaria a scuola o perché sembra disprezzare tutto quello che dico, faccio o sono, ma in ogni caso quando se n'è andata ero a pezzi.

Credo volesse dirmi qualcosa di importante, ma lo ha tenuto per sé. A dire la verità, credo volesse dirmi di lasciare in pace Jake. Che lui era troppo per me o che lo distraevo e che lei mi avrebbe reso le cose difficili se non mi fossi tirata indietro con educazione. Però non lo ha detto. Invece ha detto, nel suo solito tono telefonico snob: «Amy, mi dispiace dirti...». Tutto lì. Si è zittita come una tomba.

Mi dispiace dirti cosa?

Dopo un po' ha ripreso a parlare, ma erano solo chiacchiere inutili. Ha detto qualcosa di banale sul tempo e sul treno del padre di Jake cancellato per il maltempo e che aveva scelto il cappotto sbagliato con quel tempo. Quando mi sono risvegliata, non c'era più.

Non so se tornerà. Non riesco a credere che la mamma l'abbia fatta passare senza chiedermi se mi stesse bene. Quella donna avrebbe potuto dirmi o farmi qualunque cosa e nessuno è venuto a controllare. Non capisco cosa stia succedendo alla mamma, sembra tutto così strano.

Capitolo trentadue
Jacob

28 settembre 2010

Quando Alex lo chiamò, Jacob avrebbe preferito non incontrarla, ma stringeva lei il coltello dalla parte del manico e lo sapevano entrambi.

Arrivò presto per accaparrarsi il tavolo più nascosto del bar della stazione. Il suo cuore accelerò i battiti quando la vide entrare, ordinare un caffè e sedersi leggera di fronte a lui.

«Ciao», lo salutò.

«Ciao», le rispose.

Il lontano sfrigolio del grasso di pancetta ispessiva l'aria; il tintinnio delle tazze e dei bicchieri alleggeriva il silenzio. Alex lo scrutava, mentre soffiava sul caffè, sostenendo il suo sguardo.

«Jacob», esordì prima di bere un sorso. «Grazie per essere venuto».

«Non avevo molta scelta».

«Dicevo sul serio, non andrò alla polizia per la tua intrusione. So che lo hai fatto per paura».

Jacob non sorrise. Neppure di sollievo.

«Mi hai detto che sei l'unica persona che va a trovare Amy, giusto?»

«Ho detto che credo di sì. Per quel che ne so io...».

La voce di Jacob si affievolì, ma il suo cuore trottava come un cavallo al galoppo.

Alex bevve un sorso e accennò un sorriso. Lui non riuscì a capire se volesse rassicurarlo o fosse solo compiaciuta.

«Non preoccuparti», continuò lei, «siamo dalla stessa parte.

Non voglio fregarti. Mi dispiace molto per te». Alex mosse le dita della mano libera. Jacob si domandò se intendesse confortarlo posando la mano sulla sua, molto più grossa. Ma le dita di Alex rimasero al loro posto.

«Jacob», proseguì a voce più bassa. «Ho la sensazione che tu sappia cosa sto per dirti».

Lui vide le mani ossute della giornalista fremere di nuovo.

«Ho chiesto di consultare il registro delle visite del reparto di Amy. Non sapevo esattamente cosa cercare finché non l'ho trovato».

«Mia madre». Jacob abbassò lo sguardo.

«Tua madre», confermò Alex.

Lui sapeva già da qualche tempo che anche sua madre era stata a trovare Amy. Lo aveva scoperto nello stesso modo, notando la sua firma meticolosa sul registro delle visite, così perfetta e tondeggiante sulla riga bianca. Dal momento che non si trattava di uno show televisivo e che lui restava pur sempre suo figlio, non ne aveva mai fatto parola.

La madre disprezzava Amy come non aveva mai fatto con nessun altro, né prima né dopo. Sua madre non odiava le persone. Era ansiosa, forse iperprotettiva. Agli estranei poteva sembrare arrogante, ma sommergeva la famiglia di amore e affetto incondizionati. Tuttavia, quando Amy comparve sulla scena, Jacob notò qualcosa di nuovo nell'espressione della madre. Amy era convinta che Sue la odiasse e raramente andava a trovarlo se la madre era in casa.

«Non capisco che cosa le ho fatto!», si lamentava alternando occhi gonfi e rabbia. «Forse pensa che sono troppo ordinaria? O grassa? Ma anch'io frequento il liceo! E non siamo ricchi, ma mia madre mi ha insegnato le buone maniere. Questa cosa mi fa incazzare da morire, Jake!».

E lui diventava paonazzo. Perché sapeva che aveva ragione lei, ma non possedeva ancora le parole giuste per rassicurare una ragazza.

Ciononostante, sua madre fu devastata dalla notizia dell'aggressione di Amy. Forse la sua sorte aveva ridimensionato l'avversione che provava, lasciandola in balia di un profondo senso di colpa. Jacob l'aveva vista rovistare nella borsetta poco dopo l'accaduto. «Faccio un salto in macchina», gli aveva detto, prima di scivolare al volante, accendersi una sigaretta con dita incerte e appoggiare la schiena per esalare il fumo.

Poi era tornata dentro, succhiando una mentina, gli occhi segnati da due aloni rossi.

Prima dell'aggressione a Amy, Jacob non aveva mai visto sua madre fumare. A dire il vero, lei non lo aveva mai ammesso. Né lo fece mai.

«Tua madre non ti ha mai detto che andava a trovare Amy?», chiese Alex.

«No, non me l'ha detto».

«Perché, secondo te?»

«Non lo so». Jacob si voltò verso la vetrina e scosse il capo. «Credo volesse che me la lasciassi alle spalle. Che non rimuginassi sul passato. Subito dopo l'accaduto mi disse di guardare avanti. Immagino non potesse dirmi così per poi indugiare lei stessa nel passato».

«Amy e tua madre andavano d'accordo?»

«No. Non si piacevano. Amy pensava che mia madre fosse piena di sé e la guardasse dall'alto in basso. Mia madre la riteneva una pessima influenza».

«Forse poi si è sentita in colpa?»

«Non saprei, forse».

«Perché ha interrotto le visite?»

«Per quanto ne so, ci è andata solo qualche volta, ormai sono passati anni. Do sempre un'occhiata al registro ma non ho più visto il suo nome».

«Pare che le sue visite fossero occasionali. L'ultima volta è stata nell'agosto di due anni fa».

«Quando mi sono sposato. Forse era sicura che ormai avessi superato la cosa».

«Forse. Ma quello che mi lascia perplessa è perché abbia portato con sé anche tuo fratello Tom».

Jacob si svegliò con la gola secca. Fiona giaceva sul fianco accanto a lui e russava. Era uno degli aspetti meno affascinanti della gravidanza, ma quella mattina ne fu grato. Il suo borbottio profondo gli rivelava che era ancora nel pieno del sonno.

Si mise seduto e tirò fuori dal letto la gamba buona, poi quella rotta. Il sole cominciava a fare la sua comparsa lungo l'estremità inferiore delle tapparelle disegnando una cornice arancione, ma il giorno era appena agli albori.

Da sempre Jacob faticava ad alzarsi la mattina, problema di cui il fratello minore non soffriva. Da quel punto di vista erano come il giorno e la notte: Tom saltava fuori dalla stanza alle prime luci dell'alba e crollava subito dopo cena; Jacob rimaneva sveglio, frustrato e nervoso fino alle ore piccole e con le palpebre pesanti fino a tarda mattinata.

Che diavolo ci facevi lì anche tu, Tom?

Quanto avrebbe voluto che il suo rapporto con il fratello gli permettesse di afferrarlo e dargli una bella scrollata per farne uscire tutti i segreti. Segreti di cui avrebbero riso insieme.

Una volta erano stati amici per la pelle. Poi, con l'arrivo di Amy, Jacob lo aveva abbandonato come un giocattolo vecchio. Anziché stare con Tom come prima, trascorreva i pomeriggi e le serate in camera sua, ascoltando musica e tentando invano di rispondere alle lettere d'amore di Amy.

Quelle lettere d'amore. Jacob si pentiva di non avere avuto le palle di conservarle, anziché gettarle via appena lette, come faceva James Bond con i messaggi dell'MI6. Peccato che Jacob non dovesse nascondere cose da spie al nemico, ma solo liberarsi di ciò che la madre potesse disapprovare.

Prima della scomparsa di Amy, Jacob sentiva spesso Tom trafficare nella sua stanza, giocare con il Game Boy o fare i compiti. A volte lo sentiva bussare alla sua porta e rimanere in trepida attesa.

Altre volte il fratello indicava con un cenno le lettere sul letto e chiedeva cose tipo: «Quelle sono *sue*?», oppure: «Immagino venga la tua ragazza ora che la mamma è fuori», ma raramente diceva altro. Jacob lo cacciava con un gesto della mano e Tom si allontanava con aria ferita.

Non ricordava che Amy e il fratello avessero mai scambiato più di due parole. Lei non era niente per Tom, nient'altro che la fastidiosa ragazza di suo fratello. Amy non si sentiva mai a suo agio a casa loro e si agitava sempre al pensiero che stessero per tornare i genitori. Perciò si tappavano in camera di Jacob e chiudevano fuori il resto della casa. Sgattaiolavano sul divano solo quando sapevano di essere soli.

Tom invece cosa faceva? Jacob ricordava vagamente che trascorreva più tempo con Simon, scambiandosi il Game Boy avanti e indietro o guardando la TV in silenzio.

Forse Jacob e Tom avrebbero potuto riavvicinarsi, se il rapimento di Amy non avesse fatto deragliare tutto. Date le circostanze, Jacob ebbe nuove valide ragioni per chiudersi nella sua stanza in silenzio. Quando alla fine riemerse, il fratello non era più un allegro tredicenne, ma un teenager fatto e finito. Si metteva l'eye-liner nero e una giacca lunga di pelle che puzzava di negozio di seconda mano. Ascoltava i Nine Inch Nails e i Manics e leggeva libri deprimenti come *Il giovane Holden*. Da piselli nello stesso baccello, si ritrovarono di colpo lontani come il giorno e la notte. E Jacob non si accorse nemmeno del passaggio.

Ma Tom non conosceva Amy, non avevano amici in comune e si incrociavano a malapena. Avevano un rapporto civile, niente di più.

In piedi in cucina, Jacob continuò a bere il suo tè e a osservare la luce arancione che strisciava verso la casa attraverso il giardino.

Stanco per la sveglia all'alba e con metà pranzo che languiva ancora nel piatto, Jacob alzò lo sguardo con decisione.

«Fi?»

«Sì?»

«Devo uscire un attimo».

«Per andare dove?»

«Ho bisogno di schiarirmi le idee».

«Perché devi schiarirti le idee? Anche ieri sei uscito a schiarirti le idee, che ti succede?»

«Non farmi il terzo grado, per favore, per me è già abbastanza difficile».

«Difficile per te?». Fiona allontanò il piatto e si appoggiò allo schienale dello sgabello. «Okay». Annuì a se stessa. «Tu vivi nel tuo mondo e io non faccio altro che aiutarti…».

Ciondolò la testa in avanti e Jacob trattenne il respiro. Quando Fiona rialzò lo sguardo, un fiume di lacrime sgorgava silenzioso.

«No», obiettò con tono calmo, «no».

«Fi…».

«No». Fiona deglutì forte. «Ne ho abbastanza». Si alzò a fatica dallo sgabello e appoggiò il braccio malfermo al bancone della cucina. «Non ne posso più. Non ce la faccio. E cazzo se ci ho provato».

«Perché devi sempre esagerare? Vado solo a prendere una boccata d'aria».

«Ho provato e riprovato a sopportare tutto oltre il limite dell'accettabile ma non ce la faccio più. Io non sono così».

«Ma di che stai parlando?», Jacob la raggiunse titubante per prenderle la mano ma lei la ritrasse di scatto.

«Ho sempre detto che non sarei mai stata una di quelle donne. Non io, cazzo, non esiste. Sì, sei un bugiardo. Sei un traditore e un bugiardo…».

«Ma che cazzo…? È ancora per l'altra notte? Ti ho detto dov'ero, te l'ho *detto*».

«No! Non ci provare!». Fiona inspirò a fondo e chiuse gli occhi. «È per l'altra notte», disse con voce tremante. «E per il finto regalo…».

«Te l'ho comprato davvero! Il braccialetto, no? Ce l'hai addosso, lo vedo».

«Sì, J, ma l'hai comprato il giorno dopo avermi detto che lo avevi fatto. In un negozio in centro, non online. L'ho visto sull'estratto conto».

«Ho cercato di prenderlo online, ma...».

«Cristo, Jacob, piantala. Per favore. Stai rendendo tutto più difficile per entrambi. Sei un bugiardo e sono quasi sicura che mi fai anche le corna, e questo è colpa tua». Le lacrime scendevano incessanti fino al mento. «Ma ho anch'io le mie colpe», ammise Fiona tirando su con il naso. «Non me ne sono accorta, giusto? Non mi sono accorta di averlo davanti agli occhi finché non è stato troppo tardi. Ho sorvolato, cercando di vedere solo il meglio di te. Mi sono presa cura di te come di un animale ferito ma tu non hai fatto altro che allontanarti, sbattermi fuori e mentirmi. Non posso più tollerarlo. Devi andartene».

Jacob strizzò gli occhi e cercò una posizione più comoda per la gamba. Si appoggiò alla valigia che aveva accanto mentre il borsone sportivo ai piedi del sedile fungeva da poggiagamba provvisorio. Si sfregò gli occhi e si massaggiò le tempie, domandandosi cosa gli avesse infilato Fiona nella valigia. Aveva quasi paura di scoprirlo.

«Va bene qui, grazie».

Quando il taxi accostò, l'automobile della madre era nel vialetto, mentre quella del padre non c'era. Doveva essere andato al campo, come sempre.

«Tesoro!».

«Ciao, mamma», la salutò Jacob sulla soglia di casa, appoggiandosi alla valigia.

Il sorriso di Sue scomparve. «Oh», disse.

«Mamma», esitò lui cercando di ingoiare le lacrime, «posso stare qui per qualche giorno?»

«Certo che puoi, ma che succede?»

«Abbiamo qualche problemino, mamma», le spiegò e il suo viso cedette.

«Oh, J». Sue lo attirò a sé e lo strinse al petto mentre Jacob si chinava goffamente sulle stampelle. «Mi dispiace tanto», lo consolò la madre. «Sistemeremo tutto, non preoccuparti. Sistemeremo tutto».

Capitolo trentatré
Alex

29 settembre 2010

Alex escogitò un piano. Un piano nuovo. Da sola e senza seguire alla lettera le raccomandazioni del medico, ma era comunque un piano. Passetti da neonato. Lo aveva stilato nero su bianco anche se in realtà non era necessario. Trenta minuti più tardi ogni giorno, cento millilitri alla volta, giorno per giorno. Per l'occasione aveva comprato una nuova caraffa graduata, una sorta di talismano personale scelto dopo un'ora di vagabondaggio nel labirintico negozio di accessori da cucina del quartiere di Pantiles, il più chic della città.

Erano le 12:30 e il cielo era nuvoloso. Alex indossò un cardigan sopra il pigiama e aprì una bottiglia di Faustino VII. Versò lentamente il vino nella nuova caraffa, cento millilitri precisi, poi lo trasferì nel suo calice da vino preferito.

Dopo tanto tempo, il riscaldamento centralizzato seguiva ancora la temperatura e le fasce orarie impostate da sua madre; faceva un freddo cane e sarebbe durato ancora settimane. Alex si tirò una coperta sulle gambe e sprofondò nell'angolo infossato del divano. Taccuino Moleskine in grembo, chiuse gli occhi e tentò di dedicarsi agli esercizi di respirazione. Il solo pensiero di lasciare intatto un terzo della seconda bottiglia di vino quella sera le faceva impennare i battiti. E se una volta giunto il momento, se ne fosse dimenticata? Se non fosse riuscita a fermarsi? Se quella sera non fosse riuscita a lasciare intatto un terzo della bottiglia, non sarebbe mai stata in grado di smettere.

Buttò fuori l'aria e si mise a contare *due… tre…*

Alex si svegliò presto e asciutta. Il cardigan giaceva accanto a lei sotto la trapunta e sul comodino c'era un bicchiere d'acqua vuoto. Il mattino era frizzante e l'intensa luce gialla del sole delineava il bordo della tenda.

Dal momento che le scoppiava la vescica, si liberò della coperta e corse in bagno. Poi trotterellò al piano inferiore, cercando di contenere l'orgoglio.

In cucina, sopra un perfetto alone color porpora e con l'etichetta rovinata dalle gocce, trovò la seconda bottiglia di vino della sera prima. Era ancora senza tappo e il liquido all'interno non era proprio un terzo, ma era ancora lì. Vino. Di mattina. Avanzato dalla sera prima.

Alex si concesse un bel sorriso e aprì il rubinetto al massimo. Caricò la macchina del caffè e la accese, poi prese la bottiglia con cautela. La spostò accanto al lavello e spruzzò una buona dose di detergente da cucina sulla macchia circolare. La strofinò fino a quando la macchina del caffè non smise di gorgogliare, cancellandola in modo che solo lei potesse ricordare che c'era stata. Dopo aver risciacquato lo straccio sotto l'acqua tiepida, senza pensarci due volte svuotò il vino freddo e avanzato nello scarico. Osservò l'acqua distruggere il rivolo scuro di Rioja e trascinarlo con sé.

Mentre beveva il caffè meditando di andare a correre, Alex spalancò il taccuino sulla penultima pagina. Fece un segno sopra la riga che diceva "Ore 12:30, cento millilitri alla volta, lasciare un terzo".

Su quella del giorno era scritto "Ore 13:00, cento millilitri alla volta, lasciare un terzo".

Aveva un sacco di tempo da occupare.

Non aveva ancora stilato il programma per la settimana successiva, benché incombesse già minaccioso nella sua mente. Il pensiero di lasciare mezza bottiglia di vino le faceva venire i sudorini e pulsare le tempie, perciò cercò di non spingersi tanto lontano.

Lasciò il letto intatto e indossò la tenuta da corsa. Infilò le chiavi nel reggiseno sportivo e gli auricolari nelle orecchie. Con rinnovata fiducia nella propria forza di volontà, Alex si fiondò fuori dalla porta, in una corsa lenta e regolare.

Superò le case a schiera ammassate e raggiunse gli spazi aperti di Mount Scion – il cosiddetto "village" di Tunbridge Wells – con le sue ville bianche squadrate, dai profili sgretolati nonostante la magnificenza. Si diresse verso il verde accogliente del parco di Calverley, poi proseguì verso l'ospedale.

Come può venirmi in mente di non correre più?, pensò Alex immaginando le gambe di Amy, con le calze a compressione graduata che coprivano la peluria chiara e soffice come muschio appena nato.

Era mercoledì. Presto sarebbe arrivato Jacob, a tenerle la mano come fosse di vetro, preoccupandosi di essere visto. Per un attimo, Alex meditò di entrare, spinta dall'adrenalina del corridore e dal successo della sera prima. Invece superò l'ospedale e continuò verso Southborough, il vento alle spalle e il cervello che si alleggeriva nella brezza.

Capitolo trentaquattro
Amy

Un giorno del 2000

Prima è venuto a trovarmi Jake, e mentre era qui mi ha spazzolato i capelli. Sembrava lo avesse sempre fatto, ma non saprei dire come. A chi poteva spazzolare i capelli? Non ha sorelle e io sono la sua prima ragazza. A meno che non mi abbia mentito, ma siamo amici dalla prima media, lo avrei saputo. E poi è un pessimo bugiardo.

In ogni caso, stamattina sapeva come fare. Teneva ferme le ciocche di capelli e lavorava i nodi dal basso per non tirarmeli. Non mi è piaciuto. Non siamo quel genere di coppia. Quando ci teniamo per mano in cortile, provo sempre la terribile sensazione della mia pelle schiacciata contro la sua, delle nostre dita intrecciate e sudate. Stiamo ancora cercando di capire come comportarci fisicamente e farsi spazzolare i capelli è una cosa così intima. Neanche mia madre lo ha più fatto negli ultimi anni, tranne quando abbiamo tentato inutilmente di copiare la pettinatura di Björk, o quelle poche volte che me li ha acconciati tutti lisci e luminosi per la discoteca a scuola.

Quando rifaranno la serata? Non ci è ancora arrivata la lettera. La staranno preparando per bene, ormai si avvicina la fine del quadrimestre, credo. Non avrò mica dormito per tutta l'estate. Devo proprio sentire Jenny e Becky, per decidere cosa metterci. Mi sembra di non parlare con nessuna delle due da una vita. Spero non mi stiano tagliando fuori.

Capitolo trentacinque
Jacob

30 settembre 2010

Jacob si svegliò nel letto d'infanzia. Con i piedi che penzolavano oltre il bordo del materasso e il braccio che fuoriusciva dalla struttura, sembrava un sopravvissuto a un naufragio.

Per un istante, dimenticò dove si trovasse e perché. Quando gli sovvenne, si mise a sedere con un balzo tale che per poco non si ruppe di nuovo la gamba.

«Va tutto bene?». Sua madre accorse al suo grido.

Jacob si massaggiò la gamba con cautela e si coprì il petto nudo con la trapunta.

«Che ore sono, mamma?»

«Le 9:30 circa».

«Le 9:30? Merda! Oh, scusa mammina! Perché non mi hai svegliato?»

«Credevo avessi bisogno di dormire. Qualcosa non va?»

«No, niente». Jacob abbozzò un sorriso rassicurante. «Non preoccuparti, mamma».

Si domandò se le infermiere se ne sarebbero accorte. Se la settimana successiva glielo avrebbero fatto notare. Non che Amy potesse rendersene conto. Almeno sperava.

«Ti porto una tazza di tè. Preferisci un uovo alla coque o un toast?»

«Il tè andrà benissimo, mamma».

Si stupì che la madre lo avesse lasciato dormire. Quando era ragazzo, era forse l'unica cosa sulla quale litigavano davvero. Lui era un gufo per natura e avrebbe dormito felice e beato per tutto il giorno, ma la madre considerava quasi un'offesa personale qualunque "spreco" di luce del sole.

Glielo aveva proibito fino al ritrovamento di Amy, dopodiché lo aveva lasciato libero di girare per i corridoi in piena notte, di prepararsi infinite tazze di tè fino all'alba, di trascinarsi dal letto al divano, lasciando che lo schermo della TV gli danzasse davanti agli occhi, per poi dormire fino a ora di pranzo. Frequentare la scuola serale per il diploma aveva semplicemente formalizzato l'abitudine. Jacob era la notte e Tom il giorno, e raramente si sovrapponevano.

Ricordava a malapena di avere mai incrociato il padre in quel periodo. Forse, in circostanze normali, Jacob sarebbe stato invitato a riempire il vuoto lasciato da Simon, il braccio destro del padre. O forse nessuno avrebbe mai occupato quel posto privilegiato.

Così, da affollato nucleo familiare fino a pochi anni prima, il numero dei componenti si era ridotto drasticamente fino a lasciare un silenzio devastante.

Jacob si guardò attorno in cucina. Stesso bollitore, stesso cesto di vimini sbiadito sopra il tostapane, stesso portauova di ceramica a forma di gallina con l'ammaccatura dietro.

«È incredibile quanto potere abbiano gli ormoni», esordì Sue. «È facile sottovalutare gli effetti che hanno su una donna. E le donne in gravidanza sono completamente in balia dei cambiamenti del proprio corpo».

Sue allungò la mano e accarezzò la guancia di Jacob. «Anch'io a volte mi comportavo in modo orribile con papà».

«Non è che Fiona si comporti in modo orribile, o irragionevole». Jacob si strinse nelle spalle. «È molto di più. Dice che non sa cosa mi passi per la testa. Crede che la stia tenendo fuori».

«Ed è così?»

«Non condividerò ogni singolo pensiero con lei, ma di sicuro parlo più di papà».

«Tuo padre appartiene a una generazione diversa. Vorrei poter credere di averti insegnato a parlare dei tuoi sentimenti quando ne senti il bisogno».

«Noi parliamo, non fraintendermi. In effetti, credo di vivere un po' nel mio mondo, ma non è solo quello. Non facciamo che rimbeccarci e travisare tutto il tempo. Da quando è incinta, lei è più emotiva, ma la cosa matura da un po' e ritrovarmi bloccato a casa per l'incidente non ha fatto che accelerarla».

«Avresti dovuto chiamarmi quando sei caduto, potevo venire a dare una mano».

«Sono grande e grosso, mamma».

«Non per me. Sarai sempre il mio bambino. Anche quando ne avrai uno tutto tuo». Sue sorrise di fronte al broncio di Jacob. «Per voi due è una novità, tesoro. Non hai mai avuto a che fare con una gravidanza o con i cambiamenti che comporta. Io so che le cose andranno meglio e che ne sarà valsa la pena quando arriverà il bambino», dichiarò Sue.

Jacob fissava il suo tè.

«E se ti può aiutare, la seconda volta, con te, è stato molto diverso. Io ero più rilassata, papà era più rilassato e sapevamo cosa aspettarci dalla gravidanza e l'uno dall'altra».

«Ora come ora», sospirò Jacob, «non so nemmeno se riusciremo a risolvere la situazione, figuriamoci pensare ad altri figli. Credevo solo che fossimo più forti di così ma è come se, anche quando le cose vanno bene, rischino di crollare con facilità da un momento all'altro».

«Jacob, il matrimonio è così. È la vita. Ci vuole impegno. Anche quando hai una famiglia, non significa che le cose non possano subire uno scossone dagli eventi. Ecco perché si continua a provare: bisogna dare il massimo».

Sue versò un'altra tazza di tè per entrambi. «Risolverete tutto. Dovete farlo per forza, per il bambino. Prenditi un paio di giorni e fai sapere a Fiona che non hai intenzione di andartene».

Jacob prese un biscotto e lo mangiò lentamente, senza assaporarne una sola briciola.

«Sei felice di diventare nonna?»

«Non sai quanto, J, anche se è dura accettare che il mio bambino diventi padre. So che è la solita frase fatta, ma mi sembra ieri che voi tre eravate piccoli e vi tenevo qui al sicuro con me, rintanati dove potevo tenervi d'occhio, e mi prendevo cura di voi».

Jacob si pulì la mano dalle briciole, che caddero sul piatto dei biscotti.

«Hai sentito Tom dopo il pranzo mancato della settimana scorsa?»

«No, ma lo chiamerò presto. Lo faccio ogni volta che posso, ma lui è sempre così occupato con il lavoro. È davvero emozionato all'idea di diventare zio, però».

«Davvero?»

«Ma certo. So che non è abituato a esternare i sentimenti, ma si vede che ci tiene. Ricordi quanto ti ammirava, voleva diventare esattamente come te. Ha sempre voluto tutto quello che avevi tu».

«Non so, mamma. Credo che tu abbia le lenti degli occhiali tinte di rosa».

«Forse». Sue sorrise. «Ricordo anche quanto vi azzuffavate. Ma ti vuole bene e gli piacerà fare lo zio».

«Mah, sembra ce l'abbia con me da un bel pezzo. Spero non dia buca a suo nipote come fa con noi. Non credo che riuscirei a perdonarglielo».

«Conosci Tom, ha bisogno dei suoi tempi. Sono certa che non ce l'abbia con te».

«Potrebbe già essere zio, a dire il vero. E anch'io».

Sue si voltò di scatto a guardarlo. «Che vuoi dire?»

«Be', non mi stupirebbe che Simon si fosse lasciato dietro qualche ricordino…».

«Jacob!». A Sue veniva da ridere, ma la fronte le si increspò per lo shock. «Non essere scurrile!».

«E sono sicuro che avrà incontrato uno stuolo di graziose volontarie».

«Oh, smettila. Si sarebbe fatto sentire se avesse avuto novità, grazie tante».

La chiave sbatacchiò nella serratura difettosa e la porta si aprì cigolando.

Qualche istante dopo, l'impettito padre di Jacob fece la sua comparsa sulla soglia nell'immacolata tenuta da tennis. Una chioma sorprendente di capelli scuri, incorniciati da un grigio distinto, sormontava i suoi familiari e insondabili occhi verdi.

«Ciao, allora sei ancora qui?», chiese Graham. Seguì il lieve tintinnio del ghiaccio che cadeva sul fondo di vetro spesso. Il liquido ambrato si riversò nel bicchiere, e fu ingollato in un colpo solo.

Quando i due fratelli minori erano piccoli, il tintinnio del ghiaccio era il campanello d'allarme che li avvertiva di interrompere subito la zuffa e smantellare il covo creato con i cuscini del divano.

«Credo che avrò bisogno di fermarmi qualche altro giorno», disse Jake rivolto alla schiena del padre che tornava verso il freezer. Altro tintinnio di ghiaccio.

«Puoi restare tutto il tempo che vuoi, Jacob. Fiona si calmerà, vedrai. Sono gli ormoni. Meglio restarne fuori e aspettare che se la sbrogli». Due colpi.

Sue distolse lo sguardo dal marito. Jacob vide la bocca del padre aprirsi per proseguire, ma la madre si intromise.

«Graham», lo interruppe. «Perché voi due non andate a recuperare del vino per cena? Me ne sono completamente dimenticata».

Mentre zoppicava dietro al padre fuori dalla porta d'ingresso, Jacob sentì la madre scoperchiare la teiera della cucina.

Capitolo trentasei
Alex

Primo ottobre 2010

«Ciao Amy, sono Alex».

Alex attese che i passi dell'infermiera si allontanassero, poi prese la mano della ragazza. Era fredda e immobile, ma le delicate linee bluastre sotto la pelle pulsavano operose.

«Non so se tu riconosca la mia voce né se mi possa sentire, ma mi piace credere di sì».

Alex sorrise stupita, convinta di aver visto un fremito partire dall'angolo della bocca di Amy fino allo zigomo.

«Ho passato un sacco di tempo negli ospedali, proprio in questo a dire il vero, ma continuo a sentirmi a disagio. Mi sento un'intrusa». Alex fece una pausa. «Forse lo sono».

Si morse il labbro e si guardò attorno nel reparto silenzioso. Quel giorno era l'unica visitatrice, e la cosa la opprimeva. In sottofondo, la radio suonava *Wonderwall* degli Oasis.

Alex ricordò quando l'aveva sentita per la prima volta.

«Adoravo questa canzone», dichiarò. Più rivolta all'ambiente che a Amy. «Tu forse no», aggiunse, rammentando che i Blur, rivali degli Oasis, adornavano le pareti del cubicolo.

Il respiro della ragazza era rapido e silenzioso, il suo petto minuto saliva e scendeva con un leggero tremore. Sulle braccia aveva la pelle d'oca, così Alex la coprì con la copertina azzurra dell'ospedale, rimboccandogliela fino alle spalle senza pensarci.

«Sai, venivo qui a trovare mia madre tutti i giorni verso la fine della sua malattia. Forse avrei potuto farne a meno». Alex rise e tirò su con il naso. «Tanto non sapeva nemmeno chi fossi. Avrei potuto risparmiarmi il tempo».

Si morse l'interno della guancia e si guardò attorno. «Chissà cos'altro avrei potuto fare in tutti quei mesi. Scrivere un libro, magari». Sospirò. «La cosa più stupida, Amy, è che potrei scriverlo adesso un libro. O imparare a dipingere, o seguire un corso di cucina. Ho un sacco di ore libere tutti i giorni, proprio come avrei potuto averne allora».

Alex voleva sentirsi chiedere come trascorresse le giornate. Si rese conto, nonostante si fosse ormai abituata, che desiderava ancora instaurare un dialogo a doppio senso con Amy, anche se con ogni probabilità non sarebbe mai accaduto.

Provò a immaginare la voce della ragazza nelle orecchie, il suo delicato accento del Kent, una versione da usignolo della parlata burbera di Bob. «Insomma, Alex, *com'è* che passi il tuo tempo?», le avrebbe chiesto. «Oh», avrebbe sospirato lei, «non faccio che bere e fissarmi le mani e a volte mi guardo attorno e leggo i miei appunti e fisso la TV e ammazzo il tempo e basta. Altre volte tiro fuori l'album del matrimonio e mi addormento piangendo, poi mi risveglio fradicia nella mia stessa pipì».

L'orario delle visite era quasi terminato e si udì un'improvvisa e frenetica attività dalla sala infermieri. Sopraggiunse Gillian Radson e Alex si accinse a volatilizzarsi, ma la donna le mise una mano sulla spalla.

«Non sono qui per cacciarla», le disse. «Può restare, se vuole. Stiamo solo facendo il cambio turno».

«Farei meglio ad andare, comunque», rispose Alex, rimettendosi le scarpe e afferrando la giacca. «Posso chiederle una cosa?»

«Certo», rispose l'infermiera con circospezione.

«Crede che Amy possa sentirmi? Voglio dire, crede che riesca a percepire anche solo in parte quello che dico?»

«Ne sono sicura».

«Dice sul serio? Crede che le arrivi davvero?»

«Oh cielo, non avrei potuto svolgere questo folle lavoro per così tanto tempo se non lo credessi davvero. Alle volte io canto per loro, sa?»

«Sul serio?»

«Oh, sì. La musica è una forza incredibile, non crede? Sarebbe bello se anche i visitatori cantassero per loro».

«Be', io non ho intenzione di torturarla con la mia voce», sorrise Alex, «ma forse potrei portarle la musica che le piace».

«Senz'altro, cara. E che resti fra noi, non mi interessa cosa dicono gli altri, ma si capisce chi di questi pazienti c'è ancora e chi non c'è più. A prescindere dai risultati dei test. Amy c'è ancora, e ascolta. Me lo sento nelle ossa».

«Lo penso anch'io», Alex sentì dire a se stessa, «sento che stiamo creando un legame, ne sono convinta. Le sembro matta?»

«Per niente. Anzi, credo le stia facendo un gran bene avere una nuova amica che viene a trovarla».

«Anche a me fa bene», rispose Alex, e l'infermiera le diede una strana occhiata.

«Mi fa piacere».

«Okay», concluse Alex imbarazzata, «ora è meglio che vada. È stato bello parlare con lei».

Il sole aveva già superato lo zenit, ma le bottiglie erano ancora nel frigorifero. Sarebbero rimaste al fresco per un'altra ora abbondante.

Sulla lista dei sospettati, Alex aveva cerchiato il nome di "Tom Arlington". All'epoca era appena un ragazzino, troppo giovane per guidare. Ma la faceva rabbrividire che un uomo sulla trentina andasse a trovare di nascosto la fidanzatina del fratello quindici anni dopo l'aggressione. Senza alcuna ragione.

L'istinto di Alex era sempre stato il suo dono più grande. La capacità di essere controintuitiva, di seguire un vago sospetto nella direzione apparentemente sbagliata e creare una nuova interpretazione dei fatti. Aveva perso da tempo quella capacità. Non si fidava più dei propri ferri del mestiere ormai arrugginiti e si paralizzava spesso, mettendosi in dubbio e facendo marcia indietro.

Jacob rispose al secondo squillo. «Pronto?»

«Ciao Jacob, scusa se ti sto chiamando».

«Mia madre è nell'altra stanza, non posso proprio parlare».

«Perdonami, ma ho delle domande e mi serve il tuo aiuto per capire certe cose».

«Alex, devo andare».

«Forse potrei parlare con tua madre allora?»

«Okay, quali domande?»

«Voglio solo capire meglio il retroscena. Vorrei conoscere meglio Amy». Sembrava bizzarro, detto così a voce alta.

«Allora non capisco cosa vuoi da me», replicò Jacob.

«Okay, cose tipo, qual era il suo film preferito?»

«Non me lo ricordo», rispose lui con tono piatto.

«Va bene, che mi dici della musica? Qual era il suo gruppo preferito?»

«Senti, Alex, non ho tempo da perdere, perciò se stai solo girando intorno a qualcosa di importante, per favore dillo e basta».

«Vorrei sapere qualcosa di più su tuo fratello, Jacob».

Jacob ammutolì, ma Alex lo sentiva respirare e le sembrò di vedere le sue narici allargate.

«Tua madre e tuo fratello sono molto legati?»

«Non particolarmente. Lui è un uomo adulto che vive a chilometri di distanza».

«Ma i tuoi genitori saranno ancora in contatto con lui».

«Certo, ogni tanto lo chiamano. Lui tende a starsene sulle sue, comunque. Il lavoro lo impegna molto».

«Quando è stata l'ultima volta che gli hai parlato?»

«Un paio di anni fa al mio matrimonio».

«Dove vive?»

«Mi stai dicendo che non l'hai ancora scoperto?»

«Senti, sto solo cercando di mettere insieme i pezzi e mi serve il tuo aiuto. Ho già scoperto qualcosa, so che lavora nel sociale, fa qualcosa che riguarda i bambini. Non credo sia sposato, va per i trent'anni e vive nelle Midlands. Questo è quanto».

«Praticamente è tutto quello che so anch'io».

«Amy e Tom si conoscevano bene?».

Jacob trasalì. «Tom aveva tredici anni».

«Ma si conoscevano bene?»

«So cosa stai insinuando e sei fuori strada. Tom aveva tredici anni ed era solo un ragazzino. Si erano a malapena scambiati qualche parola».

«So che per te è scomodo, ma possiamo vederci di persona?»

«No. Senti, mi dispiace sinceramente per casa tua, per quello che ho combinato. Ma mi avevi promesso che non avresti fatto niente del genere».

«Jacob, non so come dimostrarti che io sono dalla tua parte».

«Come fai a dire che sei dalla mia parte?», bisbigliò Jacob. «Mi chiami a casa di mia madre, scavi nel passato di mio fratello, manchi di rispetto alla memoria di Amy...».

«Io sto cercando di renderle giustizia!».

«Tu stai cercando di vendere i giornali».

«Non sono una scribacchina da tabloid!». Alex sputò la frase come fosse una sorsata d'aceto. «Non è il mio campo, ma nessuno si sforza di capire che cosa le è successo».

Jacob tentò di interromperla ma ormai le parole fluivano ininterrotte.

«E se non lo scopro io e tu non mi aiuti a scoprirlo, allora là fuori rimarrà qualcuno, un uomo, o due o magari anche diciassette disgraziati per quello che ne so, che ha sedotto una ragazzina, per poi aggredirla brutalmente e lasciarla in fin di vita. E se lo hanno fatto una volta...».

«*Sedotta*? Amy non è stata *sedotta*, è stata stuprata. Stuprata, picchiata e strangolata».

«Io... sì». Ad Alex pulsavano le tempie.

«Sedotta implica che fosse consenziente. Come cazzo ti permetti di insinuarlo?»

«Non intendo insinuare un bel niente, Jacob. Cerco solo di... oh, che cazzo, sai per certo che è stata stuprata? Ne sei davvero sicuro? Perché non è quello che suggeriscono le prove e forse si tratta di qualcosa di più che un'aggressione casuale».

«Io e Amy non siamo mai stati a letto insieme, lei era vergine. Per lei era una cosa importante. E anche per me».

«Okay, ma se ti dicessi che non lo era più? E che è stato consensuale?».

In sottofondo, Alex udì una voce di donna dire qualcosa a proposito del tè.

«Hanno sbagliato numero», replicò Jacob furioso.

Clic.

Alex prese una bottiglia dal frigorifero e rimase a fissarla il più a lungo possibile.

Si svegliò presto, fradicia di sudore da incubi. L'odore acre di ammoniaca permeava le lenzuola. Aveva le gambe bagnate e l'alone scuro sotto di lei era ancora caldo. Era il primo "incidente" che le capitava da un pezzo, e le pesò come non le era mai pesato prima.

La doccia le sembrò troppo calda e il caffè troppo freddo e stava prendendo in considerazione l'idea di mandare tutto al diavolo e ficcarsi a letto con una bottiglia – tanto che cazzo di senso aveva – quando squillò il telefono.

«I Blur».

«Come?», chiese frastornata.

«La band preferita di Amy. Sono i Blur, li adora. Ma ascolta, ho pensato molto a quello che hai detto», riferì Jacob.

«E?»

«E ho bisogno di andare avanti e da solo non ci riesco. La situazione ha ancora meno senso di quanto ne avesse quindici anni fa ed è arrivato il momento di cambiare le cose».

«Continuo a non capire come posso aiutarti». Jacob si guardava intorno come se non avesse mai visto il salotto di Alex. «Mi sta crollando tutto addosso e non posso continuare a rimanere nel limbo. Le cose con mia moglie vanno così male che sono tornato dai miei. È tutto un gran casino e non riesco a schiarirmi le idee».

«Mi dispiace», disse Alex, «so che sono stata io a riportare tutto a galla».

«Non è colpa tua, più il tempo passava e più il problema si ingigantiva. Ho bisogno che almeno qualcosa finisca bene, sai? Sono passati quindici anni e sento il bisogno di andare oltre. Per colpa della situazione sono un marito di merda e non posso diventare anche un padre di merda, proprio non posso».

«So che non credi di potermi aiutare più di tanto, ma non sappiamo quanti piccoli dettagli siano stati trascurati all'epoca e ora potrebbero rivelarsi utilissimi. Accendo il registratore, facciamo due chiacchiere e vediamo cosa salta fuori. Va bene?»

«Immagino di sì».

«Partiamo dall'inizio. Come vi siete messi insieme tu e Amy?»

«Frequentavamo gli stessi corsi a scuola. Io avevo una cotta per lei fin dalla prima media, quando ci siamo ritrovati in coppia per il laboratorio di biologia. Era carina e mi faceva ridere. Era sempre molto dolce con me, anche se non ero il classico spaccone che piace tanto alle ragazze».

«Chi si è fatto avanti per primo?»

«Io», sorrise Jacob. «Amy era uscita con un altro paio di ragazzi della nostra scuola nel corso degli anni. Ero geloso ma non gliel'ho mai detto. Loro non la trattavano tanto bene. Mi sa che a quell'età i ragazzi sono quasi tutti degli imbecilli».

Alex sorseggiò il suo tè. Dopo tanti anni, i suoi ricordi dell'adolescenza erano ancora piuttosto vividi. Come la volta che si era svegliata in un appartamento sopra un negozio, con due compagni di scuola più grandi di un anno che la leccavano dappertutto mentre la festa proseguiva nella stanza accanto. O quando aveva perso la verginità ubriaca fradicia, mentre si teneva i capelli lontani dal viso per vomitare sul pavimento, e un ragazzotto di terza media piuttosto in carne, anche lui in trance per l'alcol, si dava da fare dietro di lei.

«Quando avevamo circa quattordici anni», proseguì Jacob, risvegliando Alex dal suo ricordo acre, «Amy usciva con un tizio di nome Steve Dixon che dopo l'ora di ginnastica aveva sbandierato ai quattro venti negli spogliatoi di averle visto il reggiseno, vantandosi di averle fatto questo e quello. Diceva che l'avrebbe mollata non appena, sai, non appena fosse riuscito ad andare fino in fondo». Jacob alzò gli occhi al soffitto. «In seguito Amy mi raccontò che Steve non l'aveva nemmeno baciata, ma quella volta mi infuriai, perché ero convinto che lei meritasse di meglio. Così lo minacciai lì su due piedi, e non era da me, ma ero proprio incazzato. Amy era così dolce e quel perfetto imbecille le stava mancando di rispetto. Dopodiché andai a riferirle cosa lui raccontasse in giro. Le dissi che meritava di essere trattata meglio, come una signora», Jacob rise. «Certo, non era una signora, era una ragazzina di quattordici anni, ma per *me* era una signora. Amy mollò Steve davanti a tutti durante l'intervallo, la tipica tragedia scolastica nel cortile principale. Mentre si allontanava, le chiesi di uscire con me. Il cuore mi batteva all'impazzata ma ci provai lo stesso e lei accettò. Non riuscii a togliermi il sorriso dalla faccia per settimane».

«Da quanto tempo uscivate insieme, quando Amy fu aggredita?»

«Da sette o otto mesi. Non so come fossi riuscito a tenermela stretta così a lungo, era talmente fuori dalla mia portata».

Alex sorrise.

«So che sembrerà stupido, eravamo così giovani, ma io l'amavo davvero. L'amavo da quando avevo undici anni».

«Jacob, chi hai pensato che le avesse fatto del male?»

«All'epoca non ne avevo la minima idea. Credevo fosse stata una di quelle circostanze casuali e sfortunate. Il rapimento di un pazzo. Poi arrestarono Bob».

«Hai mai creduto che fosse colpevole?»

«Be', sì. Quando lo arrestarono, pensai che fosse stato lui. La polizia arresta solo i cattivi, perciò doveva essere una persona cattiva. È questo che si pensa a quindici anni».

«È umano. Una reazione di pancia».

«Suppongo di sì. Ora so che non è stato lui e al tempo ero scioccato, ovviamente, ma alcuni particolari sembravano avere senso».

Alex posò la tazza e lanciò un'occhiata alla registrazione sul cellulare, che lampeggiava ancora.

«Quali particolari?», gli domandò più calma che poté.

«Mi sento uno schifo a dirlo, ma Bob era molto affettuoso con Amy. Suona orribile e ora che sono adulto anch'io, con un figlio in arrivo, so che avere un papà affettuoso è una cosa *bella*. Ma lui era il patrigno e all'epoca non conoscevo molte famiglie divise, pensai fosse sbagliato».

Jacob notò l'espressione perplessa di Alex.

«Lo so, come ti dicevo, non la penso più così».

«Tutto qui, credevi che il suo affetto fosse fuori luogo?»

«E che fosse troppo possessivo».

«Con la madre di Amy?»

«No, con Amy».

«Spiegati meglio».

«Non so, non gli andava che lei parlasse al telefono con i ragazzi, o che si agghindasse troppo. Amy diceva che Bob si comportava in modo strano quando lei veniva a trovarmi, diceva che la nostra casa era più grande della loro e sparava frecciatine sul lavoro di mio padre».

«Immagino sia normale quando c'è una simile disparità di reddito».

«Sì, può darsi. Ah, poi una volta Amy ebbe l'occasione di conoscere il suo vero padre, ma Bob glielo impedì. Non lo trovai giusto».

«Credevo che il padre biologico non sapesse dove abitava Amy».

«L'aveva contattata, una volta...».

«L'aveva contattata? Quando?»

«Oh, un sacco di tempo prima, sai, tanto tempo fa. Mesi prima dell'aggressione».

«Ma non si parla di lui da nessuna parte. Io ho letto *tutto*, Jacob, ma proprio tutto».

«Be', suppongo non ci fosse niente da dire. Amy non lo conobbe mai perché Bob glielo impedì».

«Ne sei sicuro?».

Jacob socchiuse gli occhi e abbassò lo sguardo.

«Non si incontrarono mai; Amy me lo avrebbe detto. Un giorno lui le telefonò, così dal nulla, dicendo di essere suo padre. Voleva vederla, ma Bob si oppose».

«Ne sei sicuro? Quel tizio telefonò una volta di punto in bianco e poi basta? Non accadde altro?»

«Sì, ne sono certo. Non pensare male, non successe nulla. La chiamò un giorno dopo la scuola, le disse che era suo padre e che voleva vederla. Amy mi telefonò subito dopo. Non sapeva se farne parola alla madre e a Bob o dimenticare la faccenda e basta».

«E tu non credi che lo abbia incontrato lo stesso?»

«No. Non era nemmeno sicura che dicesse la verità, quell'uomo poteva essere chiunque. Gli rispose che ci avrebbe pensato, tanto per chiudere la telefonata, ma non si videro mai. Bob si impuntò e la faccenda si chiuse lì».

«E tu ne sei proprio sicuro?»

«Assolutamente».

Alex guardò l'orologio della cucina con la coda dell'occhio. Una sete irresistibile le opprimeva il petto, mano a mano che si avvicinava il pomeriggio.

«Sono confusa», affermò. «Bob mi ha detto che il padre di Amy non volle mai sapere niente di lei. Che era un delinquente e che la madre di Amy era scappata da lui mentre era incinta».

«Non credo che all'inizio il vero padre fosse nei paraggi, ma sono abbastanza sicuro che si sia fatto vivo quando Amy era piccola».

«Allora lei lo aveva già visto?»

«No, se non ricordo male una volta mi ha detto che lui si era presentato a casa loro ma Bob lo aveva cacciato».

«Bob?»

«A quanto pare sì. Amy era rimasta chiusa in casa con la madre. Era ancora una bambina».

«Quando te lo ha raccontato?»

«Non so, un paio di volte quando stavamo insieme. Ma non ci aveva dato troppo peso, davvero. Era molto più preoccupata dei continui litigi tra lei e le sue amiche».

«Ti ricordi il nome del vero padre?»

«Non ne ho idea. Non so nemmeno se me l'abbia mai detto».

«Perché non hai raccontato queste cose alla polizia?»

«Hanno sbattuto dentro Bob per motivi più seri della gelosia. In ogni caso, era successo mesi prima e non si sono mai incontrati. Ci fu solo quella telefonata. L'avevo anche rimossa fino all'arresto di Bob. Comunque la polizia sapeva che non era lui il padre naturale di Amy. Sono certo che all'epoca abbia approfondito».

«Non ne sarei così sicura», obiettò Alex. «La polizia sbaglia di continuo. Valuta il minimo indispensabile, segue gli indizi principali, smarrisce le prove...».

«Sembra che tu non ne abbia una grande opinione, Alex».

«Dico solo che sono esseri umani e che possono sbagliare. Tutto qui».

Il taxi di Jacob suonò il clacson all'una e mezza spaccata. Alex gli chiuse la porta dietro le spalle e con l'altra mano digitò un numero.

Bob rispose dopo soli due squilli, e la sua voce riecheggiò subito lungo la linea.

«Pronto?»

«Salve, Bob, sono Alex Dale. Le chiedo scusa per il disturbo».

«Nessun problema. Però sto lavorando, cosa le serviva?».

Capitolo trentasette
Amy

Un giorno del 2002

Mi sono svegliata e mi mancava da morire la mamma, non provavo un bisogno così disperato da quando ero piccola, prima ancora che arrivasse Bob.

All'epoca, anche se me lo ricordo appena, eravamo solo io e la mamma. Tutti i giorni. L'unica mano che ricordo di aver mai tenuto è la sua, e dormivo quasi sempre nel suo letto, raggomitolata contro di lei che russava lieve. Soprattutto d'inverno quando faceva freddo. Credo piacesse a entrambe quella sensazione, starcene vicine vicine, in silenzio e felici. Anche se ricordo bene il periodo senza Bob, sono felice che sia comparso sulla scena. Invece non ricordo nessun periodo senza la mamma perché non c'è mai stato, siamo sempre state insieme.

La gente la sottovaluta. La vedono… anzi, in realtà non la vedono. Non è una che spicca, non è una che si fa notare in nessun modo. Lavoricchia, non pretende molto e si accontenta di quello che ha. Invece per me spicca eccome. Ha fatto tutto da sola, mi ha regalato tutto un mondo che lei non ha mai avuto. Tantissime possibilità. Mi ha fatto sentire che era orgogliosa di me ogni singolo giorno della mia vita, anche se non saprei dire perché o per cosa. Senza di lei, mi sento così piccola. Mi sento una particella minuscola alla deriva nello spazio. Sento a malapena il letto sotto di me, o la camicia da notte, come se facessi parte dell'aria.

Voglio solo la mia mamma.

È un bisogno fisico. Una sensazione nel petto che somiglia alla paura, ma è anche una sorta di desiderio e tristezza disperata, tutto in uno. E sembra una specie di sogno, perché non ha senso, i miei sentimenti sono sproporzionati.

La mamma dev'essere al lavoro, e anche Bob sarà al lavoro, e mi avranno lasciata dormire perché siamo in estate e in vacanza.

Sono ancora a letto, anche se sono passate ore, e aspetto che anche l'ultimo briciolo di questa sensazione svanisca. È come quando fai un sogno che ti si appiccica addosso e l'unico rimedio è dormirci su la sera dopo. Una volta ho sognato che Becky aveva raccontato a Jake delle cose orribili su di me, che non erano vere, e lui mi aveva mollata davanti a tutti nella mensa. E anche se era solo un sogno, non ero riuscita a guardarla in faccia per tutto il giorno. Non riuscivo a guardarla negli occhi, tanto ero nera. Alla fine abbiamo litigato lo stesso perché io "ero strana" con lei.

Continuo a ripetermi che questa situazione che sembra un sogno è altrettanto stupida. Ma non riesco a scrollarmi di dosso le ultime briciole. E mi ritrovo a farmi delle domande. Tipo, quando è stata l'ultima volta che ho visto la mamma? Di cosa abbiamo parlato? Non me lo ricordo. È stato ieri o l'altro ieri? Sono finita qui quando lei era già andata a dormire? Ho bevuto ieri sera? Ho bevuto e fatto qualcosa di male e mi sono resa ridicola? Si vergogna di me? Non mi vuole vedere perché ho ferito il suo orgoglio e non vuole ammetterlo?

Più ci penso e più la cosa mi spaventa. La mamma lo chiama "cadere nella tana del coniglio". Lo facciamo tutte e due, soprattutto di notte quando non riusciamo a dormire. Rimuginiamo sulle cose e in men che non si dica saltiamo alle conclusioni peggiori e ci lasciamo ossessionare. Insieme al suo sorriso, alla sua voce e alle sue gambe così lunghe per la sua altezza, questo è il dono più grande che ho ricevuto dalla mamma. Quanto vorrei poterlo ricambiare.

Capitolo trentotto
Jacob

2 ottobre 2010

Gli sembrava assurdo bussare alla propria porta, ma Jacob sapeva che capitare in casa senza prima annunciarsi sarebbe stata una trasgressione clamorosa. Sostenendosi di lato sulle stampelle, sollevò il pugno e bussò una terza volta, sotto gli sguardi dei vicini della casa sulla sinistra.

Infilò la chiave nella serratura e girò verso destra, ma incontrò resistenza. Provò verso sinistra, ma la chiave non girava affatto. Di nuovo a destra. Scossone. Giro. No. Barcollò all'indietro, sbigottito. Fiona aveva cambiato la serratura. Aveva davvero cambiato la serratura di casa sua. Di casa loro.

Jacob prese a pugni la porta con più forza. «Fiona! Sono io! Cazzo».

Si sedette sul gradino d'ingresso, accasciato contro la sua porta. Fiona avrebbe potuto impiegare ore a tornare. Provò a richiamarla sul cellulare, come aveva fatto la mattina appena sveglio. Era l'eco di quel ricordo o il cellulare di Fiona stava squillando dentro casa?

Si attaccò la segreteria, Jacob chiuse la telefonata e provò di nuovo. E di nuovo. Sul punto di chiamare per la quarta volta, udì una voce alle sue spalle.

«Che stai facendo?», sibilò Fiona attraverso la buca delle lettere.

Jacob si trascinò in piedi reggendosi sulla gamba invalida con una smorfia, mentre armeggiava con le stampelle.

«Fiona», le disse, il capo chino sul petto e la fronte alla porta. «Dobbiamo parlare. Fammi entrare, ti prego».

«No, Jacob. Tu non vivi più qui».

«Fiona». Jacob sentì le proprie mani stringersi a pugno. «Fiona», ripeté calmo.

«Vattene via, Jacob, non fare così adesso».

«No», obiettò lui, premendo contro la porta per raddrizzarsi il più possibile, stampelle permettendo. «Questa è anche casa mia».

Fiona aprì, ma rimase sulla soglia bloccando l'ingresso.

«Siamo andati troppo oltre ormai, J, mi hai raccontato tante di quelle balle che stento persino a guardarti in faccia». Era più arrabbiata di prima. «Starai molto meglio da tua madre».

«Fiona, io me ne sono andato per lasciarti spazio, come mi avevi chiesto, e tu hai cambiato la serratura. Non ti sembra una reazione sproporzionata?»

«Sto solo usando un po' di buon senso. Quello che a mio parere stavamo costruendo, per te non era abbastanza, giusto? Ci ho provato, ma è ovvio che tu non cambierai mai, non mi dirai la verità, non tornerai magicamente a essere il buon vecchio Jacob. Dobbiamo essere realisti». Si asciugò gli occhi sul polsino del cardigan.

«Allora qual è il vero problema? Che non mi conosci e che tengo i miei pensieri per me, è *questo*?», chiese Jacob, serrando la mascella. «O credi che ti tradisca e che voglia buttare all'aria quello che abbiamo solo perché ho osato fare un giro in macchina in piena notte dato che tu russavi e io non riuscivo a dormire? Allora, qual è dei due?»

«Le due cose non si escludono a vicenda. È per entrambe, ma c'è di più. E grazie per aver girato la frittata, così ora è colpa mia se russo perché sono incinta. Che cavolo».

«Fiona, ti sbagli su tante cose. E hai scelto di vedere il peggio di me. Dopo tanto tempo, non merito nemmeno il beneficio del dubbio?».

Lei non rispose, le mani sui fianchi, gli occhi che gli perlustravano il viso.

Jacob alzò la voce. «Non ti ho mai ferita, non ti ho mai tradita, non ti ho mai toccata con un dito. So che non è sempre facile vivere con me, ma nemmeno con te. Perché non ci concediamo un po' di comprensione reciproca?»

«Come faccio a comprenderti se non sei mai sincero? Non so proprio cosa ci sia da comprendere! Chi sei, Jacob? Cosa cazzo ti gira in quella testa? Sparisci, mi racconti bugie, non mi guardi nemmeno in faccia. Se non mi tradisci, ho quasi paura di scoprire cosa diavolo stai combinando».

«Vuoi che sia sincero con te, Fiona?». Jacob scoppiò a ridere e voltò lo sguardo verso la casa dei vicini, le cui tende si chiusero di colpo. «Vuoi che sia sincero con te per distorcere ogni singola parola e sbattermela contro? Certe cose sono troppo preziose per sprecarle in questo modo», aggiunse sprezzante. «Non mi conosci per niente, l'hai detto tu stessa. Credevo mi conoscessi meglio di chiunque altro, ma mi sbagliavo. Cazzo, mi sembra di non piacerti nemmeno un po'».

Premette le mani contro il muro, mentre Fiona lo fissava in cagnesco. In un silenzio più assordante delle sue grida.

«Fiona, io ti amo. Ma in questo momento nemmeno tu mi piaci. Sei un serpente a sonagli per gran parte del tempo. Non riesco mai a rilassarmi, sono costretto a camminare sulle uova e non posso continuare così per sempre».

«Sei tu che mi hai fatta diventare così», fu la risposta strozzata.

«Sì, forse», replicò lui con voce ammorbidita.

«E ti odio per questo. Non voglio essere questo tipo di persona».

«Siamo quello che siamo. Se non riusciamo ad accettarlo, allora forse è *meglio* darci un taglio».

Non era quello che avrebbe voluto dire. Non lo aveva minimamente pensato prima che gli uscisse di bocca. Ma Fiona non replicò, e Jacob si trascinò via sulle stampelle senza aggiungere altro.

Capitolo trentanove
Alex

4 ottobre 2010

Alex si stropicciò gli occhi come fanno nei cartoni animati, mentre sfrecciava lungo la M5 abbagliata dalla luce del sole.

Aveva trascorso una notte irrequieta e le porzioni di vino ridotte erano scivolate giù troppo in fretta. Dopo il bicchiere d'acqua preliminare, aveva bevuto i primi due di vino uno dietro l'altro. Poi era rimasta a fissare l'interno del lavello, quasi incredula, come se il vino fosse sparito nello scarico. Aveva dovuto fare appello a ogni briciolo di volontà per allontanarsi, sedersi sul divano e calmarsi.

Non era certo la mattina ideale per mettersi alla guida, dopo un sonno così breve e irregolare, ma almeno sarebbe rimasta fuori dalla cucina a riprendere il controllo di sé.

La prima e ultima volta in cui era stata nel Devon frequentava le medie. Una gita scolastica all'età di dodici anni, per cavalcare i pony sull'altopiano di Dartmoor e incidere bassorilievi in ottone. Lei aveva preso una bottiglia di vodka acquosa e scadente nascosta nella credenza – la scorta d'emergenza – e con un paio di amiche si era talmente ubriacata a sorsate d'alcol e succo d'arancia che le altre due avevano finito per ritrovarsi mezze nude. Non erano abituate a bere. Una di loro, Anna, era stata spedita subito a casa.

Dopo la fine della telefonata, Bob non aveva più risposto alle sue chiamate, perciò Alex aveva deciso di partire all'alba. Per distrarsi dalla voglia di un altro bicchiere, aveva trascorso la serata precedente a gambe incrociate sul pavimento, spulciando tra i CD. Ripensando al canticchiare dell'infermiera, aveva deciso di creare una playlist per Amy. Non sapeva da che parte cominciare, perciò aveva sparso tutti i suoi CD sul pavimento come fossero caramelle. Aveva dimenticato di possedere una simile collezione, finché non l'aveva presa dallo scaffale e sparpagliata a terra. Migliaia e migliaia di canzoni. Album abbandonati, ricoperti di polvere, dagli angoli scheggiati. All'epoca in cui li aveva acquistati, la musica era tutto per lei. Cos'altro poteva importare a una quindicenne?

Il gruppo preferito di Amy erano i Blur, le aveva detto Jacob, perciò Alex era partita da quelli. E ora, con l'iPhone collegato all'uscita MP3 dello stereo dell'auto, sentiva battere forte il cuore riscoprendo la familiarità e la malinconia dei suoi pezzi preferiti e a lungo dimenticati.

Arrivò a Uffculme, il paese di Bob, con l'urgenza disperata di un bagno e di una dose di caffeina. Esplorare il luogo era troppo rischioso; se lui l'avesse sorpresa e si fosse impaurito, le quattro ore di viaggio sarebbero state vane. Alex spense la musica e seguì le indicazioni del navigatore oltre la chiesa e lungo una stradina a malapena sufficiente per un solo veicolo. Sobbalzò sopra una griglia per il bestiame, con la vescica sul punto di esplodere a ogni scossone.

Vide il furgone di Bob parcheggiato fuori, il nuovo nome in caratteri blu scuro sulla fiancata.

Il piccolo cottage sembrava di cartone come una scatola di cioccolatini. Affacciato sulla strada con la parete laterale, era circondato su ogni lato da fitti sprazzi di vegetazione intervallati da cespugli spinosi di more. Le pareti di cemento si erano inverdite alla base e solo una piccola finestra si apriva sulla strada. Il cancelletto di ferro si spalancò verso di lei.

«Aveva promesso di non venire!».

«Mi ha mentito, Bob», replicò Alex, scendendo dall'auto e avanzando cauta sul terreno instabile. «Mi ha detto di non avere mai conosciuto il padre naturale di Amy».

«Che diavolo ci fa qui?». Bob si guardò attorno in affanno.

«Non volevo arrivare a questo. Davvero, non avrei voluto guidare per quattro ore e coglierla alla sprovvista, ma è una cosa seria».

Alex si appoggiò all'automobile e l'uomo abbassò le spalle.

«Bob, non solo lei ha conosciuto il padre di Amy, ma l'ha anche aggredito».

«Avrà capito male».

«Non credo».

«Allora ha capito a metà. Okay? Era venuto a cercarla. Va bene?». Bob ansimava come se stesse correndo verso il traguardo di una corsa in montagna. «Era venuto a cercarla. Ma... senta, andiamo dentro, Judy è andata a portare i bambini a scuola. Non starà via molto, perciò deve promettermi che se ne andrà subito dopo».

«Dopo che mi avrà detto la verità?»

«Sì».

«Okay. Promesso. Di nuovo».

Attraversarono il giardino in silenzio, tra vasi rotti e tricicli colorati. Bob spinse con forza la porta scorrevole della veranda che faceva resistenza e si tolse le scarpe con cura. Alex lo imitò.

Una volta dentro, l'uomo accese il bollitore in una cucina decorata con tendine floreali al posto delle ante dei mobili.

«Judy ha fatto tutto da sola», spiegò.

Il bagno del piano terra, che Alex aveva quasi implorato di usare, aveva una graziosa tendina a ricami davanti alla finestra smerigliata. Una pigra coppia di ragni se ne stava annidata nell'angolo più remoto del soffitto e il piccolo asciugamano era freddo e umido. Fuori dalla porta regnava un silenzio di tomba e, se non avesse avuto un'urgenza tale da scoppiare, Alex si sarebbe sentita a disagio per il rumore provocato.

Dopodiché percorse a ritroso il corridoio di giocattoli che partiva dal bagno e sprofondò nel divano di vellutino consunto. Porse scuse a profusione per aver rovesciato un po' del suo tè. I frammenti della vita familiare costellavano le mensole e gli angoli della casa. Cataste di cesti di vimini dai quali sbucavano pezzi di bambole, scarpe da bambini allineate accanto alla porta.

«Quanti anni hanno?»

«Non voglio... Sono piccoli. Scuola elementare. Judy è... Sono stato fortunato».

«Mi dica cos'è successo, Bob, quando il padre di Amy è venuto a cercarla».

Bob fece un respiro tremante e si schiarì la voce.

«Amy era molto piccola. Mi ero trasferito da Jo da poco quando lui si presentò alla porta».

«A che ora? Di giorno o nel cuore della notte?»

«Era sera. Jo aveva fatto il bagnetto a Amy e le stava asciugando i capelli in camera nostra».

«Allora come andò, lo fece entrare?»

«Lui non bussò. Si mise a picchiare sulla porta con tutte e due le mani, gridava, minacciava... diceva che avrebbe chiesto l'affidamento della bambina, che sarebbe tornato a prendersela di notte, roba di ogni genere. Jo era terrorizzata».

«Era solo?»

«No, c'era sua madre con lui, una vecchia megera perfida».

«Quindi non si mostrò ragionevole? E lei non tentò di calmarlo a parole?»

«Era ubriaco fradicio. C'era poco da parlare. Jo tremava come una foglia e singhiozzava. Amy era pietrificata dalla paura, era così piccola. L'ho cacciato via. Dovevo proteggere la mia famiglia».

«E lui non tornò più?»

«Cambiammo casa».

«E non riuscì a rintracciarvi? Non vi eravate trasferiti così lontano, solo all'altro capo della città».

«No».

«Invece so che non è così. Lui chiamò Amy a casa quando era ormai adolescente».

«Come fa a saperlo?». Bob si raddrizzò e posò la tazza di tè con un gesto rapido.

«Lo ha raccontato al suo ragazzo».

«Merda», imprecò Bob tra sé e sé. «Sì, okay, riuscì a trovare il numero. Dio solo sa come. La chiamò e cercò di confonderla. Lei non voleva incontrarlo».

«Ne è sicuro?»

«Certamente. Se voleva vederlo, poteva semplicemente dircelo».

«Non crede che abbia fatto di testa sua e lo abbia incontrato comunque?»

«Non lo ha incontrato. Non ce l'avrebbe nascosto, era una brava ragazza».

«La polizia sapeva che lui si era messo in contatto con voi?».

Bob scosse la testa.

«E perché no? Non crede che potesse essere coinvolto nella faccenda?»

«No».

«Come fa a esserne sicuro? Jo ha detto che era un delinquente. Riferire alla polizia che il padre naturale e violento di Amy l'aveva rintracciata mi sembra il minimo. Di sicuro Jo avrebbe voluto riferirlo, no? Una storia di violenza...».

«Oh, che diamine. Senta, non era proprio violento. Non con Jo, non è vero. L'ho detto solo per evitare di arrivare a questo. Non volevo che scrivesse qualcosa in proposito, facendo confronti tra me e lui. Era un buono a nulla. Era una mela marcia, un ladruncolo da quattro soldi, fumava erba, commetteva furtarelli. Trattava Jo come fango sulle scarpe, la costringeva a rubare nei negozi, a dargli il suo stipendio. Avrebbe fatto lo stesso con Amy, l'avrebbe trascinata a fondo. Lei doveva diventare migliore di così. Migliore di noi. E di sicuro migliore di lui».

«Come si chiama quell'uomo, Bob?»

«Devo proprio dirglielo?»

«A che ora torna Judy?»

«Okay, va bene», sospirò Bob. «Paul Wheeler».

«Sa qualcos'altro su di lui?»

«Le ho detto tutto. Per favore, Alex, voglio solo proteggere quello che ho adesso».

«Non voglio crearle problemi e mi dispiace di essermi spinta a tanto. Ma la prego di farmi sapere se le viene in mente qualcosa di utile».

«St Mary Cray», sospirò Bob, poi si alzò di fretta per accompagnarla alla porta.

«St Mary Cray, vicino a Orpington?»

«È lì che vive. In culo al mondo. St Mary Cray, dubito che possa permettersi di trasferirsi».

«Grazie, Bob».

«Ma mi raccomando, cara, non si faccia incantare. E… Alex?»

«Sì?»

«Non torni più, per favore».

L'ultima ora di viaggio fu una miscela confusa di gola secca, inutili chiacchiere radiofoniche e freni inchiodati prima degli autovelox. Finalmente a casa, Alex spalancò la porta e si fiondò in cucina, reggendosi alla credenza per mantenere il controllo. Doveva restare lucida, il piano doveva reggere. Tracannare i bicchieri uno dietro l'altro per due giorni di fila sarebbe stato rischioso.

Versò la prima quantità di Rioja nella caraffa graduata e la trasferì nel calice. Si morse l'interno del labbro per rallentare il ritmo mentre versava l'acqua minerale. La bevve d'un fiato, per mera necessità fisica. Poi sorseggiò il vino, leccandone i residui con la lingua finché la lucentezza del bicchiere fu rimpiazzata da un alone di minuscole gocce di saliva.

Ripose i due bicchieri vuoti con cautela sul ripiano e aprì il browser del suo portatile.

Paul Wheeler di St Mary Cray. Il padre naturale di Amy. Porca puttana.

Nel giro di pochi secondi, Google rigettò sullo schermo una sfilza di risultati. A una prima occhiata, sembrava che l'uomo vivesse ancora a St Mary Cray. Bob aveva ragione.

Paul Wheeler di St Mary Cray che forniva la sua opinione sulle elezioni locali in un vecchio articolo di giornale. «Sono tutti corrotti».

Paul Wheeler, residente al numero 42 di Eden Court, St Mary Cray, che rappresentava se stesso al tribunale criminale per l'accusa di frode fiscale. Sentenza sospesa.

Un messaggio di Jacob illuminò il display del cellulare di Alex.

«Com'è andata?»

«Ciao, tutto bene. Credo di aver scoperto qualcosa. Ti va di fare un giro domani?»

«Dipende. Dove sei diretta?».

Paddock Grove, sulla strada per Eden Court, aveva lo stesso aspetto del resto di St Mary Cray sotto la pioggia. Piccole casette a schiera in mattoni rossi, tutte appiccicate tra loro e infossate nelle mura sporche, i balconi di plastica bianchi incurvati sotto i tetti piatti.

La colonna sonora della città era scandita dal brusio delle parallele M25 e A20, lungo le quali le automobili sfrecciavano a gran voce oltre il centro abitato. Poche anime punteggiavano i marciapiedi. Una donna extralarge che debordava dai lati di uno scooter, un uomo incurvato che zigzagava verso la strada, gesticolando con un mozzicone rollato di sigaretta senza rivolgersi a nessuno in particolare.

«Grazie per avermi accompagnata, lo apprezzo molto», disse Alex a Jacob, distogliendo brevemente lo sguardo dalla strada per stabilire un contatto visivo. «Sei l'unica persona che sa del padre di Amy. A parte Bob, s'intende».

«Sono ancora convinto che non c'entri niente, ma non volevo lasciarti andare da sola. Tanto più che al momento non ho nulla di meglio da fare».

«Svoltare a sinistra in Eden Court», abbaiò il navigatore.

Parcheggiarono l'auto a distanza di qualche casa e rimasero seduti in silenzio.

«Dài, togliamoci il pensiero, poi ti riporto dritto da tua madre».

Non c'era assolutamente niente a distinguere la casa al numero 42 dal resto della via. Usurata come le altre, si reggeva contro la parete del numero 40, con un vialetto tetro scavato tra le due abitazioni. Dal cancello aperto penzolava impotente il cartello "Attenti al cane" e nel giardino dei vicini era parcheggiato un motorino, che proiettava un'ombra obliqua sull'erba a chiazze scure. Non si muoveva una foglia.

Quando premettero il campanello, non ne uscì alcun suono. Alex bussò con tocco leggero alla porta azzurra scolorita. Il rumore della televisione si interruppe di colpo e lei voltò lo sguardo verso Jacob, appoggiato alle stampelle. Lui non sorrideva.

La porta si spalancò. Comparve un uomo alto sulla cinquantina, che sorreggeva una bambina piccola sul fianco, trattenendo con la gamba un cane di razza boxer. I suoi intensi occhi verde smeraldo si socchiusero per la luce.

«Sì?»

«È lei Paul Wheeler?», chiese Alex.

«Perché?», bofonchiò lui con voce burbera.

«Io… noi…».

«Siamo venuti a parlare con Paul Wheeler di sua figlia Amy. Direi proprio che sei tu perché le somigli un sacco», si intromise Jacob.

«Che cazzo. E voi chi sareste?»

«Io mi chiamo Alex e lui è Jacob. Sto scrivendo una storia su Amy mentre Jacob è…».

«Un vecchio amico di tua figlia».

«Vai a preparare una tazza di tè», ordinò Paul a un bambino di circa otto anni, spingendogli i piedi senza scarpe giù dallo sgabello e facendogli cenno di posare il videogioco Nintendo.

Il bambino si alzò mollemente dal divano, sospirò e chiese, rivolto ad Alex, se volesse un tè.

«Oh, no, grazie. Come ti chiami?», domandò lei.

Il bambino guardò il padre. «È tutto okay, diglielo pure».
«Mi chiamo Matty».
«Anche mio marito si chiamava Matt».
«Okay», rispose il ragazzino. Alex arrossì.
«E tu vuoi un tè?», domandò poi a Jacob.
«Sono a posto così, grazie», rispose Jacob.
Il bambino tornò a sedersi.
«Non chiedi al tuo vecchio papone?»
«Vuoi un tè, papà?», chiese il ragazzino.
«Sì, fammelo bello forte. Senza avere fretta».
Mentre il bambino strisciava fuori dal salotto, Paul li scrutò con sguardo sottile. «Siete di coccio, eh?»
«Come?», dissero Alex e Jacob all'unisono.
«Cercavo di mandarlo via. Non deve sentire. Non sa di avere una sorella. A parte questa». Paul indicò la piccola che succhiava il ciuccio in un angolo del divano malconcio.
«Oh, scusi, non pensavo», farfugliò Alex confusa. Paul Wheeler sembrava calmissimo.
«Non importa. Allora, che volete da me? Comprare la mia storia?»
«Dipende, ha una storia?», domandò Alex.
«Ditemelo voi».
Il salottino era pulito e ordinato. La stufa a gas era accesa e il boxer si era sdraiato soddisfatto ai suoi piedi, pancia a terra, per assorbirne tutto il calore.
«Ricominciamo. Mi chiamo Alex Dale e sono una giornalista. Scrivo articoli di salute e mi sto occupando della condizione di sua figlia. Jacob era molto vicino a Amy ai tempi della scuola e mi sta aiutando a ricostruire il retroscena».
«So benissimo chi è lui».
Jacob si raddrizzò un po' sul divano grigio. «Ah, sì?»
«So tutto di te, Jake».
«Non capisco».
«No, immagino di no».

I riccioli scuri della bimba accanto a Paul fremettero appena, mentre lei scivolava in un sonno profondo. La sua bocca continuò a succhiare con colpetti brevi e inconsci, finché dopo un ultimo tiro fiacco, il ciuccio di gomma le cadde dalle labbra sul divano, seguito da una scia di saliva.

«Mi ha raccontato tutto di te», continuò Paul, sostenendo lo sguardo di Jacob senza batter ciglio.

«Amy?», chiese Jacob perplesso.

«Mi ha detto che eri il suo ragazzo, mi ha raccontato delle sue amiche, del liceo, dei professori che odiava. Tutto quanto».

«Credevo le avessi parlato una volta sola».

«Ah, davvero?».

Il ragazzino tornò trascinando i piedi e posò la tazza del padre sul bracciolo del divano.

«Bravo, Matty. Vai un po' in camera tua».

«Le ha raccontato tutte queste cose in un'unica conversazione?», domandò Alex, mentre il bambino si chiudeva la porta alle spalle.

Paul socchiuse di nuovo gli occhi, indicando le mani di Alex.

«Sono appunti, quelli?»

«In realtà vorrei registrarla, signor Wheeler. Per lei va bene? Non farò il suo nome nell'articolo pubblicato, ma sono sicura che sarebbe utile avere anche la sua versione dei fatti».

«Oh, fallo pure il mio nome. Puoi dire tutto quello che ti pare, basta che mi paghi».

«Non ci siamo capiti. Io non sono ancora stata pagata. Sono una freelance e sto scrivendo questo pezzo di mia iniziativa. Il "Times" è interessato a valutarlo quando sarà finito, ma non ho garanzie».

«Allora mi sa che non abbiamo niente da dirci».

«Oh, be', mi spiace che la prenda così. Lei è il primo a chiedermi dei soldi. Forse, se riuscissi a piazzare la storia, potrei...».

«Bob ci sta aiutando», intervenne Jacob, fissando gli occhi di ghiaccio di Paul.

«Ah, davvero?»

«Sì, è stato di grande aiuto. Ha raccontato ad Alex la sua versione della storia, le ha detto tutto di Amy. Le ha detto com'è stato crescerla».

«Ah, davvero?»

«Sì», si unì Alex, «mi ha fornito una visione molto preziosa della vita di Amy. Sa che era finito sotto accusa per un po'? La polizia lo arrestò perché avevano frainteso lo stretto legame che lui aveva instaurato con Amy. A detta di tutti era la cocca di papà».

«Non per me».

«Perché no?»

«Lui la controllava».

Alex riaprì il taccuino, pregando che l'iPhone nella sua tasca non avesse smesso di registrare. «Vada avanti».

«Non la perdeva di vista un secondo. Non ha voluto farle conoscere la mia famiglia, la *sua* famiglia. Questa cosa ha ucciso mia madre. La nipotina vista una volta sola. C'è rimasta secca».

«Sua madre aveva visto Amy? Quando?»

«L'ho trovata così la prima volta. Inutile raccontarvi frottole, quando Jo mi ha detto che era incinta non ho fatto i salti di gioia. Avevo diciotto anni. Ero un ragazzino. Nessun lavoro decente, mi arrangiavo come potevo».

«E ora che cosa fa?», domandò Alex.

«Ora sono un padre single», replicò Paul sprezzante. «Io e Jo non stavamo proprio insieme. Ci prendevamo e mollavamo, sapete com'è. A volte faceva la stronza e si dava un sacco di arie. Ci guardava dall'alto in basso, me e la mia famiglia. La sua non era certo meglio. Comunque, ci eravamo rimessi insieme e un giorno lei viene e mi dice che c'è rimasta e che il figlio è mio. Non sapevo mica se era vero oppure no. Quelle come lei sono furbe».

«Cosa è successo dopo che Jo le ha riferito di essere incinta?», domandò Alex.

«Le ho detto di sbarazzarsene. Che non era il momento giusto. Lei mi ha mandato a quel paese e non l'ho più vista. Fine della storia».

«Mi sembra un tantino esagerato».
«Non è stata certo una conversazione educata come questa».
«L'hai minacciata?», insinuò Jacob.
«Certo che no. Si può sapere che problema hai?»
«Quindi Jo se n'è andata e basta?», insisté Alex.
«Anche lei era una ragazzina. Non era legata alla famiglia, non so neanche dove vivevano. Era sempre... come posso dire?»
«Impulsiva?»
«Incavolata».
«Insomma, quand'è che sua madre ha visto Amy?»
«Era a Sevenoaks da mia zia, qualche anno dopo l'ultima volta che avevo visto Jo. Mi ha detto che erano al supermercato, che aveva notato Jo e l'aveva riconosciuta subito. C'era una bambina con lei. Una bambina con gli occhi azzurri e i capelli scuri, uguale sputata a me e ai miei fratelli».
«Amy».
«Sì, Amy. Non sapevo ancora come si chiamava, ovviamente. Non sapevo niente di lei. La mamma è andata da Jo e le ha chiesto senza giri di parole se era mia figlia. Perché mi somigliava tanto».
«Sua madre non lo sapeva?»
«Non le avevo detto che Jo era incinta. Vivevo ancora con i miei, potevano darmele di santa ragione se mettevo una ragazza nei guai. Tanto Jo se n'era andata, non c'era niente da dire».
«E Jo cosa ha detto a sua madre?»
«Che Amy era mia figlia e che vivevano col suo nuovo uomo. Le ha detto che io lo sapevo. E che me n'ero fregato, maledizione, in pratica mi ha scavato la fossa. Ha detto alla mamma che vivevano a Edenbridge e che poteva andarle a trovare quando voleva. Le ha dato anche l'indirizzo».
«E poi cos'è successo?»
«La mamma è venuta da me e mi ha dato un ceffone. Mi ha detto che avevo una figlia e che la stava crescendo un altro e che non era giusto. Poi mi ha fatto salire in macchina e mi ha portato dritto a casa di Jo».

«Eravate solo voi due?»

«Sì».

«E cosa è accaduto quando siete arrivati?»

«Ho bussato alla porta, con rispetto». Paul lanciò un'occhiata a Jacob.

«Ho aspettato. Niente. Ho bussato di nuovo, ho visto le tende muoversi, avete capito, ma niente. Poi viene fuori quello stronzo e si mette a gridare». Paul prese a parlare in modo sempre più concitato, con la piccola accanto che dormiva ignara. «Ne dice alla mamma di tutti i colori. Mi spintona. Dice a lei di tornarsene in macchina e non farsi più vedere. Spinge me e minaccia lei».

«Bob?»

«Sì, quel maledetto santerellino di Bob».

«Ho incontrato Bob un paio di volte», obiettò Alex perplessa. «Non è così grande e grosso».

«Non sto scherzando, ma io volevo lasciare fuori mia madre. Sì, potevo farlo secco. Ma lei soffriva di salute ed era turbata. Non volevo fare a botte e non volevo nemmeno vedere la bambina in quel momento. Crudo ma vero. Non la conoscevo. Non avevo soldi, non volevo pensieri. Ero lì solo per fare un piacere alla mamma».

«Così ve ne siete andati?»

«Sì, ce ne siamo andati. Siamo saliti in macchina e lei ha guidato fino a casa».

«E sua madre non ha più rivisto Amy?»

«È morta un paio di settimane dopo».

«Mi dispiace».

«Non importa, non è colpa tua. È di Bob».

«Di cosa è morta?»

«Di crepacuore».

«Okay», intervenne Jacob, «ma cosa hanno detto i medici sulla causa del decesso?»

«Infarto. Ma se non era per Bob lei sarebbe ancora viva».

«Allora ce l'aveva a morte con lui?»

«Certo che ce l'avevo a morte con lui! Quello stronzo aveva mia figlia *e* aveva ucciso mia madre».

«Mi sembra di nuovo un tantino esagerato, non ha detto che sua madre era già malata?», puntualizzò Alex.

«Se non era per lui, sarebbe ancora qui. E anche Amy».

«In che senso?»

«La teneva al guinzaglio. Troppo corto. Lei si è ribellata e se n'è andata col primo che passava. E guardate cosa le è successo».

«Con chi se ne sarebbe andata, scusi?», domandò Alex. «Lei sa cosa le è successo?»

«Non mi serve sapere cosa le è successo per saperlo».

«Hai detto che sai tutto di me», intervenne Jacob. «Quante volte hai parlato con Amy?»

«Sapevi che si sono trasferiti dopo la morte della mamma?», chiese Paul ad Alex, ignorando Jacob. «Ho mandato una lettera a Jo per dirglielo, le ho chiesto di portare Amy al funerale. Mai avuto risposta. Quando sono tornato a cercarli, non abitavano più lì».

«Quando è tornato?»

«Un paio di anni dopo».

«Anni?»

«Sì, anni. Soffrivo per la morte di mia madre, no?»

«Allora quando si è rimesso in contatto con Amy?»

«Quando era adolescente. L'ho vista sul giornale».

«Che giornale?»

«Era sulle notizie locali per una specie di gara di scrittura. Mia zia ha visto l'articolo e me lo ha mandato».

«Me lo ricordo», affermò Jacob, più rivolto ad Alex che a Paul. «Si vergognava da matti per quella foto sul giornale».

«Sì, be', mia zia Jean l'ha vista. Amy aveva preso il cognome Stevenson, ma la zia l'ha riconosciuta subito, era sputata identica a me. Il giornale diceva che frequentava il liceo di Edenbridge. In questo non ha preso da me, devo essere sincero. Ha avuto la fortuna di prendere i geni giusti dalla madre».

«Come si è messo in contatto con lei?»

«Ho chiamato la scuola».

«La scuola?»

«Sì, la scuola. Be', è stata mia sorella. Ha impostato la voce e detto alla tipa dall'altra parte che chiamava da una scuola privata. Si è inventata che c'era una borsa di studio di scrittura per i ragazzi più bravi e che volevano chiedere a Amy di partecipare perché aveva vinto quella gara. La donna le ha dato il numero. Fatto».

«La mia scuola ha dato il numero di casa di una studentessa, come niente fosse?»

«Sì, come niente fosse».

«Scusa tanto, ma lo trovo davvero improbabile», obiettò Jacob. «All'epoca mia madre lavorava in segreteria e non avrebbe mai dato informazioni del genere, era fin troppo scrupolosa».

«Sarà, fatto sta che qualcuno ha dato il numero a mia sorella».

«E lei ha chiamato quel numero?», domandò Alex.

«Sì, il giorno stesso dopo la scuola. La prima volta, ha risposto *lui*. Ho messo giù. Poi ho riprovato e ha risposto Amy. L'ho riconosciuta subito. Aveva la voce di sua madre, ma più snob».

«Amy non è snob!», scoppiò a ridere Jacob.

«Forse non con te. Le ho detto chi ero. Che ero suo padre. Che provavo da tempo a rintracciarla e volevo conoscerla».

«E lei cosa ha risposto?»

«Non molto. Era scioccata, credo».

«A me ha detto che volevi incontrarla», disse Jacob. «Lo ha detto anche a Jo e Bob».

«Infatti volevo. Ma le ho detto che volevo chiamarla ancora qualche volta per conoscerci meglio. Per evitare l'imbarazzo del primo incontro».

«Non lo sapevo», commentò Jacob corrucciato.

«No, a quanto pare no. È stata lei a dirmi a che ora chiamare per trovarla sola a casa».

«Io non sarei felice di sapere che mia figlia racconta in giro quando è sola in casa», osservò Jacob.

«Tu hai figli?»

«Uno in arrivo», rispose Jacob con tono prudente.

«Be', allora lasciati dire che non lo stava raccontando "in giro", ma a suo padre. Il suo vero padre. E lei sapeva che ero io perché sapevo un sacco di cose su sua madre. Le ho raccontato di quando ci siamo messi insieme e che sapevo di Bob e tutto il resto. Le ho detto che una volta ero andato a cercarla e lei mi ha risposto che se lo ricordava».

«Così ha continuato a chiamarla?», chiese Alex, la penna sospesa sul foglio.

«Quasi tutti i giorni. All'inizio parlavo solo io, poi lei ha cominciato ad aprirsi di più. Mi parlava della scuola, del suo fidanzatino, quello lì». Paul fece un sorrisetto a Jacob. «Delle sue amiche».

«Ma non vi siete mai visti?»

«No. Dopo un paio di settimane che ci sentivamo, lei lo ha riferito a Bob e Jo».

«Un paio di settimane?», chiese Alex perplessa.

«Sì, un paio di settimane. Ha detto a Jo e all'altro che io la chiamavo. Che ero gentile e avevo messo la testa a posto – era vero – e che voleva conoscermi. Loro le hanno detto di no. Le hanno detto che ero questo e quello, un sacco di frottole. L'hanno confusa per bene così per un po' non ha voluto parlarmi, ma poi l'ha superata. E abbiamo ripreso a chiacchierare. Dopo un paio di mesi, ha accettato di incontrarmi».

«Quindi alla fine vi siete visti?»

«Macché, non ci eravamo messi proprio d'accordo, ma io volevo controllare se stava bene. Volevo vederla nel suo mondo, capite? Così un giorno l'ho raggiunta dopo scuola ma lei era con uno».

«Uno chi?», domandò Alex, raddrizzandosi di colpo.

«E io che ne so? Era uno, un tizio più grande, forse un insegnante».

«Quando è successo?»

«Circa una settimana prima di vederla in TV».

«Che aspetto aveva quel tizio?», domandò Jacob con voce tremante.

«Come cazzo faccio a saperlo? Era quindici anni fa. Era un tizio. Pelle chiara, mi sembra, più alto di lei. Non l'ho visto bene ma non era della scuola. E non eri tu». Paul indicò Jacob.

«E lei ha parlato con Amy?», chiese Alex, fissando Paul negli occhi.

«No», rispose Paul, evitando il suo sguardo. «Lei non mi ha visto e l'ho lasciata in pace».

«Lo ha detto alla polizia?»

«Mi credete un idiota?»

«Ma aveva delle informazioni su sua figlia, l'aveva vista con qualcuno. E tutte quelle telefonate, Amy potrebbe averle riferito qualcosa di utile».

«Non mi ha detto niente di utile per la polizia. E non volevo correre rischi. Non serve un genio a capire che fine potevo fare».

«Non mi sembri così sconvolto», osservò seccamente Jacob.

«Chi cazzo ti credi di essere?».

La porta del salotto si aprì e fece capolino la testa arruffata di Matty.

«Posso guardare la tele?»

«Torna in camera tua!», gridò Paul. «Sei rimasto a casa perché sei malato, mi pare!».

I piedini scalzi rimbombarono sulle scale cigolanti.

«E tu, bello, non venire a dirmi che non sono sconvolto, non ci provare. Tu non sai niente di me».

«Mi pare strano che non ti sia mai fatto avanti con tutta questa storia, Amy è stata in TV per settimane. Poi descrivi la sparizione di tua figlia come, non so, come se fosse un cane scappato dal recinto», sbottò Jacob con una spavalderia che disorientò Alex.

«Aspetta di diventare padre», replicò Paul, alzando la voce a livelli da rissa nei pub. «Aspetta e vedrai. Non hai idea di come ci si sente. Uno stronzo qualunque prende la tua bambina e la uccide. E tu devi decidere: mi rimetto in piedi, mi do una spolverata e dimentico tutto? Oppure muoio con lei? La scelta è solo tua».

«Mi dispiace», intervenne Alex. «Capisco quanto sia turbato per questa storia. Ma Amy non è morta, è ancora viva».

«No, invece. Il suo corpo è agganciato a qualche macchina, ma lei è morta».

«Non sono le macchine a tenerla in vita. Respira da sola e i medici hanno riscontrato attività cerebrale», obiettò Alex pacata.

Jacob la guardò accigliato.

«Amy è morta», insisté Paul.

«Perciò i suoi figli non sanno niente di lei?», chiese Alex.

«Non c'è mai stato motivo di dirglielo. Guardate come dorme Chloe, non ha bisogno di sapere in che mondo di merda viviamo. Lasciatela dormire, al resto del mondo ci penso io».

«Dov'è la loro mamma?», domandò Jacob, flettendo le dita sulle ginocchia.

«Mamme. Sono due. Matty è stato una botta e via con una che conoscevo. Non era in grado di crescere un bambino. Che puttana. Chloe è della mia ex. La vede nel weekend».

«Una situazione unica, direi».

«Non avevo intenzione di mollarli. Sono stato chiaro con le madri: "Tu fai nascere il bambino, ma il bambino è mio. Se mi lasci, il bambino resta qui". Sono già scappato una volta, non succederà più».

Paul si asciugò gli occhi sulla manica.

«Insomma, quanto prenderei per una foto?».

Capitolo quaranta
Amy

Un giorno del 2004

Quando la mamma pensa che qualcuno sia un po' strano, lo descrive come "un soggetto". È quel linguaggio tipico di mia madre che non desta sospetti, che non suona come un insulto o una "calunnia", altra parola che usa sempre. Ma se la conosci, capisci al volo cosa intende.

Il padre di Bob – nonno Pete, morto qualche anno fa – era "un soggetto". Nel suo caso, intendeva un vecchio meschino, razzista e misogino.

Il fruttivendolo, che usa sempre i doppi sensi per la frutta e la verdura, è anche lui "un soggetto". Dietro i sorrisetti della mamma, con tanto di occhi al cielo, si vede chiaramente che la sua opinione su di lui peggiora ogni volta che entra nel negozio. Finirà per andare a fare la spesa al supermercato.

Anche il vecchio Jack della nostra via è uno di quelli. La mamma mi ha detto senza mezzi termini di stargli alla larga. Non si fidava di lui, era quello il problema, le si era acceso il radar invisibile fin dal primo momento in cui l'aveva incrociato. Lo avevo notato addirittura io che all'epoca ero proprio piccola. Ma quando le ho detto che l'avevo visto *fare il soggetto* alla finestra mentre passavo, lei mi ha afferrata per un polso e mi ha ordinato di allontanarmi subito se lo vedevo venire verso di me e di attraversare la strada quando lui faceva le sue cose strane.

Non l'ho detto a Bob. Sapevo, anche senza che lo precisasse la mamma, che era meglio di no. Che parole avrei dovuto usare, poi? "Trastullarsi"? O forse avrei dovuto ripetere la leziοncina di biologia dicendo che si "masturbava" mentre mi guardava? Oddio, che schifo! No, meglio evitare il tizio e basta e lasciare in pace Bob. L'ultima cosa di cui avevamo bisogno era che il mio patrigno partisse in quarta per la casa del vicino e gli facesse una sfuriata.

Non che Bob sia un attaccabrighe, anzi. Lui è quasi sempre allegro e tranquillo. Ma quando si tratta di me e la mamma, diventa molto protettivo. È una cosa bella, di solito. Cioè, mi rompe da morire quando si preoccupa troppo e io non posso fare quello che voglio. Soprattutto se la mamma dice che posso andare e poi Bob ritira il permesso. Ma anche quando sono incazzata nera, in fondo lo capisco. C'è chi non ha un papà che si preoccupa così e io sono grata di averlo. Ma mi guardo bene dal dirglielo.

Credo sia un po' come avere una guardia del corpo. Una guardia del corpo bassa e grassa in tuta da lavoro. Ti fa sentire al sicuro. E quando ti senti al sicuro, ti senti anche coraggiosa. Forse è per questo che sono sempre stata coraggiosa. In questo momento però, mi sento meno coraggiosa del solito. Forse è perché non ricordo l'ultima conversazione che ho avuto con Bob, non sento la sua mano invisibile sulla spalla. Sarà perché lavora molto ultimamente? Oggi ho la testa un po' confusa ma mi sembra che stia durando da un po'.

A dire il vero, mi sembra che tutto quanto stia durando da un po'. Non so se abbia senso, ma non riesco a ricordare l'ultima volta che ho fatto *qualunque* cosa. Anche cose stupide come andare in bagno. Quando è stata l'ultima volta che sono andata in bagno? Cosa abbiamo mangiato ieri sera? O la sera prima?

Forse sto dormendo troppo, ecco perché sono così confusa. La mamma dice sempre che dormire troppo fa male come dormire troppo poco, l'orologio interno si sballa e non capisci più niente.

Io non sono una dormigliona. Non come Jake – mamma, quanto dorme quel ragazzo. Una volta l'ho chiamato alle quattro del pomeriggio durante le vacanze e suo fratello mi ha risposto che era ancora a letto. Alle quattro del pomeriggio! Lui sì che è un vero ghiro.

Credo sia più facile quando abiti in una casa grande. Se a casa nostra uno si alza e va in bagno, ci svegliamo tutti e ci mettiamo in fila dietro la porta. Io mi sveglio ogni mattina con il fischio del bollitore. Ma a me piace la nostra casetta. Mi piace sapere che la mamma e Bob sono lì accanto, e poi è così accogliente. Ma ormai non mi sveglio più quando si preparano per andare al lavoro, mi sembra di dormire più di quanto stia sveglia. Forse è una cosa che succede alla mia età. Non è così che si dice sempre dei ragazzi e degli studenti, che passano le giornate a dormire? Forse è arrivato il mio turno. Forse fa parte del diventare grandi.

Capitolo quarantuno
Jacob

6 ottobre 2010

Lo studio medico non aveva fissato appuntamenti per Fiona Arlington quel giorno.

«L'ostetrica riceve di nuovo lunedì prossimo, avrà preso appuntamento per quella data», riferì a Jacob con tono brusco la receptionist dal viso flaccido.

«Fiona è mia moglie perciò devo esserci. Le spiace dirmi quando devo tornare?».

Si aggrappò con le mani al bancone della reception, dove spesso aveva registrato l'arrivo di Fiona mentre lei si accasciava esausta in sala d'aspetto.

«Mi spiace, signore, non posso. Dovrà farsi dare l'informazione da sua moglie».

Jacob spinse via il bancone con forza, per darsi lo slancio, ma non solo.

Uscito fuori, cliccò con furia sul cellulare. Fiona rispose al terzo squillo. «Che c'è, Jacob?»

«Sono venuto per l'appuntamento ma tu non ci sei», le disse.

«È il *mio* appuntamento», rispose lei.

«Non punire il bambino».

Silenzio.

«Siamo ancora i suoi genitori, a prescindere da come vanno le cose tra noi».

«Avresti dovuto ricordartelo prima di tradirci».

«Non hai ascoltato una parola di quello che ho detto l'altro giorno? Porca miseria, Fiona, io non ti tradisco. Ho delle cose da risolvere, e non me ne frega niente se non mi credi, ma non tradisco il nostro bambino e tu non mi puoi escludere così».

Fiona inspirò a fondo. «Va bene. Puoi venire all'appuntamento solo se rispondi a una domanda».

«Ora mi minacci? Ma va...», Jacob si frenò e implorò il cielo per una dose di pazienza. «Va... bene. Che domanda?»

«C'è un'altra donna?»

«Non nel senso che credi tu».

Clic.

Jacob provò subito a richiamare ma si inserì la segreteria. Continuò a insistere, mentre i pazienti entravano e uscivano dalle porte della clinica, finché rimase senza batteria e senza la minima idea di cosa dire se Fiona avesse risposto.

Capitolo quarantadue
Alex

2010

«Ciao Amy, sono di nuovo Alex».

Il lieve «shh-shh» del respiro di Amy ricordava il rumore delle onde del mare. La sua pelle sembrava risplendere alla luce del sole e il suo viso sembrava più rilassato dall'ultima visita.

Era facile immaginarla da bambina, seduta in giardino a travasare acqua da un contenitore all'altro. O a prendere le coccinelle con le punte delle dita e pedalare in tondo su una bicicletta minuscola. Bob e Jo avevano visto crescere quell'esserino piccino e diventare una giovane donna. Chissà se avevano provato un falso sollievo nel vederla non più così piccola e vulnerabile.

Naturalmente, si rese conto Alex, stava solo rivivendo le immagini della propria infanzia. Smistando le cose di sua madre, aveva trovato in fondo a una scatola un piccolo album di fotografie con la copertina di pelle. All'interno c'erano immagini di Alex sul triciclo, Alex con un quadrifoglio, Alex che giocava con un secchio seduta in una bacinella. Poi una di suo padre sulla sessantina, con la piccola Alex di due anni raggomitolata nell'incavo del gomito, entrambi con i sorrisi tirati. Alex non ricordava l'occasione, non ricordava nessuna delle sue visite a parte l'ultima.

Aveva undici anni e stava per cominciare la scuola media. Il padre si era presentato, agitato e iracondo, con un album di adesivi dei My Little Pony che lei aveva odiato, perché troppo infantile, e allo stesso tempo amato, perché era l'unica cosa che avesse di lui.

«Sai, non credo che mi sia mancato avere un padre», raccontò a

Amy. «Tanto non sapevo come fosse averne uno vero. Insomma, uno che non debba nasconderti da sua moglie. Ma più crescevo e più mi sentivo tradita, come se mi fossi persa qualcosa di fondamentale. Suppongo sarebbe stato diverso avere un patrigno come Bob», proseguì Alex cauta, scrutando Amy per la minima reazione.

Suo padre era un giudice della corte suprema, di fama rispettabile. Morì subito dopo il suo dodicesimo compleanno, ormai quasi ottantenne. Lasciò una somma di denaro a sua madre e fu così che la nuova moglie scoprì di lei. Era scritto sul testamento.

«Mia madre aveva atteso per anni, Amy. Credo sperasse che la mia nascita le avrebbe garantito un guadagno sicuro. Naturalmente frequentava altri uomini... molti altri, a dire il vero», sbuffò Alex, «ma continuava ad aspettare il biglietto vincente».

Chiuse gli occhi. Si era sorbita tutta la pappardella che riguardava "il giudice" e l'aveva ignorata il più possibile. Dopo la prima volta, non aveva più chiesto niente dei suoi fratellastri. La madre non aveva reagito con dolcezza alle tipiche domande da figlia unica di Alex.

Per un po', dopo la morte del padre, si erano recate ogni notte al cimitero dove sua madre sfogava la rabbia contro il complotto di famiglia e le divergenze di opinione sulla lapide. Si versava vino rosso da un thermos e partiva con un brindisi degenerando ben presto in una serie di improperi contro la tomba. Dopo qualche mese, la madre aveva trovato un nuovo compagno e smesso di colpo di tenere il lutto.

Alex si appoggiò allo schienale della sedia d'ospedale e osservò la stanzetta di Amy racchiusa tra le tende. Doveva essere più grande di quella che aveva nella casa di Warlingham Road. Una versione più blanda. Alex immaginò Jo e Bob rimuovere con cura i poster dalle pareti e arrotolarli per portarli in ospedale, stretti tra le braccia come neonati. Li immaginò mentre li srotolavano, magari discutendo su quale fosse il migliore da appendere per «quando si sveglierà». Oppure si erano mossi in silenzio, avevano affisso i poster all'unica parete in muratura, lavorando senza parlare.

Ripensando alla sua playlist, Alex annotò sul Moleskine i nomi delle band musicali dei poster. Conosceva già i Pulp e i Blur, ma ripiegate sulla sedia vide diverse T-shirt con delle immagini sul lato anteriore. Alex si avvicinò, sbirciando oltre la spalla per accertarsi che nessuno la guardasse. Le magliette sembravano sbiadite e consunte, il logorio tipico del tempo che passa. Alex sfiorò la prima con delicatezza, poi la tirò fuori e la aprì tenendola per le spalle. Sfoggiava un'immagine di Iggy Pop, in una parodia del *Dittico di Marilyn* di Warhol. Alex la ripiegò con cura e la mise da parte. La successiva era una maglietta blu dei Blur, forse quella che Amy indossava il giorno della sua prima visita al reparto. Riconobbe, anche senza aprire l'ultima, il logo familiare degli Smashing Pumpkins. Infine ripiegò le magliette e le rimise in ordine al loro posto. Stando al racconto di Bob, Alex immaginò Jo mentre sistemava con cura la biancheria della famiglia dopo averla lavata.

Caos e crisi, erano queste circostanze a creare terreno fertile perché le cose brutte passassero inosservate. Un numero insufficiente di occhi vigili. Ospiti da non accogliere che si insinuavano tra le crepe. Niente nella vita di Jo e Bob sapeva di caos o distrazione. La casetta graziosa, il lavoro regolare, la figlia unica. Cosa poteva essere sfuggito? E come? Eppure Paul era sfuggito alla loro attenzione. E forse, se lui era davvero attendibile, era sfuggito anche un altro uomo.

Alex pensò alla propria madre. Passava intere giornate a dormire, lasciando Alex a rincorrere il pulmino della scuola affamata e con indosso i vestiti sgualciti del giorno prima. Quante volte sua madre era stata assente. E non era successo niente di drammatico. Quanti angoli bui, eppure non era successo praticamente niente. Allora perché Amy?

Alex guardò i poster, nel silenzio tonante del reparto. Prese l'iPhone dalla borsa, srotolò gli auricolari e ne infilò uno nell'orecchio di Amy tenendo l'altro per sé. Si chinò, piegando il capo verso la ragazza, poi fece scorrere lo schermo del cellulare fino a trovare la playlist giusta. Abbassò il volume lasciandolo appena percettibile e consentì alle note dei Blur di diffondersi nelle loro orecchie. Le labbra di Amy si schiusero leggermente, emettendo una lunga esalazione.

Quella sera Alex avrebbe aggiunto anche gli altri: Iggy, altri pezzi dei Blur, gli Smashing Pumpkins.

Ascoltando il mix sulla strada per il Devon, si era lasciata andare ai ricordi della sua esperienza culturale di quel periodo, del *suo* 1995. Aveva pensato di usare quelle immagini come una sorta di collegamento personale, che ispirasse l'apertura dell'articolo. Ma poi si era resa conto che una delle sfide maggiori di quel pezzo non consisteva nel trovare il modo di entrarci, ma quello di distanziarsi completamente dalla storia. Nei suoi pezzi migliori, la storia era sempre stata lei.

Mentre la madre giaceva ormai incavata come la carcassa di un pollo, il whisky intoccato sul comodino, Alex aveva continuato a scribacchiare pensieri e osservazioni sul proprio taccuino. Quando la madre aveva esalato l'ultimo respiro mozzo, Alex aveva annotato le proprie sensazioni, l'accuratezza dell'espressione "rantolo di morte", la propria solitudine in una stanza occupata da due persone fino a pochi istanti prima. Aveva visto il viso della madre avvizzire con il sorgere del sole. Mentre si faceva giorno, aveva inviato al giornale il suo articolo di cinquecento parole in una serie di lunghi messaggi dal cellulare, ingollando sorsate di bourbon tiepido dalla borsa dell'acqua calda che di solito giaceva nell'incavo del gomito della madre.

La mattina dopo la sua morte, Alex tornò tra le braccia di Matt ma non pianse una lacrima per quattro giorni filati. Non pianse finché non lesse l'articolo sul giornale della domenica e finalmente capì come avrebbe dovuto sentirsi.

Il congedo per lutto le parve tempo perso. Lo trascorse trasformando la casa nel loro nido d'amore. Ormai pronta per rientrare al lavoro, subì lei stessa un ricovero ospedaliero a sorpresa. Poi Matt se ne andò.

Alex tornò alla rubrica del martedì lavorando da casa con indosso pigiami macchiati di vino. Fissò la pagina bianca per tre notti di fila, la testa annebbiata dagli antidolorifici e dall'alcol. Il whisky era troppo forte per le pillole che prendeva. La pagina vuota continuò a danzarle davanti agli occhi mentre cercava l'ispirazione giusta. Finalmente, dodici ore dopo la scadenza per la consegna, scrisse:

Domanda: Che cos'hanno in comune mia madre, il mio bambino e mio marito?

Risposta: Li ho persi tutti e tre.

Non è un gran finale, ma è l'unico che mi resta…

Quattrocentosettanta parole dopo, inviò il suo pezzo per email, poi si trascinò a carponi fino a metà scala e perse i sensi.

Fu svegliata dal telefono tre ore dopo. «Per prima cosa», disse la voce maschile all'altro capo, «mi dispiace molto per la tua perdita». Poi le domandò, anche se lei non capiva chi fosse: «Puoi venire in ufficio in mattinata? Dobbiamo parlare».

Due ore più tardi, con i capelli ancora bagnati dopo la doccia fredda, Alex sedeva immobile nella sala conferenze chiedendosi quale espressione assumere mentre le parlavano.

«Ci servono idee nuove», disse uno dei dirigenti che lei conosceva a malapena, seduto al lato opposto del tavolo di noce. «Le storie deprimenti funzionavano bene ma ormai sono superate. Dopo un po' la gente diventa cieca. Capisci?»

«Sì», riuscì a biascicare Alex, fissando lo sguardo sul cesto di frutta al centro del tavolo.

«Hai altre idee da proporre?», le chiesero.

«Al momento solo questo». Sentì risalire un rutto e tossicchiò fuori le parole.

«Alex, forse dovresti concederti una pausa più lunga, esci da un periodo terribile», osservò la dirigente donna.

«Infatti», annuì il direttore. «Richard si sta occupando della tua rubrica e al momento funziona bene. Molto bene. Non c'è fretta di rientrare. Quando sarai pronta, valuteremo altre opportunità».

Alex balzò in piedi di scatto, battendo il ginocchio contro la gamba del tavolo così forte che le lacrime le sgorgarono dagli occhi senza preavviso. «Lasciate perdere», replicò. Poi, con la rabbia che le gonfiava il petto, sbottò con un: «'Fanculo tutto». Poi lo gridò, per essere sicura che avessero sentito. «'Fanculo tutto!», e ancora: «'Fanculo anche a voi!». Infine uscì dalla stanza barcollando e si ritrovò tra le mani della sicurezza, appena convocata. Pochi minuti dopo si infilò nell'oscurità del pub The Flowers. Si ubriacò al punto da stentare a tenere gli occhi aperti e si scopò il lavapiatti dallo sguardo triste nel cucinino dietro il bancone, a porte aperte. Quella settimana si aggiudicò una bella pagina su «Private Eye».

Alex osservava la pelle chiara di Amy. Non mostrava una grinza, giusto una patina sottile attorno agli occhi e qualche peletto scuro sopra il labbro che lei stessa non avrebbe riconosciuto. Lungo la scriminatura le era spuntato un capello grigio. Alex allungò la mano e glielo strappò. Lo lasciò cadere a terra, poi le accarezzò il viso e sentì la pelle cedere appena appena sotto il suo tocco. La bocca dischiusa di Amy emise il più lieve dei sospiri lievi.

Capitolo quarantatré
Amy

Un giorno del 2006

Okay, ora lo dico e basta. Credo che il mio segreto sia una specie di "soggetto".

Ho avuto un po' di tempo per pensarci su. A dire il vero, non ho avuto altro che tempo, in qualunque direzione io allunghi lo sguardo. Ho esaminato e riesaminato le cose nella mia testa da ogni prospettiva, tanto da chiedermi se non ne abbia rimodellato la forma.

Ma più li ripercorro, più i miei ricordi di lui si guastano. Tipo, il suo comportamento non regge a un esame minuzioso. Non che il mio regga, ma anche volendo ignorare l'evidenza che è proprio sbagliato, la situazione non si sarebbe mai dovuta creare. Insomma, lui è *molto* più grande di me. Tanto per cominciare. Quando ci siamo baciati la prima volta, indossavo la divisa di scuola. Una divisa che lui conosceva fin troppo bene. Un po' strana come cosa. È strana, no?

Avevo quattordici anni quando l'ho conosciuto e quindici quando ci siamo baciati e lui lo sapeva. Sa perfettamente chi sono.

È un tipo attraente. Con attraente, intendo supermegafigo. È anche muscoloso. Si vede da come si muove, impettito e sicuro, che si tiene in forma.

Perché uno così dovrebbe mettersi con una ragazzina di quindici anni? Potrebbe avere il meglio del meglio se volesse una cosa semplice, allora perché? Ha un mucchio di possibilità di trovare donne vere, professioniste. Magari le ha già scartate tutte e gli tocca scorrere la lista verso il basso e passare alle ragazzine. Non credo proprio, ma forse mi piace illudermi. Tutte vorremmo essere scelte, no? Vorremmo diventare quella speciale per qualcuno, l'oggetto del desiderio anziché uno dei tanti corpi nella mischia. Ma più ci penso, più ci rimugino, più manipolo la cosa nel cervello e la disseziono, e più mi sembra sporca.

Ma ha cominciato lui. Oh, un vero commento da adulta, Amy. Eppure è successo così, e credo faccia parte del problema. Se l'avessi cercato io, se mi fossi vestita da grande per ingannarlo, se l'avessi incontrato in altre circostanze, allora sarebbe stato diverso. Ma è stato lui a cercare *me*. Lui ha fatto il primo passo.

È stato lui a cominciare, da quando si è voltato quel giorno e ha iniziato a parlarmi mentre non c'era nessun altro nella stanza, mi ha fissata negli occhi troppo a lungo e si è seduto troppo vicino. Avrei dovuto spostarmi, trovare una scusa e andarmene. Ma non l'ho fatto. Non solo perché lui è, come dicevo, supermegafigo, ma anche per educazione e senso del dovere. Quando un adulto ti parla, tu rispondi.

Mi sa che ragiono così per stare meglio con me stessa. Per tirarmene fuori, perché la verità è che avrei dovuto fermare la cosa prima che andasse oltre. Lui non avrebbe dovuto baciarmi e io non avrei dovuto ricambiare. Non avrebbe dovuto piacermi. Sarei dovuta rimanere sconvolta, o schifata.

Non avrebbe dovuto toccarmi il tessuto della gonna in quel modo né scorrere le dita lungo la mia schiena, ma io non avrei dovuto correre a casa con un sorriso sulla faccia largo come il fiume dell'Eden. Non avrei dovuto correre dritta in camera mia, sbattermi dietro la porta e buttarmi sul letto, ridendo come lo stregatto e rivivendo la scena di continuo nella mia testa come fosse un film porno.

Lui non era certo un pervertito. Una volta mi ha dato un passaggio a casa e avrebbe potuto provarci ma non l'ha fatto. Avrebbe potuto portarmi da qualche altra parte, riprendere quello che avevamo interrotto nella sua cucina, ma non l'ha fatto. Mi ha parlato con dolcezza, mi ha asciugato le lacrime e mi ha riaccompagnata a casa. E la verità cruda e terribile è che io non ho mai smesso di desiderare che si fosse approfittato della situazione. Non ho smesso di desiderare che se ne presentasse un'altra perché sapevo, come lo so adesso, che se così fosse stato, l'avrei afferrata a piene mani e me ne sarei fregata di cosa è giusto e cosa è sbagliato.

Perciò, se lui è un soggetto, io che cosa sono?

Capitolo quarantaquattro
Alex

9 ottobre 2010

Alex aveva continuato a rimandare la visita al luogo che con ottimismo chiamavano “parco”, nel quale Amy era stata ritrovata tanti anni prima. Era giunto il momento di affrontarlo, ma a prima vista non le piacque per niente. Gli alberi incombevano come il peccato, minacciosi nel vento sferzante. La rugiada si annidava densa e umida sul terreno, scintillava sulle tele dei ragni e schiacciava le foglie sull’erba con il suo peso acquoso.

Era un sabato mattina presto e l’aria era frizzante, ma già diverse famiglie cinesi erano riunite a raccogliere castagne, ed estraevano i frutti marroni e panciuti dai ricci verdi e spinosi, infilandoli nelle sporte con gesti meccanici.

Meccanici? Il tipico commento generico e razzista che la madre snocciolava spesso, pensò Alex.

Il Kent era pieno di castagni, ma fermarsi a raccoglierne i frutti era da “zotici”. «Cibo da terra», aveva detto una volta schifata, dopo aver sorpreso la piccola Alex a riempirsi le tasche di castagne.

Quella mattina Alex si era svegliata con l’ossessione delle ricerche del pomeriggio precedente. E in quel luogo tetro e uggioso la sensazione non fece che aggravarsi.

La visita a Paul Wheeler l’aveva lasciata più confusa che mai. Era un uomo losco e quasi certamente mentiva. Che ci fosse un fondo di verità nella storia del «tizio più grande», o era una semplice copertura? Che fosse lui il *tizio* in questione?

Da qualunque prospettiva Alex ponderasse l’idea, stentava a

credere che Paul avesse aggredito la figlia a scopo sessuale e con una tale efficienza da uscirne pulito. L'interrogativo che lampeggiava più acceso che mai era l'elemento consensuale, l'assenza di escoriazioni nelle parti più intime.

Per quanto sgradevole, nella mente di Alex prese forma una spiegazione plausibile, dove prima si trovava l'alibi de facto di Paul Wheeler. Aveva anche un nome. Attrazione sessuale genetica. Un fenomeno così preciso e accertato da avere persino un acronimo in inglese. GSA. Quelle tre lettere giustificavano la possibilità che Paul Wheeler e Amy Stevenson avessero intrapreso un'intensa relazione sessuale. Il solo pensiero, quando Alex lo prendeva in considerazione ai fini dell'indagine, le faceva rivoltare lo stomaco.

La GSA, aveva letto, si verificava spesso nei casi di parenti stretti che si incontravano per la prima volta da adulti o adolescenti. Figli adottivi, primi cugini persi di vista... anche genitori sconosciuti. Esistevano addirittura coppie che scoprivano di essere padre e figlia solo dopo essersi sposati e avere generato dei figli propri. Accadeva più spesso, aveva letto Alex deglutendo a stento, quando tra i due consanguinei c'era una forte somiglianza. Pensò agli occhi scintillanti di Paul. Lo immaginò più giovane di quindici anni, alto, attraente, lo sguardo luminoso fisso in quello identico di Amy. La sua parlantina irrilevante rispetto a quel legame misterioso. Un legame che forse, chissà, aveva condotto Amy fino lì, in quella fredda e umida porzione di nulla.

Alex rabbrividì. Oltre alle serie di alberi che spuntavano a casaccio su ettari di erba bagnata e irregolare, c'era un laghetto circondato da grossi sassi aguzzi. A ogni passo che sprofondava nell'erba fangosa, Alex avvertiva una nausea crescente. Il luogo del riposo eterno di Amy, così era stato inteso. Non era un bel luogo per morire.

Nel mese di luglio, l'erba doveva essere stata verde e rigogliosa. Gli alberi un po' più tozzi, quindici anni prima, immobili nella brezza estiva. A parte la sera, forse, il lieve fruscio delle foglie.

Alex immaginò il gruppo di ricerca che setacciava attentamente il terreno con i bastoni, pezzo per pezzo, sperando di non trovare nulla. Quanti tra coloro che avevano calpestato l'alta erba estiva avevano creduto che Amy fosse scappata? Fino a quel tragico contatto tra il legno e il corpo quasi freddo, a pochi metri dal punto in cui Bob brandiva rabbioso e disperato il suo bastone.

No, non era un bel luogo per morire.

Quando Alex raggiunse il punto esatto – una piccola enclave buia circondata da cespugli spinosi e sorvegliata da fitti castagni – il vento spinse con forza contro le sue gambe ossute facendola cadere goffamente nel fango. Nervosa e infreddolita, si rimise in piedi barcollante.

Non si vedeva niente e nessuno per chilometri. Da qualche parte in lontananza il brusio dell'autostrada graffiava a malapena il silenzio. Una vespa fuori stagione ronzava svogliata in attesa di morire. L'unica persona che in quel momento si trovava lì era arrivata da sola e sola se ne sarebbe andata, tanto era improbabile che si presentasse qualcun altro. Almeno fino a quando la gente avesse preferito passeggiare lungo il fiume o nei graziosi parchi cittadini gestiti da appositi comitati. Quella grossa fetta di nulla, "risparmiata" dallo sviluppo urbano da una bizzarra norma sulle cinture verdi attorno ai centri abitati, era gestita a distanza, come un figliastro, dal consiglio comunale.

Alex scattò delle fotografie, che le sembrarono tutte uguali. Una decina di immagini di un luogo tetro e inospitale. Nessuna targa, né fiori né altro a suggerire che fosse speciale per qualcuno.

Perché lì? *E perché no?* C'era un silenzio di tomba; era difficile riuscire a vedere qualcuno aggredire una persona o trascinare un corpo. La strada principale passava poco distante, ma non così vicina da notare una macchina – magari quella noleggiata da Paul – nel parcheggio, termine generoso per indicare uno spiazzo sterrato con molti più posti auto del necessario. Eppure insufficienti al momento del bisogno. I veicoli dei volontari e i furgoni della polizia dovevano aver formato una lunghissima serpentina lungo la recinzione fino alla strada principale.

Alex scrutò l'orizzonte, il lontano tossire delle automobili era l'unico rumore percepibile.

Dove avevano fatto sesso per la prima volta? Amy e il «tizio più grande». Era successo lì? C'erano arrivati dopo giorni, settimane o più? La prima volta era stata anche l'ultima, o solo uno dei tanti incontri?

Se si trattava di Paul, tutto acquisiva un senso morboso. Ecco perché Amy non aveva detto a nessuno che si vedeva con il padre naturale; se nascondevano un segreto che viaggiava così a fondo in direzione sbagliata, nessuno doveva saperlo. Ecco perché lui non aveva ammesso di averla incontrata, di essersi ritrovato attratto da lei in un modo che non si sarebbe mai aspettato, che nessuno si sarebbe aspettato.

Dove si trovava Amy quando l'avevano pestata a sangue? Nell'auto a noleggio del padre? Che avesse cambiato idea sui loro incontri clandestini? Magari voleva darci un taglio e lui si era infuriato e l'aveva aggredita senza pensarci. Un delitto passionale. Alex detestava quell'espressione.

Era stato Paul a portare sua figlia in quel luogo appartato per esplorare un corpo che non avrebbe mai dovuto vedere così, per poi abbandonarlo a terrain modo quasi casuale? O aveva provato una sensazione da grandi occasioni mentre Amy giaceva nell'erba, sentendo le sue mani sulla gola e la morsa del sonno profondo che la afferrava per i piedi? Lei lo aveva guardato negli occhi? In quegli occhi del tutto identici ai propri?

Alex immaginò Amy in posizione fetale su una barella. L'erba umida di rugiada sotto le unghie e tra i capelli. Senza pensare, si distese sul prato bagnato e chiuse gli occhi. Certo, l'odore autunnale di terra umida era fuorviante. Amy doveva aver sentito il calore del terreno d'estate e annusato il tanfo del vicino lago, fangoso e brulicante di moscerini. Amy era rimasta sdraiata lì, in quel punto che poteva essere un punto qualsiasi, a formulare i suoi ultimi pensieri coscienti.

Paul era un infimo, infame bugiardo ma anche un tantino balordo. Davvero sarebbe stato capace di una cosa simile?

Alex rabbrividì e si rialzò con cautela. Tornò di corsa verso la sua auto, cercando di ignorare la sete e il pensiero della caraffa graduata e della bottiglia sul ripiano della cucina.

Era il momento di richiamare Matt. L'idea di sottoporgli una pista nuova la rendeva euforica. Non un caso chiuso e infiocchettato, ma almeno una prospettiva fresca. Nessuna prova del crimine, ma la prova delle sue capacità. La capacità di mantenere l'attenzione sull'obiettivo, di lavorare fino al pomeriggio. Di portare a termine qualcosa di tangibile. Di portare a termine qualcosa in generale.

Capitolo quarantacinque
Jacob

11 ottobre 2010

Il lavoro di Jacob alla GRX Solutions era stato il primo e l'unico. Aveva finito l'università senza alcun progetto se non evitare di fare il programmatore informatico. Peccato che la laurea di programmatore informatico avesse limitato le opzioni. Vendere software gli era parso il meglio che gli potesse capitare.

Quando chiamò Geoff, il suo capo, per prendere accordi sull'imminente e zoppicante rientro al lavoro, con la gamba parzialmente guarita, Jacob si rese conto che lavorava nello stesso ufficio da quasi dieci anni. Alla stessa scrivania. A parte Geoff, proprietario dell'azienda, e Linda, l'impiegata alla reception, Jacob era il dipendente assunto da più tempo.

«Ciao, forestiero», rispose il capo.

«Ciao, Geoff, come vanno le cose? State crollando senza di me?»

«Un paradiso, caro mio, un paradiso. Nessuno si mangia tutti i biscotti e l'umore è alle stelle».

«Allora ti strazierà sapere che rientrerò tra qualche giorno».

«Oddio, devi proprio?».

L'unico colloquio che Jacob avesse mai sostenuto era stato tre anni dopo l'assunzione. Una delle ragazze dell'amministrazione, ormai andata da un pezzo, si era lamentata del mancato avanzamento di carriera, così Geoff aveva inscenato dei colloqui personali con ognuno di loro.

«Sono tutte stronzate, se vuoi sapere come la penso», aveva confidato a Jacob. «Sappiamo tutti quello che facciamo e, se non lavori bene, sei fuori. Ma a quanto pare Susan ha bisogno di coccole, perciò facciamola contenta».

Geoff aveva cercato di prendere appunti per ciascun impiegato. Sotto il nome di Jacob aveva scritto una sola parola: solido. Al tempo, Jacob l'aveva preso come un complimento. Piaceva ai clienti, non era insistente e non esagerava con le promesse. In quel ramo, era sufficiente a garantire fedeltà. Aveva tenacia, non c'erano dubbi. Solido. Affidabile. Leale. Credeva fossero tratti positivi.

Graham Arlington aveva lavorato per decenni nella stessa azienda. Jacob non aveva seguito le orme del padre di proposito, ma per il suo vecchio sembrava aver funzionato. Ogni singolo anno di cui Jacob avesse memoria, il padre era uscito di casa alla stessa ora, aveva preso lo stesso treno, letto i suoi libri o il giornale e lavorato con una scia di graziose segretarie. Aveva scoperto quell'ultima perla cogliendo per caso una frecciatina della madre attraverso le assi del pavimento, quando ancora viveva con i suoi.

Se costretto, Jacob avrebbe faticato a descrivere il lavoro del padre. Sembrava appartenere a una versione obsoleta di Londra. Non alla città frenetica, brillante e sudicia del presente. Più vicina ai cappelli a bombetta e agli autobus rossi degli anni Cinquanta e Sessanta, un'epoca antecedente agli anni lavorativi del padre.

Graham aveva lavorato fino alla pensione per una *livery company*, un'antiquata istituzione tipicamente britannica che non sarebbe mai potuta esistere in nessun altro luogo. Jacob sapeva soltanto, in base a quel poco che il padre gli aveva spiegato, che le *livery company* erano antiche associazioni commerciali londinesi, una sorta di corporazione dei tempi che furono. Ora si occupavano principalmente di distribuire il denaro delle loro ingenti casse per opere di beneficenza. Jacob sapeva anche che il padre aveva evitato il computer per tutta la carriera lavorativa e che guadagnava uno stipendio di tutto rispetto. A uno come lui, senza aspirazioni particolari, emulare quell'ultimo traguardo era sembrato piuttosto sensato.

Da quel punto di vista, Jacob era l'unico dei tre figli ad avere seguito le orme del padre. A essersi spinto a poco a poco verso lo scaglione di reddito successivo. Si domandava, quando si concedeva di farlo, se il padre ne fosse compiaciuto oppure deluso.

Per molti aspetti fu una sorpresa che non fosse stato Simon a imitare il padre, dal momento che erano così simili. Non che il primogenito andasse matto per i soldi, ma impazziva per le donne. Lo stuolo di segretarie che la madre aveva descritto e gli onori di un solido lavoro nella City avrebbero dovuto allettarlo, eppure ci rinunciò. Quante donne poteva avere a disposizione nel bel mezzo delle crisi umanitarie nelle quali operava?

Entrambi i fratelli di Jacob avevano preferito "aiutare" anziché "guadagnare", mettendo il bene comune al di sopra dell'interesse personale. A dire il vero, anche il padre, nonostante l'aspetto impeccabile tutto giacca e cravatta, aveva tecnicamente contribuito ad aiutare, dispensando i soldi degli altri a una specifica fetta di bisognosi. Al contrario, l'aiuto che aveva scelto di offrire Jacob era mirato con la precisione di un laser. I suoi atti caritatevoli cominciavano e finivano con Amy, e lo scopo era tutt'altro che genuino e altruistico.

Gli doleva ancora la gamba ed era sempre intontito dagli antidolorifici, ma ben presto sarebbe riuscito a fare a meno delle stampelle. Tornare alla routine lavorativa gli avrebbe giovato, concluse. Gli avrebbe impedito di pensare, di rimuginare sulle stesse cose fino alla nausea. Soprattutto, lo avrebbe allontanato da Edenbridge per buona parte del giorno e – forse – dai ricordi più logoranti.

Capitolo quarantasei
Sue

23 agosto 2010

Sue sedeva immobile sul divano scuro, le ginocchia sollevate da una parte. "All'amazzone", come le avevano insegnato a cavalcare i pony da bambina. Il ticchettio silenzioso dell'orologio da viaggio dotava il salotto di un battito cardiaco. Il sole danzava dal riflesso dell'involucro dorato dell'orologio alle cornici d'argento che lo attorniavano.

Dov'erano finiti i ragazzini delle fotografie? Con i capelli arruffati e gli spolverini di nylon, sempre un pizzico più grandi del dovuto.

La prima fotografia di scuola di Jacob la guardava raggiante dall'angolo della mensola, con quel sorriso senza denti e i capelli che svolazzavano ai lati del viso. Come lo aveva sgridato per il colletto della camicia infilato a casaccio nel maglioncino. Un particolare dello scatto che ora Sue adorava da morire. Riusciva a stento a guardare quel visetto felice. Gli occhi castani così limpidi e luminosi. A quel tempo Jacob piangeva così di rado. E se succedeva, quando cadeva e si sbucciava un ginocchio o finiva a terra malamente con la bicicletta, quale dolcissimo privilegio poterlo soccorrere subito e abbracciarlo finché non si calmava.

Quando era stata scattata la fotografia, il figlio aveva una grossa crosta sul ginocchio. Aveva cinque anni, e rotolando in giardino come un involtino ripieno era andato a sbattere contro il triciclo di Tom, finendo sul vialetto di pietra. Dopo tutti quegli anni, Sue sentiva ancora nell'aria l'odore del sangue. Si vedeva ancora mentre arricciava il naso al posto di Jacob e gli ripuliva con delicatezza la ferita sporca di ghiaia.

La fotografia preferita di Sue, tra quelle sul caminetto, li ritraeva tutti e cinque. In piedi su una duna sabbiosa, il vento che soffiava da tutte le parti, i sorrisi scolpiti sui volti dei ragazzi. Graham, alto e affascinante, scrutava perplesso l'obiettivo come faceva sempre, poco convinto che l'autoscatto avrebbe funzionato. E lei sembrava così giovane, così forte. Dove erano finiti quegli anni?

Il figlio maggiore era di una bellezza quasi insostenibile: le fotografie gli rendevano giustizia, ma dal vivo era imbattibile. I suoi occhi brillavano come smeraldi in un temporale. I figli minori le erano sempre sembrati due cuccioli di Labrador. Uno color cioccolata, l'altro dorato. Tom rincorreva Jake con energia inesauribile, con il desiderio disperato di acciuffarlo, di giocare con lui, di strappargli via il pallone. Proprio come due cagnolini.

I due piccoli avevano bisogno di azzuffarsi, di stare uno addosso all'altro come Simon non aveva mai fatto, né avrebbe accettato. Lui era più portato per il "trattamento" silenzioso di Graham. Gli bastava una sola occhiata del padre. Lo capiva al volo, come avessero un codice segreto. Se non fosse stato per i due figli minori, Sue si sarebbe sentita esclusa.

La fotografia ventosa era stata scattata il penultimo giorno delle vacanze di famiglia a Sandy Bay. L'ultima volta in caravan e l'ultima vacanza nel Devon prima di optare per l'estero. Fino ad allora, erano sempre andati in caravan a Sandy Bay semplicemente perché avevano sempre fatto così. La sabbia dorata, calda e familiare come lo zerbino di casa. Poi, certo, c'era stato quel guaio, tutte quelle incomprensioni. Non avevano più potuto tornarci, dopo.

Era stata la spinta che ci voleva. Del resto, desideravano da sempre provare il Portogallo, e dall'estate successiva avevano trascorso le vacanze nell'Algarve, circondati da altri turisti britannici.

Ma Sue ricordava ancora con esattezza la disposizione del caravan di Sandy Bay. Un bestione a cinque locali con un tavolo da pranzo completo di sedie, un divano ricoperto da un telo floreale e tre camere da letto separate. Non se ne trovavano più così; era una gemma rara.

I due figli piccoli si accampavano insieme nella stanza centrale, azzuffandosi anche dopo essere andati a dormire. Simon invece se ne stava in camera da solo, a sfogliare «NME» o «Melody Maker», o qualunque altra rivista fosse.

Sue ricordò l'ultima notte della vacanza con un sorriso. Una delle ultime volte in cui lei e Graham avevano fatto l'amore con spontaneità, senza parlare. Quella sensazione di vacanza, annebbiata e felice. I ragazzi alla discoteca del campeggio. Dopo giorni per riuscire ad ambientarsi, a poche ore dal rifare le valigie, Graham finalmente aveva cominciato a rilassarsi.

Avevano bevuto un gin tonic con ghiaccio, ammirando in silenzio il tramonto del sole sul mare. A separarli da quel profondo blu, nient'altro che uno spiazzo d'erba, tanti piccoli caravan beige e i fili colorati della biancheria stesa.

Capitolo quarantasette
Amy

Un giorno del 2007

Non mi è piaciuto prima. Quella voce forte che arrivava da una specie di altoparlante e diceva di essere un dottore e che dovevo immaginare di giocare a tennis. Come se fosse una cosa normalissima, di tutti i giorni. Che un dottore qualunque ti dica di giocare a tennis nella tua testa. Ma non c'era motivo di oppormi, perciò ho fatto come diceva.

Ho giocato a tennis una sola volta o due in tutta la mia vita. Lui non me lo ha chiesto e io non ho precisato, ma se mi avesse detto di giocare a netball mi sarebbe riuscito molto meglio. Ma pazienza, da brava bambina ho immaginato di giocare a tennis. Nella mia testa lanciavo in aria la pallina dura e pelosa e facevo oscillare la racchetta per picchiarla con forza oltre la rete. Poi ancora e ancora, la gettavo in aria e la sparavo lontana ogni volta che si avvicinava a me. E sentivo la voce del dottore e mi sembrava che ridesse. Faceva commenti, tipo: «Bravissima, Amy, fantastico», e «Mi sa che stai vincendo».

Poi diceva cose strane, tipo che la parte del mio cervello che giocava a tennis si illuminava. Da quando esiste una parte del cervello destinata solo al tennis? E io pensavo: *Mi stai prendendo in giro? Cosa vuoi testare davvero? Se dico la verità, o roba simile? Forse sa della cassetta dei Jesus Jones che ho rubato da Woolies quella volta? Nemmeno mi piacevano i Jesus Jones, stavo solo imitando Jenny e quell'altro tipo. Mi è rimasta addosso una fifa bestiale da allora.*

Lui mi ha detto di rilassarmi ma io ho pensato: *No, devo farla bene, questa cosa*. Così mi sono immaginata di nuovo sul campo da tennis e ho deciso di giocare come si deve, in modo realistico. Nella mia fantasia più accurata, avevo il sole negli occhi e la palla continuava a finire a terra. Quando finalmente la racchetta di legno è riuscita a toccarla, l'ho lanciata mollemente contro la rete. L'ho vista cadere tra le sue pieghe e ho sentito i palmi e la fronte grondare di sudore. Dopo avere mancato più o meno altre sette palline, ho alzato lo sguardo. Forse mi ero immaginata di giocare contro Jake o Becky, ma quando mi sono resa conto di chi fosse, mi sono sentita umiliata.

Senza preavviso, lui ha lanciato la palla in aria, altissima sopra la testa, è balzato tra le nuvole e l'ha spedita con un grido oltre la rete. Nella mia mente sono rimasta ancorata a terra a fissare la sagoma gialla e rotante che mi si piantava tra gli occhi, spingendomi indietro così forte da farmi sbattere il sedere a terra.

Mi sono rialzata a fatica e l'ho guardato, sperando in un sorriso amichevole, ma i suoi occhi erano neri. Era immobile, e mi guardava come se avesse un cattivo sapore in bocca. Ho odiato la sensazione che mi ha provocato quello sguardo. E credo di avere urlato o qualcosa del genere perché all'esterno dei miei occhi si è fatto chiaro all'improvviso e ho sentito la voce del dottore nel mio orecchio anziché dall'altoparlante. Diceva cose tipo: «Basta così, basta così, rilassati, Amy, è tutto okay». E di colpo ho pensato: *Aspetta, perché questo dottore fa esperimenti su di me, la mamma lo sa?*, e credo mi abbiano dato qualcosa perché dopo un po' non me ne fregava più niente. E non me ne è fregato più niente fino a questo momento.

Capitolo quarantotto
Alex

11 ottobre 2010

«Non saprei, Alex, credo che la tua prima impressione fosse giusta: Wheeler è solo un misero verme inaffidabile, niente di più. Se anche avesse avuto un interesse malato per le minorenni come Amy, non si troverebbe sulla sua fedina penale, altrimenti non gli avrebbero lasciato gli altri figli».

«Lo so, Matt, anche a me non torna, ma voglio setacciare ogni possibile angolo». Alex ignorò il fastidio che provava per l'atteggiamento altezzoso di Matt, come se lei non fosse in grado di vedere il quadro d'insieme che invece a lui saltava subito all'occhio.

«Be', mi auguro che sia vero e che tu non riponga troppe speranze in questo».

Alex si morse il labbro e mormorò tra sé e sé. Non poteva permettersi di replicare né discutere, rischiando di danneggiare la fragile tregua che avevano instaurato. Aveva bisogno di Matt dalla sua parte come fonte interna alla polizia. Aveva bisogno di Matt.

«Non preoccuparti, sto ancora vagliando altre possibilità; ho parlato con gli amici di Amy e cercato nella sua vita scolastica. Voglio approfondire tutto per bene».

«Lo so. E so che farai un ottimo lavoro».

Per un attimo, Alex rimase senza parole; si limitò a sfoderare un gran sorriso, con occhi sfavillanti. Era da tantissimo tempo che nessuno le diceva che stava facendo un buon lavoro, soprattutto la persona la cui opinione contava per lei più di ogni altra cosa.

Fece un bel respiro e scosse il capo, cercando di ignorare il cuore impazzito.

«Grazie, Matt», rispose con il tono più professionale possibile. «Fammi sapere cosa trovi, okay?»

«Ti farò sapere quello che *posso*», la mise in guardia Matt.

Alex lo salutò e controllò l'ora sul display del cellulare. Come se non l'avesse già intuita. La sua sete parlava chiaro. Altre cinque ore e quarantadue minuti prima di poter svitare quel tappo. Per poco non lo aveva fatto d'istinto prima di chiamare Matt, con il battito del cuore accelerato e le mani che la guidavano verso la cucina e la bottiglia.

Ma ce l'aveva fatta ancora una volta. Aveva parlato con Matt completamente sobria. Aveva parlato con chiarezza, tenendo a bada le emozioni. Era estenuante, cazzo, ma ci era riuscita. Dopo ogni conversazione si sentiva più calma, più simile a una persona normale. Dio, quanto sperava che funzionasse proprio così.

Se c'era stato qualcosa di più tra Paul Wheeler e Amy, sia Bob che Jacob ne erano all'oscuro. Le uniche persone che potevano aver visto qualcosa erano i compagni di scuola di Amy.

Alex scrollò la lista dei contatti e chiamò Becky Limm. Il suono del pianto di un bambino in sottofondo la raggiunse prima della sua voce.

«Pronto?»

«Ciao Becky, sono Alex Dale. È il tuo bambino che sento? Congratulazioni!». Alex chiuse gli occhi.

«Grazie», fu la risposta frettolosa. «Aspetta un secondo».

Con gli occhi ancora chiusi, Alex udì un negoziare sussurrato.

«Corro un attimo di sopra». Rumori attutiti lungo la linea, poi di nuovo la voce di Becky ansimante.

«Scusa, ho chiesto a mio marito di tenere Jude».

«Mi dispiace tanto disturbarti, sarò velocissima».

«Non preoccuparti, ma se mi stai chiamando per lavoro, non sono ancora pronta».

«Lavoro? No, non è per quello. Volevo solo chiederti una cosa su Amy».

«Oh, okay. Devo fare in fretta perché c'è un bel po' di trambusto di sotto».

«Solo una domanda, Amy ti ha mai detto che il padre naturale si era fatto vivo?»

«Uhm, sì, si è presentato a scuola un paio di volte, perché?»

«Paul Wheeler si è presentato a scuola di Amy? E tu l'hai visto?». Il cuore di Alex prese a battere più forte mentre cerchiava più volte il nome di Paul con tratto marcato.

«Non so come si chiamasse, ma sì, era il vero padre. Amy non faceva che alzare gli occhi al cielo. Cioè, credo che all'inizio le piacesse il lato drammatico della faccenda, la storia del padre mai conosciuto, ma si stancò in fretta. Era uno sfigato».

«Lo hai mai raccontato alla polizia?»

«No, perché avrei dovuto?»

«Ma lui la molestava…».

«No, non la molestava, lei ci rideva su. In tutta franchezza, non è mai stato un grosso problema. Non voglio darti l'idea sbagliata, perciò tieni bene a mente che sto impazzendo per la mancanza di sonno e mi ricordo a malapena come mi chiamo».

Alex fece una risata nasale. «Non preoccuparti, non prenderò per oro colato nemmeno una parola, ma mi è di grande aiuto sentire la versione di chi era presente all'epoca dei fatti. Anche se hai la mente annebbiata, apprezzo molto qualunque aiuto tu possa darmi».

«Certo, io ti voglio aiutare, davvero, ma non voglio fuorviarti, capisci cosa intendo?»

«Uhm, sì, in un certo senso. So che penserai di fuorviarmi, ma toglimi una curiosità. Quando è stata l'ultima volta che ricordi di aver visto Paul a scuola?»

«Oh, non ricordo bene così su due piedi… poco prima che lei sparisse».

«Se ti dicessi che Amy e il padre naturale si erano sentiti spesso e forse si incontravano di nascosto, come reagiresti?»

«Ah, davvero? Che strano. Quando era con me tendeva a liquidarlo, ma forse aveva cambiato idea».

«O gliel'ha fatta cambiare lui?»

«Dove vuoi arrivare?»

«Non lo so di preciso, sto solo soppesando un paio di idee. Becky, tu sapevi che Amy non era vergine quando è stata aggredita?»

«Oddio, Alex, non la metterei in questi termini. È stata violentata!».

«Non proprio. Mi spiace sembrarti insensibile, ma puoi mantenere la cosa confidenziale?»

«Be', sì, certo, di che si tratta?». Avvertì un'imbarazzata eccitazione nel tono di Becky. *Forse diventerà una discreta giornalista dopotutto*, pensò Alex con una smorfia.

«Be', non ci sono conferme ufficiali», mentì, «ma pare che Amy abbia avuto un rapporto consenziente poco prima dell'aggressione».

Becky scoppiò a ridere. Prima fu solo un risolino, poi eruppe in un suono più gutturale e tendente al pianto. Alex immaginò i suoi capelli biondi che sobbalzavano, ancora splendidi nonostante i rigurgiti del bambino.

«Scusa», disse Becky con voce tremante. «È solo che alla fine aveva vinto lei e non ha mai potuto vantarsene».

«Ha vinto che cosa?»

«La gara. A chi la perdeva per prima», spiegò Becky abbassando il tono. «Io, Amy e Jenny avevamo fatto una specie di scommessa, metà seria e metà per ridere, per vedere chi riusciva a snocciolare per prima la ciliegina».

«Sai con chi potrebbe essere stata?»

«Non è stato Jake?»

«No, non è stato Jake».

Becky smise di ridere di colpo. «Oddio», esclamò. «Allora non ne ho la minima idea».

Capitolo quarantanove
Amy

Un giorno del 2008

Oggi è venuto a trovarmi Jake ed è stato davvero strano. Mi sembrava così distante e che ci conoscessimo a malapena.

Non ha parlato molto, ma lo sentivo respirare forte. In sottofondo, la radio che ascolto di solito dava una canzone strappalacrime. Era quell'orribile *Everything I Do* di Bryan Adams e ricordo di aver pensato: *Oddio, nel mondo esistono davvero coppie che l'hanno scelta come canzone del cuore.*

Ho sempre creduto che anche noi avremmo dovuto avere la nostra canzone, ma non è mai successo. Una volta ci siamo seduti accanto alla radio dicendo che il pezzo successivo sarebbe stato il nostro. Era Celine Dion. Allora abbiamo deciso di aspettarne un altro. Alla fine non ne abbiamo scelto nessuno ma abbiamo registrato su cassetta diversi mix di canzoni l'uno per l'altra. Chissà se lui ha tenuto le sue. Io ho conservato le mie in una scatola sotto il letto, ma in fondo so che a Jake non interessa la musica più di tanto, lo fa solo perché per me è importante. Ho cercato di riempire le mie cassette di sorprese: pezzi live, pezzi da lato B e copertine curiose. Band come The Breeders, i Red Hot Chili Peppers agli esordi, quando erano ancora punk, e i Pavement. Ci ho infilato un po' di Kraftwerk, Siouxsie and the Banshees, Bowie all'apice del periodo berlinese, un bel mix variegato. E anche dei pezzi che ero certa Jacob conoscesse, una sorta di sospiro di sollievo, e qualche brano dei Queen per ridere.

Suppongo, se devo essere sincera, che cercassi di istruirlo un po'. Di aprirgli gli occhi. Le cassette di J erano più... non so, come se avesse registrato la *top forty* dalla radio. Ho apprezzato il tentativo, comunque. Non me la sono certo presa.

Dicevamo, poco fa, dopo un bel po' che era qui, Jake ha deglutito in modo sonoro e disgustoso, poi ha cominciato a parlare di un'altra ragazza. Diceva che gli dispiace e che lei lo rende felice e quelle robe lì. So di essere un'ipocrita stratosferica, lo so benissimo, ma il mio segreto è – o era – solo quello, un segreto. Una deviazione temporanea. Nessuno di noi due lo avrebbe mai detto a Jake, mai e poi mai, lui era completamente al sicuro. Io non l'ho mollato, non ho perso la pazienza, non l'ho abbandonato. Non ci ho nemmeno fatto niente con voi sapete chi, l'ho solo desiderato. Poi, così dal nulla, Jake viene a dirmi che non possiamo più vederci.

Prima mi sono incazzata come una iena, poi mi sono demoralizzata. Lui ha semplicemente rinunciato a noi, così di punto in bianco. Non sono riuscita a dirgli niente, credo per lo shock, ma il mio viso deve avermi tradita perché di colpo lui ha cominciato a ritrattare e a dire che si era spiegato male e che sarebbe tornato a trovarmi. Poi ha cominciato a ripetere – anzi, no, cancella, che sarebbe tornato a trovarmi *più spesso*. Non sono sicura di aver capito cosa intenda; vuole una specie di impegno ufficiale?

Ora non so che fare e la cosa mi lascia un po' con il fiato sospeso, perché da Jake non me lo sarei mai aspettata. Se cercava di ingelosirmi – se comincia a farmi scherzetti del genere – forse dovrei mollarlo io. Anche se, ma non lo ammetterò mai apertamente, lo trovo così romantico, da un certo punto di vista assurdo.

Ma se davvero ha incontrato un'altra, una tipa che si chiama Fiona – che poi, dove l'ha incontrata? A judo? – allora per carità, che la faccia finita e mi lasci una volta per tutte.

Non dico sul serio. Sono io quella che avrebbe dovuto lasciarlo. Forse avrei dovuto risparmiargli la sofferenza settimane prima di perdere la testa, ma alla fine la ritrovavo sempre. Davvero. Era solo una cosa temporanea. Spero che Jake non lo venga mai a sapere perché io lo amo. Lo amerò per sempre. Spero che anche lui provi lo stesso per me e che dimentichi questa Fiona e che possiamo tornare com'eravamo prima.

Capitolo cinquanta
Alex

12 ottobre 2010

«Potrebbe usare questo ambiente come ufficio o stanza dei bambini». Jenny sorrise e due profonde fossette si aprirono sulle sue guance rosee e generose.

«Lei ha figli, Kate?»

«No», rispose Alex anche se, in fondo, avrebbe potuto mentire.

«Voi abitate qui a Oxted?», chiese a Jenny, interrompendo il suo monologo sulla scorciatoia per la stazione dei treni.

«Sì. Adoriamo questo posto. Dovrebbe fare molta strada per trasferirsi qui?»

«Al momento vivo a Edenbridge», mentì Alex. «Ha presente?»

«Sì», rispose Jenny, abbandonando il sorriso per un attimo. «In realtà ci sono cresciuta».

«Oh, che coincidenza!», rise Alex, portandosi una mano al petto. «Io mi ci sono trasferita quando avevo vent'anni», aggiunse, «per lavoro». La frase le suonò strana e artefatta non appena la pronunciò.

«Vuole vedere il solaio? C'è una scala estraibile ed è perfettamente abitabile».

«Oh, sì, volentieri. Così ha frequentato la scuola a Edenbridge?»

«Uhm, sì. Il liceo. Basta tirare qui». La scala del solaio si estese fino a terra. Alex attese nell'ingresso, mentre la mole dell'altra donna occupava quasi per intero il riquadro del pianerottolo. Nella visione mentale di Alex, tutte quelle persone, i personaggi della storia di Amy, erano rimasti congelati nel 1995. Ragazzini con le gambe arcuate e gli occhi sgranati, all'inizio del loro cammino. Li aveva incontrati uno a uno, Jacob con i capelli brizzolati e le rughe attorno agli occhi, Becky con la nuova quotidianità domestica e ora Jenny. Per quanto la lunga gonna fosse indulgente, era impossibile nascondere la grossezza dei suoi arti.

Jenny posò un piede sul primo gradino e la scala gemette sonoramente sotto il suo peso. Il piede fu rimosso all'istante.

«Vuole infilare almeno la testa lassù?», chiese Jenny, facendosi da parte.

Alex salì qualche gradino e sbirciò dentro il piccolo solaio. «Pratico», concordò. «A dire il vero, al momento sto proprio scrivendo una storia sul liceo di Edenbridge», aggiunse nel solaio vuoto.

«Una storia?», chiese l'altra tenendo la scala con le mani. «Che lavoro fa?».

Alex sbucò fuori con la testa dalla cavità nel soffitto. «Sono una giornalista», rispose.

Jenny la fissò duramente negli occhi.

«Com'è che ha detto di chiamarsi?»

«Kate», rispose Alex, scendendo sul tappeto del pianerottolo. «Ma non è proprio così».

«Razza di sgualdrina impicciona». Jenny tentò di scansarla ma non c'era spazio.

«Mi dispiace», si scusò Alex. «Non volevo ingannarti ma dovevo parlare con te. Ho bisogno del tuo aiuto».

«Non mi interessa di cosa hai bisogno», replicò l'altra.

«Non voglio fare del male a nessuno», gridò Alex mentre Jenny si fiondava con passo pesante al piano inferiore e spalancava la porta d'ingresso.

«Fuori!», urlò, rivolta alle scale. «Esci subito di qui o chiamo la polizia».

«So della vostra gara», rivelò Alex, scendendo le scale con passo incerto.

«Che cosa?», inveì Jenny.

«La gara a chi perdeva per prima la verginità».

«Chi diavolo te l'ha detto?»

«Non importa».

«Maledetta Becky!».

«Senti, Jenny», continuò Alex, indugiando sullo zerbino con un piede sulla soglia. «Sai con chi è stata a letto Amy prima di essere aggredita?».

Jenny abbassò lo sguardo un istante, poi sollevò la testa di scatto. Ansimando come un toro pronto alla carica, sbatté la porta con forza. Alex riuscì a tirare via il piede appena in tempo per evitare che rimanesse schiacciato nella cornice della porta.

«Ciao Amy, sono Alex».

Nella lieve frescura del reparto, Alex prese la mano della ragazza nella propria e cercò di scaldargliela.

«Oh, Amy», esclamò, chinando il capo contro il petto. Nonostante i nuovi sbocchi della storia, finiva di continuo in un vicolo cieco.

Mentre le raccontava come stesse lavorando con Jake e parlando con Becky, avvertì un certo trambusto all'esterno del tessuto divisorio. Udì le altre tende che si aprivano, un cigolio di ruote e il rumore di passi che pestavano sul pavimento. Tentò di non distrarsi, ma di colpo vide scostare le tende di Amy e apparve il dottor Haynes, i fianchi protesi in avanti.

«Oh!», esclamò lui, guardando l'infermiera che aveva accanto.

«Mi spiace», si scusò Alex per abitudine.

«Dobbiamo effettuare dei controlli su Amy», spiegò il dottore, passandosi le mani tra i capelli. «Non ci vorrà molto, forse può aspettare in sala infermieri?»

«Oh, non credo...», accennò la donna, voltando le spalle ad Alex per suggerire qualcosa con gli occhi.

«Giusto. Sì, okay. Va bene, Alex, procederemo con Natasha e poi torneremo da Amy, così potrà trattenersi ancora un po'».

«Okay, grazie».

L'infermiera spinse via il macchinario, con i manicotti sgonfi del misuratore di pressione che svolazzavano davanti ai vari monitor spenti. Alex fece per riprendere la mano di Amy quando avvertì un soffio d'aria calda nell'orecchio.

«Mi dispiace essere andato via così la settimana scorsa», si scusò Haynes, chino su di lei.

«Per favore», sussurrò Alex, «non ne parliamo qui».

«Non è stato affatto galante da parte mia. Soprattutto dopo il tuo gentilissimo invito a tornare». Fece una pausa. «Mi hai davvero invitato a tornare».

Alex fissò lo sguardo sulle mani di Amy e bisbigliò: «Per favore, ti ho detto di non parlarne qui».

Attese che i passi si allontanassero, poi sospirò così forte che il suo corpo si accartocciò come un mucchio di vestiti.

«Cavolo», sussurrò a Amy, «ho fatto una cosa davvero orribile un paio di settimane fa».

Amy, naturalmente, non rispose.

«Non è nemmeno la prima volta. Anzi, oddio, sarà almeno la decima, ma voglio che sia l'ultima».

L'indice di Amy si arricciò in maniera appena percettibile e il suo petto saliva e scendeva, saliva e scendeva. Continuò a fare ciò che faceva sempre con lentezza e regolarità. Alex avrebbe voluto rannicchiarsi sul letto accanto a lei. Scostarle i capelli e appoggiare la testa sul cuscino.

«Ho conosciuto il tuo vero padre, Paul, l'altro giorno». Aguzzò la vista per scorgere una qualche reazione. Notando un leggero fremito sul petto di Amy, non diede credito ai propri occhi. «Quanto darei per sentire la tua versione della storia perché non mi fido per niente di lui. Sono davvero...», Alex esitò, incerta su quanto fosse disposta a raccontare a voce alta. «Non so come interpretarlo, Amy. La sua storia non mi torna».

Alex udì la tenda di Natasha richiudersi e un calpestio strascicato di scarpe.

«So che non hai detto la verità su quante volte vi siete visti», bisbigliò in fretta. «Vorrei solo sapere perché. Quanto darei per saperlo».

«Okay, tempo scaduto», annunciò l'infermiera con un'allegria cantilenata che non si rifletteva negli occhi. In un baleno fissò la fascia per la pressione al braccio di Amy e il rilevatore del battito al dito, e le lasciò ricadere la mano sul letto.

«Grazie per avermi concesso un po' più di tempo», disse Alex, afferrando la borsa e il cellulare. Mentre tastava le tasche in cerca delle chiavi, sentì l'infermiera commentare qualcosa circa il battito cardiaco accelerato. Alex scivolò fuori senza incrociare lo sguardo del dottore.

Alex si rese conto di parlare con Amy più che con chiunque altro. Attendeva trepidante quegli istanti di silenzio condiviso più di ogni altro momento della settimana. Come aveva fatto il mondo in cui viveva a restringersi tanto?

Si domandò se Amy avesse idea di quanto anche il suo mondo si fosse ristretto. Le amicizie che una volta significavano tutto, che erano state così solide, schiacciate dal tempo e dalla tragedia. Nessuna cognizione del mondo più ampio che i suoi amici ormai occupavano, né dei mondi privati che si erano creati.

La mancanza che Alex sentiva di Matt era lacerante, ma non le mancava solo lui. Le mancavano gli amici e le orbite dei mondi delle altre persone sovrapposte alla propria. Nemmeno lei apparteneva più al mondo dei suoi amici, proprio come Amy.

Cene fuori, feste di gruppo, confidenze nel bagno delle donne, interviste a persone interessanti davanti a piatti stellati Michelin. Trovarsi oltre la corda di velluto. Era svanito tutto.

Dopo aver lasciato il «Times» in un'esplosione di bile, si era convinta di avere il mondo ai piedi.

Si era convinta di avere altre opzioni.

Aveva riunito gli articoli migliori in uno splendido raccoglitore di pelle celeste. Applicato l'eye-liner *esattamente* come consigliato nell'ultimo speciale di bellezza su «Grazia», reggendosi al lavandino con l'altra mano. Era sicura che l'attenzione al dettaglio sarebbe stata la ciliegina sulla torta.

Si infilò in auto con cautela, sistemò gli specchietti stranamente fuori posto e programmò il navigatore. Poi fece un bel respiro e deglutì a fondo.

Il profumo che le sembrava così fresco appena comprato si mescolò all'odore penetrante e amaro del bourbon. Si cacciò in bocca un'altra mentina, massaggiò le tempie con movimenti circolari dei polpastrelli e abbassò il finestrino per una boccata d'aria fresca. Poi finalmente si diresse verso Londra, strizzando gli occhi per rimanere dalla parte giusta della linea di mezzeria.

Saranno entusiasti, pensò.

Appena pochi mesi prima, aveva rifiutato l'offerta di diventare vicedirettore di «Grazia». Matt le aveva detto che la decisione spettava a lei, anche se le era sembrato a disagio di fronte al suo rifiuto. «Puoi sempre imparare la moda sul campo», le aveva detto. «A me sembri così perfetta».

«Non è solo per la moda», aveva cercato di spiegare Alex. «È un cambiamento di vita radicale. E poi ci sono gli speciali e gli incarichi da affidare. Non ho più affidato incarichi da quando ero al "Mizz", non saprei nemmeno da dove cominciare. Mi sembra una gigantesca occasione di mettere il culo nelle pedate».

Ma aveva ragione Matt. Avrebbe dovuto accettare. Avrebbe potuto imparare sul campo. Dopotutto, erano l'istinto e la creatività a contare davvero. Una normale postazione da ufficio, lontana dal sudiciume dei giornali… forse le cose sarebbero andate diversamente. Ma le cose potevano ancora andare diversamente, si disse. *Questo aggiusterà tutto*, pensò.

Giunse agli uffici di «Grazia» con la mascella serrata per la brutalità della guida cittadina, le orecchie ronzanti per il frastuono dei clacson degli autobus e dei segnali acustici degli attraversamenti pedonali. Parcheggiò all'esterno dell'edificio, salendo con l'auto sul marciapiede per non ostruire la strada.

Il cuore di Shaftesbury Avenue non era proprio un'area di parcheggio, ma Alex aveva bisogno di entrare immediatamente o il coraggio l'avrebbe abbandonata.

All'interno di Endeavour House, attese di parlare con la receptionist che chiacchierava animatamente con l'addetto alla sicurezza a proposito di qualcosa che era successo fuori. La donna aveva un caschetto liscio e lucido come una ciliegia sotto spirito, e labbra rosse da cartone animato che dovevano richiedere una continua applicazione di rossetto.

Finalmente sorrise ad Alex. «Posso aiutarla?»

«Mi chiamo Alex Dale e sono qui per incontrare Melissa Craw», rispose lei, trasferendo la cartellina con gli articoli nell'incavo dell'altro braccio.

«Melissa Craw?». La receptionist corrugò leggermente la fronte e lanciò un'occhiata all'addetto alla sicurezza che aveva l'aria tutt'altro che interessata.

«Sì», confermò Alex secca.

«Melissa ha lasciato "Grazia" da un po'. Eravate d'accordo di vedervi qui?»

«Oh, no. Non proprio».

«Ha un appuntamento con lo staff di "Grazia"? Forse posso chiamarle qualcun altro».

«Chi ha sostituito Melissa?», domandò Alex, spostando il peso da un piede all'altro in preda a un'incredibile sensazione di rabbia e tradimento, di cui tuttavia non riusciva a comprendere il motivo né il destinatario.

«Lei con chi aveva appuntamento?», replicò la receptionist, con un'insistenza che rasentava l'irritazione.

«Mi è stato offerto un lavoro qui», spiegò Alex con un tono più alto del previsto, protesa verso il bancone. Finalmente l'addetto alla sicurezza distolse lo sguardo da qualunque cosa stesse osservando fuori e la squadrò dall'alto in basso.

«Mi hanno offerto un lavoro e io ho rifiutato, ma è stato...». Alex scoppiò a ridere e si avvicinò di più al bancone, per attirare la receptionist con fare cospirativo. «Si è rivelato un errore, alla fine. In realtà volevo accettare, anzi lo accetto molto volentieri e sono qui per comunicarlo di persona, come è giusto fare».

La donna le sorrise, ma allo stesso tempo guardò l'addetto alla sicurezza con imbarazzo.

Dopodiché prese in mano il telefono e schiacciò un paio di pulsanti.

«Ciao Debbie, Annabelle è impegnata con qualcuno al momento? Ah-ah. Ah-ah. Okay, perché c'è qui...». Coprì la cornetta con la mano. «Mi scusi, come ha detto che si chiama?»

«Alex Dale», sussurrò Alex.

«C'è qui una certa Alex Dale e voleva... sì, esatto, Alex Dale. Voleva vedere Melissa e le ho spiegato che non lavora più qui, ma lei insiste che è qui per un'offerta di lavoro. Ti sembra... Sì, sì, okay. Grazie, Debbie».

La cornetta tornò a posto con un clic.

«Ho appena parlato con la segretaria del direttore che riferirà al direttore e mi richiamerà. Le spiace attendere laggiù, per favore?».

Alex sprofondò su una delle morbide poltrone accanto alla finestra e si mise a controllare il cellulare attentamente. Nessun messaggio nuovo. Usò il display del telefono come specchio per rimuovere la sbavatura di trucco che durante il viaggio le si era formata sotto gli occhi.

Sentendo i clacson all'esterno, alzò gli occhi al soffitto. *Londra.*

Dopo una breve attesa, la receptionist riprese in mano il telefono, spostando rapidamente lo sguardo da Alex all'addetto alla sicurezza.

«Deve andarsene», giunse a riferirle quest'ultimo.

«Sto ancora aspettando che qualcuno abbia la decenza di ricevermi», replicò Alex, tentando di frenare le lacrime e incrociando le braccia sul raccoglitore che teneva in grembo.

«Signorina», insisté l'addetto alla sicurezza, avvicinando il naso al suo fino quasi a toccarlo e senza un briciolo di gentilezza. «Deve andarsene immediatamente».

«Ma lei non capisce!», urlò Alex mentre lui la tirava per un braccio come se fosse una bambinetta in preda ai capricci.

«Sta commettendo un grosso errore, lo state facendo tutti. Dio, che imbarazzo!», continuò a strillare mentre l'addetto alla sicurezza la sbatteva fuori dalle porte, depositandola all'esterno con fermezza.

Alex rovistò nella borsa in cerca delle chiavi e notò una piccola folla radunata attorno alla sua auto che, si rese conto solo in quel momento, era appoggiata contro la transenna accanto alle strisce pedonali.

«Quella è la sua auto?», domandò l'addetto alla sicurezza esterrefatto.

«Be', non sono affari suoi. Dopo che è stato così villano con me!», gridò Alex.

Le lacrime e il muco le avevano ormai impiastricciato il trucco e sentì di meritare un'uscita dignitosa senza altri interrogatori.

«Sei sbronza, tesoro. Si sente da qui».

Solo a quel punto Alex scorse il vigile accanto alla sua automobile con il blocco delle multe aperto. Indossava una giacca a vento e un cappello troppo grandi, nei quali sprofondava come in una divisa scolastica nuova di zecca.

Alex si asciugò il viso e scivolò verso la portiera del posto di guida.

«Non credo sia necessario», cinguettò al vigile impassibile. Gli zigomi alti dell'uomo, gli occhi allungati e la pelle scurissima non lasciavano trapelare nulla.

«Che ne dici? Tu lasci perdere e io me ne vado per la mia strada. E nessuno ci rimetterà niente», gli sorrise, accarezzandogli la cerniera della giacca.

A quel punto il viso del vigile fu sopraffatto dall'orrore.

Alex afferrò la maniglia della portiera e si passò la lingua sulle labbra. «Perché non facciamo a modo mio? Mmm? Perché non sali e andiamo da qualche parte a divertirci un po'?»

«Lo trovo del tutto inappropriato», esclamò il vigile con un tono secco ma tremante, che tradiva la sua giovane età.

«Dài, non fare il guastafeste», miagolò Alex, lasciandosi sfuggire un lieve rutto dall'angolo della bocca.

Il vigile arretrò di qualche passo per parlare con l'addetto alla sicurezza che fissava la scena scuotendo il capo.

A quel punto Alex fece l'unica cosa che le venne in mente: balzò al volante, infilò la chiave nell'accensione, allontanò l'auto dalla transenna e si fiondò come un missile sulla corsia degli autobus.

Il giorno seguente si svegliò presto senza il minimo ricordo del tragitto verso casa. Aveva ancora addosso l'abito nero "che fa colpo" e tutto il contenuto della borsetta si era rovesciato per le scale. Scese con cautela e uscì fuori a piedi nudi per ispezionare l'automobile. Le ammaccature la tormentarono fino al drink successivo, qualche ora più tardi.

Prosciugò la casa intera.

Quando finalmente riemerse dal black-out, aveva perso un paio di giorni e un sacco di soldi. In preda alla nausea e grondante di sudore, cominciò a inviare proposte di articoli a chiunque le venisse in mente, fermandosi solo quando la nausea ebbe il sopravvento e le fece vomitare l'anima.

Capitolo cinquantuno
Jacob

13 ottobre 2010

Jacob allungò la gamba sotto il letto d'ospedale di Amy e si appoggiò allo schienale della sedia. Non disse nulla e non le prese la mano. Si sfregò gli occhi a fondo, premendo le nocche contro le orbite fino a farsi male.

Aveva accettato un passaggio dalla madre che, convinta che andasse per un controllo alla gamba, aveva tentato in tutti i maledetti modi di accompagnarlo dentro. Negli anni in cui era stato via di casa, i ricordi si erano affievoliti, ma ora gli tornava in mente alla perfezione come la madre l'avesse accompagnato ovunque e avesse insistito per fargli da autista fino al giorno stesso in cui se n'era andato. Era un gesto d'amore e protezione, ma a volte gli sembrava un cappio al collo.

Aveva fatto lo stesso con Tom, e forse anche con Simon quando era più giovane, anche se lui saliva spesso sull'automobile del padre, per andare al campo da tennis o a compiere chissà quale missione.

Il respiro di Amy era così regolare che ci si doveva sforzare per percepirlo, come quando si tentava di raccogliere un filo sottilissimo da un fitto tappeto.

Jacob tentò di scacciare il rumore dei propri pensieri. Osservò Amy, l'inconsapevole Amy. Aveva la pelle quasi traslucida, la testa sospesa sui cuscini plastificati, assorta in quel genere di sonno profondo che lui poteva solo sognarsi a occhi aperti.

Dopo aver languito per anni in una sorta di limbo, com'era possibile che tutto gli fosse andato in fumo così in fretta in così poche settimane? Chissà se era scritto da sempre sulle sue carte, si domandò. Non che si fosse speso al cento percento per il matrimonio, a dire la brutale verità.

Si era sempre vantato di essere "un bravo ragazzo". Un tipo per bene che faceva sempre la cosa giusta e metteva le persone giuste al primo posto e rimaneva fedele. Nel bene e nel male. Se lo era ripetuto per anni. Chissà se Fiona lo avrebbe descritto come un bravo ragazzo? Se suo figlio avrebbe pensato che mettesse le persone giuste al primo posto?

Più Fiona sarebbe dovuta diventare importante per lui e più era scivolata in fondo al suo elenco di priorità. Fiona che continuava a spostarsi, parlare e vivere là fuori da qualche parte. Che portava il suo bambino e lo aveva trattato come l'uomo che era e non come il ragazzino che era stato.

Jacob guardò Amy, gli occhi aperti e i capelli spazzolati da poco. Aveva la pelle liscia e lattea come quella di una bambina, senza il minimo segno del tempo sul viso. Era come una bambola, una fotografia. Una bellezza diversa rispetto a Fiona.

Quando Jacob si era guardato allo specchio quella mattina, dopo una doccia scomoda sulle stampelle, aveva visto emergere dal vapore un vecchio in versione cartone animato. Una caricatura di se stesso. Più cadente, più grigio, più triste. Quando sedeva accanto a Amy, si sentiva di nuovo un quindicenne, ma se lei avesse aperto gli occhi di punto in bianco, non lo avrebbe riconosciuto.

Niente di tutta quella faccenda toccava Amy. Jacob avrebbe potuto ricamarci sopra e affermare che *sapeva* – lo *sapeva* e basta – che lei traeva beneficio da quelle visite. Che la sua cocciuta determinazione a perseverare stesse avendo qualche effetto positivo. All'inizio ci aveva creduto, prima che gli anni passassero senza miglioramenti evidenti. Mentre gli spostamenti furtivi e le priorità rovesciate facevano affondare la sua vita. Non c'era da stupirsi che Fiona fosse cambiata.

All'inizio era stata grande. Non per i modi eccentrici con le sue

T-shirt delle band musicali e i capelli da studentessa d'arte, ma perché non aveva mai cercato di cambiarlo. Sì, insisteva per comprare cose che non servivano ed era dispotica sulle faccende di casa. Ma non lo aveva costretto a diventare una persona diversa né a stare tutto il tempo con lei. Le era sempre piaciuto trascorrere del tempo con lui, almeno fino a quel momento.

Jacob lanciò un'ultima lunga occhiata al letto e se ne andò senza fermarsi negli altri cubicoli, muovendo le stampelle nel modo più silenzioso possibile.

Come promesso, la madre lo attendeva nel parcheggio. Senza radio, semplicemente seduta ad aspettare, assorta nei pensieri.

«Hai fatto presto», osservò mentre Jacob afferrava la maniglia della portiera del lato passeggero.

«Sì», confermò lui. «Sta guarendo bene».

Sue accese il motore, ma staccò le mani dal volante e si voltò verso il figlio.

«Dovremmo passare a trovare Fiona già che siamo qui».

«Non credo proprio, mamma».

«Siamo felicissimi di ospitarti, ma devi risolvere la faccenda prima che nasca il bambino».

«Lo so, mamma».

«Jacob, qualunque sia il problema, si può superare. Se sono coinvolti i bambini, ti stupirai di scoprire quali orrori sarai in grado di gettarti alle spalle. Ma devi farti vivo».

Era da molto che Jacob non sentiva parlare sua madre con un tono diverso dalla semplice accettazione rassegnata. La sua disapprovazione lo ferì.

«Non capisci, ho cercato di parlarle l'altro giorno ma non ne ha voluto sapere».

«Hai ragione, non capisco. Hai una donna meravigliosa che ami al punto da averla sposata e un figlio prezioso in arrivo. Non c'è niente di più importante. So che Fiona è un fuoco d'artificio al momento, ma è alla fine della gravidanza. Per non dire stanca, in balia degli ormoni e bisognosa di sostegno. Anche se, *guar-*

dami Jacob, anche se dice di non avere bisogno di te, intende il contrario. E tu dovrai essere lì con lei quando lo capirà. Tesoro, niente è irrimediabile. Ma devi comportarti da uomo in questa situazione».

Dopo un silenzio allibito, Jacob disse cauto: «Suppongo si possa provare a vedere se è in casa. Al momento non vuole avere niente a che fare con me e io le ho detto cose che non volevo dire e che non hanno aiutato. Ma hai ragione, dovrei provare a parlarle di nuovo».

«Per l'amor del cielo, Jacob, piantala di fare il rammollito. Hai un bambino a cui pensare. Non si tratta della vostra felicità, ma di mettere le cose a posto per il bene del piccolo».

«Prima la chiamo. Detesta che la gente si presenti senza preavviso».

«Tu non sei la *gente*, tu sei suo marito ed è anche casa tua. I problemi vanno risolti, con le buone o con le cattive. Sembra che tu stia tentennando perché è troppo faticoso».

«Lasciami fare le cose a modo mio, mamma».

«È quello che sto facendo».

«Fiona, sono qui dietro l'angolo e dobbiamo davvero parlare».

«No. Non me la sento in questo momento».

Jacob coprì il cellulare con la mano, rimpiangendo di non essere sceso dall'auto per telefonare.

«Senti, ci siamo detti cose che non pensavamo...».

«Io le penso, vorrei che non fosse così, ma le penso».

«Anch'io le pensavo in quel momento».

«Mi hai telefonato per litigare?»

«No, non è affatto mia intenzione. Senti, fammi venire lì e parliamo un po'. Dobbiamo farlo a cuore aperto. So che non sono stato abbastanza sincero con te». Jacob guardò sua madre con la coda dell'occhio e si interruppe.

«Non sei stato minimamente sincero con me, J. Credo che la prima cosa che tu mi abbia detto con sincerità sia stata che volevi piantarmi».

«Non l'ho mai detto».

«Be', io ho sentito così. Allora qual è il problema, pensavi di avere un posto in cui andare ma lei ti ha mandato a quel paese?»

«No!». Jacob si girò goffamente sul sedile per guardare fuori dal finestrino. «Per la milionesima volta, non ho una relazione».

Abbassò il tono della voce. «Non ti ho mai tradita, non lo farei mai».

Mentre parlava, sua madre si slacciò la cintura e aprì la portiera per uscire.

«Aspetto fuori», disse a Jacob, che si sentì sprofondare.

«Chi era? Sei con lei?»

«Era solo mia madre».

«Tua madre ci stava ascoltando? Ma che cazzo avete tutti quanti?»

«Mi ha dato un passaggio ed eravamo in macchina, non stava ascoltando».

«Ma ti senti quando parli, Jacob?», sospirò Fiona. «Certo che abbiamo delle cose da sistemare. Dobbiamo prendere accordi per il bambino, discutere della casa e di assegni di mantenimento e tutto il resto. Ne parleremo insieme. Ma finché non sarai disposto a dirmi la verità, tutta la verità e nient'altro che la stramaledetta verità, non parleremo di un bel niente».

Jacob fece cenno alla madre perché rientrasse in auto. «Non è andata bene», riferì senza alzare lo sguardo.

«Devi continuare a provarci. Jacob, se solo sapessi quanti problemi ho dovuto risolvere ai miei tempi. Questo è niente».

«Problemi con papà?»

«Niente di cui preoccuparsi. Ma credimi, quando si diventa genitori devi essere pronto ad affrontare *qualunque cosa*, a ripulire ogni tipo di disastro e a farlo con il sorriso sulle labbra».

Sue riaccese il motore.

«Mamma, ti dispiace lasciarmi a casa di un'amica, che abita proprio qui vicino?»

«Che amica?»

«Si chiama Alex. Ci stiamo aiutando a vicenda per una certa questione».

«Oh, Jacob, non dirmi che ha ragione Fiona?»

«No, mamma», si accigliò lui. «Non la tradirei mai, non ho mai tradito nessuno. Devo solo chiudere una vecchia questione che va chiusa».

«Non so di cosa tu stia parlando, ma stammi bene a sentire: rivangare il passato non porta a niente di buono, devi accettare che ciò che è stato è stato, chiuderlo in una scatola, seppellirlo e non guardarti più indietro».

Capitolo cinquantadue
Alex

13 ottobre 2010

Bussarono forte alla porta.

«Oh, ciao», disse Alex.

«Ciao».

«Entra. Lascia che ti aiuti».

«Scusa se mi presento così, ma non so che fare. È tutto un gran casino».

«È successo qualcosa?»

«Niente di nuovo. Mia moglie crede che abbia una relazione e non sopporto di rimanere a Edenbridge».

«Mi spiace», commentò Alex, toccando il braccio di Jacob con imbarazzo.

«Ho pensato che forse potevo esserti ancora d'aiuto finché sono a casa dal lavoro», aggiunse lui. «Forse così riuscirò a capirci qualcosa e poi, non so, chiudere la faccenda e andare avanti. Voglio tornare da Fiona pulito e ho bisogno di essere suo al cento percento – "presente al cento percento", come direbbe lei. Perché succeda, devo dire addio a Amy, ma non ci riesco senza risposte. Lo so perché ci ho già provato, inutilmente».

Alex lo aiutò a spostarsi in salotto.

«Il mio bambino sta per nascere. Non posso restare lontano da mia moglie, non è così che dovrebbe essere. Non importa se le cose tra noi vanno male».

«Quanto manca al termine?»

«Ormai ogni giorno è buono».

Alex tentò di dimenticare il sorriso che si era allargato sul viso di Matt, mentre assimilava la notizia che lei gli aveva appena comunicato. «Avremo un bambino?», aveva chiesto con gli occhi sgranati. «Sul serio?»

«Sì, sul serio», aveva annuito lei, sorridendo di sollievo per la sua reazione.

Lui le aveva afferrato le mani, l'aveva fissata con gli occhi spalancati e aveva assorbito la notizia. Una bella notizia, finalmente. Dopo settimane dalla morte di sua madre. Poi l'aveva abbracciata forte, per strizzare fuori ogni goccia di ciò che lei gli aveva appena riferito. Un segreto che aveva tenuto per sé per settimane.

Poi Alex gli aveva porto un bicchiere di champagne e aveva avvicinato il proprio per brindare.

«Con moderazione non fa male», aveva insistito. «I francesi...».

«Alex, tu non sei francese, cazzo».

Così si era davvero limitata. Più o meno.

Forse il nuovo figlio di Matt era già nato. Alex aveva cercato di non pensarci e non aveva più chiesto notizie. Pensare ai bambini bloccava tutto.

«Ti avrei chiamato comunque più tardi», disse a Jacob.

Aveva rimuginato a lungo sull'eventualità di condividere con lui i dubbi su Paul. Per molti aspetti era prematuro; era solo una teoria e nemmeno a prova di bomba. Ma non le sembrava corretto tenerlo per sé, dopotutto era arrivata a Paul solo grazie a Jacob.

Attese che lui si accomodasse, l'espressione inquieta sul viso. Avrebbe desiderato offrirgli da bere e approfittarne anche lei, ma aveva in programma due soli bicchieri per la giornata e mancavano ancora molte, molte ore.

«Che succede? Così mi preoccupi».

Alex inspirò a fondo. «Forse niente di che. Ma sono venute a galla un po' di cose e c'è la remota possibilità che sappiamo già chi è stato e perché».

«Merda, dici sul serio?»

«Sì, forse. E ribadisco forse».

«Chi?», domandò Jacob, fissandola trepidante.

«Paul. Paul Wheeler».

«Paul Wheeler?». Jacob appoggiò la schiena un istante, poi balzò di nuovo in avanti. «Dici sul serio? Credi ne sia davvero capace? Perché? L'altro giorno non la pensavi così». Aveva l'aria completamente inorridita. Il sudore gli imperlava le tempie e gli occhi gli uscivano dalle orbite. Alex si domandò come diavolo fare a rivelargli il possibile movente.

Capitolo cinquantatré
Amy

Un giorno del 2010

Ho fatto di nuovo quel sogno. Non credo si possa definire tecnicamente un incubo perché inizia bene, ma verso la fine diventa una cosa "da incubo".

Nel sogno, finalmente accade. Sono sdraiata sulla schiena e sto cercando di ricordare la scena nel libro *Forever* di Judy Blume in cui Katherine fa sesso con Michael per la prima volta. Lui lo aveva già fatto ma lei no. E cerco di ricordare i dettagli e come lei avesse gestito la cosa ma non ci riesco perché non riesco a pensare ad altro che al male che sento. Non sento più le altri parti del mio corpo tranne quella che fa male e il dolore si irradia dappertutto ogni volta che mi batte il cuore. Nel sogno, lui diventa sempre più pesante a ogni movimento dei fianchi. E non sembra rendersi conto, o forse non gli interessa, che io trattengo il fiato e chiudo gli occhi con forza.

Sapevo che sarebbe stato doloroso perché lo dicono tutti, un po' come sai che partorire fa male perché tua madre se ne lamenta ancora anni dopo. Ma scommetto che quando partorirò, sarà comunque una sorpresa e forse mi ritroverò a gridare contro tutti, compresa la mamma. Il dolore che lui mi provoca mi acceca, per tutta la durata del sogno e anche quando mi risveglio. E penso alle immagini che si vedono sulla rivista «More» di donne avvinghiate agli uomini, che lo fanno su una sedia o dondolano i fianchi di qua e di là come se niente fosse, senza la minima smorfia sul viso. Io invece me ne sto qui pietrificata e mi sforzo di non piangere. Non riesco a immaginare come possa diventare facile, figuriamoci bello. Non riesco proprio a immaginarmi come una delle donne di «More».

Anche nel sogno, mi sento triste al pensiero delle bugie che racconterò alle mie amiche. Se mai glielo dirò. Ma se non lo faccio, non potrò gustarmi la gloria di essere stata la prima. Che suona patetico e infatti lo è, ma è anche vero.

E appena finisce, ogni volta che rifaccio quel sogno, mi accorgo di aver sbagliato qualcosa. A volte, mi trovo nel posto sbagliato. Altre, mi rendo conto di essere in ritardo per qualcosa di importante. O che c'è qualcun altro. Una volta ho sognato che la mamma mi stava chiamando da fuori la porta. Quella volta in realtà c'era qualcun altro nella stanza, una donna. Non so chi fosse ma continuava a dirmi: «Non è colpa tua, Amy, non è colpa tua se lui è cambiato», e cose del genere. E io tentavo di sussurrarle di andarsene prima che lui la vedesse ma lei non ascoltava. Di punto in bianco, mi mettevo a urlare e anche *lei* si metteva a urlare e tutto diventava nero.

Quando mi sono svegliata l'ultima volta, mi sentivo il sogno ancora addosso, intrappolato tra le lenzuola e i capelli. Sentivo l'eco di quel bruciore, il peso di lui sul mio petto. Mi sembrava quasi di sentire il suo respiro nell'orecchio, che si trasformava in gocce umide di condensa.

È così, non riuscirò mai a scrollarmi di dosso quei sogni così reali. Derubata della mia prima volta da uno stupido sogno. Non importa che non sia successo davvero perché ormai il mio corpo, il cervello e perfino la memoria sono convinti del contrario. Mi sembra così ingiusto che scoppio a piangere, ma non esce alcun suono.

Capitolo cinquantaquattro
Jacob

13 ottobre 2010

Jacob era seduto dal lato del passeggero, con il sedile spostato indietro al massimo per dare spazio alla gamba, mentre Alex guidava per riportarlo a Edenbridge. Aveva detto a malapena una parola negli ultimi venti minuti, al contrario di lei che non si era quasi mai fermata.

La sua ragazza. La sua ragazza dolce, spiritosa e *normale* che andava a letto con il padre? No. Impossibile. L'ultima idea di Alex era sbagliata, punto e basta. Forse non sbagliava dicendo che Paul Wheeler avesse ferito Amy, più che credibile per Jacob, ma per il resto era fuori strada. Doveva per forza essere così.

«E ora che succede?», la interruppe. «Hai intenzione di parlarne con la polizia?»

«No, non formalmente. Non ancora, in ogni caso. È un'accusa molto grave e, come ho già detto più volte», Alex gli lanciò un'occhiata fugace, «è solo una teoria, una delle tante».

Jacob annuì e puntò lo sguardo dritto sulla strada.

«Ho chiesto a Matt di controllare la fedina penale di Paul Wheeler nel caso ci sia altro di rilevante».

«Okay». Jacob digrignò i denti, mentre osservava la città natale scorrere verso il parabrezza e ai lati dell'automobile. La situazione familiare di Amy gli era sempre parsa un tantino aliena. Sapeva che quella era una delle tante cose che la madre non approvava degli Stevenson, pur non ammettendolo apertamente. Nel mondo della madre, il matrimonio era per sempre, qualunque cosa accadesse. Non importava cosa facesse o non facesse suo padre; Jacob sapeva benissimo che gli Arlington sarebbero rimasti insieme con risolutezza fino alla fine, bella o brutta che fosse.

Si domandò cosa ne pensassero davvero i genitori della sua crisi coniugale. Quanto ritenessero lui e Fiona vicini al confine tra la frattura e la rottura definitiva. Quanto *c'erano* vicini, in effetti? Qualcun altro avrebbe fatto da padre a suo figlio nei giorni feriali? Jacob rabbrividì, colto da un'improvvisa e inattesa ondata di rabbia.

La Polo nera di Alex aveva appena superato la stazione di Edenbridge Town quando il cellulare fissato sul supporto squillò. Jacob la vide armeggiare per rispondere in vivavoce. Gli parve quasi maldestra, una novità ai suoi occhi.

«Ciao, Matt».

«Ciao Alex, puoi parlare?».

Jacob la vide fissare il telefono.

«Al momento non sono sola in macchina», rispose lei. Silenzio all'altro capo. «Aspetta», aggiunse, «ora accosto e scendo».

Capitolo cinquantacinque
Alex

13 ottobre 2010

Alex imboccò il parcheggio secondario della stazione e si infilò tra due spazi. Staccò il cellulare dal supporto, lo schiacciò contro l'orecchio e scese dall'auto lasciando il motore al minimo.

«Ehi, che succede?»

«Be', ho trovato qualcosa di concreto ma forse non ti piacerà».

«Cioè?»

«Non è stato Paul Wheeler, Alex».

«Ne sei certo?»

«Sì».

Matt aveva perfezionato il tono uniforme da poliziotto, notò. Buone o cattive notizie venivano annunciate con la stessa voce piatta. Anche a lei; o, forse, soprattutto a lei? Parlava anche a Jane con quel basso borbottio? Alex non ricordava di aver mai sentito la voce soave di Matt così inespressiva. E credeva di ricordare tutto.

«Sembri proprio sicuro».

«Sono sicuro al cento percento, perché in quel periodo era in prigione».

«Vuoi scherzare! Ma se mi ha detto che...».

«Mi dispiace, Alex, ma per qualche ragione avrà pompato il suo coinvolgimento nella faccenda. Non poteva trovarsi nelle vicinanze della scuola come ti ha riferito».

«Perché era finito in prigione?»

«Taccheggio».

«Sul serio?»

«Già. Lo avevano già beccato un altro paio di volte, così gli hanno dato tre mesi. Lo hanno messo dentro un paio di giorni prima che la tua ragazza sparisse».

«Taccheggio». Alex scosse il capo.

Da una parte, era un sollievo. L'idea di Amy e Paul incastrati in una sorta di relazione amorosa maledetta la ripugnava a morte. Ma ciò non cancellava l'aggressione a Amy né la solitudine della ragazza. Nonostante le riserve sulla colpevolezza di Paul, ad Alex sembrò comunque una sconfitta.

«Mio Dio, Matt. Il più patetico di tutti i reati».

La voce di Matt all'orecchio fu una ben magra consolazione. «Mi spiace, Al».

Al. Erano anni che Alex non si sentiva chiamare così e avvertì una stretta al petto.

«Be', grazie comunque. Apprezzo che ti sia preso la briga di cercare», commentò, riecheggiando il tono inespressivo di Matt.

Lui esitò. Alex sentiva il suo respiro pesante. «Va tutto bene?», le chiese.

«Sì, sto bene. Certo, non *volevo* che fosse lui, ma speravo di essere vicina a una qualche soluzione», confessò, lasciando trapelare più di quanto avesse sperato. «Per Amy, intendo».

«Non ti arrendi, eh?»

«Certo che no», confermò, arricciando le labbra. «Te l'ho detto, ho tutta l'intenzione di portare a termine quello che ho iniziato».

«Mi fa piacere sentirtelo dire». Per un istante fu come se lui volesse aggiungere altro, ma dopo qualche secondo si limitò a dire: «Prenditi cura di te».

«Grazie. Anche tu».

Cazzo.

Alex si appoggiò al cofano dell'auto e sospirò. Quel lurido viscido bastardo si era preso gioco di lei per qualche soldo. Per scucirle un po' di denaro in cambio di un'intervista piena di bugie. Pronto a vendere la memoria della figlia pur non avendole mai dato niente.

Bob aveva ragione a non volerlo nella vita di Amy.

Maledetto Paul Wheeler.

Doveva riportare Jacob a casa e poi fiondarsi subito in cucina. La sua storia non era ancora giunta a nessuna conclusione; stava scavando nel fango senza arrivare a niente. Che diavolo si era messa in testa, dopotutto? Una giornalista di lifestyle la cui attuale strategia di ricerca era scorrere Wikipedia in fretta e furia o fare copia e incolla dai comunicati stampa. Anche quando aveva una rubrica tutta sua al giornale, estraeva i particolari dai meandri della sua mente, dai ricordi o dalle osservazioni. Sbagliare era impossibile.

Lanciò un'occhiata a Jacob, ancora seduto al suo posto e chiaramente ansioso di sapere cosa le avevano appena riferito. «Non è stato Paul alla fine».

«Sbaglio a esserne felice?», domandò lui.

Lei scosse il capo. «Nemmeno un po'. Ma ciò significa che abbiamo ancora tanto lavoro da fare».

Capitolo cinquantasei
Amy

Un giorno del 2010

C'è qui una donna. Dice di chiamarsi Alex e credo mi abbia scambiata per qualcun altro, anche se sa che il mio nome è Amy. Forse qui c'è un'altra Amy, ovunque si trovi questo "qui".

Non glielo faccio notare, mi limito a mordermi la lingua perché è bello avere visite. Spero che l'Altra Amy non stia perdendo qualcosa per colpa mia.

So che è egoista ma mi sento così sola; i giorni e le settimane si mescolano in un unico mare nero ed è raro avvistare terra. E quel poco che scorgo non mi soddisfa granché. Mi manca la mamma. So che non vedo né lei né Bob da tanto tempo ma preferisco non pensarci. Mi dico che è per via del lavoro ma qualcosa dentro di me sa che le cose stanno peggio. Meglio tenermelo dentro. In questo momento mi sento debole e spaventata. Perciò preferisco le bugie a una verità difficile.

La voce di Alex suona familiare, come se l'avessi già sentita anni fa o forse somiglia alla voce di una delle amiche della mamma o delle colleghe che lavorano con lei in negozio. Sembra una versione più sofisticata della mia voce. È dolce e pacata ma si capisce che ogni sua parola è sincera, come se l'avesse ponderata a lungo, e importante. Mi piacciono le persone risolute, che sanno sempre cosa dire o fare. Voglio diventare anch'io così.

Anche lei fa la giornalista. Cioè, io non ancora, ma è quello che voglio fare. E anche lei in passato lo avrà desiderato e adesso lo è diventata. A volte funziona. Forse funzionerà anche per me. Forse se Alex continuerà a farmi visita, potrà aiutarmi ad arrivare dove desidero. Mi impegnerei. Le dirò quanto sono disposta a impegnarmi.

In sottofondo, mentre lei mi parla, sento della musica. Sembrano gli Oasis ma non riconosco la canzone. Girava voce che stesse per uscire un nuovo album.

Liam Gallagher sta cantando di un *wonder wall* e di qualcuno che lo salva.

Alex dice che le piace, ma io sono troppo fedele ai Blur per ammettere che anche a me in fondo non dispiace. Mi culla come una ninna nanna e comincia a venirmi sonno.

Quando mi sveglio, Alex non c'è più. Per un attimo, mi sembra quasi di averla sognata finché un'altra voce – quella che canta come la mamma – mi dice che qualcuno è venuto a farmi visita.

«È bello avere una nuova amica, vero?», mi chiede. Ma io non rispondo.

Le parole della canzone di prima riaffiorano a stralci mentre l'altra donna mi lava il viso.

Spero che Alex torni a trovarmi.

Capitolo cinquantasette
Jacob

14 ottobre 2010

«Ciao Alex», rispose Jacob con voce nebbiosa, stringendo il cellulare all'orecchio. Con l'altra mano si coprì gli occhi stanchi.

«Ti ho svegliato?». La voce di Alex sembrava distante e attutita.

«No, cioè sì, in effetti, ma non importa. Devo riabituarmi ad alzarmi presto. Che succede?»

«Io... suppongo che, avendo escluso Paul, dovrei concentrarmi su quello che rimane da esplorare», disse Alex, il tono privo dell'adrenalina del giorno precedente.

«Credo non ti resti altro da fare». Jacob provava sempre un certo disagio quando Alex si sforzava di illustrargli i suoi ragionamenti.

«Giusto. Be', Paul avrà anche mentito sulla cronologia degli incontri con Amy, ma non significa che abbia mentito su tutto. Resta sempre la sua dichiarazione di aver visto Amy con un altro».

Jacob rimase in silenzio per qualche istante; non voleva fornire ossigeno a quel pensiero. Si mise a sedere lentamente e batté le palpebre un paio di volte.

Una scatola di giochi malconcia attirò la sua attenzione e provò un'immediata fitta di nostalgia. Per poco non si aspettò di sentire il Game Boy attraverso la parete, o addirittura la musica deprimente che Tom ascoltava da adolescente.

«Non me la bevo».

«So che non vuoi e che per te è difficile anche solo prenderla in considerazione. Ma sapere che Amy potrebbe aver avuto rapporti con...».

Jacob la interruppe. «Ti prego, non ho bisogno di sentirlo di nuovo».

«Scusa, è solo che, se avesse avuto un altro», azzardò cauta, «a chi lo avrebbe confidato?»

«Probabilmente a Jenny».

«Jenny ieri ha minacciato di farmi arrestare, quando ho provato a parlarle».

«Non mi sorprende», osservò Jacob.

«Quando è stata l'ultima volta che l'hai vista?»

«Il mio ultimo giorno di scuola, quindici anni fa».

«Andavate d'accordo?»

«Abbastanza, direi. Era piuttosto sfacciata e irruente per i miei gusti, ma in fondo era una brava ragazza. Credo fosse una buona amica per Amy».

«Ma se tu dovessi, non so, chiamarla di punto in bianco, come credi che reagirebbe?»

«Oddio, ho già capito dove vuoi andare a parare».

Jacob si era aspettato una certa riluttanza, perciò l'entusiasmo di Jenny all'idea di incontrarlo aveva risvegliato da capo il suo disagio.

Al telefono, lei aveva proposto che si trovassero già il mattino seguente e la spavalderia di Jacob era svanita all'istante.

Ora se ne stava seduto in preda all'agitazione in fondo a un bar, ubicato – cosa assolutamente sconcertante – proprio dietro l'angolo rispetto alla loro vecchia scuola.

La porta del locale oscillò verso l'interno e la prima cosa che Jacob notò fu quanto Jenny era ingrassata. Non era solo in carne o sovrappeso, era proprio obesa. Jacob riconobbe i lineamenti familiari, che tuttavia contornavano un viso molto più largo.

Anche le sue dita erano grasse, la fede d'oro incastrata in un solco profondo sull'anulare. E sembrava molto più vecchia dei suoi trent'anni.

Non appena lei lo raggiunse, si scambiarono un abbraccio molle e imbarazzato.

«Non temere, Jake, so che sei d'accordo con quella giornalista».

Jacob inarcò le sopracciglia per la sorpresa.

«Eddai, non ti sento da quindici anni e ti rifai vivo proprio quando lei tenta di giocarmi un bel tiro. Non sono mica scema».

«Hai ragione, ma credo che tu l'abbia giudicata male».

«Mmm, be', comunque sia, lei non mi interessa. Tu come stai?»

«Bene, grazie. Sono sposato e aspettiamo il primo figlio a breve. Tu invece?»

«È tutto okay, Jake, non voglio provarci con te, sei al sicuro».

Jacob sorrise e subito si vergognò dell'intenso sollievo che aveva mostrato.

«Anch'io sono felicemente innamorata e abbiamo una bambina», disse Jenny.

«Congratulazioni a entrambi, allora. Quanto ha?»

«Tre anni».

«Oh, che meraviglia. Pronta per la scuola ormai. Come si chiama?»

«Sì, comincerà a settembre. Il tempo vola», tentennò Jenny. «E... uhm... si chiama Amy».

Jacob continuò a mescolare il suo tè senza alzare lo sguardo. Alla fine si complimentò per il nome.

«L'ha suggerito il mio compagno. Sa tutto della nostra Amy, naturalmente. All'inizio non ero convinta ma... le dona davvero».

«È bello che tu ci sia riuscita», deglutì Jacob. «Jenny, so che i metodi di Alex non ti hanno fatto una buona impressione, ma ha individuato una pista. Comincia a trovare delle risposte e io ho ancora molte domande. Tu no?»

«Devi fare attenzione ai giornalisti, Jake. Quella donna è subdola».

Jacob si incupì. «Senti, non mi piace parlarne, ma Alex crede che forse Amy...». Si schiarì la voce. «Che Amy si vedesse con qualcuno prima di sparire e fare quella fine. Tu ne sai qualcosa?».

Jenny fece per rispondere ma abbassò lo sguardo.

«Mi dispiace tanto», disse poi. «Quella giornalista ti ha raccontato la storia della verginità, vero? Mi dispiace così tanto, ma credimi, non era…».

«Che storia della verginità?». Jacob sentì il battito del cuore sovrastare la sua voce.

Gli occhi di Jenny gli perlustrarono il viso. «Era una cosa stupida, insomma non credevo che l'avrebbe presa sul serio. Io non ci pensavo proprio all'epoca».

«Jenny». Jacob abbassò il tono della voce e la guardò negli occhi, che si stavano riempiendo di lacrime. «Mi stai facendo uscire di testa. Vuoi dirmi per favore di cosa stai parlando?».

Lei espirò e risucchiò le labbra all'interno della bocca per un istante, come se si fosse sgonfiata completamente.

«Accidenti. Okay, allora, io, Amy e Becky avevamo concordato questa specie di gara per vedere chi avrebbe perso per prima la verginità».

«Anche Amy?»

«Sì, tutte e tre. Era solo per ridere, era una sciocchezza. Non sarebbe cambiato niente. Io non ho fatto niente, infatti, ma non credevo che Amy l'avesse presa sul serio».

«Non credevi?»

«La giornalista. Ha detto che Amy non era vergine quando l'hanno aggredita. Ha detto che Amy l'aveva, insomma, già fatto. Non sapevo se crederle o meno».

«Credile pure», disse Jacob con tono sommesso.

«Merda. Senti, io non lo sapevo. Davvero. Se lo avessi saputo, l'avrei detto alla polizia».

«Detto cosa?»

«Dell'altro tipo».

Di colpo le pareti del bar sembrarono prendere vita e incombere su di loro, mentre Jacob si aggrappava con forza al tavolino. Sentì il sangue defluirgli dalla testa.

«Non volevo turbarti».

«Maledizione, Jenny, ormai siamo ben oltre».

Jacob avvertì un rivolo di sudore freddo lungo il collo mentre lei gli raccontava che si trovava con Amy nei gabinetti del pub The Sleeper a reggerle i capelli, qualche settimana prima che sparisse.

«Era ubriaca fradicia e blaterava anche mentre vomitava. Pensai fossero solo chiacchiere da sbronza e nemmeno io ero sobria ma, sai, forse c'era un fondo di verità». Jenny alzò lo sguardo e sgranò gli occhi. «Se avessi immaginato fin dove si era spinta, l'avrei detto alla polizia. Ma non ne avevo la minima idea».

«Non avevi la minima idea di che cosa, Jenny?», domandò Jacob con impazienza.

«Mi ha detto che si sentiva in colpa. Perché era interessata a un altro e anche lui provava interesse per lei».

Jacob si appoggiò allo schienale come se lo avessero tirato per i capelli.

«Mi dispiace tanto. Ti amava da morire ma era confusa. Le ho chiesto chi fosse ma non ha voluto dirmelo».

«E tu non ne hai idea?»

«Ha detto che era una persona vicina a te. Ecco perché ci stava così male. Ti prego, non fare quella faccia arrabbiata, mi ha detto che non era successo niente e poi non ne ha più fatto parola. Avrei dovuto richiederglielo quando era sobria, ma non l'ho più fatto».

«Perché no?», chiese Jacob, madido in viso.

Jenny abbassò lo sguardo. «Perché non volevo saperlo. Non mi piaceva quello che ti stava facendo».

Jacob non sentiva più le gambe. Cominciò a sparare i nomi di tutti i compagni di scuola che ricordava. Jenny sbatteva le palpebre per scacciare le lacrime e sollevò una mano.

«Non ne ho idea. Mi dispiace davvero, Jake».

«Non so che dire. Non dovrei arrabbiarmi con lei adesso, ma è esattamente quello che provo».

«Lei ti amava, Jake. Qualunque cosa sia accaduta, ti amava. Spero solo non abbia fatto niente di stupido per vincere quella scommessa patetica».

«Non riesco a credere che l'abbia presa così alla leggera. Ero convinto che per lei fosse una cosa importante».

«Lo era, Jake».

«No che non lo era, Jenny, cazzo. Se solo sapessi quanto l'ho aspettata».

«Mi dispiace tanto».

«Anche a me».

Capitolo cinquantotto
Alex

15 ottobre 2010

«Sto per andare in congedo di paternità, perciò non ho molto tempo», disse Matt mentre Alex stringeva il cellulare all'orecchio con un leggero tremolio della mano.

Il congedo di paternità. Stavolta stava facendo tutto come si deve, era tutto così reale. Matt le aveva annunciato il congedo ormai prossimo con lo stesso tono da poliziotto che aveva usato per riferirle l'alibi di Paul Wheeler.

Quando il nome di Matt era apparso sul display del cellulare, Alex era stata tentata di lasciare che si inserisse la segreteria, imbarazzata per non aver fatto altri progressi. Ma vedere che lui la stava chiamando, sapere che le dita di Matt avevano cercato il suo nome sul cellulare, che lui aveva cercato un posto appartato per parlarle, che si era ritagliato un frammento di tempo solo per lei, le aveva fatto capire che doveva rispondere.

«Alex, so che la pista di Paul Wheeler si è rivelata infondata, ma ricordi di avermi chiesto di verificare eventuali casi simili?»

«Certo che mi ricordo». *Mi ricordo tutto, Matt. Continuo a rivivere le nostre conversazioni nella mente fino alla nausea.*

«Finalmente sono riuscito a delegare alcuni miei casi e ieri ho avuto modo di occuparmi di questo. E ho trovato qualcosa che mi sembra rilevante».

«Ah sì?». Alex si lasciò cadere con pesantezza sul divano, imprimendo un istantaneo alone scuro con i vestiti da corsa bagnati. La pioggia batteva contro la vecchia finestra della cucina e un vento arrabbiato fischiava nel camino bussando contro la grata per entrare in casa. Davvero poteva esserci una nuova pista, un regalo da parte di Matt che desse una bella scossa alla situazione?

«Non voglio darti false speranze ma è più sicuro parlarne di persona».

Alex si raddrizzò sul divano. «Sarebbe magnifico. Facciamo oggi? A che ora va bene per te?».

Alex aveva due ore per prepararsi, guidare fino alla stazione, parcheggiare e comprare un biglietto. Due ore nelle quali tenersi lontana dalla cucina, due ore in cui evitare di farsi coraggio con un drink. Abbassò lo sguardo, stava ancora tremando nei leggings e la felpa da corsa inzuppati. Aveva i capelli increspati per il sudore e le guance a chiazze.

Si infilò barcollante nella doccia, schizzandosi lo shampoo negli occhi per la fretta e tagliandosi la gamba con il rasoio.

Per fortuna aveva poco tempo. Un solo briciolo in più e sarebbe rimasta paralizzata, a malapena capace di respirare al solo pensiero di rivederlo. Per la prima volta dopo anni, si sarebbe ritrovata così vicina alla sua pelle da sentire il profumo del dopobarba. Chissà se Matt era brizzolato. I capelli brizzolati dovevano stargli benissimo.

Se avesse avuto più giorni per agitarsi e andare nel panico, Alex avrebbe finito per ordinare dieci capi di abbigliamento diverso e sarebbe annegata nelle lacrime, tracannando vino rosso a non finire per sedare il panico e offuscare lo specchio. Con metà vestiti nel cesto della biancheria e un altro quarto ad asciugare nell'angolo più caldo della cucina, le rimaneva ben poca scelta.

Indossò biancheria intima abbinata, arrossendo mentre la sceglieva. Optò per il paio di jeans più pulito che aveva e un maglioncino Jack Wills aderente che si augurò le donasse un po' più delle alternative. Si asciugò i capelli sparando il phon al massimo. Con le mani tremanti, il trucco le riuscì male e sciacquò via tutto. Ci avrebbe riprovato sul treno, non appena il cuore avesse ristabilito un ritmo più regolare.

«Ti trovo bene», mentì Matt.

«Io ti trovo benissimo», rispose Alex.

Lui aveva davvero un aspetto magnifico. E un profumo magnifico. Muschiato, legnoso ed eccitante. Per un attimo, Alex rimase immobile a riempirsi lo sguardo. Matt portava benissimo i suoi trent'anni; leggere linee d'espressione attorno agli occhi, una lievissima spolverata d'argento sulla barba. Sembrava vissuto e costoso come un pregiato divano di pelle Chesterfield.

Alex sfoggiava la dotazione da trentenne affermata. Una borsa da urlo, trucco costoso. La maschera perfetta.

Giocava a favore, meditò Alex, che il proprio aspetto fosse di gran lunga migliore rispetto all'ultima volta in cui l'aveva vista. Come poteva essere altrimenti?

«Non ho molto tempo». Era chiaro che Matt non sentiva il bisogno di specificare. «Perciò andiamo subito al sodo».

«Certo».

«Prima tu», fece cenno lui.

«Io? Oh, va bene... Allora, il ragazzo che Amy aveva all'epoca mi ha aiutata parecchio».

«Wow, fantastico!».

Il vero e proprio shock sul viso di Matt le parve un tantino esagerato. *Sì, Matt, non sono completamente inutile. Riesco davvero a concludere le cose che comincio. Quelle importanti. Be', insomma, almeno alcune.*

«Come l'hai trovato?».

Si è introdotto in casa mia.

«Eccellenza giornalistica».

Matt sorrise.

Il Greenwich Coffee Shop era sorprendentemente tranquillo. Forse le nuvole avevano allontanato la gente, o forse Matt sapeva che quel bar era un luogo d'incontro particolarmente intimo.

Nell'angolo, una manciata di studenti fin troppo in tiro faceva mille scene e rideva a squarciagola, ridicolizzando i menu di plastica e il barattolo della salsa a forma di pomodoro – quel gusto kitsch che ai tempi di Matt e Alex andava tanto in voga.

Accanto alla porta, un padre in abiti sgualciti rinunciò a tentare di leggere il menu sporco di ketchup mentre i suoi piccoli gemelli si dimenavano avanti e indietro, disintegrando fettine di pane tostato con i palmi cicciottelli.

Alex raccontò a Matt di Jacob. Menzionò Jenny e il suo rifiuto, e che Jacob la stava incontrando proprio in quel momento. Descrisse il bruciore agli occhi a forza di spulciare centinaia di articoli. Accennò alla gita nel luogo in cui Amy era stata rinvenuta, alle conversazioni con Becky e alla folle scappata nel Devon per cogliere Bob di sorpresa.

«Devo essere sincero, hai fatto molto più di quanto mi sarei aspettato. Senza offesa».

«In effetti è un po' offensivo, Matt», replicò contrariata. Era difficile capire se lui stesse solo scherzando e se la considerasse davvero una buona a nulla.

Poi Matt sorrise. Oh, Dio, quel sorriso. Quello che rivelava due fossette profondissime dagli zigomi al mento, capace di farla cadere e fluttuare via. Quel sorriso che un tempo si affacciava a lei ogni volta che lo stuzzicava. Ora apparteneva a Jane, che era «di trentotto settimane e quattro giorni, manca poco ormai!», e rimproverava Matt di «fare troppi straordinari e io mi sento una merda, perciò…».

«Senti, come ti dicevo, non voglio darti false speranze, ma ho trovato qualcosa che non mi quadra. Ed è troppo simile al caso per ignorarlo».

«Di che si tratta, Matt?». Alex sentì il cuore accelerare i battiti e si sforzò di non sembrare troppo impaziente.

«Ai primi di luglio del 1995, una sedicenne molto ubriaca fu abbordata su un autobus serale a Edenbridge. Il giovane che aveva attaccato bottone con lei la convinse a scendere ai margini della città e, be', tu e io diremmo che la violentò».

«E chi direbbe il contrario?»

«Nel dossier ci sono alcune zone grigie. Pare che la ragazza sia scesa dall'autobus volontariamente, aveva intenzione di fare sesso con lui. Oggi affronteremmo il caso con occhi diversi».

«Chi era il tizio?»

«Non fu mai rintracciato, ma dalla descrizione della ragazza aveva tra i quindici e i venticinque anni, il che non è di grande aiuto, ma forse prova quanto lei fosse sbronza. Era alto almeno un metro e ottanta, con i capelli scuri e la voce profonda. Aspetta, stiamo parlando in via confidenziale?»

«Se preferisci così».

«Non passare queste informazioni al giornale né a nessuno, per il momento».

«Va bene, Matt, cosa stavi per dire?». Avrebbe voluto prenderlo per la giacca e dargli una scossa.

«Lui le disse di chiamarsi Graham».

«Graham». Alex soppesò il nome sulla punta della lingua e lo annotò sul taccuino. Non le diceva niente.

«Insomma questo "Graham" attacca bottone con lei, la convince a scendere dall'autobus, a bere qualcosa con lui e divertirsi un po'».

«Okay. Lo trovo così squallido».

«Infatti. Come ti dicevo, lei era ubriaca e cambiò idea e gli chiese di riaccompagnarla a casa. Lui però non la lasciò andare. Le legò le mani e fecero sesso».

«Cioè la violentò», corresse Alex.

«Sì. La deposizione dice che subito dopo lui la prese per il collo e minacciò di ucciderla».

«Ma è terribile», sbottò Alex con rabbia. «E nessuno ha mai fatto niente?»

«Non c'erano gli elementi per procedere», spiegò Matt sulla difensiva.

«A me sembra chiaramente collegato. Tu che ne pensi?»

«Be', non è così lontano da quello che è successo a Amy, ma non cantare vittoria prima del tempo, Alex. All'epoca la ragazza fu giudicata una testimone inaffidabile, date le circostanze».

«Quali circostanze?».

Matt sospirò. «Aveva un passato difficile. E considerato quanto fosse sbronza al momento dei fatti, probabilmente il caso non sarebbe finito in tribunale *nemmeno* in presenza di un sospettato».

«Perciò, nonostante il coraggio dimostrato sporgendo denuncia da quella che in pratica era appena una bambina, hanno lasciato quel tizio libero di tornare alla propria vita e magari fare di peggio? Tipo aggredire Amy?»

«Vacci piano, Alex. Il punto non è che abbiamo permesso a un delinquente di farla franca. Il punto è che il caso non avrebbe retto»..

«Matt, non sono qui per mettere alla gogna la polizia. Non me ne frega un cazzo. Sto solo cercando di fare il possibile per aiutare Amy».

«Okay, ma ricorda che sono informazioni ufficiose e che in ogni caso non le hai avute da me».

«Quanto è fattibile chiedere di parlare con la ragazza che ha denunciato lo stupro?».

Matt piegò il capo da una parte, incredulo, e non disse una parola.

«Assolutamente fuori questione?», suggerì Alex.

«Sì. Non esiste che io sveli il nome di una vittima a un membro della stampa senza alcuna ragione».

«E immagino che neanche tu possa metterti in contatto con lei».

«Non posso proprio, Alex. So che non è la risposta che vorresti, ma come potrei giustificarlo?»

«Perché te l'ho chiesto io?». Sorrisero entrambi.

«Alex, se mi fornisci una ragione valida per riaprire il caso, allora potrò rivelarlo. Ma dovrà essere più che fondata, non una vaga supposizione. So che può sembrare intransigente, ma ricorderai come funziona».

«Ricordo tutto, Matt».

«Lo so».

«Mi manchi», gli sussurrò.
«Devo andare».
«Lo so».

Graham. Era un nome falso, ovviamente; chiunque pianifichi un'aggressione sessuale non va certo a spifferare il suo vero nome durante i preamboli.

Quel giovane alto e dai capelli scuri che diceva di chiamarsi Graham non poteva che essere l'aggressore di Amy. Dal poco che Matt le aveva confidato, l'uomo sembrava avere il pieno controllo di sé. Doveva aver programmato ogni cosa, oppure aveva un piano pronto per l'uso da mettere in pratica non appena individuava una potenziale vittima. Ci volevano anni a studiare una cosa del genere, pensò Alex, doveva per forza aver fatto qualche passo falso lungo il cammino. Oppure era manovrato da qualcun altro.

Alex era stata sul punto di mollare tutto e di lasciarsi affogare nel vino rosso appena qualche ora prima e dopo qualche bicchiere di troppo, e invece era stata rimessa dritta in carreggiata proprio da Matt.

Aveva un nome.

Aveva un caso analogo. Poche settimane prima del rapimento di Amy.

Aveva una storia. Aveva una vera storia.

Era talmente eccitata che, fino all'arrivo del treno alla stazione di Tunbridge Wells, pensò soltanto a Amy, senza indugiare sul profumo di Matt che sentiva ancora addosso e sui suoi bellissimi occhi che le danzavano ancora davanti al viso quando gli parlava.

Capitolo cinquantanove
Amy

Un giorno del 2010

Oggi Alex è tornata a trovarmi ma non è stato bello come le altre volte.

Probabilmente sonnecchiavo quando è arrivata, e mi sono persa la prima parte del discorso, così ho sentito robe davvero strane. Forse lei credeva di parlare a un'altra Amy, una Amy che ha passato un brutto periodo, ma non ci capivo proprio niente.

Ha cominciato parlando di cose tipo uscire con uomini più grandi e rimanere ferite. Insomma, mi è sembrato fuori luogo, ma forse non ha nessuno con cui parlare di certe cose.

Ho notato che la gente di recente tende ad aprirsi molto con me. L'altro giorno una donna, mi pare abbia detto di essere un'infermiera, mi ha raccontato che stava per divorziare perché il marito andava a letto con la vicina. Poi un'altra, che mi sembrava piuttosto vecchia, mi ha parlato del suo ragazzo ai tempi della scuola. Di quanto le mancasse ancora e si chiedesse cosa stesse facendo.

Ora c'è qui la donna che canta mentre mi lava i capelli. Sta parlando di qualcuno che fa il "volontario" qui, qualunque cosa intenda, e che si è rotto la gamba e sua moglie sta per avere un bambino. E io penso sì, okay, e allora? Non per fare la maleducata, ma non lo conosco e non vedo perché debba fregarmene qualcosa della sua gamba o del suo bambino.

Mi sembra sia passata una vita dall'ultima volta che ho parlato con Jenny o Becky o sentito un po' di pettegolezzi di scuola. Al diavolo le gambe rotte e i bambini, perché non mi dicono della serata in discoteca del liceo e di chi se la fa con chi? Se Jenny ha sfinito Steve o se gli lancia ancora sguardi disperati dietro il becco di Bunsen? E Becky, farà ancora quei sogni sul professor Parker? Ah-ah, non avrebbe mai dovuto raccontarcelo, cosa si aspettava? Che *non* la sfottessimo per sempre?

Comunque, Alex non smetteva di parlare e ha cominciato a mettermi in agitazione. Era come se mi stesse accusando di qualcosa. Non so, non mi è piaciuto e ho provato a dirglielo. Poi non so cos'è successo, forse l'ho offesa, fatto sta che ha smesso di parlare di punto in bianco.

Spero lo stesso che ritorni.

Capitolo sessanta
Alex

15 ottobre 2010

L'imminente congedo di paternità di Matt mise in risalto un'altra scadenza. La moglie di Jacob avrebbe partorito da lì a poco e, non appena fosse nato il bambino, lui si sarebbe rivelato un punto morto. A prescindere da ciò che le prometteva, non avrebbe avuto più il tempo né la propensione ad aiutarla dal momento stesso in cui fosse partita la prima contrazione.

Alex sapeva di scherzare con il fuoco, ma anziché rimanere a casa con la sua caraffa per l'ora del tè e i dosaggi medicinali, guidò verso l'ufficio in cui Jacob le aveva detto di lavorare.

Rimase in macchina ad ascoltare la radio, sperando che lui finisse in fretta. Davano una sorta di programma pomeridiano per chi stava guidando, nel quale la gente telefonava per richiedere i pezzi preferiti. Il suo ego subì un duro colpo quando *Waterfalls* delle TLC fu inserito nella categoria "vecchi successi".

Finalmente le doppie porte color marrone fumo si spalancarono e sbucò fuori Jacob accompagnato da un uomo più giovane con i capelli scuri e i jeans a vita bassa. I due si diressero lentamente verso una Audi A3 nera e Jacob fece per aprire la portiera del lato del passeggero. *Merda, era ovvio che chiedesse un passaggio a casa.*

Alex spalancò la portiera, la chiave ancora inserita nell'accensione. Si protese all'esterno, agitando la mano, e lo chiamò.

Jacob e il collega si voltarono e il primo le lanciò un'occhiata che non poteva significare altro se non «Ma che cazzo…?». L'amico si appoggiò alla propria auto e rimase a osservare incuriosito, mentre Jacob raggiungeva Alex a passo lento.

«Che ci fai qui?», le chiese inorridito.

«Volevo sapere com'è andata con Jenny. Pensavo di darti un passaggio e farmelo raccontare».

«Avresti dovuto chiamarmi. Potevamo vederci dietro l'angolo».

«Scusa, non ci ho pensato».

«Ora dovrò spiegare a Marc chi sei».

«Digli che sono un'amica».

«Cosa che non gli sembrerà affatto sospetta».

«Allora che sono tua cugina, non c'è niente di sospetto nei cugini».

«Mmm».

«Se l'è bevuta?», gli chiese mentre Jacob si sistemava goffamente sul sedile.

«Gli è toccato».

Alex scivolò fuori dal parcheggio verso il traffico dell'ora di punta. Avrebbe voluto andare dritta al sodo per sapere cosa gli avesse detto Jenny, ma si frenò e prima domandò del rientro al lavoro.

«Tutto okay, tanto da fare».

«E con Jenny com'è andata?».

Jacob esitò e fletté le mani. «Be', Alex, Amy mi tradiva, perciò avevi ragione tu».

Alex inchiodò con più forza del voluto e guardò Jacob con gli occhi sgranati.

«Pare che Amy fosse ubriaca qualche settimana prima dell'aggressione e abbia confidato a Jenny di essersi presa una cotta per qualcun altro».

Le labbra di Jacob si incurvarono verso il basso.

«Mmm», mormorò Alex.

«E *questo* cosa significherebbe? Credevo ti avrebbe fatto piacere sapere di avere ragione».

«Niente in tutta questa storia mi fa piacere e scusami se ti ho fatto credere il contrario. Non so proprio cosa dire. Stai bene?»

«Suppongo di sì. Insomma, Jenny non mi ha certo detto che è stata mia moglie a tradirmi o roba simile...». Jacob si interruppe.

«Ti ha proprio detto che Amy aveva fatto qualcosa con questa persona?». Alex si stava sforzando di mantenere la pazienza.

«No. Ha detto che le piaceva un altro e a lui piaceva lei. E che Amy era confusa e non sapeva che fare. Jenny non è sicura che sia successo qualcosa, ma nemmeno del contrario. Dice che non glielo ha chiesto».

«A quando risale questo racconto di Amy?»

«A poche settimane prima della sparizione».

Dio, se solo Jenny accettasse di farsi intervistare, pensò Alex. I ricordi dell'amica di Amy avrebbero potuto sciogliere alcuni nodi della vicenda e ormai era più che ovvio quanto Jacob fosse stato ignaro e ingenuo all'epoca.

«Jenny ha idea di chi fosse la persona in questione?».

Lui respirò a fondo. «È questo che mi fa impazzire. Dice che era qualcuno vicino a me. Sarà stato di sicuro un compagno di scuola, ma si sarebbe fatto avanti, no?»

«Non se avesse temuto di finire nei guai. Hai mai nutrito sospetti su Amy e i tuoi amici?»

«No, mai. Sembrava non gliene piacesse nessuno». Jacob ruotò sul sedile per guardarla in faccia. «Jenny ha detto che Amy era coinvolta in una specie di gara a chi perdeva prima la verginità, e che tu lo sapevi».

«Ha detto così?». Alex mantenne lo sguardo alla strada ma si sentiva addosso gli occhi di Jacob.

«Sì».

«Okay, me ne ha parlato Becky, ma non volevo riferirtelo a meno che non fosse necessario. Sapevo quanto ti avrebbe turbato. E a essere sincera, non avevo dato molto credito alla cosa perché ero ancora convinta che fosse Paul il colpevole».

«È solo che non riesco a credere che Amy fosse tanto superficiale. Ci pensava molto, sai, ma non immaginavo fino a quel punto. Credevo volesse fare il passo insieme a me, non con il primo che capitava. Pensi che abbia commesso una sciocchezza per via della scommessa?»

«Con la mano sul cuore, non credo che quella stupida gara significasse niente. Secondo me la maggior parte degli adolescenti insegue lo stesso traguardo, che si voglia ammettere o no. Non penso che Amy abbia fatto nulla di avventato solo per battere le sue amiche in qualcosa che tutte avrebbero comunque ingigantito».

«Spero di no, ma resta il fatto che è andata a letto con qualcuno, e questo non è un volo di fantasia, per quanto detesti il solo pensiero. Mi hai detto tu che è un riscontro medico nudo e crudo».

«Sì, è così. E non abbiamo abbastanza riscontri per i miei gusti. Continuo a credere che Jenny sia la chiave di tutto, sappiamo che è l'unica con la quale Amy si confidava. Credi che sarebbe disposta a parlare con me, in tua presenza?»

«Non lo so, forse. Posso chiederglielo».

«C'è un'altra cosa che mi lascia perplessa. Hai una *minima* idea del perché tuo fratello Tom sia andato a trovare Amy qualche anno fa?»

«No», rispose Jacob con voce stanca, «continuo a non capire. Cioè, è un ragazzo premuroso e immagino volesse vedere se Amy stesse bene. Credo. Sembra comunque un po'...», esitò. «Senti, lui non la conosceva così bene. La cosa gli è semplicemente piovuta addosso».

«Ma deve averlo colpito», ipotizzò Alex con tatto. «I tuoi genitori saranno stati distratti, tu sei stato interrogato dalla polizia, ha dovuto perfino cambiare scuola. Questa storia deve averlo provato».

«Sì, ma non era certo il primo ragazzino a cambiare scuola o a subire qualche incidente di percorso. Non vedo come possa turbarlo ancora dopo tanto tempo».

«Gli piaceva la nuova scuola?»

«No, ma l'avrebbe odiata chiunque. St Cuthbert era una scuola privata super religiosa. Piccola e molto rigorosa. E per soli maschi, completamente diversa dal liceo».

«Quindi, in pratica, l'effetto che la faccenda ha avuto su Tom è stato solo negativo. Ha dovuto lasciare la scuola che gli piaceva per frequentare una tetra scuola maschile».

«Alex...».

«Ma non si è mai lamentato? Non era infuriato con te? La *tua* ragazza viene aggredita e *lui* è costretto a cambiare scuola, e non dice neanche una parola?»

«È sempre stato un bravo ragazzo, Alex, non è uno che frigna per niente».

«Oppure si sentiva responsabile. Sentiva di meritare la punizione». Alex si aggrappò al volante e puntò lo sguardo sulla strada, temendo di vedere la rabbia salire lungo il collo di Jacob, temendo di interrompersi e chiedergli scusa.

«Sei fuori strada, Alex, stai superando il limite».

«E poi, al culmine della sua accettazione rilassata e comprensiva di tutta la merda che gli era piovuta addosso, lui – ormai *adulto* – va a trovare Amy. La ragazza che aveva causato quella rivoluzione. Non ti sembra un po' sospetto?». Alex sentiva che Jacob la stava ancora fissando, incandescente di rabbia sul sedile accanto, ma lei continuò a guardare risoluta l'asfalto nero.

«Dacci subito un taglio, Alex. Ho capito dove vuoi arrivare e non mi piace. Stiamo parlando della mia famiglia, non di un individuo losco come Paul Wheeler».

Alex si morse il labbro, in attesa che lui finisse. «Jacob», riprese poi con tono secco. «Ora come ora, rimangono strane coincidenze riguardo a tuo fratello. Non significa che abbia fatto nulla di male, ma capisci anche tu che sono costretta a chiedere».

«Stai puntando nella direzione sbagliata». Jacob fece una pausa e respirò a fondo. «Vieni a parlare con mia madre. Chiedi a lei perché è andata da Amy insieme a Tom, perché vorrei tanto saperlo anch'io».

«Dici sul serio?»

«Credimi, è l'ultima cosa che vorrei fare, ma questa ipotesi va stroncata sul nascere e io non ho le risposte che cerchi. Ci sarà una spiegazione perfettamente plausibile e, quando l'avrai ascoltata, potrai continuare a ragionare su quello che è successo davvero».

Sue si scusò per la confusione inesistente. «Se avessi saputo che avremmo avuto ospiti...», continuava ad affaccendarsi avanti e indietro per la cucina accentuando il nervosismo di Alex.

«Mamma, non preoccuparti, preparo io il tè», suggerì Jacob, rivolto alla nuca della madre.

«Mi spiace per l'intrusione inaspettata», si scusò Alex, ancora rossa per il modo in cui Sue l'aveva scrutata dall'alto in basso non appena erano entrati. Come se l'avesse già vista da qualche parte. E non in senso buono, ma come se l'avesse vista vomitare nel fiume o inveire in mezzo alla strada. Due cose senz'altro possibili, in passato.

«Non importa», tagliò corto Sue. Poi, come per rimediare, si voltò e sorrise. «È stata gentile a riaccompagnarlo a casa».

«Mamma, so che non conosci Alex, ma è un'amica di Tunbridge Wells. Mi hai lasciato a casa sua l'altro giorno».

«Mi sembrava».

Jacob arrossì.

«Lo sa, mi auguro, che Jacob è sposato?», chiese Sue ad Alex mentre versava nelle tazze il tè ambrato e trasparente.

«Non è come pensa», rispose lei, voltandosi verso Jacob.

«Alex è solo un'amica, mamma». Jacob si guardò i piedi.

«Gli uomini sposati non passano tanto tempo con donne diverse dalle loro mogli, Jacob. Non mi stupisce che Fiona sia così arrabbiata».

«Non avrei dovuto venire», dichiarò Alex, recuperando dal tavolo le chiavi dell'automobile. «Mi dispiace».

«No, aspetta», esclamò Jacob alzando un palmo, per poi serrarlo di nuovo lungo il fianco.

«Mamma, c'è dell'altro che non ti ho detto».

Sue incrociò le braccia sul petto e fissò Alex con aria severa.

«Alex è una giornalista, mamma, e sta scrivendo di Amy».

«Amy?»

«Amy Stevenson, la mia ragazza ai tempi della scuola».

«So benissimo chi è Amy», dichiarò Sue.

«Signora Arlington, sto scrivendo un articolo per il "Times" sull'operato del Bramble Ward presso l'ospedale di Tunbridge Wells».

«Oh?»

«Mi sono concentrata sulla storia di Amy».

«Capisco».

«Sto parlando con persone come Jacob, che la conoscevano prima dell'aggressione, e suo figlio pensa che anche lei possa essermi d'aiuto».

«Ah sì?».

Sue sostenne lo sguardo di Jacob, finché lui non lo abbassò di nuovo sui piedi.

«Be', è successo molto tempo fa, perciò non vedo come potrei avere qualcosa di utile da riferirle».

«Lei ha vissuto la faccenda da una prospettiva diversa rispetto alle amiche di Amy o a Jacob. Lavorava nella loro scuola, no?»

«Non avevo niente a che fare con gli alunni. E proprio non mi piace l'idea di farmi intervistare».

«Ti dispiace almeno provarci, mamma? L'articolo di Alex potrebbe aiutare me e le amiche di Amy ad accettare quello che è successo».

«Oh, per l'amor del cielo, sono certa che l'abbiate accettato tutti anni e anni fa».

Jacob rimase in silenzio.

«Sì», concordò Sue, «Amy era una ragazza adorabile. Non la conoscevo bene, ma di certo aveva un non so che di brillante».

Alex le avvicinò l'iPhone spingendolo lungo il tavolo di legno di pino della cucina. Sue giocherellava con un sottobicchiere e lanciò una rapida occhiata a Jacob, accasciato accanto a lei sulla sedia di pino abbinata. Alex si domandò se quelle fossero le stesse sedie sulle quali Jacob era cresciuto e aveva imparato a usare forchetta e coltello.

«Tutto il personale della scuola ne fu colpito, naturalmente. La gente non se ne rende conto, ma gli insegnanti prendono molto a cuore queste cose. Trascorrono anni interi con i loro alunni e li conoscono bene».

«Lei invece, come si è sentita?»

«È stato terribile, ovviamente. Ero terrorizzata per Jacob. Non potevo fare niente per aiutarlo, una sensazione orrenda per una madre. Ed eravamo distrutti per la famiglia della ragazza. Che possano fare del male a tuo figlio è l'incubo peggiore di ogni genitore. Faresti qualunque cosa per evitarlo».

«Così lei e Amy andavate d'accordo?», domandò Alex.

«Amy era una ragazza adorabile», ripeté Sue, mescolando un'altra tazza di tè.

«Trascorreva molto tempo a casa vostra?»

«Un po'. Lei e Jacob si frequentavano regolarmente in quel periodo, perciò veniva qui di tanto in tanto».

«Amy andava d'accordo anche con suo figlio Tom?».

Sue aggrottò la fronte. «Lei e Tom non erano amici».

«Ma lo avrà incontrato per forza di cose?»

«Sì, certo, una volta o due. Ma non erano amici. Tom aveva un sacco di amici per conto suo».

«Signora Arlington, quando Amy sparì, la polizia interrogò Jacob».

«Sì, è così. Fu terribile».

«Aveva paura?»

«Non avevo paura, perché sapevo che non aveva fatto niente di male. Ma è stato orribile vederlo affrontare tutto quel trambusto».

«Non era preoccupata che la polizia potesse ritenerlo coinvolto?»

«No, certo che no». Sue aveva l'aria inorridita. «Oltretutto, lui era con me quando Amy sparì, perciò sapevo che non c'era ragione di dubitarne. La polizia stava semplicemente seguendo le procedure».

«Come reagì Tom quando Amy fu ritrovata?», domandò Alex.

«Perché continua a chiedermi di Tom?».

Alex guardò Jacob. Fino a che punto poteva spingersi?

«Mamma, perché tu e Tom siete andati a trovare Amy dopo il mio matrimonio?».

Sue spalancò gli occhi e fece per dire qualcosa, quando sentirono un rumore di chiavi nella serratura della porta principale e dei passi nell'ingresso. Sue serrò la bocca e alzò lo sguardo verso il marito in piedi sulla soglia.

«Alex, ti presento mio padre, Graham», annunciò Jacob cauto.

Alex provò una stretta allo stomaco. *Graham.*

«Piacere di conoscerla», disse Alex, voltandosi per porgergli la mano. Quando alzò lo sguardo, si stupì nel trovarsi di fronte a un uomo così alto e affascinante. Dimostrava minimo dieci anni meno di Sue, benché fosse impossibile. Aveva lo sguardo luminoso ma le labbra sorridevano a malapena.

«Il piacere è mio», rispose Graham, fissando Alex così a lungo che lei dovette voltare lo sguardo. «Sarei potuto venire io a prenderti, Jacob», disse al figlio avvicinandosi al bancone per versare una cascata di whisky su un mucchietto di ghiaccio. Indossava la tenuta da tennis e i suoi occhi verdi erano incorniciati da un viso abbronzato. L'intera stanza sembrava trattenere il fiato al suo cospetto.

«Papà, Alex mi ha portato a casa...», cominciò Jacob, guardando sua madre in cerca di rassicurazione.

«Alex è qui per farmi il terzo grado, temo», lo interruppe Sue. «È una giornalista, Graham. Sta scrivendo una storia su Amy Stevenson e pare convinta che io possa aiutarla».

«Una giornalista?», chiese Graham, con voce pacata e controllata. «Be', che delusione». Fissò Alex a lungo e bevve lentamente una sorsata di liquido ambrato. Alex avvertì la propria sete raschiarle la gola.

Capì che Jacob non avrebbe aggiunto altro e decise di spiegarsi. «Non voglio mettere a disagio nessuno, ma mi piacerebbe che la gente sapesse cosa è successo a Amy e ciò che sta passando».

«Be'», osservò Graham, con il tono calmo e fermo di un diplomatico. «Ormai non sta passando più niente, per fortuna». Si versò un altro bicchiere, con fermezza e senza alcun commento da parte della famiglia. Alex sospettò che in quella cucina la maggior parte dei pomeriggi si svolgesse così.

«Ciò che è accaduto è stato una disgrazia», continuò Graham con un lampo di compassione negli occhi, «ma è successo tanti anni fa e lei non è più con noi da moltissimo tempo».

Il cellulare di Jacob squillò sul tavolo e lui lo afferrò al volo. «Scusate, è il mio capo. Devo rispondere».

Alex lo osservò uscire zoppicante dalla cucina.

«Amy c'è ancora, eccome», intervenne, abbassando il tono della voce. «Comunica. L'ho visto con i miei occhi. Forse presto potrà raccontarci che cosa è accaduto».

«Okay», la placò Graham, «Jacob è al telefono e credo sia giunto il momento che lei vada. Mia moglie l'ha aiutata anche troppo, ne sono certo».

«Perché ha portato *Tom* a trovare Amy, signora Arlington?»

«Avanti, andiamo», si intromise Graham, piazzando una mano delicata dietro la schiena di Alex ed esercitando una leggera pressione.

«Va bene», si arrese Alex, stanca di sbattere contro un muro. «Posso usare il bagno prima di andare, per favore?»

«Io credo proprio che lei debba...», tentò di tagliare corto Graham.

«Ma certo, se ne ha bisogno», sospirò Sue. «Ultima porta in fondo al corridoio».

La donna rimase a osservarla in silenzio mentre usciva dalla cucina.

Quando infine riemerse dalla piccola stanza, Alex la vide in cucina girata di schiena e, attraverso la finestra, scorse Graham seduto rigido su una panchina del giardino sul retro, lo sguardo agli alberi e le labbra al bicchiere. Alex schizzò verso il salotto più silenziosa che poté.

Sentiva Jacob al piano di sopra e, avvicinandosi di soppiatto al passaggio ad arco che portava in cucina, udì Sue parlare al telefono frettolosa e a voce bassa.

Alex trattenne il fiato per ascoltare.

«Tom, sono la mamma. Devo dirti una cosa e non è niente di buono. Richiamami quando senti il messaggio. È urgente, tesoro».

Il cuore di Alex le sobbalzò nel petto. Tom. *Doveva essere stato Tom, usando il nome del padre, per quale motivo? Una copertura scelta in fretta e furia? Paul doveva averle detto una stronzata a proposito del tizio più grande.* Alex tenne gli occhi fissi su Sue. Sentì Jacob scendere le scale a passo lento. In un batter d'occhio, aprì la fotocamera sul cellulare per immortalare più fotografie di famiglia possibili, esposte sulla mensola del caminetto. Foto di scuola, delle vacanze, orribili pose da studio fotografico con bambini recalcitranti in gilet e cravatta. Scattava senza neanche guardare, schiacciando a più non posso il pulsante sul display. Le avrebbe selezionate in seguito.

«Che stai facendo?».

Alex si voltò di colpo, nascondendo il cellulare in tasca, e trovò Jacob sulla soglia della cucina.

«Stavo solo andando a riprendere la borsa», spiegò con la punta delle orecchie in fiamme. Jacob la precedette, recuperò la borsa da sotto il tavolo della cucina e gliela lanciò, le guance e le orecchie arrossate.

«Sarà meglio che ti accompagni alla porta», le disse costernato.

Capitolo sessantuno
Jacob

15 ottobre 2010

Jacob accompagnò Alex alla porta e le sussurrò con un filo di voce: «Mi dispiace. Suppongo sia stata una pessima idea, alla fine».

«Spiace anche a me, non volevo turbare tua madre», rispose Alex, malgrado i suoi occhi brillassero per qualche ragione. Forse per l'adrenalina.

Jacob uscì con lei, lasciando la porta socchiusa.

«Proverò a parlarle di nuovo quando papà non c'è».

«Possiamo vederci domani? Ci sono ancora un paio di cose che vorrei esaminare con te».

Si diedero appuntamento per il mattino seguente al bar dell'ospedale. Alex se ne andò senza voltarsi e Jacob, le spalle basse, si trascinò di nuovo dentro l'ingresso dei genitori.

«Ho preparato uno sformato per cena, spero vada bene». Sue aprì rumorosamente la porta del forno con le presine color limone e si chinò per estrarre la casseruola.

«Mamma, mi dispiace». Jacob era fermo sulla porta, a disagio.

«Potresti prendermi il cavolo rosso sottaceto? È nel mobile stretto, quello con il ripiano estraibile».

«So che non avrei dovuto metterti in difficoltà in quel modo».

Sue richiuse dolcemente il forno con il piede e posò la casseruola sui fornelli.

«Oh, Jacob», esclamò, portandosi la mano destra alla fronte. «Non ho fatto bollire i broccoli».

«Faremo senza, mamma, non preoccuparti».

«Non essere ridicolo», sbottò Sue, riaprendo il forno e riponendo la teglia nel suo ventre vuoto.

Prese una padella arancione Le Creuset e la riempì d'acqua, ma la fece scorrere con troppa veemenza dal rubinetto e si schizzò il maglioncino azzurro.

«Oh, ma che...!», esclamò e si bloccò per una frazione di secondo, come nel bel mezzo di una scena di caos totale.

Jacob arretrò nervoso mentre Sue inspirava a fondo e chiudeva gli occhi un attimo.

«Jacob, puoi mettere i broccoli a bollire per favore e tirare fuori i cavoli sottaceto, *per favore*? Vado a cambiarmi la maglia».

«Certo», rispose lui e osservò la madre affrettarsi fuori dalla stanza e lanciare un'occhiata alla teiera lungo il tragitto.

Dopo la cena silenziosa, Jacob si congedò e si ritirò nella sua piccola camera da letto. Non aveva niente da fare, ma non riusciva a tollerare la presenza della madre, che sembrava tanto ferita quanto in preda all'ansia. Il padre, come sempre, aveva mantenuto una riservatezza glaciale.

Dalla cucina giungevano i suoni attutiti, come un tempo.

«Sono preoccupato per quanto accaduto oggi, Sue», disse la voce profonda e ferma del padre.

«Non avrebbe dovuto portarla qui ma non voleva fare niente di male, Graham».

«Quello che non capisco è perché ti sia saltato in mente di andare a trovare quella ragazza».

Sue se ne stava in silenzio o parlava troppo piano perché il suono della sua voce arrivasse fino a Jacob.

«Perché ti sei infilata di proposito in questa situazione *con Tom*? Anni dopo che tutti finalmente avevamo superato la cosa?»

«Sai com'è fatto Tom, si preoccupa per gli altri».

«E ora perché lo difendi?»

«Io e Tom volevamo solo mostrare un po' di umana misericordia, tutto qui. È forse un reato?».

Jacob si figurò alla perfezione l'espressione che doveva essersi manifestata sul volto di Graham. Di misurato disprezzo.

«No che non è un crimine. Ma ne è stato commesso uno in passato e forse hai dimenticato la visita della polizia?»

«Oh, stai diventando ridicolo, Graham», sospirò Sue. «Non vuoi capire, non lo hai mai fatto. Non sai niente di quei ragazzi».

«Ecco, la solita frase fatta. Non sono proprio dell'umore per questa conversazione, vado a vedere cosa danno in TV».

«Ma certo».

Jacob sentì il padre fare zapping nell'altra stanza, creando un montaggio senza senso che filtrava verso l'alto attraverso le assi del pavimento.

Poi udì il cellulare della madre che squillava e il cigolio rivelatore della porta della veranda, mentre lei scivolava fuori a fumare una delle sue Silk Cut che nascondeva, come Jacob aveva sempre saputo, nella teiera.

Capitolo sessantadue
Amy

Un giorno del 2010

Alex è tornata a trovarmi ieri ed è stato di nuovo bello. Mi ha portato della musica e ho pensato: *Cavolo, non riesco a credere che nessuno lo abbia mai fatto prima*. È stato come tornare a casa. *Buddy Holly* dei Weezer, tonnellate di Pulp, Blur, Iggy Pop, Stone Roses, Smashing Pumpkins, REM, Portishead. Tutti i miei preferiti, oltre a un paio di band che non mi piacciono più di tanto, tipo gli Stiltskin che hanno fatto quel pezzo della pubblicità dei jeans e i Nine Inch Nails. Anche se in realtà *Hurt* mi piace, del resto a chi non piace?

Ma anche ascoltare canzoni che non mi dicono niente è stato divino. Sentire la batteria nel petto e le chitarre lungo la schiena e riconoscere ogni singola parola come fosse una cara amica, è stata la cosa più carina che qualcuno abbia fatto per me in tutto questo tempo. Chissà se è stata la mamma a mandare Alex. Chissà se Alex sa dov'è la mamma. Vorrei tanto chiederglielo, ma le parole mi rimangono bloccate in gola.

Quando Alex se n'è andata, mi sembrava di sentire ancora la musica. Provavo uno strano e piacevole mix di calma ed eccitazione. E mi sono sentita un po' più me stessa, più pronta a "trovare" il resto di me stessa. Sempre che non suoni troppo pretenzioso.

È difficile descrivere cosa provo in questo momento. Credo sia un po' come rimanere intrappolati in fondo a un pozzo. Vedi uno spiraglio di luce in alto, ma è troppo lontano perché qualcuno ti senta. Mi sento al calduccio; protetta ma segregata. Forse è questo che prova un feto nell'utero, anche se nessuno se lo ricorda per poterlo confermare. Anch'io mi sentivo al sicuro, ma qualcosa di recente ha scalfito quella sensazione e non capisco cosa. Forse sto risalendo lungo il pozzo, avvicinandomi alla luce? Chissà se è solo un'illusione oppure no.

Ascoltare la mia musica poco fa mi ha aiutata a tirarmi su. Ma c'è una canzone in particolare che mi risuona nella mente e accresce il mio disagio. *Do You Remember the First Time?* dei Pulp. Adoro quella canzone, insomma, mi tocca sempre da vicino. È così persuasiva e arguta e sfacciata. Non capisco se è per via del maledetto sogno che continuo a fare, che riguarda proprio la mia prima volta, o per l'ansia generale che provo, ma più tento di scacciare quel tarlo e più mi sento a disagio.

Ho la sensazione del "vicolo buio", quando senti di avere qualcosa alle spalle, o come nei film horror, quando sai che sta per succedere qualcosa di brutto. È ovvio che non è successo niente né succederà. Eppure non riesco a liberarmene.

So che tra poco passeranno a darmi le medicine e il sonno calerà il sipario sopra ogni cosa. Spero solo che dietro il sipario non mi attendano brutti sogni.

Capitolo sessantatré
Alex

16 ottobre 2010

Alex era sveglia da ore, ma sbadigliava ancora quando raggiunse le porte del bar.

In quei giorni dormire le riusciva più difficile che mai, e le poche gocce di vino che aveva in circolo la agitavano di più anziché rilassarla. La notte precedente, i pensieri relativi a Tom e al nome di suo padre e a Jenny e, come sempre, a Amy avevano continuato a vorticarle nella mente come gli spiriti e le streghe di Macbeth. Le fotografie di famiglia scattate in fretta e furia si erano messe a scorrere nei suoi sogni come le pagine di un flip-book, battendo come denti al freddo.

Si era addormentata tardi e risvegliata molto prima del sorgere del sole.

Spingendo la porta del bar, Alex notò un nuovo livido sull'avambraccio e, imbarazzata, allungò la manica fino al polso. Quei lividi non erano più il frutto delle sue disavventure toccata e fuga sotto l'effetto dell'alcol, ma il monito silente del danno profondo che aveva inflitto al proprio corpo.

Le indaffaratissime vedove che gestivano il bar Friends of the Hospital seguivano una tabella di marcia impeccabile. Le porte del locale aprivano alle sette del mattino in punto e chiudevano immancabilmente alle tre del pomeriggio. Dal lunedì al sabato, una squadra di arzille pensionate in grembiule e mocassini serviva bevande calde in tazze di porcellana tutte identiche. Tagliava grosse fette di torta e farciva sandwich con un'infinita varietà di ripieni. Uova e crescione. Formaggio e sottaceti. Prosciutto e pomodoro.

Quando Alex arrivò, Jacob era già seduto davanti a due tazze di tè.

«Grazie, mi serviva proprio».

Alex posò l'iPhone sul tavolo e sollevò la penna sopra il taccuino. Il nome "Graham" le solleticava la punta della lingua, ma voleva aspettare il momento giusto, risucchiare da Jacob ogni informazione prima di ammutolirlo con quell'ultima scoperta.

«Allora, mi piacerebbe sapere cos'altro ti ha detto Jenny. Non temere di ripeterti, parti pure dall'inizio. Anche se ti sembra che non sia importante, tu parla e io prenderò appunti».

Jacob annuì con aria stanca. «Okay». Poi di colpo alzò lo sguardo. «Fiona!».

Alex si voltò e vide una donna decisamente incinta che la fissava con le narici allargate e il petto che si gonfiava e sgonfiava rapidamente. Indossava un paio di pantaloni sformati di un pigiama premaman, un cardigan di lana e una sottile canotta bianca che la faceva sembrare una lampadina impolverata. Nonostante l'aria sfinita e le labbra contratte, aveva dei begli occhi e un grazioso colorito sulle guance. I luminosi capelli ramati erano legati in una coda e l'indice della sua mano puntava dritto contro Alex.

«Allora è lei?», chiese al marito.

«Come, scusi?», replicò Alex.

«Il bambino sta bene?», domandò Jacob alzandosi di scatto e zoppicando verso Fiona, che si reggeva allo schienale di una sedia. «Che ci fai qui? Va tutto bene?».

Lei ignorò le sue domande e continuò a fissare l'altra donna. «È lei? È la tua amante?»

«Non capisco», intervenne Alex, guardando Jacob in attesa di spiegazioni.

«Alex, lei è mia moglie, Fiona». Jacob chinò lo sguardo sulle mani.

«Piacere», disse Alex imbarazzata, mentre lui si voltava verso la moglie che finalmente lo fissò dritto negli occhi, asciugandosi le lacrime con rabbia.

«Fiona, so che stai pensando male e mi dispiace, mi dispiace tanto».

Gli occhi della moglie erano in fiamme ma lei non proferì parola.

«Sono una giornalista», spiegò Alex con cautela, «e suo marito mi sta aiutando per un articolo».

A quelle parole, Fiona si resse con forza alla sedia e abbozzò un sorriso. «Una giornalista, come no», commentò.

Jacob avanzò verso la moglie con la lentezza di un artificiere esperto.

«Fi», disse cercando di prenderle le mani, che lei allontanò subito dalla sua portata. «Fi, mi dispiace. Ti ho mentito e poi ho negato e ho peggiorato le cose. Ma ti giuro che non ti ho tradita, non lo farei mai».

«Stronzate».

«Per favore, Fiona, siediti».

Lei sbuffò e si sedette sulla sedia scomoda con una smorfia.

«Credo sia meglio che vi lasci da soli», suggerì Alex, ma l'altra la fulminò con lo sguardo. «Non provare a svignartela», la minacciò.

Fiona si sosteneva la schiena con una mano. «Non guardarmi così, Jacob, non ho intenzione di scodellare da un momento all'altro. Ora parti dall'inizio».

«È una storia lunga, molto lunga», esordì lui con tatto.

«Allora ti conviene cominciare, perché il bambino sta per nascere e ho bisogno di sapere che cazzo sta combinando suo padre».

Jacob posò lo sguardo sul pancione di Fiona e inspirò a fondo. «Quando andavo a scuola, uscivo con una ragazza di nome Amy Stevenson». Fece una pausa, ma la moglie non mostrò alcuna reazione.

«Avevamo quindici anni e lei mi piaceva molto. Stavamo insieme da un po' quando un giorno, dopo la scuola, lei sparì. Fu rapita, pestata a sangue e lasciata in coma. Alex è una reporter, sta indagando su quello che le è successo».

«Questa storia non ha senso. Se anche fosse vera, perché non me l'hai mai raccontata? Perché non ne ho mai saputo niente?»

«Non lo so», rispose Jacob e tentò invano di sfiorarle una gamba che lei ritrasse subito. «Avrei dovuto dirti tutto dall'inizio, ma più la cosa andava avanti e più il tempo passava, non so... adesso mi sembra così stupido».

«Tu non sai mai niente, Jacob. Non hai mai la risposta giusta a nessuna domanda. Questa cazzo di – non so nemmeno come chiamarla – questa cazzo di *favoletta* che ti sei inventato, o magari è stata lei...», guardò Alex con aria di sfida, «non sta in piedi. Quindi, per favore, dimmi la verità».

«Jacob», suggerì Alex con voce calma, «perché non le mostriamo qual è la verità?»

«Amy?», precisò Jacob con una smorfia.

«Perché no?».

Lui esitò. «Fiona», disse poi, scuotendo la testa incredulo. «Non so se sia una buona idea, ma se vieni con me in reparto, potrai vedere Amy tu stessa».

La moglie spalancò gli occhi.

«Voi due siete fuori di testa, cazzo».

Si alzò con un gemito. «Me ne vado, non ho tempo per le vostre storie di merda».

Jacob barcollò in piedi. «Mi dispiace, Fi, mi dispiace tanto».

«Devo andare».

«Lascia almeno che ti accompagni fuori».

«No», sbottò Fiona. «Lasciami...», inspirò a fondo, «lasciami andare e basta, Jacob». Lui e Alex la videro spingere con rabbia le porte del bar, che si richiusero oscillando verso di loro.

Capitolo sessantaquattro
Sue

Un giorno del 2008

Chiudendosi con delicatezza la porta della veranda alle spalle, Sue uscì senza fare rumore, il pelo delle ciabatte che si arruffava nella brezza estiva. Che vizio disgustoso, rimproverò a se stessa. Come faceva ogni volta. Chiuse gli occhi per gustare il lievissimo sfrigolio del tabacco che prendeva fuoco e aspirò il fumo tiepido e dolce della sigaretta, tra le labbra e fino al profondo del petto.

Sperava che i suoi ragazzi ormai adulti avessero evitato quella schifosa abitudine. Per tutta la loro vita si era sforzata con immensa fatica di nascondere quel vizio ai loro occhi. Thomas era l'unico che aveva colto sul fatto, ma non aveva dubbi che anche Simon avesse avuto il suo momento, era solo più scaltro. Quanto a Jacob, non ne aveva idea. Lui si atteneva sempre alle regole con estremo puntiglio.

Thomas aveva quindici anni quando Sue lo aveva sorpreso. Era sempre stato un bravo ragazzo, un bambino tranquillo e solare. Fino a St Cuthbert, quantomeno. Dal momento in cui aveva cominciato quella scuola, si era fatto avviluppare da una nuvola nera. Tutto sembrava ferirlo oppure offenderlo. Di colpo si disperava per qualsiasi ingiustizia percepita, si sentiva in colpa per le cose belle di famiglia e si era dichiarato vegetariano finché Sue non gli aveva imposto un freno perché stava deperendo.

Tom indossava T-shirt con ingenui slogan politici e passava ore nella sua stanza ad ascoltare band dai nomi come The Manic Street Preachers. Un giorno Sue ne aveva avuto abbastanza della musica deprimente che sovrastava *Coronation Street* ed era salita a bussare con forza alla porta del figlio. Non ricevendo risposta, era entrata. In un primo momento aveva pensato che la stanza fosse vuota, con la musica ancora accesa, cosa già riprovevole di per sé. Poi aveva visto le tende svolazzare e la finestra spalancata. Si era avvicinata e aveva scorto la sagoma del figlio minore. Era fuori dalla finestra, seduto con le ginocchia al petto sulla parte di tetto che copriva il terrazzino sottostante. Sue aveva gridato per la sorpresa e lui si era voltato di soprassalto, tra le labbra una sigaretta rollata che penzolava desolata.

Tom l'aveva spenta su una tegola ed era rientrato scavalcando la finestra, per piazzarsi di fronte a lei a capo chino, con i capelli che gli ciondolavano sugli occhi.

«Dovresti mettermi in punizione, mamma», le aveva detto.

«Non vai mai da nessuna parte, Thomas, a cosa servirebbe?»

«È quello che mi merito, suppongo», aveva replicato lui, sedendosi a peso morto sul letto.

Sue aveva lasciato la stanza senza aggiungere altro. Non lo aveva più sorpreso dopo quella volta, ma non ci aveva nemmeno provato.

Aveva incolpato quella maledetta scuola, ma non poteva certo sradicarlo di nuovo. Con il senno di poi, si pentiva di quella decisione. I tre anni trascorsi alla St Cuthbert avevano svuotato il suo figliolo allegro e spensierato, rimpiazzandolo con un fantasma divorato dall'ansia e dai sensi di colpa. Tom si era fatto assorbire dalle tenebre, guidato da un bisogno ossessivo di stanare il sudiciume e ripulirlo. Aveva imboccato una strada che lo aveva allontanato sempre di più da lei.

Considerando quanto lui odiasse quella scuola, non fu una sorpresa quando decise di abbandonarla per prendere il diploma al college. La vera sorpresa, o per meglio dire il terribile shock, fu che si intestardì per frequentare un college in un quartiere disagiato di Londra. Per l'amor del cielo. Quel malaugurato bisogno di esporsi di fronte ai meno fortunati di lui. Nonché meno virtuosi e affidabili.

Dopo un paio di mesi di viaggi in treno lunghi due ore, Tom trascinò tutte le sue cose in un monolocale in un angolo squallido di New Cross, rifiutando l'aiuto dei genitori. Per pagarsi da vivere, trascorreva le serate stipando scaffali.

C'era forse da stupirsi che continuasse a sgattaiolare via? Dopo l'università nelle Midlands, ottenne il primo lavoro nel campo sociale in una di quelle città industriali che un tempo avevano dominato le prime pagine dei giornali e ora pullulavano di madri single, reietti della società e ragazzi selvaggi senza alcuna morale.

Fin dai tempi di St Cuthbert, Tom si era imbarcato in una serie di missioni ingrate. E ora voleva confessare, affrontare l'impresa ingrata per eccellenza. Proprio quando Jacob finalmente era riuscito a superare la cosa e stava per sposarsi. Sue si era tenuta in disparte per tanto tempo, consentendo a Tom di commettere i propri errori, di ferirsi con la propria spada, ma quell'ultimo progetto… be', non c'era solo la *sua* testa sul ceppo del boia. La colpa non era solo di Tom.

Se lui avesse parlato, la famiglia avrebbe subìto una frattura permanente, e Sue non avrebbe consentito che accadesse. A nessun costo. Avrebbe preferito morire.

Capitolo sessantacinque
Alex

21 ottobre 2010

«Allora che ne pensa il tuo caporedattore di come procede il lavoro?», sondò Matt.

«Non gliel'ho ancora mostrato. Te lo avevo promesso, ricordi?».

La forza brutale del pianto di un bambino in sottofondo penetrò la linea. «Non posso trattenermi a lungo, Alex. Sto badando a Ava mentre Jane dorme».

Per un attimo, Alex non disse nulla. Un attimo troppo lungo. Deglutì e scacciò l'immagine di Matt che ammirava il visetto minuscolo di una neonata. Una neonata di cui lei avrebbe riconosciuto i tratti. Quanto avrebbe voluto concedersi il solito cicchetto serale, senza che la cosa mandasse tutto all'aria. Invece si sedette sulla mano libera, come se quella avesse potuto andarsene da sola in cucina e stappare una bottiglia.

«Scusa, sarò breve. È che sto covando una bruttissima sensazione sul fratello di Jacob, Tom. Sembra nascondersi nell'ombra ovunque io guardi. In senso metaforico, è ovvio. Conosceva Amy, per forza di cose, ed è un'anima solitaria, lavora con i ragazzi disagiati».

«Be', dài, essere un'anima solitaria non è contro la legge. Altrimenti la polizia avrebbe un bel da fare. Ha un alibi?»

«Non lo so. So che Jacob e sua madre erano fuori e il padre lavorava tutto il giorno a Londra, perciò credo sia rimasto da solo per diverse ore».

«Non puoi tirare a indovinare, poteva essere da un amico o a giocare a calcio o chissà dove».

«Sì, lo so», sbottò lei senza riuscire a trattenersi.

«Okay, non ho più tanto tempo, cosa ti serve?»

«Scusa. Senti, c'è dell'altro. Potrebbe essere solo una coincidenza, ma il pervertito di Edenbridge porta lo stesso nome del padre di Tom e Jacob, Graham».

«Se Tom fosse coinvolto, sarebbe un gran bel casino. Mi pare fin troppo ovvio».

«Però aveva solo tredici anni, sarebbe stato alle prime armi, magari era solo un apprendista. Forse il padre c'entra qualcosa».

«Senti, la descrizione di "Graham" lo piazzava tra i quindici e i venticinque anni, chi inserirebbe un tredicenne in quella fascia d'età? Quanto al coinvolgimento del padre, lo vedo un po' azzardato».

«Jacob è grande e grosso, è davvero alto. Suppongo che anche il fratello lo sia. Quanto era ubriaca la ragazza dell'autobus – come hai detto che si chiamava?»

«Non mi freghi».

«Okay, ma hai detto che era davvero sbronza. Quanto è credibile l'età che gli ha attribuito?»

«Se la mettiamo su questo piano, quanto è credibile il suo resoconto in generale?»

«Forse è proprio questo il punto, non sappiamo quanto sia vero e quanto invece sia annebbiato dall'alcol. Se solo potessi parlarle».

«Fuori questione».

«E se le mostrassi una fotografia di Tom, per capire una volta per tutte?»

«Alex, non posso rivelarti i suoi dati. Oltre al fatto che ormai saranno cambiati, viveva in una casa di accoglienza per ragazzi con situazioni difficili, perciò non credo che si trovi ancora lì».

«Una casa di accoglienza? Intendi una specie di orfanotrofio?»

«Merda, non avrei dovuto dirtelo. Sono così sfinito che non so più quello che dico. Non approfittarne».

«Non voglio certo approfittare di te. Per carità».

«Scusa, Alex, non posso rivelarti i suoi dati, non posso e basta».

«Ma lo fanno sempre, Matt, le fonti della polizia costituiscono le fondamenta dei giornali. È quando ci sono di mezzo le mazzette che diventa un problema. Dovresti farmi solo un nome, nient'altro. Ti prego, pensaci».

«Non ho bisogno di pensarci. La mia bambina ha tre giorni. Non posso correre rischi sul lavoro, la posta in gioco è troppo alta».

«Guarda la tua piccolina. Amy era la piccolina di Jo e Bob. La ragazza in questione era la piccolina di qualcuno».

«Non ci provare».

«Matt, ti prego, mi basta il nome. In fondo vivevo anch'io da queste parti, no? Potrei dire di averlo saputo dall'amica di un'amica. All'epoca la ragazza si sarà confidata con qualcuno. Potrei dire che avevo un'amica all'orfanotrofio».

«Ossignore, Alex, non so. Non so che dire. Devo andare. Non riesco a pensare con lucidità».

Alex era in ginocchio sul divano, il petto contro lo schienale, e fissava fuori dalla finestra come un cane dall'abitacolo di un'automobile. Le giornate sembravano tre volte più lunghe da quando il primo bicchiere nella tabella di marcia che si era autoimposta cadeva all'ora di andare a dormire. Non che la cosa giovasse al suo sonno, quando finalmente arrivava il momento tanto atteso.

Era inutile tentare di scrivere appunti, non avendo niente di nuovo da aggiungere. Stava per cominciare il consueto monologo interiore pomeridiano, *Solo uno non può fare male, no no no*, quando il suo cellulare vibrò sul cuscino del divano.

Lo voltò e trovò un messaggio di Matt:

Caroline Mortimer. Ti prego, cancellalo.

Alex balzò giù dal divano e si mise a piroettare su se stessa, senza sapere bene come comportarsi. Doveva rispondergli?

Avrebbe svegliato la bambina? Matt doveva avere ancora il cellulare in mano:

Grazie ♥

Finse con se stessa che il cuoricino fosse un errore. E attese una risposta che non arrivò.

Poi si precipitò davanti al suo Mac e visitò il sito www.192.com per cercare Caroline Mortimer di Tunbridge Wells. Eccola. Liste elettorali, 1997. Quindi era rimasta in zona abbastanza a lungo da iscriversi, ma si era trasferita prima delle elezioni successive. Oppure era morta. O in prigione. O aveva lasciato il Paese. O non gliene fregava niente. Alex cercò di non pensare alle strade senza sbocco.

Alla fine, dopo aver pagato per accedere ai profili completi di tutti i siti che le venissero in mente, Alex giunse in fondo a quella pista digitale di briciole di pane. Nel 2010 Caroline Mortimer si era iscritta alle liste elettorali di Malmesbury Mews, Greenwich.

«Ti ho beccata, Caroline».

Capitolo sessantasei
Amy

Un giorno del 2010

In questi giorni passo più tempo a dormire che sveglia. Sonnecchio, come i gatti. Un occhio si apre pigro a prendere atto del mondo, poi sprofonda di nuovo, indifferente. Non che abbia così tanta voglia di dormire, ma mi risveglio prima ancora di rendermi conto di essermi addormentata.

Faccio sogni a mitragliatrice, che mi piovono addosso uno dopo l'altro.

Giuro che per un sacco di tempo non ne avevo mai fatti e ora non c'è modo di fermarli. È come in *Arancia meccanica*, quando costringono il tipo a tenere gli occhi aperti e a guardare un film dopo l'altro.

Sono sogni ricorrenti. Ce n'è uno in particolare che mi tormenta sempre più spesso. L'ho fatto anche ieri, dopo che Alex se n'è andata. È quello in cui finalmente perdo la verginità. La scorsa volta è stato così doloroso che, quando mi sono svegliata, mi bruciava ancora in mezzo alle gambe.

Le prime volte, il sogno iniziava bene e proseguiva sempre meglio. Desideravo tanto che accadesse, ero sollevata che stesse per accadere. Ma questa volta non c'è stato nessun preliminare piacevole, siamo subito passati al sodo. Ormai è più che altro un incubo ricorrente.

Ogni volta che lo rivivo, lui mi fa sempre più male. Non lo vedo in faccia e quando finisce si volta di schiena. Gli sussultano le spalle mentre ride indifferente e mi dice di pulirmi, anche se non ha lasciato tracce. Lo sento sfilare il preservativo e gettarlo in un sacchetto, poi lo vedo afferrare un pacco di salviette inumidite e capisco che si sta ripulendo.

Di colpo il desiderio di andarmene diventa così forte che il cuore comincia a martellarmi nel petto. Mi alzo e mi aggiusto i vestiti e cerco di andare, ma lui non me lo permette. Come in quei sogni in cui non riesci a muoverti e senti le gambe pesanti come il piombo e non sei più capace di camminare o correre, ma qui è lui a controllare i miei movimenti – non mi lascia uscire e non mi dice il perché. E anche se non succede nient'altro, io so che va a finire male. So che il sogno ha un brutto finale, e credo di non avere ancora visto la parte peggiore.

Ho paura di addormentarmi, di vederlo in faccia. Credo di sapere chi sia, ma non voglio che sia lui. Non voglio che sia stato lui a farmi quello che ha fatto, non così, anche se è solo nella mia testa.

Spero che sia solo nella mia testa.

Capitolo sessantasette
Jacob

21 ottobre 2010

Finalmente Fiona aveva saputo di Amy. Il sacco era stato vuotato; Jacob le aveva detto ogni cosa, tutto quello che avrebbe dovuto somministrarle a poco a poco in anni di vita insieme era ruzzolato fuori come un macigno, travolgendo tutto. Non che Fiona fosse meno arrabbiata con lui; ora conosceva i retroscena delle bugie che le aveva raccontato, anziché solo i dinieghi. Non sembrava un grande passo avanti, ma era come aver acceso un riflettore sul casino colossale che Jacob aveva creato.

Fiona non aveva più risposto alle sue chiamate, né a nessuno dei suoi messaggi. Per quel che ne sapeva Jacob, poteva anche avere già partorito e programmato di tornare nel Lancashire senza di lui. O in qualunque altro luogo lui non avesse più potuto rintracciarli. Anche nel 2010 era possibile sparire nel nulla.

Aveva trascorso l'intera giornata al lavoro con il cellulare in mano, pregando che cambiasse qualcosa. Ma fu colto comunque di sorpresa quando il numero di Fiona lampeggiò sul display.

«Pronto?», rispose senza fare il minimo sforzo per celare il panico. «Stai bene? Che succede?»

«J», ansimò lei. «Vieni fuori nel parcheggio».

«Avevo bisogno di parlarti», esordì Fiona, subito sopraffatta da una contrazione.

«Quanto sono vicine?», domandò Jacob, massaggiandole la schiena con delicatezza mentre lei si reggeva all'automobile.

«Non lo so», rispose la moglie, raddrizzandosi per respirare a fondo. «Stavo tentando di guidare, non sono riuscita a contarle».

Jacob impostò il cronometro sul cellulare.

«Volevo parlarti di Amy, J. Non sapevo cosa pensare, cioè non *so* ancora cosa pensare». Fece un altro respiro profondo.

«Senti, l'ho cercata su Google», continuò dopo aver preso fiato. «E ho scoperto che parte di quanto mi hai detto è vero. Ma poi sono arrivata qui e mi si sono rotte le acque». Fece una pausa per respirare e si asciugò gli occhi. «E poi, mmm». Fiona si piegò di nuovo in avanti, entrambe le mani sul pancione.

Gli parve così assurdo sentire il nome di Amy sulle labbra della moglie, ma ora avevano cose più urgenti a cui pensare. Jacob era talmente sollevato che Fiona l'avesse coinvolto, da abbandonare il pensiero di Amy all'istante.

«Sono passati due minuti», esclamò concitato. «Dobbiamo andare in ospedale. Subito».

«Oddio, stiamo per avere un bambino», ansimò Fiona.

«Stiamo per avere un bambino», le fece eco Jacob, concedendosi un sorriso fugace.

Capitolo sessantotto
Alex

22 ottobre 2010

Alex salì al volo su un taxi alla stazione di North Greenwich. Sapeva a grandi linee dove si trovava Malmesbury Mews lungo il grosso serpentone grigio di Blackwall Lane, ma rimase comunque sorpresa quando il tassista svoltò di colpo davanti all'ingresso.

Suonò il campanello e i cancelli si aprirono con un gemito sul cortile interno.

«Alex?».

Mentre Alex avanzava, Caroline Mortimer aprì la porta rossa di casa sua tanto quanto le consentiva la catenella.

«Salve, Caroline».

«Aspetti un secondo». La donna richiuse abilmente la porta, fece tintinnare la catenella e poi spalancò l'uscio. Alex vide che era magra e portava un taglio di capelli da folletto e un paio di jeans aderenti. Caroline le porse la mano con un gran sorriso.

«Piacere, entri pure. Posso offrirle un caffè o un tè?».

Caroline non era affatto come Alex se l'aspettava. Tutt'altro che una ragazzina vulnerabile e inaffidabile, mostrava sicurezza e proprietà di linguaggio.

«Non ho fatto che pensare a questa storia da quando mi ha chiamata», disse la donna di punto in bianco mentre bolliva la teiera, «e sarei felice che comparisse il mio nome. Insomma, "felice" non è proprio il termine giusto, ma non me ne vergogno. Metta pure il mio nome nell'articolo se può essere utile».

Le due donne si sedettero nel salottino, strette su un divanetto a due posti con i cuscini colorati, l'iPhone acceso sul ginocchio di Alex.

«Credevo che con la mia denuncia li avrei aiutati a tracciare l'identikit», rise Caroline con amarezza. «Sa, come fanno nei film. Invece mi pagarono il biglietto dell'autobus dicendo che mi avrebbero richiamata se l'avessero trovato».

«Lo fecero?»

«No», rispose Caroline, scuotendo il capo. «Non ebbi più notizie. Almeno fino a quando lei non si è messa in contatto con me».

«Mi stupisce che nessuno l'abbia mai collegata a Amy prima d'ora. Trovo che il parallelo sia più che evidente. Anche se fossero solo coincidenze, avrebbero dovuto approfondire».

«Sì, ma lei era una brava studentessa del liceo, io un rifiuto da orfanotrofio che si ubriacava e se la faceva nel parco con i ragazzi. Nessun parallelo».

«Eppure sembra una persona così equilibrata, non si direbbe che abbia avuto un trascorso difficile».

«Oh, la ringrazio, ma è stata dura, mi creda. Se mi avesse conosciuta allora, non l'avrebbe pensata così. Ho sprecato tanti anni. Droga, uomini sbagliati, le solite cose. Avere Toby ha cambiato tutto. Lui è stato la mia occasione per ricominciare da capo».

Caroline allungò la mano verso la libreria alle sue spalle e mostrò ad Alex la fotografia di un bambino sorridente con la divisa di scuola.

«Quanti anni ha?»

«Sei. È straordinario. Sono molto fortunata».

«Lei lavora?»

«Sì», rispose Caroline risoluta. «Lavoro con i professionisti del sesso. Donne e uomini».

«Oh, caspita, li aiuta a uscire dalla prostituzione?»

«No, non proprio. Non compio miracoli. Ma faccio loro da mentore, li aiuto ad accedere alle cure mediche, a riempire i moduli per l'affitto, a collaborare con i servizi sociali per l'affidamento dei figli». Diede una breve occhiata al volto sorridente di Toby. «È una faticaccia, ma ne vale la pena ogni giorno».

«Caroline, so che è doloroso, ma le andrebbe di raccontarmi cosa accadde quella sera?»

«Certo. Sapevo che sarebbe stato necessario. Non che l'abbia mai dimenticato, in fondo. Non del tutto. Cosa ha bisogno di sapere?»

«Cominci dall'inizio. Dove lo incontrò?»

«Ero stata al Kings nella via principale di Edenbridge a giocare a biliardo e farmi offrire da bere. Ero parecchio ubriaca. Sa, fu quello a giocare a mio sfavore. Succede sempre così alle ragazze. Imboccai la via principale verso la stazione ferroviaria e presi un autobus. Lui salì alla fermata successiva e si sedette davanti a me».

«Dove era diretta?»

«Verso Hever. Avevo una sistemazione temporanea, ma era troppo lontana per arrivarci a piedi di notte».

«Sapeva dove fosse diretto lui?»

«No, non me lo disse», Caroline abbassò lo sguardo. «O forse non me lo ricordo. Rimase seduto davanti a me per qualche minuto, poi si voltò e mi sorrise. Mi chiese come mi chiamavo e io risposi Charlotte. Era il nome di una delle ragazze con cui dividevo la stanza. Non so proprio perché gli mentii. Lui disse di chiamarsi Graham».

Caroline fece una smorfia.

«Sembra un luogo comune, ma una cosa tirò l'altra. Odio quell'espressione ma andò proprio così. Lui venne a sedersi accanto a me sul mio stesso sedile e mi si appiccicò addosso. Era molto attraente e aveva un bel sorriso. Non sembrava per niente un tipo sospetto. Era molto alto, non ricordo quanto con esattezza, ma molto più alto e forte di me».

«Le raccontò qualcosa di sé?», chiese Alex. «Ricorda qualunque particolare, anche banale?»

«Ricordo che parlammo di lavoro, all'inizio. Gli dissi che lavoravo in un negozio e lui mi raccontò che voleva aiutare le persone.

So che sembra patetico, ma ero molto giovane. Da quello che mi raccontò mi parve una brava persona. Aveva da bere con sé, una bottiglia di whisky nella tasca della giacca, e bastò a convincermi del tutto. Cominciammo a baciarci già sull'autobus. Ricordo di aver pensato che era così calmo e delicato».

Gli occhi di Caroline si riempirono di lacrime. «Era bello ricevere quel genere di attenzioni. Mi sembrò così gentile a condividere la bottiglia con me. Poi scendemmo dall'autobus e mi accorsi che non eravamo dove credevo. L'aria fresca mi aveva resa sobria tutto d'un tratto, si vede, perché mi resi conto che non era una buona idea e gli chiesi di accompagnarmi a casa».

«E lui cosa rispose?»

«Mantenne la calma e disse solo: "No, Charlotte, prima dobbiamo finire quello che abbiamo iniziato"».

«Non dico che avrebbe dovuto, ma non tentò di scappare?»

«Non volevo fare troppe storie», ammise Caroline con una risata smorzata. «Non sapevo da che parte andare e mi sentivo in colpa per aver cambiato idea. Continuavo a scusarmi. Gli ho detto che mi dispiaceva ma che dovevo proprio andare. E a quel punto lui mi ha afferrata».

«Stai tranquilla, prenditi il tempo che ti serve», la rassicurò Alex.

«Non so come abbia fatto di preciso, perché era molto buio, ma è stato velocissimo ed era molto più robusto dell'apparenza. Mi sono ritrovata a terra prima ancora di capire cosa stesse succedendo. L'ho sentito legarmi i polsi dietro la schiena e faceva tanto male. Gli ho detto: "Non serve, farò come vuoi tu". E poi: "Farò come vuoi, ma tu non farmi male". Lui si è limitato a ridere e non si è fermato. Di colpo mi sono ritrovata senza i jeans e lui sopra di me. Sembrava gli piacesse di più se opponevo resistenza, allora l'ho assecondato perché finisse prima».

«Oh mio Dio», esclamò Alex prima di potersi trattenere.

«Lo so. Si sviluppa una strana logica, ma ha funzionato. È finito tutto abbastanza in fretta. Poi lui mi ha detto di non muovermi o mi avrebbe inseguita per uccidermi. Io gli ho creduto».

Caroline respirò a fondo.

«Mi ha messo le mani attorno alla gola e le ha lasciate lì per un istante lunghissimo, senza stringere né altro. Poi mi ha slegata. Ho sentito che si allontanava e le felci che si spezzavano sotto il suo peso. Ero troppo spaventata per guardarmi attorno, ma si sentiva il motore di un'auto...».

«Il motore di un'auto? Lo hai detto alla polizia?»

«Credo di sì. Era molto vicino, perciò qualcuno lo stava aspettando oppure lui aveva parcheggiato lì. Poteva anche essere qualcuno che non c'entrava niente, ma non capisco perché mai potesse trovarsi lì a quell'ora di notte».

Alex pensò di nuovo a Graham e Tom; aveva tentato di stanare un solo colpevole fino a quel momento, quando in realtà erano sempre stati due? Secondo Matt era molto improbabile. Ma improbabile non significava impossibile.

«Mi dispiace molto che tu abbia dovuto affrontare tutto questo da sola, soprattutto così giovane. Quanto tempo sei rimasta lì?»

«Tutta la notte. A un certo punto mi sono appisolata, rannicchiata contro un grosso albero e nascosta sotto un mucchio di felci, come fossi in una scena del *Libro della giungla*. Poi è spuntato il sole e ho cominciato a sentire le auto che passavano, allora mi sono diretta verso la strada. Avevo troppa paura di fare l'autostop, temendo che arrivasse lui a controllarmi. Sono riuscita a camminare fino a casa e mi sono immersa nella vasca da bagno per ore, cercando di capire cosa fare. Non avevo nessuno a cui chiedere consiglio, perciò ho tirato la monetina e ho deciso di rivolgermi alla polizia. Quando sono arrivata, tremavo come una foglia. Mi sentivo proprio male, come svuotata e congelata. Dovevo avere un aspetto terribile. Insomma, i capelli fradici e il trucco sbavato. Il poliziotto all'ingresso mi ha dato un'occhiata e mi ha accompagnata in una stanzetta con un asciugamano per la testa e una tazza di tè, ma tremavo troppo per riuscire a berlo e l'ho versato dappertutto».

«Almeno qualcuno si è preso cura di te, mi fa piacere», osservò Alex.

«Non direi proprio così. Mi ha praticamente lanciato l'asciugamano addosso con aria riprovevole. Ho aspettato a lungo, forse un'ora, poi sono entrati due poliziotti diversi».

«Nessuna donna?»

«Hanno detto che se volevo una donna avrei dovuto aspettare anche ore. Ho preferito sopportare».

«Ti hanno fatta visitare?»

«No, dicevano che non aveva senso dal momento che mi ero fatta il bagno e lui aveva usato il preservativo».

Alex scosse il capo e pensò a Matt, alle lunghe discussioni davanti a cene costose. Lui che difendeva le forze dell'ordine a spada tratta, con la stessa forza di carattere e rigidità morale dei colleghi. Lei che tracannava bicchieri di vino da dodici sterline l'uno e controbatteva. Di solito finivano per ridere di qualcos'altro.

«Sono passati più di quindici anni», proseguì Caroline cauta, «e una parte della faccenda è così confusa nella mia testa che non so più se sono stata io a modificarla. Non saprei dirti quanto sono rimasta in quella vasca né in quale giorno della settimana è successo tutto. Non ricordo più l'ordine esatto degli eventi e nemmeno certi dettagli su di *lui*. Ma ci sono cose che ritornano con la precisione affilata di un rasoio, così nitide da cogliermi alla sprovvista e colpirmi di punto in bianco. Come i suoi occhi», continuò Caroline, voltandosi verso Alex. «Non li dimenticherò mai».

«Caroline, se ti mostrassi una fotografia, credi che sapresti riconoscerlo?».

La donna sembrò precipitare nel panico, come se Alex avesse detto che lui era fuori dalla porta.

«Sì, sono sicura al cento percento che saprei riconoscerlo; non l'ho mai dimenticato, per quanto ci abbia provato con tutta me stessa. Aspetta, ma tu sai chi è?»

«Non ne sono sicura, ma c'è qualcuno che mi suscita una strana sensazione. Anche se potrebbe non essere affatto coinvolto. Scusa, le foto sono un po' sfocate, le ho scattate in fretta».

«Ma chi è? Sai se lo ha fatto di nuovo? Credi sia stato lui a ferire la tua vittima?»

«È solo un tizio che ha catturato la mia attenzione mentre facevo ricerche per questa storia. A essere sincera, spero proprio che non si tratti di lui. Posso mostrartele?», domandò Alex.

«Va bene». Caroline si scostò leggermente, mentre Alex prendeva il cellulare.

Aprì la galleria fotografica e recuperò la serie di immagini scattate in fretta e furia nel salotto di Sue e Graham.

«Forse la maggior parte non è abbastanza nitida perché le ho fatte proprio al volo, ma le ho tenute lo stesso, non si sa mai. Guardale con calma e dimmi se lo vedi. Non voglio influenzarti in alcun modo».

Caroline scorse le immagini con mano tremante, aguzzando la vista su alcune, oscurate dal riflesso del flash sulle cornici.

Arrivata all'ultima, socchiuse gli occhi e di colpo trasalì e balzò in piedi, il telefono ancora tra le mani. Indicò il display, gli occhi sgranati dal terrore.

«È lui. Oh mio Dio, è lui».

Capitolo sessantanove
Amy

Un giorno del 2010

Ecco, ora so come va a finire il sogno. Non è stata una vera sorpresa. Sembrava scritto nero su bianco durante ogni "proiezione" precedente, ma non per questo è stato meno orribile.

È stato come restare a guardare mentre succedeva a qualcun altro, come in un film dell'orrore. E io gridavo: «Scappa!», «No!». Ma la mia voce rimbalzava come bloccata da un pannello di vetro. Nonostante le mie grida, non cambiava niente.

Ora il sogno mi si è appiccicato addosso come un cattivo odore. Non riesco a scacciarlo come i sogni normali e forse non è il momento. Forse devo proprio affrontarlo. Il problema è che ho troppa paura per affrontarlo da sola e non ho nessuno che mi possa aiutare.

Capitolo settanta
Jacob

22 ottobre 2010

«È così perfetto, viene voglia di mangiarlo», disse Fiona con voce assonnata.

Jacob teneva il figlio appena nato come fosse un gomitolo di spago finissimo e potesse disfarsi da un momento all'altro. «Non credevo esistesse niente di così minuscolo e splendido», disse con gli occhi che si gonfiavano di lacrime.

«E così affamato». Fiona chiuse gli occhi e affondò la testa nel cuscino dell'ospedale.

Jacob sorrise e con la punta del dito seguì il contorno della guancia rosea e rotonda del figlioletto. Voltò lo sguardo verso la moglie. Non aveva mai visto nessuno fare niente di così coraggioso. Amava Fiona e gli piaceva molto, ma non si era mai soffermato a considerarne la forza fino a quando non l'aveva vista mettere al mondo il loro bambino, quasi in silenzio, a eccezione di un unico, profondo e roboante gemito.

Jacob si sentiva come risucchiato e ancorato nel presente da quel pugno minuscolo stretto attorno al suo mignolo.

«Non riesco a credere che tu sia stato in quest'ospedale un sacco di altre volte prima di oggi», osservò Fiona di punto in bianco. «Vorrei che me lo avessi detto. Avrei capito, sai. Avrei capito sul serio».

«Non potevo rischiare. Non potevo rischiare di perderti», rispose lui baciando il berrettino azzurro del bambino, lavorato a maglia, che gli stava scivolando sugli occhietti stropicciati. «Non so se ha molto senso», continuò Jacob a bassa voce, quando il piccolo riprese a dormire. «Ma più mi innamoravo di te e più mi sentivo in colpa. Come se io stessi andando avanti e lei no e non ne aveva nessuna colpa».

«La ami ancora?», domandò Fiona.

«Il primo amore non si scorda mai», rispose Jacob con tono cauto. «Ma non l'ho mai amata come amo te. Era diverso, era una storia da ragazzini, è solo che non sono riuscito a dimenticare quando avrei dovuto farlo e pensavo che lei avesse soltanto me».

«Non posso continuare a dividerti con qualcun altro, J, non più. Non ora».

«Lo so. Non voglio. Voglio solo stare con te e col nostro ragazzo. Non voglio neanche andare in bagno senza di lui».

Fiona sorrise. «Non ti chiedo di non vederla più, ma solo, non so, una volta ogni tanto. Che ne dici? Puoi farcela?»

«Avrei dovuto fare così già da tempo».

«Senti», continuò Fiona, sollevandosi sul letto. «Tanto sei già qui in ospedale. Ora lui dorme e per un po' non farà altro, quindi perché non vai a dare a Amy la notizia, ora che ne hai la possibilità? Dille del bambino e spiegale che le cose cambieranno. Spiegale che non tornerai più così spesso, ma solo, diciamo, un paio di volte l'anno».

«Non so, Fi, forse dovrei darci un taglio netto e basta. Alex le porge visita regolarmente per tentare di renderle giustizia in qualche modo. Io ormai non posso più esserle d'aiuto, perciò dovrei limitarmi a lasciarla nelle sue mani. Amy non ha davvero bisogno di me, ma voi due sì».

Jacob adagiò il piccolo nella culla trasparente accanto al letto di Fiona. Un'esplosione di calore nel petto per poco non lo mise al tappeto. Baciò Fiona sulle labbra, più a lungo di quanto non facesse da mesi, forse anni.

«Ti amo tanto», le disse.

«Ti amiamo anche noi», rispose lei, già mezza addormentata.

Capitolo settantuno
Alex

22 ottobre 2010

Alex chiamò Matt dal treno per Tunbridge Wells. *Ti prego rispondi, ti prego rispondi, ti prego rispondi…* ripeteva tra sé e sé, in silenzio.

Lui non sembrò così sorpreso di sentirla.

«Ho parlato con Caroline», riferì Alex, eccitata.

«Alex», sussurrò lui, «stai attenta con quel nome, per favore».

«Ma devi saperlo, Matt. So chi è stato. Lo so per certo».

«È un'altra delle tue sensazioni?»

«No, questa è più che fondata e sono sicura che l'uomo che ha aggredito Amy è lo stesso che ha violentato Caroline. Lei è disposta a identificarlo, ma solo se sarai tu a gestire il caso. Non vuole avere niente a che fare con la polizia locale, ma io l'ho convinta a fidarsi di te».

Si chiuse una porta e il rumore dell'esterno frusciò lungo la linea.

«Okay», acconsentì Matt, «raccontami tutto».

Matt l'avrebbe raggiunta a Tunbridge Wells il giorno seguente, dopo aver raccolto la deposizione di Caroline. Ora Alex doveva trovare Jacob e aggiornarlo prima che lo scoprisse da qualcun altro.

Lo chiamò al cellulare sei volte e gli lasciò tre messaggi, ma senza risposta.

Poteva trovarsi in un solo luogo. Alex salì in macchina alla stazione e infranse tutti i limiti di velocità per raggiungere l'ospedale.

Capitolo settantadue
Jacob

22 ottobre 2010

Jacob salì i gradini due a due verso il reparto, l'adrenalina che pompava lungo la gamba ancora instabile. Superò il punto in cui era caduto qualche settimana prima e proseguì di corsa.

Le tende del cubicolo di Amy erano chiuse e non c'era traccia di infermiere alla reception. In sottofondo, la radio farfugliava le note di un vecchio pezzo di musica pop. Erano i No Doubt o qualche gruppo simile, che all'epoca non avrebbe saputo se apprezzare o meno senza chiedere a Amy.

La porta della sala infermieri era chiusa e Jacob fu sul punto di bussare quando notò un paio di scarpe scure e di pantaloni neri da uomo sotto lo spiraglio della tenda di Amy. Il cuore gli balzò nel petto e la testa prese a vorticargli, in balia dello sfinimento del neo genitore.

Fece un colpo di tosse ma nessuno si manifestò. Studiò le gambe e i piedi neri. Nessuna infermiera o assistente vestiva di nero, si rese conto a poco a poco, portavano tutti dei camici colorati. D'un tratto vide i piedi muoversi rapidi in direzione della testa di Amy. Jacob si precipitò d'istinto e aprì la tenda di scatto per ritrovarsi di fronte a un uomo dai capelli neri, decisamente troppo chino su Amy, con le mani sprofondate nel cuscino ai due lati del viso della ragazza.

Capitolo settantatré
Amy

22 ottobre 2010

Sto ripercorrendo il sogno nella mia mente quando una voce familiare interrompe i miei pensieri.

È bassa, troppo profonda per essere quella di un ragazzo, ma troppo delicata per un uomo. All'inizio non capisco cosa dice. Vorrei suggerire: «Fai un bel respiro e parla più chiaro», ma non ci riesco. Perciò devo proprio concentrarmi per tagliare fuori i rumori di sottofondo, come i fruscii e i *bip* che finora avevo notato a malapena.

A sovrastare tutto è il suono della musica, una canzone che non conosco, le cui parole interferiscono con la voce dell'uomo e mi schiacciano i pensieri.

Finalmente riesco a mettere a fuoco parte del discorso. Devo essermi persa il pezzo più importante, quello in cui spiegava di che diavolo sta parlando.

«Non avrei dovuto permettere che accadesse», dice. «Non avrebbe dovuto spingersi oltre».

«Mi senti? Non so se riesci a sentirmi», aggiunge preoccupato ma sempre in un sussurro.

Chi sei? Non riesco a capirlo.

«Amy, io... Mi dispiace tanto di non aver fermato tutto prima che fosse troppo tardi», dice. «In fondo sapevo come sarebbe finita, ma non volevo guardare in faccia la realtà. E ora eccoci qua».

Se solo qualcuno spegnesse quella maledetta radio. Per un attimo lui smette di parlare e lo sento respirare nonostante la musica. Il suo respiro è quasi più forte delle parole. Forse dovrei provare a concentrarmi su quello, cercare di dargli un senso. Perché ha il fiato corto? Quand'è che la gente di solito ha il fiato corto? Per la fatica, forse è arrivato qui di corsa? O per l'emozione, ma non mi sembra emozionato. Paura? E perché dovrebbe avere paura? Io non ne ho. Magari dovrei.

«Dicono che forse riprenderai a parlare presto».

Dicono chi*? E come sanno che non riesco a parlare? Oddio, allora è vero che non posso parlare.*

«E volevo farti sapere che, se mai riuscirai a parlare, dovresti dire...».

Perché non posso parlare? Perché diavolo non posso parlare?

«Amy, tu devi dire che...».

Sento le tende spalancarsi di scatto e un uomo che si mette a gridare a più non posso.

Ma cos'è che devo dire? E a chi? Che diavolo sta succedendo dall'altra parte dei miei occhi?

Capitolo settantaquattro
Jacob

22 ottobre 2010

«Che stai facendo?», urlò Jacob afferrando una spalla dell'uomo per voltarlo.

«Jacob!», esclamò il fratello Tom, la bocca spalancata e il viso paonazzo.

Jacob barcollò all'indietro e ripeté la domanda: «Che cazzo stai facendo? Cosa volevi farle?»

«Non le stavo facendo niente. Volevo solo parlarle, avevo bisogno che capisse».

«Che capisse cosa?»

«Quanto mi dispiace».

A Jacob si aggrovigliò lo stomaco. «Sei stato tu», mormorò piano. «Porca puttana, sei stato tu!». Sollevò Tom per la giacca nera, gli si gettò addosso e per poco non lo scaraventò sul letto di Amy. Agitò un pugno selvaggio ma mancò il bersaglio. Tom si schermò il viso e si accovacciò, urtando la sedia che andò a impigliarsi nella tenda.

«Mio fratello!», urlò Jacob mentre Tom si nascondeva in un angolo. Le tende si aprirono di scatto e comparvero il dottor Haynes e un'infermiera, le facce sconvolte. La radio fu spenta di colpo e dopo un paio di secondi il dottore ordinò: «Andate subito fuori o chiamo la sicurezza!».

Tom barcollò in piedi e corse verso la porta. Jacob lo seguì vacillante, minacciandolo a gran voce: «Non ci provare, non osare scappare di nuovo!».

I due fratelli piombarono in corridoio e Tom puntò verso le

scale, ma Jacob lo afferrò e lo strattonò all'indietro tenendolo sospeso sopra la rampa, i capelli neri che svolazzavano nel vuoto della ripida discesa verso il piano inferiore.

«Hai tentato di ucciderla», inveì Jacob, le lacrime che gli sgorgavano dagli occhi e le mani strette sulle spalle di Tom.

«Tentato di uccidere chi?», gridò il fratello. «Di cosa stai parlando?»

«Amy! Maledetto bastardo, piccolo geloso bastardo, hai tentato di uccidere Amy».

Tom sgranò gli occhi, il volto pallido e madido di sudore. «No, no, hai frainteso tutto».

«Ti ha aiutato qualcuno? Con chi si vedeva Amy? Eri tu anche quello?». Le parole di Jacob si susseguivano rapide mentre Tom scuoteva la testa con veemenza, la bocca aperta ma ammutolito. «Eri geloso. Volevi una ragazza come Amy, hai sempre voluto tutto quello che avevo io».

«Sei fuori strada, non sono stato io, te lo giuro!».

«Sei un bugiardo!».

Le mani di Jacob scivolarono verso il collo del fratello quando di colpo le porte dell'ascensore si aprirono di scatto e una voce gridò: «Fermo, lui non c'entra niente!».

Capitolo settantacinque
Alex

22 ottobre 2010

I due fratelli si guardarono confusi mentre Jacob ansimava in affanno. Tom si accasciò a terra, ai piedi di Alex, e si sedette con la schiena contro il corrimano delle scale, tenendosi la testa.

«Stava cercando di uccidere Amy», farfugliò Jacob, vacillando instabile.

«No, invece», ribatté Tom calmo. «Le stavo parlando. Le stavo chiedendo scusa».

«Scusa per cosa?», gli chiese il fratello.

«L'hai sempre saputo?», domandò Alex a Tom, avvicinandosi a Jacob per toccargli il braccio e cercare di calmarlo. Lui se la scrollò di dosso.

«Tu sei Alex?», chiese Tom.

«Sì, come fai a saperlo?», rispose lei, guardando prima uno poi l'altro.

«Me l'ha detto la mamma», spiegò lui. «Ha detto che stavi per scoprire tutto».

«La mamma?», ripeté Jacob, barcollando all'indietro. «Ma che diavolo sta succedendo?»

«Jacob, non è stato Tom ad aggredire Amy», lo informò Alex. «Ma credo che sappia chi è stato».

Tom affondò la testa tra le mani e scoppiò in singhiozzi. Jacob si accovacciò accanto a lui. «Che diavolo sai, Tom? Dimmelo subito».

«Non ne ero sicuro, ma non poteva essere stato nessun altro».

«C'eri anche tu?», domandò Alex.

«No. Ma li avevo visti insieme. Li ho visti insieme quel pomeriggio e lui l'ha portata via con la sua macchina. Poi lei non è più tornata».

«Lui chi?», sbraitò Jacob, spingendo Tom contro la ringhiera. «Chi?», sbraitò ancora furioso.

Capitolo settantasei
Amy

22 ottobre 2010

Simon. Il mio segreto, Simon. Allora è vero.

Non era Simon a parlarmi, lo sapevo. Ma ci ho messo un po' a capire che fosse Tom e che stesse parlando di quello che è successo. Di Simon che si è spinto oltre. L'eufemismo più penoso del mondo.

Se non fosse stato per il sogno dell'altra notte – l'incubo, o quello che era – avrei pensato che Tom si sbagliasse. Che con «spingersi oltre» intendesse che Simon ci avesse provato con me. O io con lui. O forse, e soltanto forse, che Tom era dietro la porta o ci aveva sorpresi a baciarci dalla finestra della cucina.

Invece no. La scorsa notte, il sogno è arrivato alla fine. Fino a quel momento, ero ancora convinta che fosse un sogno. Non per questo meno spaventoso. Stava ancora sfumando quando la voce di Tom mi è risuonata nelle orecchie.

Ora c'è solo silenzio. Non c'è nessuno a spiegarmi cosa succede. Non c'è la mamma, non c'è Alex e nemmeno la donna che canta mentre mi lava il viso. Sono di nuovo sola con me stessa. Sola con i miei ricordi.

Se potessi sentire il freddo, avrei freddo. Se avessi potuto mettermi a tremare, starei ancora tremando. Forse è così, ma non c'è nessuno che possa confermarlo. Il sogno, i ricordi, la conclusione inevitabile. Perché non mi sia mai resa conto che era un ricordo, non lo so. Sono tante le cose che non so. Forse Alex potrebbe saperle. Dev'essere per questo che è venuta a trovarmi spesso. Vorrei che la sua voce mi spiegasse tutto. Ma soprattutto, vorrei tanto la mia mamma.

Capitolo settantasette
Jacob

22 ottobre 2010

Jacob era seduto sulla poltrona della stanza d'ospedale della moglie, con il figlioletto tra le braccia e lo sguardo fisso nel vuoto. Piano piano le lacrime gli riempirono gli occhi per poi scivolare lungo le guance, sul viso esangue.

Fiona gli teneva una mano sul braccio e Tom era seduto ai piedi del letto.

«L'hai sempre saputo», disse Jacob alla fine, senza spostare lo sguardo dal figlio. «Sapevi che era stato Simon ad aggredire Amy e non hai detto niente».

«Volevo farlo», ammise Tom. «Volevo dirtelo subito ma eri a pezzi. L'ho raccontato alla mamma e lei mi ha ordinato di non dire una parola. Ha detto che non c'era motivo di credere che Simon fosse coinvolto. La mamma era convinta che fosse solo una coincidenza che io li avessi visti insieme e che ti avrebbe distrutto sapere che lei ti aveva tradito. Ha detto che avrebbe distrutto la famiglia».

«Anche tu la pensavi così?»

«Non volevo distruggere la famiglia ma è successo comunque. In fondo al cuore, temo di aver sempre saputo che era stato lui, ma non volevo crederci. Ho gestito male la situazione. Anche la mamma, ma io avrei dovuto tenerle testa».

Jacob si voltò verso Tom, che abbassò gli occhi.

«Anche se non avevi la certezza di come fossero andate le cose, sapevi che Simon si era fatto la mia ragazza, la mia ragazza minorenne, e che lo aveva fatto di proposito», lo accusò Jacob. «Le persone normali non fanno queste cose. Le persone normali non vanno a letto con la ragazza quindicenne del fratello per poi sparire senza lasciare traccia poco prima che lei venga ritrovata in fin di vita».

«Non ho scuse, J».

Fiona si mise seduta. «Perché oggi sei andato da Amy, Tom?»

«La mamma ha detto che aveva cominciato a comunicare», spiegò lui.

«Non è vero», obiettò Jacob rivolto a Fiona. «Non è affatto vero».

«Non ha detto che parlava, ma che aveva cominciato a mostrare segni di comunicazione o qualcosa del genere. Pensava che prima o poi sarebbe riuscita a raccontare com'era andata con Simon». Tom colse lo sguardo di Jacob. «No, J», precisò, «la mamma non credeva che lui avesse aggredito Amy. Ma temeva che la gente sarebbe saltata alle conclusioni. Era preoccupata per la tua reazione».

«Sì», mormorò Jacob. «Come no».

«Volevo solo dire a Amy che mi dispiaceva di non aver fatto niente. Pensavo che se davvero era ancora lì dentro, da qualche parte, allora avrebbe potuto sentirmi e capire. Volevo dirle, se davvero poteva sentirmi, che se era stato Simon a farle del male, allora doveva farlo sapere a tutti».

«Ti ha risposto?», chiese Fiona.

«No, ovviamente, ma dovevo dirglielo. Ero già venuto una volta», confessò Tom mortificato, «e non avevo spiccicato parola. È stato qualche anno fa, più o meno quando vi siete sposati. Avevo deciso che ne avevo abbastanza, che dovevo confessare tutto alla polizia e lasciare che ci pensassero loro. La mamma mi portò qui per convincermi che raccontare tutto alla polizia non avrebbe fatto alcuna differenza per Amy. Ero debole e funzionò. Mi persi d'animo».

«Cos'hai visto di preciso quel giorno?», domandò Jacob. «La verità, intendo».

Tom alzò lo sguardo, si sfregò gli occhi e si passò le dita tra i capelli neri che gli ricadevano sulla fronte.

«Avevo notato come Simon guardava Amy, quando lei veniva a trovarci. Credevo gli piacesse. O fantasticasse su di lei, che ne so».

«Davvero? Io non ho mai visto niente», ammise Jacob.

«Amy invece sì. Non me n'ero accorto, poi una volta li ho visti in cucina. Tu eri in camera tua e loro non sapevano che io fossi nell'ingresso. Li ho sentiti ridere e ho sbirciato dalla fessura della porta. Non so nemmeno perché l'ho fatto, ma erano vicinissimi e lei giocherellava con i capelli. Lui le teneva le mani sui fianchi e poi ho visto che la baciava. Sulle labbra. Un bacio veloce, non uno vero e proprio, solo che... Non lo so, non mi è sembrato normale».

«Stai scherzando?», domandò Jacob. «Lo hai visto baciare la mia ragazza e non hai detto niente?»

«Mi dispiace tanto, non sapevo cosa fare. Sono tornato di sopra con passo felpato e poi sono sceso di nuovo facendo un gran rumore perché mi sentissero e la smettessero».

«Hai mai visto altro?»

«Non fino al pomeriggio della sparizione», riferì Tom a voce bassa. «È stato mentre tu eri a judo. Simon ha detto che doveva uscire a prendere qualcosa e io sono rimasto in camera mia. Dopo un po' l'ho sentito tornare con l'auto». Tom respirò a fondo. «Ho sentito la porta d'ingresso che si apriva e ho capito che non era solo perché c'era una voce femminile. Li ho sentiti salire ma non avevo capito chi fosse la ragazza».

«E cosa è successo quando sono saliti?».

Tom abbassò lo sguardo. «Sono andati in camera tua».

«In camera mia?». Il viso di Jacob si contorse per lo shock.

«Ricordi quanto casino c'era in quella di Simon in quel periodo? Stava impacchettando tutta la sua roba e ho pensato che avesse usato la tua perché era più pulita. In quel momento non sapevo ancora con chi fosse, so solo che mi era sembrato maleducato usare la tua stanza, tutto lì».

«Perché Simon stava impacchettando la sua roba?», chiese Fiona.

«Per andare a fare volontariato, stava partendo per l'Africa», spiegò Tom.

«Simon è una così brava persona», sibilò Jacob. «Talmente bravo da andare a letto con la mia ragazza e pestarla fino a ridurla in poltiglia».

«Sai per certo che sono stati a letto insieme, Tom?», domandò Fiona.

«Sì. Jake, mi dispiace da morire. Ho sentito Simon dire "Amy" e speravo fosse solo una coincidenza. Sono scivolato fuori dalla mia stanza, ho ascoltato dall'esterno e li ho sentiti».

«Nella stanza di Jacob?», chiese Fiona.

Lui annuì, rosso in viso. «Sono rimasto fermo sulla soglia della mia camera, non sapevo che fare».

«Tom», disse Fiona, allungando le dita per sfiorargli la mano. «Eravate così giovani, tu eri solo un ragazzino. Non è colpa tua».

Tom lanciò un'occhiata fugace al fratello. «Poi cos'è successo?», domandò Jacob con tono pacato, osservando il figlio che dormiva.

«Simon è uscito con un sorriso compiaciuto e ho visto Amy che si aggiustava i vestiti. Aveva una faccia». Tom scosse la testa. «Poi è scoppiata a piangere. Io mi sono rintanato in camera, non sapevo che fare. Loro sono scesi e li ho sentiti litigare di sotto. Non capivo cosa dicevano, ma Amy continuava ad alzare la voce. Diceva che era stato uno sbaglio e che non avrebbero dovuto. Diventava sempre più isterica. Non so cosa le abbia detto o fatto lui, ma alla fine Amy si è calmata e poi ho sentito la porta della veranda. Sono sceso ma, non vedendoli da nessuna parte, sono tornato in camera mia e ho provato a dimenticare tutto».

«E poi se ne sono andati?», chiese Jacob.

«E poi se ne sono andati», confermò Tom. «Mi dispiace tanto».

Jacob baciò il nasino del figlio. Si voltò verso Fiona, poi finalmente guardò Tom negli occhi. «Lo so che ti dispiace, fratellino», disse, «lo so».

Capitolo settantotto
Alex

22 marzo 2011

Alex si svegliò presto. Respirò il mattino a pieni polmoni, mentre la giornata frizzante di primavera le punzecchiava le dita dei piedi.

Ancora avvinghiata alle lenzuola inamidate, si trascinò fuori dal letto nell'aria fresca e si sciacquò il viso con l'acqua tiepida del lavandino.

Ripose con attenzione le medicine nella tasca laterale del borsone e sistemò i vestiti all'interno, ben ripiegati.

Poi infilò le lettere di scuse nell'altro comparto laterale e scivolò silenziosa nella sala della colazione per i pazienti. Bevve svariate tazze di tè alla menta e piluccò una fetta di pane tostato con la marmellata, sorridendo per educazione al mormorio delle chiacchiere attorno a lei e accettando qualche abbraccio.

Caricò il borsone sul taxi e chiese di essere accompagnata all'ospedale di Tunbridge Wells. Il taxi era stato chiamato dalla reception e gli autisti sapevano di non dover porre domande. Alex si chiese quanti "diplomati" spifferassero comunque le loro storie, abituati a settimane di terapia di gruppo.

Matt l'aspettava al bar, tra le mani una tazza di caffè, l'articolo di Alex aperto sul tavolo. Quando la vide entrare, si alzò e le andò incontro. Per un attimo, lei si limitò a guardarlo, in attesa che il cuore si stabilizzasse. Lui la fissò a sua volta, facendo scorrere lo sguardo dalla testa ai piedi.

«Hai un aspetto magnifico», le disse con enfasi.

«Anche tu». Come sempre.

Si scambiarono un abbraccio leggero e veloce.

«Com'è andata la cura?», le chiese.

«Oh, lo sai». Alex fece spallucce, incerta se lui volesse saperlo davvero.

«In realtà no». Matt aveva l'aria dispiaciuta.

«Be', ha funzionato. Mi ha aiutata. Preferirei non...».

«No, certo, scusa». Matt indicò il giornale. «Hai fatto un gran lavoro».

«Non ci sarei riuscita senza la mia fonte nella polizia», rispose lei con un sorriso.

L'articolo di quattro pagine era uscito mentre Alex era in cura, perciò non ne aveva ancora vista una copia. Il suo nome era riportato in alto, in grassetto, sopra una minuscola fototessera a mezzo busto. Al centro della prima coppia di pagine spiccava la fotografia di Amy, tra le amiche Becky e Jenny. Tutte e tre ridevano spensierate.

Un primo piano di Simon, ormai ispido e ingrigito, era stato inserito nella seconda pagina dell'articolo. Era senz'altro un uomo attraente, ma Alex rimase sorpresa dal suo aspetto macilento e stralunato, quando finalmente ebbe modo di vederlo. Era arrivato in tribunale con un occhio nero e il naso gonfio. Faceva quasi pena.

Ci erano volute settimane per estradarlo. Era ricercato in diversi Paesi per aggressione a scopo di stupro, sotto falso nome, Graham Barnes. Il nome di battesimo del padre, il cognome da nubile della madre. Per niente originale, eppure efficace al massimo per quindici anni.

L'accusa chiamò a testimoniare Tom e Caroline, ma lo zaino di scuola di Amy non era mai stato ritrovato e la vecchia auto di Simon ormai rottamata da tempo.

La condanna sarebbe parsa incerta se non fosse stato per la testimone chiave del processo.

Amy.

A causa del trauma subìto dalla ragazza durante il precedente "test del tennis", furono concordati dal giudice e dall'équipe medica che la seguiva un limite massimo di dieci domande e l'immediata sospensione qualora Amy avesse mostrato segnali di stress. Alla difesa e all'accusa furono concesse cinque domande ciascuna, da sottoporre in anticipo per approvazione.

Quando apparve il video, calò sulla corte un silenzio di tomba. Sullo sfondo si vedeva Amy, sdraiata sul lettino della risonanza magnetica, e in primo piano il dottor Peter Haynes e la sua équipe set devano pensierosi in sala controllo. Sopra le loro teste, gli schermi che mostravano il cervello dormiente di Amy.

Con un leggero tremito nella voce, Haynes spiegò le regole a Amy. Doveva immaginare di giocare a tennis per rispondere *sì*, oppure immaginarsi rilassata in un bagno caldo se la risposta era *no*.

Per verificare la procedura, il dottore chiese con tono tranquillo: «Ti chiami Amy Stevenson?».

La parte del cervello ricettiva al "tennis" si illuminò di rosso, circondata da un alone arancione e giallo come fosse una fiamma. La corte sembrò trattenere il fiato all'unisono.

Le domande della difesa furono lette dal dottore in modo chiaro, con una lunga pausa tra una e l'altra.

«Sai dove ti trovi?».

No.

«Sai quanti anni hai?».

No.

«Sai in che anno siamo?».

No.

«Provi dolore?».

No.

«Sai chi ti ha aggredita il 18 luglio del 1995?».

Pausa. *Tennis.*

Quando la difesa tentò di screditare la testimone lesa e confusa, l'accusa cambiò approccio.

«Amy», lesse Haynes dal foglio di carta concordato. «Per la prossima serie di cinque domande dovrai continuare a immaginarti durante una partita a tennis per dire sì, o "affermativo", e rilassata nell'acqua calda per il contrario. Cominciamo».

Seguì una breve pausa, poi la voce del dottore risuonò dagli altoparlanti del tribunale più forte e decisa di prima.

«Amy, ti chiederemo di individuare le lettere che compongono il nome del tuo aggressore. Prima domanda, con quale lettera inizia il nome di chi ti ha aggredita? A, B, C, D, E, F, G, H, I, J, K, L, M...».

Mentre il dottore proseguiva con l'alfabeto, Alex osservò i membri del pubblico protendersi verso gli schermi.

«N, O, P, Q, R, S...».

Tennis.

Un sussulto sonoro si levò unanime dalle labbra della corte. Seduto tra il suo avvocato e il procuratore, Simon chinò il capo in avanti.

«La seconda lettera», continuò la voce del video, affatto disturbata dalla reazione della corte. «A, B, C, D, E, F, G, H, I...».

Tennis.

Per tutti, tranne Sue Arlington, fu come vederlo scritto nero su bianco.

E diceva Simon.

La settimana successiva, dopo un lungo silenzio, il primo giurato guardò Simon in tralice e finalmente si pronunciò: «La giuria dichiara l'imputato colpevole».

Jacob strinse la mano di Fiona a destra e quella di Jenny Cross a sinistra. Becky Limm abbracciò Alex e Bob abbandonò la testa tra le mani e scoppiò in singhiozzi, la moglie Judy al suo fianco. Dopo la sua deposizione, Tom non aveva più sopportato l'idea di entrare in quella stanza e trascorse gli ultimi giorni dell'udienza a badare al nipotino appena nato.

Durante tutto il processo, Sue rimase seduta in prima fila nel pubblico accanto a un Graham dagli occhi infossati. Quando lessero il verdetto, emise una sorta di ululato ferale, che pietrificò la corte per qualche istante.

Matt prese la saliera e la fissò intensamente.

«Tutto okay?», chiese Alex.

«Non proprio. Santo cielo, Alex, il tuo tempismo ha sempre fatto schifo».

«In che senso?», domandò lei, con una fitta al centro del petto al pensiero di ciò che lui avrebbe potuto dirle. Valutò l'idea di alzarsi e andarsene, lasciandosi alle spalle qualunque cosa rasentasse vagamente l'emozione.

«Alla fine ce l'hai fatta», dichiarò Matt, tentando di toccarle una mano. Lei la ritrasse, tanto era doloroso anche il solo pensiero del contatto con lui.

«Non farlo, Matt, ti prego. Non sono così forte».

«Sei più forte di quanto credessimo entrambi».

«Mi dispiace tanto», si scusò lei e deglutì. «Vorrei esserci riuscita prima. In tempo...». Alex sentì il proprio fiato incespicare nell'esordio di un singhiozzo e smise di parlare.

«Lo vorrei tanto anch'io. Una metà di me ti odia per non esserci riuscita prima», confessò Matt, che giocherellava ancora con la saliera, evitando di guardarla negli occhi.

«E l'altra metà?», chiese Alex pacata, recuperando il contegno.

«Lo sai cosa prova l'altra metà».

«Io provo lo stesso, per intero». Abbassò lo sguardo e vide le sue grosse lacrime cadere sui jeans formando motivi bizzarri.

Le poche lacrime di Matt piovvero sul giornale e un paio di macchie nere e spesse oscurarono le parole scritte da Alex.

«Oh, merda, mi dispiace», si scusò, sfregando i punti bagnati e peggiorando la situazione. «Te ne procurerò un'altra copia. O forse si trova ancora online?»

«Non preoccuparti, posso chiedere alla redazione di mandarmene una».

Entrambi si asciugarono gli occhi, si schiarirono la voce e bevvero un sorso delle bevande ormai tiepide.

«Allora, che farai adesso? È questa la tua nuova direzione?», domandò Matt, gli angoli degli occhi color malva, una gradazione unica che Alex non aveva più visto da quando se n'era andato di casa.

«Be', il "Times" mi ha ripresa a bordo. Avrò una nuova rubrica tutta mia e stanno valutando una serie di articoli sui crimini dimenticati. Perciò, dài, si vedrà».

«Mi chiamerai se ti serve ancora aiuto?», chiese Matt con sguardo speranzoso, e Alex trasalì.

«Be', io... credi sia una buona idea?»

«Forse no», sorrise lui amareggiato. «Ma mi piacerebbe che lo facessi».

Alex si morse il labbro. Il cuore le faceva male come se la stessero bruciando viva dall'interno. Respirò a fondo, per timore di saltare sul tavolo, afferrare Matt e non lasciarlo più andare via.

«Sai, credo che farò il prossimo pezzo da sola. Cioè, ti lascerò in pace. Con Jane». Sorrise e nuove lacrime tracciarono una scia a zig-zag lungo le sue guance. «E con Ava».

Matt voltò lo sguardo e respirò a fondo. Si sfregò il viso con la mano e scosse il capo.

«Grazie».

Il reparto era vuoto e la postazione delle infermiere deserta. La radio era spenta, non c'erano altre visite e gli unici suoni che si sentivano erano il ronzio distante dei macchinari e la placida orchestra dei respiri dei pazienti.

Alex controllò che la propria immagine riflessa non avesse sbavature di mascara, poi firmò il registro e avanzò lentamente verso il cubicolo nell'angolo in fondo. Si sedette piano sulla sedia.

«Ciao Amy, sono Alex. Come stai?».

Sollevò la mano leggerissima della ragazza e la scaldò tra le sue, per poi portarla con delicatezza verso la guancia.

Si alzò dalla sedia e si sedette sul letto. Poi si stese accanto a Amy, senza lasciarle la mano. Infilò un auricolare nell'orecchio sinistro della ragazza e l'altro nel proprio orecchio destro, chiuse gli occhi e schiacciò PLAY.

Capitolo settantanove

Ritrovare Alex
«Sunday Times Magazine»
3 aprile 2011

L'ultima volta che ho scritto un articolo per questo giornale è stato nel 2007. All'epoca ero sposata e aspettavo un bambino. Ero anche un'alcolista a malapena funzionante, che beveva bourbon da quelle nuove tazze di ceramica che richiamano i bicchieroni da asporto di Starbucks.

Vorrei poter dire che perdere il bambino mi abbia fatto toccare il fondo. Ma io sono una persona ambiziosa. Sono riuscita a toccare il fondo infinite altre volte.

Quando mio marito alla fine ha lasciato me e il mio utero sotto spirito, ho tentato di riemergere dal buco nero con la scrittura. Invece mi sono fatta cacciare dal lavoro per infilarmi dritta in un pub. La sapevate quella della giornalista di una testata nazionale che si scopa il lavapiatti di un bar affollato di gente? Non temete, la trovate su «Private Eye».

Dopo essermi fatta sbattere fuori dalla sede del giornale per il quale lavoravo, sono anche riuscita nella spettacolare impresa di farmi sbattere fuori dagli uffici di un giornale per il quale non lavoravo. Più che meritato. Mi sono presentata con i fumi dell'alcol a fior di pelle come fossi un geyser, pretendendo un lavoro che avevo rifiutato mesi prima. Un lavoro già assegnato da tempo.

Ho perso giorni, ho perso settimane.

Ho perso tutto.

Mi svegliavo accanto a sconosciuti, in stato d'incoscienza, nel letto che un tempo avevo diviso con mio marito. Ho cominciato a soffrire di allucinazioni, contavo i ragni di vetro sul soffitto e pregavo che mi facessero a pezzi. Ho perso ogni singolo amico. Irrimediabilmente. Immaginate quanto ci si debba comportare male per perdere ogni singolo amico. *Irrimediabilmente.*

Alla fine, sono riuscita a tirare fuori la testa dall'acqua. Appena sopra la superficie. Per diciotto mesi ho scalciato con tutte le forze, fino ad avere le gambe così sfinite da essere pronta a lasciarmi trasportare alla deriva.

«Se non la smette di bere», mi ha detto il medico di famiglia, «morirà entro l'anno». Quella sera ho bevuto.

E ora sono seduta qui, con una tazza di caffè senza bourbon e il danno al fegato controllato dai farmaci, a cullare la lucidità accecante che si acquisisce con la sobrietà. Quella lucidità inclemente che gli alcolisti come me tentano in tutti i maledetti modi di evitare. Con grande sorpresa mi accorgo che, anziché arrancare verso l'inevitabile finale della mia storia, sono ancora a metà.

Che cosa è cambiato allora? Ho trovato un'amica.

Amy Stevenson non è un'amica normale. È una ragazza di cui tutti hanno sentito parlare, ma allo stesso tempo è ignara della propria fama. Una ragazza che come me si è ritrovata in una fossa.

La differenza tra Amy e me è che lei non si è scavata la fossa da sola e si è rifiutata di sdraiarsi e morirci dentro. Quando avrebbe potuto semplicemente mollare e darsi per vinta, ha gridato e scalciato con ogni briciolo di forza che aveva in corpo. Ho visto in Amy una ragazza senza una seconda occasione, che ha lottato come una furia per crearsene una. E quando vedi quella battaglia infuriare davanti ai tuoi occhi, riconosci la tua seconda occasione.

È giunta l'ora per me di afferrarla al volo. Di esserne grata. Di guadagnarmela e tenerla stretta. Non ho idea di dove mi condurrà questa seconda occasione. So solo che dovrò mettere un piede davanti all'altro, giorno dopo giorno, per sempre. E dedicherò ogni passo alla mia amica Amy.

Ringraziamenti

Ho fatto ampio uso della licenza artistica nel trattare la condizione di Amy, ma il Royal Hospital for Neuro-disability è un istituto brillante e all'avanguardia, perciò contattatelo se siete interessati a conoscere i fatti anziché limitarvi al mio resoconto romanzato.

Sono molte le persone che mi hanno aiutata a portare alla luce questo libro e mi scuso se ho tralasciato qualcuno, ma per prima cosa devo ringraziare Nicola Barr, la mia straordinaria agente. Non potrò mai ripagare la sua pazienza, il suo intuito, la sua capacità motivazionale, i suoi nervi saldi e i suoi pranzetti. A dire il vero, tutto lo staff di Greene & Heaton è straordinario, ma vorrei ringraziare in particolare anche la brillante Kate Rizzo.

I miei redattori di entrambe le sponde dell'Atlantico hanno contribuito a dare al mio romanzo una forma di cui sono talmente orgogliosa da non riuscire ad articolare le parole (e non è il massimo per una scrittrice). A Sara O'Keeffe e Maddie West della Corvus/Atlantic e a Linda Marrow, della Ballantine/Penguin Random House rivolgo un grazie di cuore.

A Ilana, per avermi mostrato come si fanno le cose: sei un'apripista stratosferica. A Sarah, lei stessa brillante scrittrice e lettrice superpaziente e incoraggiante.

La mia migliore amica Carole, che non è per niente come le amiche di Amy, anche se una volta in effetti mi ha rasato una parte di capelli sulla panchina di un parco e di solito bevevamo insieme vodka e limonata. Ai Midlanders, la cui amicizia di lunga data è fonte di immenso orgoglio e di risate a crepapelle. Le nostre playlist mi sono state di grande aiuto, vi adoro, ragazzi. Ai miei amici di News International and Associated, grazie per i ricordi. E grazie a Romi, per il tè e gli abbracci.

Ho avuto la grande fortuna di avere una madre e un padre che non sceglievano mai la strada più noiosa e non mi hanno spinta a cercare un lavoro serio. Cristy e Vik, due vere amiche oltre che sorelle. E Rich, che avrei tanto voluto fosse ancora qui per vedere il mio lavoro. Ho pensato molto alla sua forza, alla sua saggezza e alle sue citazioni da *Futurama* mentre lo scrivevo. Era forte.

E, naturalmente, grazie infinite all'amore della mia vita, James, e al nostro stuolo di marmocchi spassosi, adorabili, canterini di motivetti sconci, avventurosi e ridicoli: Pops, Bear, Little Legs e Fu.

Indice

ANGELA MARSONS

UNA MORTE PERFETTA

Volume rilegato, pagine 384, euro 9,90

Il laboratorio di Westerley non è un posto per i deboli di cuore. Si tratta di una struttura che studia i cadaveri in decomposizione. Ma quando la detective Kim Stone e la sua squadra scoprono proprio lì il corpo ancora caldo di una giovane donna, diventa chiaro che un assassino ha trovato il posto perfetto per coprire i suoi delitti. Quanti dei corpi arrivati al laboratorio sono sue vittime? Mentre i sospetti di Kim si fanno inquietanti, una seconda ragazza viene aggredita e rinvenuta in fin di vita con la bocca riempita di terra. Non c'è più alcun dubbio: c'è un serial killer che va fermato il prima possibile, o altre persone saranno uccise. Ma chi sarà la prossima vittima? Appena Tracy Frost, giornalista della zona, scompare improvvisamente, le ricerche si fanno frenetiche. Kim sa bene che la vita della donna è in grave pericolo e intende setacciarne il passato per trovare la chiave che la condurrà all'assassino. Riuscirà a decifrare i segreti di una mente contorta e spietata, pronta a uccidere ancora?

NEWTON COMPTON EDITORI